JN307037

庫

東京タワー

—オカンとボクと、時々、オトン—

リリー・フランキー 著

新 潮 社 版

8718

東京タワー

オカンとボクと、時々、オトン

扉題字　中川弘治

I

それはまるで、独楽《こま》の芯《しん》のようにきっちりと、ど真ん中に突き刺さっている。

東京の中心に。日本の中心に。ボクらの憧《あこが》れの中心に。

きれいに遠心力が伝わるよう、測った場所から伸びている。

時々、暇を持て余した神様が空から手を垂らして、それをゼンマイのネジのようにぐるぐる回す。

ぐるぐる、ぎりぎり、ボクらも回る。

外燈《がいとう》に集まる蚋《ぶよ》みたく、ボクらはやって来た。見たこともない明かりを求めて、それに吸い寄せられた。故郷から列車に揺られて、心揺らして、引き寄せられた。

弾《はじ》き飛ばされる者。吸い込まれる者。放り出される者。目の回る者。誰の力も及ばず、ただ、その力の向かう方角に引っ張られ、いずれかの運命を待つばかりだ。

ちぎれるほど悲しいことも腹がねじれるほどに悔しいことも、すべてのわけのわからないことも抗《あらが》うことはできず、回り続ける。

ぐるぐるぐるぐる、ぐるぐるぐるぐる。

そして、ボクらは燃き尽くされる。引きずり込まれては叩《たた》き出される。ボロボロになる。

五月にある人は言った。

それを眺めながら、淋《さび》しそうだと言った。

ただ、ポツンと昼を彩《いろど》り、夜を照らし、その姿が淋しそうだと言った。

ボクはそれを聞いて、だからこそ憧れるのだと思った。このからっぽの都ですっくりと背を伸ばし、凜《りん》と輝き続ける佇《たたず》まいに強さと美しさを感じるのだと思った。流され、群れ、馴《な》れ合い、裏切りながら騙《だま》しやり過ごしてゆくボクらは、その孤独である美しさに心惹《こころひ》かれるのだと思う。

淋しさに耐えられず、回され続けるボクらは、それに憧れるのだと。

そして、人々はその場所を目指した。生まれた場所に背を向けて、そうなれる何かを見つけるために東京へやって来る。

この話は、かつて、それを目指すために上京し、弾き飛ばされ故郷に戻っていったボクの父親と、同じようにやって来て、帰る場所を失《なく》してしまったボクと、そして、一度もそんな幻想を抱いたこともなかったのに東京に連れて来られて、戻ることも、帰ることもできず、東京タワーの麓《ふもと》で眠りについた、ボクの母親のちいさな話です。

あの日、ボクたちは、その東京タワーの見える小さな部屋で、三人揃《そろ》って、ぐっすりと眠った。

幼児の頃の記憶。多くの人はその頃のことを、ほとんど憶《おぼ》えていないという。しかし、ボクにはいくつかのことがずっと残っている。それが、あやふやでもなく、朧《おぼろ》げでもない。はっきりとその時の空気の匂《にお》い、思っていたこと、小さな風景まで、今でも記憶の中に鮮明に残っている。

それは、たぶん、ボクは人よりも憶えるべきことが少ないからだと思う。三歳までの記憶。ボクとオカンとオトン。その三人の家族が、ひとつの家で一緒に暮らしていた時の記憶。

家族で暮らした三年間が、それ以上、上書きされることがなかったから、ボクはその少ないエピソードを記憶し続けることができているのだと思う。

ガチャーン!!　と凄《すご》い音がした。オカンと一緒の蒲団《ふとん》で寝ていたボクは驚いて目を醒《さ》ました。もちろん、オカンも目を醒まし、蒲団の上で中腰になっていた。夜中だったと思う。子供だけではなく、大人も街も眠るような時間だったはずである。

玄関から、ばあちゃんの悲鳴が聞こえた。オカンの名前をばあちゃんが連呼している。廊下に飛び出して行ったオカンは、玄関手前まで行って、またすぐ部屋に戻って来た。

すると、ボクを抱きかかえて、ラグビー選手のように座敷の方へ走り出した。

オトンが帰って来たのである。

そりゃ、自分の家なんだから帰って来るのは当たり前なんだが、なにを思ったか、この日のオトンは、いつも手で開けていたはずの玄関戸を足で蹴破《けやぶ》って帰って来たのである。

ガラスのはめ込まれた木桟の格子戸《こうしど》を完全に破壊し、わめき散らしながら土足で廊下を進むと、絶叫するばあちゃんをなぎ倒して逃げるオカンを追い回した。籠城《ろうじょう》事件に突入する警察の特殊部隊でも、もうちょっと上品に入って来るだろう。こんな「おかえりなさいの風景」が、この家にはたびたびあった。

逃げ惑うオカンと廊下を這《は》いながら叫ぶばあちゃん。しかし、その日の獲物はオカンでもばあちゃんでもなく、ボクだったようだ。

角に詰められたオカンから無理矢理ボクを引き剝《は》がし、コートのポケットから三角の油紙を引っ張り出した。油紙に包んだ中身は完全に冷めきった焼鳥で、それをボクに食えと、串《くし》のまま口にねじ込んだ。

どうやら、お土産の焼鳥を息子に食わせたかったらしい。後にも先にも、起き抜けに焼鳥を食ったのは、あの時だけである。

オトンはその頃、酒乱だった。酒に酔っては至る所で暴れていたらしい。

数日後、ウチの玄関は新しくなった。二枚合わせの引き戸だったのだけど、オトンが壊した一枚だけを新調したので、そこだけ木桟が白く、ウチの玄関は変な玄関になった。

ボクはよく泣く子供だったらしい。そして、一度泣くと長泣きしていたそうだ。そういう男をオトンは嫌う。たとえ、それが三歳児であってもだ。

あの時も泣きながら茶の間に行くと、オトンがステテコ姿でテレビを観《み》ていた。そこでどれくらい泣いたのかはわからないが、ある瞬間、オトンがなにか怒鳴ったと思ったら、ボクは持ち上げられ、投げ飛ばされていた。茶の間から、廊下を横断して座敷の間へ。

宙に浮いていた。経験のない視点から見る廊下と座敷の境目。その一部始終を座敷から見ていたばあちゃんがいた。ばあちゃんは茶の間からスローイングされたボクをアメフトのレシーバーのように両手でダイビングキャッチしたそうだ。これは、後でオカンに聞いた。宙に浮いてから先の記憶がないのは、投身自殺した人は地面に激突する前に意識の回線が切れてしまうというが、それかもしれない。もし、あの時、ばあちゃんがうまくキャッチできずにファンブルしていたら、ボクは頭から落ちて、必要以上に陽気な子供になったかもしれない。

また、ボクは腸の弱い子供だった。しょっちゅう腹をこわして、そのたび、オカンが近所の病院に連れて行った。その病院は女医の先生で、オカンは「あの先生は本当にいい先生よ。あの先生がおらんかったら、あんたは死んどるばい」と後々まで言っていた。そこに連れて行かれると、いつも尻《しり》に注射を打たれたが、泣かずに我慢するとオカンと女医さんがふたりして褒めちぎるので、ボクは痛くないふりをして、二人の喝采《かっさい》に酔いしれていた。

ところが、ある時、例によって腹の痛がるボクを女医さんの所に連れて行ったところ、たまたま、その日は休診日で、違う個人病院に行くことになった。そこで「まぁ、普通の腹痛でしょう」という診断を受け、腕に注射を打たれたボクはギャンギャン泣いた。

夜になっても、次の日になっても、ずっとボクは腹痛が治らなかった。次第にのたうち回るようになり、オカンは改めて女医さんの所に連れて行くと先生は「なんでもっと早く連れて来なかったの!!」とオカンを叱《しか》り、すぐに市立病院への紹介状を書いてくれて、その足で病院から病院へと搬送された。

腸閉塞《ちょうへいそく》だった。しかも、かなり危険な状態だったらしい。内科の医師、外科の医師が数人で手術室に入った。詳しいことはわからないけれど、最初に肛門《こうもん》から電気の浣《かん》腸《ちょう》みたいなモノを流し込むという施術が行われた。どれだけ特殊な趣向の人でも、そんなエレキな浣腸は打たれたことがないと思う。これは大人でも、かなり苦しいプレイらしい。

レーダーで、その電気が腸のどのあたりまで届くのかを確め、もし、腸のどこか途中でその電気が止まってしまったら、開腹して腸を取り出し患部を摘出する段取りだった。

しかし、手術前にオカンが医師から受けた説明では、もし、腸を切除することになれば今後の生活に少なからず支障を来《きた》す場合もあるということを覚悟しておいてくれと言われていた。

手術室の見える小窓から、どうかエレキ浣腸が腸を貫通してくれとオカンは祈ったそうだ。オトンは、ボクが生まれた時と同様に飲み屋で連絡を受け、酔っ払ってからの途中参加だが、夫婦でレーダーの行方を見守った。

運良くレーダーは腸を通過した。電気浣腸は腸の閉塞していた部分を開いて、僕は開腹手術を受けずに済んだ。オカンは泣いて喜び、オトンはガッツポーズをひとつ決めて、また、飲み屋へリターンして行ったらしい。

あの時、激痛にのたうち回った時に嗅《か》いだ家の畳の匂い。壁の色。すぐにでも思い出せる。オカンの心配そうな顔。でも、オトンがそこにいた記憶はない。

そして、もうひとつ憶えているのは、絵を描いているオトンの後ろ姿だ。定規の溝にガラス棒をあてて、筆やカラス口で線を引いていた。何かのデザインをしていたのだろう。居間の壁にはオトンが昔描いた石仏の絵が何枚も飾ってあった。ボクが見ていると青い絵の具の入った白い陶磁器の皿と筆を渡して、チラシの裏側に、何か描けと言った。ほぅ、とか、へぇ、とか言っていた気がする。絵を描いているとオトンが優しかったような気がしていた。

これがボクの憶えていることだ。鮮やかに残っている三歳までのいくつかのこと。自分でもよく細かい部分まで忘れないものだなと思うが、これがボクとオカンとオトン、この三人が家族だった頃の記憶。これが全部。これだけしかない。

ボクは福岡の小倉という街で生まれた。紫川の川沿いにある病院で生まれたそうだ。オカンはその川沿いを歩くたび、病院を指差して「あんたが生まれた所よ」と言った。現在はモノレールが頭の上を行き交っているが、当時は路面電車が市街地をチンチンと走っていた。近隣の八幡《やはた》には新日鉄の広大な製鉄所があり、その昔ほどではないにしろ、街にはまだ人も活気も溢《あふ》れていた。空に伸びる製鉄所の煙突。長いもの、短いもの、様々なかたちの煙突から、白灰色の煙がもくもくと立ち昇っていた。その煙の向こうには小さな港がきらきら見えて、小型の蒸気船がゆるゆると浮かんでいた。

教科書を持つ頃になると、オカンはボクに時々、原爆の話をした。

「長崎に落ちた原爆は、本当は小倉に落とすはずやったんよ。八幡の製鉄所に落とすつもりやったんよ。そやけど、その日に小倉は天気が悪いでから、空が曇っとって、飛行機の上から街が見えんかったん。そやけん、近くの長崎まで飛んで行ってから長崎に原爆を落としとるんよ。長崎は造船所があろうが。もし、そん時によ、小倉が晴れとったら、あんたは生まれとらんかったかもしれんばい」

その話を聞くたびに、子供ながらいつも思った。天気がいいとか悪いとか、そげなことで、そんなもんを落としたり、落とさんかったりするって、アメリカていう国はどんだけいい加減でバカタレなんやろうか。

　オカンのおじさんが長崎にいた。夏休みに何度かおじさんの家へ遊びに行ったことがある。おじさんはその原爆の被爆者で、初めて会った時から、最後に会った時まで、いつも、ずっと家のベッドの中で寝たきりだった。身体《からだ》が不自由なのにいつもほがらかな優しいおじさんで、ボクに殻付きのウニを食べさせてくれた。

　でも、オカンに「おじさんは原爆のせいであんなんなったんよ。かわいそうにねぇ」と聞かされ、本当はボクに当たるはずのものがおじさんに当たってしまったような気がして心苦しく感じた。

　もう、現在の小倉の街には路面電車の姿はない。あの大きかった製鉄所も、立ち並ぶ煙突もない。そして、その跡地にはテーマパークが造られ、なんの冗談かアメリカの宇宙ロケットが展示してあるらしい。

　ボクの家は市街地から近い場所にあって、近所には遊園地があった。

　木造二階建ての家。祖父の建てた家。ボクが生まれた時には父方の祖父も母方の祖父もすでに他界しており、ボクはおじいちゃんという存在には触れたことがない。仏壇の上にある遺影一枚だけが、ボクの知る祖父の姿である。

　その祖父の建てた家にオトン、オカン、ボク、ばあちゃん、オトンの妹の敦子姉ちゃんが住んでいた。そして、この家は祖父が亡《な》くなってから下宿屋を営んでいて、二階の四室は近くにある歯科大学の学生が間借りし、朝、晩は食事も出していた。食事の時間はいつも賑《にぎ》やかだったことだろう。下宿の大学生にボクはよくあやしてもらい、敦子姉ちゃんはフランスパンや洋菓子店のアイスクリームなど、その頃にハイカラだったものを買って来てくれるのでボクはとてもなついていたのだけど、敦子姉ちゃんは結局下宿の学生と結婚して、その家から出て行った。

オカンはこの家に嫁いで来て、一年でボクを産んだ。昭和三十年代の花嫁にしては珍しく姉さん女房でしかも晩婚だった。オカンは三十一歳。オトンは二十七歳の結婚だった。

小倉生まれのオトンは地元の高校に通っていたのだけど、もちろんのこと素行は悪く、二年の時にはどうにもこうにもならなくなった。五人兄妹《きょうだい》の長男でボンボンだったオトンはおじいちゃんの命令でその高校から、東京の高校に編入することになった。いっちょ、東京にでも行ってみるかという、なんにも考えてないオトンと、東京にでも行って世間の荒波に揉《も》まれれば少しは落ち着くのではないかと考え過ぎたおじいちゃんだったが〝車と不良は元が悪けりゃどうやったって直らない〟という言葉をおじいちゃんは知らなかったようだ。

編入して、高校から系列の大学へそのままエスカレーターで進学したオトンだったが、ひとり暮らしで監視されることもなく、伸び伸びと学校をサボり、悪事に専念したため、大学はすぐさま中退。その頃知り合った遊び仲間の芸大生の影響か、中退した後『帽子のデザイン』を勉強するデザイン専門学校に入校。

そんな、ツブしの利《き》かない勉強を始めたものの、今も昔もそのへんは同じ。中途半端《はんぱ》なノリだけで専門学校に行く奴《やつ》はすぐ冷め、すぐ飽き、すぐやめる。御多分にもれず、オトンはその専門学校も卒業はしなかった。というより、なんで「帽子」だったんだろうか？　ほとんど一緒に暮らしたことがないにしても、四十年近くはこのオトンと接しているわけだが、未《いま》だかつて一度もオトンが帽子を被《かぶ》っているところを見たことがないし、ボクの被っている帽子にコメントしたことすらない。その当時、少しでも帽子に興味があったのかどうかさえも怪しいのである。

様々な学校をやめ続けたオトンは晴れて、ただの無職になり、酔っ払ったり、かっぱらったり、性病もらったりを繰り返し、インシュリンを仲間で回し打ちしているうちに、なぜか石仏に目覚めた。木彫りの仏には微塵《みじん》も触手を伸ばさなかったところを見ると、改心して仏の道に魅《ひ》かれたわけではなかったようだ。

各地に石仏を拝みに歩き、それを絵に描いた。折しもインドブームと重なって、更に放浪は続きスケッチを量産。インド移住を目論見《もくろみ》ながら、仲間と同人誌を作りつつ酩酊《めいてい》。精神世界を語りながら瞑想《めいそう》。恐らく、そのふたつを日夜繰り返し、立派な東京のダメな人が完成しつつあるところに、おじいちゃんの訃報《ふほう》。

結局、オトンは九州に強制送還されることになった。

そして、地元に戻ると、オトンは新聞社に就職した。おじいちゃん関係のコネである。しかし、いくらコネとはいえ、この経歴、あの素行をして新聞社にねじ込めるとは、昭和のコネは利きがいい。

都では散々遊興に耽《ふけ》り、怠惰に暮らしてまいりました。家族両親親戚《しんせき》一同も年を取り、病も抱えております。わたくしも、気が付けば二十代も中頃にさしかかりまして、故《ゆえ》あって故郷小倉、またこの土地に舞い戻ってまいりましたところ、関係各位の皆々様の多大なる御配慮を頂戴《ちようだい》致しまして、この度、新聞社に就職させて頂くことになりました。これからは皆々様の御厚意に報いますよう、性根を入れ換え、煩悩《ぼんのう》を振り払い、石の上にも三年、五年、十年と骨身を惜しまず滅私奉公。不惜身命《ふしやくしんみよう》。生涯、働き抜く所存でございます。

とは、いかないのがこのオトン。その新聞社も即時撤退。ここまでくると、なにかを早々にやめてしまうことにも一本筋が通って見える。その後、何度となくばあちゃんはオトンの仕事の話になるたびに「あん時、新聞社やめんかったら、今頃はあんた、もう立派なもんになっとるよ。なんでやめたかねぇ。ほんに歯痒《はがゆ》いでならんがね」と遠い眼をしながら述懐していた。

そして、結局、オカンと結婚したのは小さな広告代理店に勤めていた頃だったようだ。

オカンの方は、筑豊《ちくほう》の炭坑町に生まれた。九人兄妹の四番目で実家は呉服屋だった。地元の高校を卒業し、その後、どこかの会社に勤めたようなことは言っていた気もするが、今、考えてみれば、ボクはオカンが学校を卒業してから、結婚するまでの十数年のことをほとんど知らない。ずっと実家にいたのか、どこか違う所にいたのかも知らない。

でも、オカンの見せてくれた若い頃の写真を見て推して知るべしというか、当時を想像させる一枚があった。

セピア色に褪《あ》せた写真に写っているオカンは白地に大きな水玉のついたワンピースを着ていた。髪にはスカーフを巻いてサングラスをかけている。そして、片手には煙草《たばこ》を二本の指で挟んで白いコンバーチブルのスポーツカーのボンネットの上に座ってポーズをキメていた。

こういう感じか……。やけに説得力のある写真だった。

オカンは人に接することが好きで、よく笑い、楽しいことの好きな人だった。周囲の人のことをいつも気に掛け、家事が好きで几帳面《きちょうめん》な人だった。

オトンは逆に、無口で短気な性格だった。戯《ふざ》けることもなければ、慌《あわ》てることもない。とにかく、徹底してマイペースな人で洋服と友達付き合いには几帳面だが、それ以外の部分は極めて大雑把な人である。

そんなふたりが出会ったのは、なにかのパーティーだったらしい。オカンから聞いた話だが、その時は医者のボーイフレンドにエスコートされて来ていたらしい。オトンの方はひとりで来ていた。タダ飯でも食うつもりで潜り込んでいたのだろう。

その時にどういう始まりで最初の言葉を交わしたのか、互いの第一印象はどうだったのかは聞いていない。

しかし、その出会いの日から何日も経《た》ってないうちに結婚は決まった。なぜなら、オトンがなんの予告も相談もなく、だしぬけにオカンの実家に結納を持って現れたからである。

オカンは虚を突かれて思わずうなずいたのだろうか。オトンはなにを思った奇襲だったのか。

オトンが両手に結納品を担《かつ》いで自分の家に乗り込んで来た時のことを、オカンは「ビックリした」と至極当たり前の言葉で話してくれたが、それ以外の表現も見当たらないだろう。

とにかく、ビックリしているうちにこの二人は夫婦になったのである。

十代の頃に、この結婚に関する経緯を初めて聞いたボクはオカンに言った。

「オレ、医者の家の子供が良かったのに」

するとオカンは例によって、

「そやったら、あんたは生まれて来とらんやろうも」

とボクの生まれて来た因果を言い含めるのであった。

姑《しゅうとめ》、小姑《こじゅうと》、四人の下宿人と暴れん坊のオトン。労働力も精神力においても、大変過酷な花嫁だったに違いない。

しかし、オカンはなぜこの家を出て行ったのか？　その理由をボクはずっと知らなかった。なにか聞いてはいけないような気がしていたし、オカンは最後まで自分の口からそれを言うことはなかった。

そして、ボクが四歳になる頃。オカンはボクを連れてこの家から出て行った。

小倉の外れの田舎町。そこにオトンのお姉さんが嫁いだ家があった。ボクらはその親戚の家でお世話になり、オトンとの別居生活を始めることになった。

なぜ、そんな微妙な関係性の別居になったのか、どういう意図があったのかはわからないが、オカンにしてみれば、これほど所在のないこともなかっただろう。自分の兄妹ならまだしも、オトンの姉の、そのまた嫁ぎ先なのである。

立派な母屋《おもや》があり、そこに義姉夫婦、二人の子供、義兄の両親が住んでいた。そして、母屋の並びにはかなりの人数を賄《まかな》える学生寮を二棟営むほどの裕福な家庭だった。

しかし、ボクらに用意された部屋は寮の一室でもなく、学生食堂の隅に作り付けてある四畳ほどの小部屋だった。

家具はなにもなく、部屋の四隅がきれいに見えた。そのなにもない部屋にオカンはボクのための本棚を買ってくれた。観音開きの扉が付いた大きな本棚だった。そして、座布団《ざぶとん》を作ってくれた。毛糸でカバーを編み、中にウレタンを入れた薄い座布団。ベージュの毛糸の中心にはフェルトを貼《は》り合わせて作った鉄腕アトムのアプリケ。オカンはまるで絵がダメだったから、まるで似ていないアトム。その上、アトムの肌が茶色のフェルトで、かなり南方系の鉄腕アトムだった。

絵本を本棚から取り出し、アトムの上に座って読んだ。まるで自分の部屋みたいで、最初のうちはやけに楽しかった。オカンがそういう風にしてくれたのだと思う。

ボクはそこから幼稚園に通い始めた。オカンは、その学生食堂の手伝いをしているらしかった。

朝になると幼稚園バスが近くの広場まで迎えに来る。近隣の子供たちが親に手を引かれて集まって来る。楽しそうにやって来る他の子供たちと違って、ボクは毎日泣きながら、オカンに引きずられながら広場に連れて行かれた。幼稚園に行くのがとても嫌で、心細いのか淋《さび》しいのか、オカンにしがみついて号泣した。近所の人が毎日、そんなボクを見て笑うのでオカンは恥ずかしかったらしい。

無理矢理バスに乗せられても、バスを降りるなりダッシュで逆走し、今、来た田んぼ道を泣きながら家に向かって走った。仕方なく、オカンも一緒に幼稚園まで来る時もあったが、お遊戯をしている間にこっそり帰ったりする。泣き止《や》んだと思っても、また火がついたように泣き出し家に向かって脱走を繰り返す。

ボクは、母親離れがまるでできない子供になっていた。

小高い丘に立つ白い巨大な観音様が目印の幼稚園。ガーゼで作った小さな袋に二十円を入れて先生に予《あらかじ》め渡しておくと、お弁当持参ではない園児のためにパンが届く。数種類の菓子パンが箱に入って昼時に教室へ運ばれる。ボクはだいたい弁当を持たされていたけどそのパンが食べたかった。中でも両側にピンクのウエハースが付いた菓子パンがあって、それは園児の中でも奪い合いになっていた。

たまに、ガーゼの袋を持っていく時も、争ってそれを手に入れることができず、一度もそのパンを食べれないでいる消極的な子供だった。

大人たちの関係は修復されることもないまま、ボクたちは一年後に食堂の片隅からも出て行くことになる。ここからが実質上、本当の別居になるのだろう。

福岡の田舎。筑豊の小さな炭坑町。一日八本の運行しかない赤字単線の終着駅がオカンの故郷だった。結局、オカンは子供を連れて実家に出戻ることになったのだ。実家にはばあちゃんがひとりで暮らしている。

この町は、毎日夕方になるとサイレンが鳴り響く。両耳を突く警告音とアナウンス。それに続いて重たい爆音と町中を底から揺らす地響きが起こる。家中が痺《しび》れたように震えて軋《きし》む。

炭坑の発破《はっぱ》を知らせるその音や振動も日常化したこの町で、いちいちそれに足を止める者はいない。

「さん、にい、いち……。ドーン!!」

子供たちはサイレンを聞くと笑いながら爆発音に合わせて、一緒に跳ねた。

炭坑から炭住の周囲を石炭を積んだトロッコが走る。町の中をガタゴト鳴らして、黒ダイヤをポロポロこぼしながらトロッコは次々とトンネルの闇《やみ》へ消えてゆく。

その頃はもう、ここの炭坑も閉山間近で、緋《あか》い空にはもうここしばらく稼働《かどう》していない煤《すす》けた立て坑が影だけを伸ばしていた。掘り返して出てくる砂利や石、質の悪いクズ石炭を積み上げられてうずたかくなったボタ山の至る所から、白いガスが噴き出し、町中にその臭《にお》いがたちこめていた。

この町にある家の多くは炭坑労働者の家庭で、長屋状にたくさん並んだ炭住、配給所、共同浴場が炭坑の周囲を囲んでいた。

オカンがこの町を出て行った頃と違って、もう、その時には当時の賑《にぎ》やかさは面影もなく、老朽化した炭住には空き家が増えていた。

ボクは幼稚園を移り、オカンは近所の子供たちを見掛けると「遊んであげてね」とボクの両肩を押して前に出した。

小倉の街よりも更に気性の荒い男たちの町だったが、ボクは小倉よりも、この町の匂《にお》いや気質が合っていたようだ。一年前とは見違えるように、ひとりで国鉄のバスに乗り、テクテクと幼稚園に通い、友達を作って遊べる子供になった。

新しい幼稚園は小学校と同じ敷地内にある付属幼稚園でここには給食があった。給食の時間になると、小学校から六年生の生徒がやって来て、園児の給食を配る作業を担当していた。都会の小学校では考えられないことだが、その六年生に包丁を持たせ、小学生は一個食べるコッペパンを園児用に半分に切り分けることもさせていた。キャベツすらろくに刻めない大人の女より、ここの小学生の方が包丁を使えるだろう。

オカンの弟がふたり、近所でそれぞれ家庭を構えていた。京一おじさん、伸一おじさん。どちらも豪快な男らしいおじさんで、自分の姉のそういう状況を思いやって温かく迎え入れているようだった。

筑豊のばあちゃんは、父方のばあちゃんと違って物を言わない人だった。子供のボクにも厳しくすることが多い。優しさを表現するのが下手な人だった。

出戻ってきた娘に温和な態度を取ることはない気質の人だ。ふたりの間にギクシャクした気まずさはあったと思うが、ボクもオカンも、前の食堂の部屋よりはずっと気兼ねなく過ごせたことは間違いない。

じいちゃんが亡《な》くなってから、ばあちゃんは魚を売り始めた。九人の子供がいる。ひとりでリヤカーに魚を積んで、町の中をぐるぐる売り歩いた。

ボクらが転がり込んで来た時も、まだ毎日、早朝から河岸《かし》へ行き、肌を刺す寒い朝も、照りつける暑い真昼もリヤカーを引き続けていた。どれだけも売れないだろうに休むことなく、青いトタン屋根を付けたリヤカーに魚を入れて町を回っていた。

ボクが小学校に上がり、ランドセルを背負って下校する道すがら、いつも商店街や駅前で、ばあちゃんの姿を探しながら帰った。

冬には、何枚も重ね着して着膨れしたばあちゃんを、夏には、男みたいな白いシャツ一枚で、首からタオルを下げたばあちゃんを見つけては、こっそり後ろから近づく。気付かれないようにゆっくり、ゆっくり、近づいて荷台に座り、魚の生臭い匂いに揺られながら町の中を抜けていく。ふわふわしたクッションの上にいるような心地良い振動だった。

家は急な坂道の頂上にあった。魚と氷を載せたリヤカーは、平坦《へいたん》な道ならともかく、坂道では若い男が引いても、慣れない者は後ろ向きに引っ張られてしまう。

坂の途中でばあちゃんは何度も休憩を取りながら、息を切らせて少しずつ登った。遠くからでも見える急な坂道にいるばあちゃんを見つけると、ボクは急いで駆け寄って、後ろからリヤカーを押した。

後ろから力が加わると、ばあちゃんは振り向き、ニヤリと笑って、また前を向き直ってリヤカーを引く手に力を入れる。

近所の人も、ボクの友達も、坂道でばあちゃんを見掛けるとみんな後ろから押して手伝った。人情の厚い町だった。

そんなばあちゃんを見ていると、ボクは時々、思うことがあった。

〝なんで、ばあちゃんはひとりで住んでいるんだろう？〟

九人の子供と二十人近い孫。その孫の中で、ばあちゃんと暮らした経験があるのはボクだけしかいないそうだ。

また、腹が痛くなっていた。腸閉塞《ちょうへいそく》の時のような激痛じゃないが、下痢が続いていた。最初は町医者に行き、その後どこでそんなことを言い渡されたのかは憶《おぼ》えていないが、その医者の診断したひと言に、オカンは倒れそうになったという。

「赤痢ですね」

伝染病である。看護婦も医師も言いながら半身になったことだろう。小学一年生である。東南アジアで微妙な甲殻類を食ったとか、アフリカでおかしな遊びをしてきたとか、それらしきエピソードをなにひとつ持たない、ただの小学生が赤痢に⁉新聞にも載りました。法定伝染病ですから。どんな見出しだったのだろうか？

〝福岡県に小一の赤痢患者。赤痢患者の最年少記録を更新〟

名前は伏せてあるんだろうね、間違いなく。A君と呼ばれていたのだろうか？　ボクのメディアデビューはセンセーショナルな伝染病患者としてだった。

問題は感染ルートである。しかし、ボク以外に患者が現れる気配もなく、完全に最後まで自己完結型単独の伝染病患者だった。ということは、誰かに伝染《うつ》されたという線ではなく、自らが赤痢菌を持つなにかしらと接触、飲食等をしたとしか考えられない。オカンもばあちゃんもクラスメイトも無事なのである。果たして感染源はなんだったのか？　それは結局、わからずじまいで、なんともミステリアスな小学生。不気味な六歳児である。自分でもなにを拾って食ったらそうなっちゃったのか皆目見当がつかないのである。

無論、返す刀で入院。それもただの入院ではない。「隔離」である。

山の上の奥の方。隔離病棟のある病院へ。オカンもボクを心配して、一緒に隔離されることになった。深呼吸ひとつにもナーバスになるであろう隔離病棟に健康体で単身突入する勇気と愛情。恋人や夫婦では持てるものではないだろう。もし、あの時、ひとりで隔離されていたら、もっと渋みのある大人になっていたような気がする。

すべての窓には鉄格子《てつごうし》がはめ込まれ、病棟の扉は夜になると鍵《かぎ》が掛けられる。隔離病棟の床は赤。一般病棟、その他の廊下は緑になっていて、赤い廊下に立たされたボクは看護婦さんに「絶対に赤いところから出ちゃダメよ!!」と悲しいほど念入りに指導を受けた。

ところが、入院して二日目には腹痛も下痢も治まり、赤い廊下で元気一杯走り回っていた。それでも、新聞に載るような大人物は簡単には外に出してはもらえない。

数日が過ぎて、オトンが面会にやって来た。久しぶりの親子の対面は廊下の色で隔たりを設けられていた。例の看護婦から説明を受け面会のスペースへオトンは連れて来られた。

二色の廊下の上をまたぐようにテーブルが置いてあり、テーブルの上にも白いビニールテープでセーフティ・ゾーンとデンジャラス・ゾーンの境界線が引いてある。

ちなみに、オトンはどこでも煙草《たばこ》を喫《す》う。ミスタースリムという細長い煙草をどんな場所でも平然と喫う。右手小指の爪《つめ》だけ伸ばしてあって、煙草のセロハンをその指ですくって剝《は》がす。そういう人である。

潜水艦の中でも煙草を喫うであろうこの人にとって、病院、病人の前での喫煙は当たり前。なにかオカンと言葉を交わしたと思ったら、すぐにポケットから煙草を取り出し、テーブルの上にポンとそれを投げた。

そして、その煙草の箱が、白いテープから少し、こちらにはみ出したのである。すると看守のように隣で見張っていた看護婦が踵《きびす》を返して消毒弁を持ち出し、ミスタースリム目掛けて大量噴射した。

超ナーバス!!　子供ながらに傷ついた。流石《さすが》のオトンもそのナーバスぶりを見て、息子には悪魔が取り憑《つ》いているのでは？　というダミアンを見るような眼に変わった。

それからも元気一杯の隔離生活は続き、二週間後に退院することになった。退院直前に件《くだん》の看護婦がオカンに「本当に赤痢なのかなぁ、ちゃんと調べたんかねぇ……」となにを今さらな言葉を呟《つぶや》いたというが、真相は藪《やぶ》の中である。

そして、後になって思い出したことだが、その隔離病棟には他にも患者が数人いて、同じ廊下の中なら自由に伝染病患者同士が触れ合えることになっていた。昼間はいつも、高校生くらいの女の子にボクは遊んでもらっていたのだが、当時、カップの中にスライムのようなモノが入っている風船玩具《おもちゃ》があった。そのスライム状のものにストローを差して息を吹き込むと、カップの上に大きな風船ができるといった代物《しろもの》だった。

それを女の子は持っていて、毎日それで一緒に遊んだ。ストローは完全シェアで、交互に膨らませて、大きさを競ったのだが、あの女の子はいったい、なんの伝染病だったんだろうか……？

大人になってからそのことを考えると、とても気になって仕方がないのだが、では教えてあげると言われても聞きたくはない。

小学校に入学してボクは明るく積極的な子供に変化していたのだが、今回の赤痢事件で学校中が消毒され、クラスメイトは全員注射を打たれたらしい。せっかく、明るく楽しく過ごしていたのに、この件が原因でイジメにでも……とオカンが危惧《きぐ》したかどうかは知らないが、やっぱ小一は無知。全員、わけがわからず注射を打たれて泣いて終わった。これが高学年の時に起こっていたら。それから先の将来、死ぬまでずっとボクのあだ名は「赤痢」もしくは「レッドマン」。「うぇー!! あいつに触ると伝染るぞー!!」という迫害を背中で聞き続ける人生をあやうく歩むところだった。

オカンは町の料理屋で働いたり、友人が経営する遠賀《おんが》川《がわ》沿いのドライブ・インに勤めたりしていた。

オカンとオトンの間でなにか話し合いでもあったのか、ボクは春休みや夏休み、長い休みになると、だいたい小倉の家にひとりで行かされた。とはいっても、ほとんどオトンと接する時間はなく、ばあちゃんと過ごしている。その頃のオトンはいつも午後まで寝ていた。広告代理店はとうに辞め、その後は自宅でデザイン事務所を開いたものの、どれもうまくいかなかったらしい。

　昼間に掛かって来た電話をボクが受けた時、電話の相手は「お父さんいますか？」と言った。ボクはオトンの蒲団《ふとん》に行き、電話だと教えたがオトンは「いないって言え」と不機嫌そうに言う。ボクはもう一度受話器を持って、「いないって言えって言われた」と伝えると、それに寝耳を立てていたオトンは飛び起きてボクの頭をはたき、電話口でなにかを話していたが、そのうち怒鳴り出して電話を叩《たた》き切り、また、ふてくされて寝た。

　ボクはその後、わけがわからず悔しくて泣いた。

　いつも昼過ぎまで寝て、夕方になると飲みに出掛けてゆく。このあたりからもう、自分の父親がなんの仕事をしているのか、まるでわからなくなっていた。

　オカンは電話を寄越して「今日はなにをしとったん？」と聞く。ある日、オトンが動物園に連れて行ってくれるということになった。たぶん、それはオカンがどこかに連れて行ってやれと、指示を出したのだろう。

　出掛けた日の夜。オカンから確認の電話が入った。

「動物園は行ったんね？」

「うん」

「なに見たん？」

「おうま」

「他にはなにがおった？」

「おうま」

「他は？」

「おうましかおらんかった」

オカンはオトンに替われと言った。動物園と偽って、競馬場に連れて行ったことがバレて、また電話でモメだした。ボクはなんだか告げ口したようで気まずかった。

夜行性のオトンは飲み屋には連れて行けると思ったか、時々、クラブにボクを連れて行ったが、ボクは眠い上に、タクシーであっちこっち引っ張り回され、乗り物酔いでお店の中にゲロを吐いたりするものだから、もう、飲み屋へも連れて行かれなくなった。

そんな親子関係を見て、小倉のばあちゃんはボクを猫かわいがりしていた。この子が不憫《ふびん》でならんというようなことをよく口にしていた。

いつの夏休みだっただろうか。

ボクはいつものように小倉に来ていた。もう、その頃、オトンはこの家には住んではいなかった。どこか別の場所で暮らしていて、ボクが来ている時は、たまにやって来る。

ばあちゃんは会うたびに、何度も同じことをボクに聞いた。

「一番好きなのは誰ね？」

ボクは毎回、同じことを答えた。

「ママ」

「その次に好きな人は誰ね？」

「小倉のおばあちゃん」

そうね、そうねとばあちゃんは言う。

何番目まで聞かれてもオトンの名前は言わなかった。それは別にオトンが嫌いだったというわけではなく、なんとなく、この場ではオトンの名前を出さない方がいいのだろうなと、子供心に思っていたからだ。

その日は、ばあちゃんの他に、もうひとり誰かがいた。それが誰なのかは憶えてない。

夏の昼間。電気を消した茶の間に扇風機だけが回っている。磨《す》り硝子《ガラス》から洩《も》れる光だけの薄暗い部屋だった。

その時も、ボクはばあちゃんに同じ質問をされていた。

「一番好きな人は誰ね？」

「ママ」

しばらくして、ばあちゃんは、もうひとりの誰かと小声でなにか話をしていた。そして、ボクを横目で見ながら、憐《あわ》れんだ声でこう言った。

「生みの親より、育ての親って、言うけんねぇ……」

それが聞こえた時、その時はどういう意味なのか、わからなかったけど、なにか嫌なことを言われているな、ということは、すぐにわかった。

Ⅱ

「親子」の関係とは簡単なものだ。

それはたとえ、はなればなれに暮らしていても、ほとんど会ったことすらないのだとしても、親と子が「親子」の関係であることには変わりがない。

ところが、「家族」という言葉になると、その関係は「親子」ほど手軽なものではない。

たった一度、数秒の射精で、親子関係は未来永劫《えいごう》に約束されるが、「家族」とは生活という息苦しい土壌の上で、時間を掛け、努力を重ね、時には自らを滅して培《つちか》うものである。

しかし、その賜物《たまもの》も、たった一度、数秒の諍《いさか》いで、いとも簡単に崩壊してしまうことがある。

「親子」は足し算だが「家族」は足すだけではなく、引き算もある。

「フィガロの結婚」の劇中にこんな台詞《せりふ》があった。〝あらゆる真面目《まじめ》なことの中で、結婚という奴《やつ》が一番ふざけている〟。

「親子」よりも、更に、簡単になれてしまう「夫婦」という関係。

その簡単な関係を結んだだけの、ふざけた男と女が、成りゆきで親になり、仕方なく「家族」という難しい関係に取り組まなくてはいけなくなる。

ことなかれにやり過ごし、埃《ほこり》は外に掃き出さずとも、部屋の隅に寄せてさえおけば、流れてゆく時間がハリボテの「家庭」くらいは作ってくれる。

しかし、家族関係は神経質なものだ。無神経で居られる場所ほど、実は細心の神経を求める。ひびの入った茶の間の壁に、たとえ見慣れて、それを笑いの種に変えられたとしても、そこから確実にすきま風は吹いてくる。笑っていても、風には吹かれる。

立ち上がって、そのひび割れを埋める作業をしなくてはならない。そのひび割れを、恥ずかしいと感じなければいけない。

なにかしらの役割を持つ、家族の一員としての自分。親としての自分。配偶者を持つ身としての自分。男としての自分。女としての自分。すべてに「自覚」がいる。

恐ろしく面倒で、重苦しい「自覚」というもの。

その自覚の欠落した夫婦が築く、家庭という砂上の楼閣は、時化《しけ》ればひと波でさらわれ、砂浜に家族の残骸《ざんがい》を捨ててゆく。

砂にめり込んだ貝殻のように、子供たちはその場所から、波の行方を見ている。

淋《さび》しいのではなく、悲しいのでもない。それはとてつもなく冷めた眼で見ている。言葉にする能力を持たないだけで、子供はその状況や空気を正確に読み取る感覚に長《た》けている。そして、自分がこれから、どう振る舞うべきかという演技力も持っている。

それは、弱い生き物が身を守るために備えている本能だ。

〝夫婦にしかわからないことがある〟。よく聞く言葉だ。それは確かにあるだろう。しかし、〝夫婦だけがわかってない、自分たちふたりのこと〟は子供や他人の方が、涼しい眼で、よく見えているということもある。

五月にある人は言った。

どれだけ仕事で成功するよりも、ちゃんとした家庭を持って、家族を幸せにすることの方が数段難しいのだと、言った。

ボクはオトンのことを家族と感じたことはなかった。物心がつき始めた頃には、もう一緒に暮らしてはいないのだから、当たり前のことかもしれないが、かといってオトンが父親であるということも否定したことはなかった。

オトンはいつも、サンダーバード5号のように、宇宙のどこか、詳しくはわからない遠いどこかにプカプカ浮いているような存在だった。なにかの拍子に戻って来るが、また気がついたら居なくなってる。

なにをしているのか、よくわからなくても「居る」ということが、どこか安心させる存在として、ボクの気持ちに居た。

そして、オカンはいつも、サンダーバード2号のように、コンテナのボクを胴体に収めて、近すぎるほど近い場所に居た。少しでもどこかに居なくなれば、泣きながら行方を探し、泣き止《や》まないうちに、すぐ、帰って来てくれる。互いが一緒に居ることで、ひとつのかたちを成しているようなものだった。

とにかく、そばに「居る」ということでボクを安心させてくれる存在だった。

小学校で一枚のプリントを渡されたことがある。そのプリントは全員に渡されたのではなく、クラスの数人が放課後に呼び出されてひとりずつ、先生から手渡しでもらった。

それは、父親の居ない児童を潮干狩りに連れて行くという催しの通知だった。それに参加する場合は、学校を休んでも公休になるらしい。

誰が考えたのか知らないが、本当に余計なお世話である。帰り道、同じプリントをもらった同級生から「行くと？　行くと？」と何回も聞かれた。その友達は行く気満々だったようだ。

家に帰って、オカンにプリントを見せるとオカンは静かにボクに聞いた。

「どうするね？」

「行かん。行きとうない」

機嫌悪くボクが答えると、オカンは「不参加」の欄に丸を囲んでハンコを押していた。

いくら保護者がオカンの名前で登録されていても、自分にはオトンが居るのだという気持ちが、子供ながらに強くあった。

一緒に住んではいないけれど、離婚したわけでも、死別したわけでもない。なんで、その潮干狩りに自分を誘うのだという憤《いきどお》りがあった。

潮干狩りの当日。クラスには父親の居ない児童の空席がいくつかあった。なぜ、今日、彼らが学校に来ていないのか、クラスの全員はどういうわけか知っている様子で、学校にやって来たボクに「オマエ、貝掘り行かんやったとか？」と何度も聞かれて、うっとうしかった。

筑豊のばあちゃんの家に暮らし始めて数年が経《た》っても、その家が自分の家だと思ったことはない。小学生になって学習机を置く部屋も出来たけど、そこが自分の部屋だと思ったこともなかった。

それは、前に住んでいた学生食堂の隅の部屋の時もそうだったが、やはりそこに住んでいるというより、〝お世話になってる〟という気持ちがあるからだ。

自分には家族が居る、という気持ちは、どんな安普請《やすぶしん》でもいいから、自分の家があるという気持ちの上に成り立つものなのだろう。

だから、一緒に住むばあちゃんのことを家族だと思ったこともない。居候《いそうろう》のボクがそう思うのは厚かましいと感じていたところもあるからだ。

オカンの居るところに、ただ居る。それだけが心のよりどころだった。

そんな気持ちからなのかどうかはわからないが、小さな頃から、やたらとボクは動物を飼いたがった。

拾ってきた犬。買ってもらったウサギ。川で捕まえた亀《かめ》やザリガニ。十姉妹《じゅうしまつ》にヤモリにカブト虫。なんでもかんでも家に持って帰って来る。ばあちゃんが魚屋で使っていた、タコを入れる樽《たる》をもらって、蛇でも雷魚でも放り込んで飼っていた。

「家族」について作文を書くという宿題は、ただ、その動物たちの名前を延々、箇条書きで書き出して原稿用紙を埋めて終わる。なんの感情も状況も描かず、動物の名前の羅列に終始する、乾いた作文だった。

とはいえ、その「家族」や親の問題をひどくコンプレックスに思っていたかといえば、まるでそうではない。自分にとっては、そんな状況が当たり前のことになっていたし、取り立てて、他の一般的な家族を羨《うらや》ましいとも思わなかった。ただ、そのことはもう、ほっといて欲しかった。親戚《しんせき》の中でも、それを話題に出されてことさら不憫《ふびん》に言われることの方が嫌だった。

筑豊の炭坑町は、近いうちに炭坑の閉山が決まって、子供たちの眼から見ても活気が衰え、町全体が薄暗くなってゆくのがわかった。

町中を揺らした発破の回数も減り、立て坑は鳩《はと》の住《す》み処《か》になっていた。残ったものは、ボタ山と失業者だけだ。

その坑夫たちが、町の活気とやる気を取り戻すためにブラスバンドを始める、といったイギリス映画のようにシャレたことは当然起こるはずもなく、ただ昼間から町は泥酔《でいすい》した大人たちで溢《あふ》れた。

昼過ぎに、町の外れにある小学校から、ボクらがランドセルを背負って帰って来ると、町角の至る所、特に酒屋の周囲には大人の男たちが道に座って酒を飲んでいた。酒屋の中にある立ち飲みのカウンターだけはヤケクソのエネルギーに溢れていて、そこだけは、ひいきのサッカーチームが試合に負けて、フーリガンの集まったイギリスのパブのようだった。駅前の坂道には大きな階段が長く続いている。ボクらはいつもその階段で「チヨコレイト」をしながら帰るのだけど、階段の上には酒屋があって、酩酊《めいてい》したオジサンの酔拳《すいけん》にやられることもあった。

男たちは子供を見つけると、五メートルの距離を歩くのも面倒なのか、すぐ横の酒屋にワンカップを買いに行かせ、いいオヤジに当たると紋次郎イカや十円を駄賃にくれたりするが、スカのオヤジに当たると、ただ殴られたり、サイコロを投げつけられたりする。

オカンは最後まで、ボクに勉強しろと言ったことがなかった。学校から帰ると、すぐ遊びに出掛ける。いつも前野君という友達と一度家に寄り、オカンにカルピスとかシャービックとかを出してもらってから、自転車で前野君の家に行く。

ふたり乗りで、前野君を後ろに乗せて、登って来た坂道をまた、逆の方へ下る。この自転車は親戚のコクコクのおじさんという、顎関節《がくかんせつ》がおかしいのか、ものを食べる時にアゴが「コクコク」音をたてるおじさんが中古自転車を修理してボクにくれたものだが、ブレーキの装備されてない危険な乗り物だった。

唯一《ゆいいつ》のブレーキはボクらの足で地面をこする〝足ブレーキ〟だったが、両手ばなし走行ができるようになって調子に乗り始め、坂のヘアピンカーブをノーブレーキングで攻めた時に体重をかけ間違い、ふたりして石垣に激突。血だらけになって家に戻ると、その時に初めて、この自転車にブレーキがないことを知った自転車に乗れないオカンは、病院に行った帰りに店で新品の自転車を買ってくれた。

「どれがいいんね？」と体中に包帯を巻かれたボクにオカンは聞く。その当時、荷台に電飾のフラッシャーが付いたデコトラのような自転車が小学生の間で流行《はや》っていた。「コレがよかろうも!!」と頭にネット式の包帯を被《かぶ》せられて、お見舞いの果物みたいになった前野君が、一番派手に電飾の付いた自転車を指差した。

ボクもそれが欲しいと思ったけれど、なんだかオカンに悪い気がして、少しだけ、地味に電飾の付いた自転車を欲しいと指差した。

お見舞いの果物と自転車屋のオヤジは一緒になって「いや!! こっちの方がよかろうも!?」と高い方の自転車を勧めたが、ボクは断固として、地味な方の自転車がいいと言った。

前野君の家は炭住の近くにあって、家の隣はすぐに山だった。ボクたちは毎日、小刀を持って山に行き、つるを切って木の枝に結び「ターザンごっこ」をした。アケビを採って食べ、山芋や筍《たけのこ》を掘って、家に持って帰った。

土手には土筆《つくし》や野苺《のいちご》、ゼンマイや蕗《ふき》。その季節ごと、そこいら中に食べ物が生えていた。

茶色の野良犬《のらいぬ》を見つけると「あっ。赤犬」と叫んで、食べはしないが意識した。

橋の欄干の上を立って歩いたり、どれだけ高い木に登れるか、とか。子供たちの間では度々、度胸だめしが行われる。

蜂《はち》の巣を棒で突く。うんこを見つけたら爆竹を仕掛けて、ギリまで逃げない。肥溜《こえだ》めに棒を差し込み、その先端に付いたうんこを人んちの洗濯物に付ける。カエルは皮を剝《は》がして肛門《こうもん》に爆竹を。

最低である。子供は愉快犯だ。モラルよりも、楽しさが勝ってしまう。しかし、完全犯罪を成し遂げる知恵はない。結果、くまん蜂や足長蜂に刺されて何度も病院へ運ばれる。うんこまみれになる。洗濯物の主にグーで本気で殴られる。カエルの夢にうなされる。そうやって、悪いことをするのがどんどん怖くなる。

炭坑付近を走るトロッコ。石炭を積んでガタゴトと走る。そのトロッコに飛び乗って、どこまで行けるかという冒険をしたことがあった。もちろん、トロッコの線路には近づけないように柵《さく》が設けてあるが、だいたい子供は穴の開いている場所を知っているものだ。

　そこから侵入してトロッコに飛び乗り、しがみついた。小さなトロッコがボクと前野君と別府君を石炭と一緒に運ぶ。眺めていると遅いトロッコも自分が乗ると怖いくらい速い。両幅の狭い景色が滑るように流れてゆく。小さな暗闇《くらやみ》のトンネルを抜けて、しばらく走ると線路にブレーキのかかるポイントがある。

　そこにぶつかると石炭を積んだ木枠の部分が、車輪部分と離れて衝撃で九十度立ち上がり、石炭が一気にこぼれる仕組みになっていた。こぼれた先は石炭を集積する巨大な蟻地獄《ありじごく》状になっていて、中央に石炭を細く砕く粉砕機が回っている。つまり、そこに落ちたら、終わりである。

　ボクらは、それを怖がらずに、どこまでトロッコに乗っていられるかを競っていた。トンネルの中で轟音《ごうおん》が響き、それを抜けると終点に向かって加速しながらトロッコは直線を進んだ。

　たまらず、前野君が飛び降りた。ボクも耐えきれず飛び降りる。別府君と石炭を積んだトロッコがまっすぐに蟻地獄へ向かって行った。完全に逃げ遅れていた。あっ⁉と思って背筋が冷たくなった瞬間、トロッコはドカンという音と共に、石炭と別府君を粉砕機の中へ放り込んだ。恐ろしくなって叫んだ。

すると、背後から炭坑の人が怒鳴りながらすごい勢いで駆けて来た。どこかに向かって手を大きく振り、大声を出して、機械を止めるように言っているようだった。その人が石炭の蟻地獄に飛び込んで、ザラザラと下に持って行かれている別府君を助け出した。途中で機械の音も止まった。

ボクたち三人は、その人にメチャクチャに叱《しか》られ、ベコベコにぶたれた。子供はこういう悪フザケで死んでしまうことがあるだろうなと、今はわかる。

あの時、もしあの人が居なかったらと思うと本当に恐ろしい。別府君はどこかの家庭の燃料になっていただろう。それ以来、一度も、現在に至るまでトロッコには乗っていない。これからも乗らないだろう。乗る機会もないんだが。

オカンは夜になると、近所の料理屋さんに仕事に出掛ける。眠っているうちに帰って来る。時々、帰って来た時に目を醒《さ》ますことがあった。料理屋の匂《にお》いと酒の匂いが部屋の中でふくらむ。蒲団《ふとん》の横にある鏡台で、化粧を落として、化粧水をはたいている様子を蒲団の中から見ていた。硝子《ガラス》の瓶に入った化粧水のキャップを回す音や、ひたひたと顔につけている化粧水の音が心地良く好きで、オカンが帰って来た安心感と静かな部屋に小さく響く化粧瓶の音が、また、眠りを誘った。

前野君の家族は、そんな状況を気遣ってくれたのか、いつも遊びに行くと、御飯を食べていきなさい、今日は泊まっていきなさいと言ってくれる。前野君のお父さんは炭坑で働いていて、夕方になるといつも家に居た。

まだ明るい夕暮れ。両親とお姉さんと前野君がいつもの席であろう場所に座る。「ヤンボー・マーボー天気予報」がテレビから流れる。うちの夕飯の時間よりもずっと早い。なのに、家族が全員揃《そろ》っている。テレビの中でしか見たことのない家族の食卓の風景に、ボクは緊張した。これは今でも、人の家の家庭らしい食卓に招かれると、同じように緊張し、同じことを思う。

〝へー。テレビみたい〟

夕飯が終わると、前野君のお父さんはいつも、宝焼酎《しょうちゅう》をヤクルトで割って飲んでいた。ボクらはヤクルトだけを貰《もら》い、セコい開け方をして、チューチュー吸った。

そして、お父さんは「今日は泊まっていきんしゃい。ゆっくりしたらええ」と言い、お母さんに、今日は泊まらせますと電話させる。

「よし。今日は中川君が来てくれたんやけん、俺はもう一杯飲もうかの」。そう言っては家族全員から「もう飲まんでよか!!」とツッコまれていた。お父さんのあだ名は〝きかんぼう〟だった。

前野君、お姉ちゃんの誕生日ならともかく、お父さんの誕生日にもボクは招待され、週末はいつも、どちらかの家に泊まり合うようになっていた。

お母さんが西瓜《すいか》を切る。うちと違って一玉がすぐになくなる。縁側に座り、茶の間から庭に居る犬にめがけて西瓜の種を飛ばす。

この犬は元々、ボクが仔犬《こいぬ》の時に堤で拾ってきて、自分の家では飼いきれないので、前野君のところで飼ってもらっていた犬だ。結局、この犬は前野君の家で二十年近く暮らしていた。

この町は豊かな町ではなかったけれど、ケチ臭い人の居ない町だった。これはオカンもオカンの兄妹も、この町で生まれ育った人に共通する気質なのだろう。

オカンに怒られた記憶はほとんどないが、一度だけ声を荒げて怒鳴られたことがある。

十歳くらいの時。家にいとこの小さい子が来ていて、ボクの本をビリビリに破いたことがあった。ボクはそれに腹を立てて、オカンに言いつけに行った。そして、その破られた本の値段を指して、何円分の損害だよ、みたいなことを言ったのだと思う。するとオカンは今まで聞いたことのないような怖い声を出してボクを叱った。

「男が金のことで、ぐちゃぐちゃ言いなさんな!!」

オカンに大声を出されたのは、その時が最初で最後だ。

前野君のお父さんはボクが中学に上がる時に、腕時計を買ってくれた。それは前野君とお揃いの同じ腕時計だった。炭坑も閉山になった直後だと思う。

今、自分が大人になって改めて思うが、息子の単なる友達に、息子と同じ腕時計を買ってあげるなんてことは、なかなかできることじゃない。本当にカッコいい男の人だと思う。

それからボクは腕時計には運があるようで自分ではほとんど買ったことがないのだけど、ロレックスやオメガ、色んな高級時計を人からプレゼントされてきた。

しかし、ここ数年、腕時計をする習慣がなくなったことと、物に対して無頓着《むとんちやく》な性格もあって、その高級時計も家のどこにあるのかさえわからない。

でも、前野君のお父さんに貰ったその時計だけは、腕時計をしない今でも、たまに時計店にメンテナンスに出して大切にしている。遠心自動巻きで動く、セイコーの腕時計。本当はこの腕時計をボクと前野君とふたりではめて、お父さんと一緒に宝焼酎のヤクルト割りでも飲みたいところなのだけど、もう今は、この時計が前野君のお父さんの形見になってしまった。

町の唯一の産業は失《な》くなり、大人たちの生活や状況が変われば、子供たちにもその影響は出てくる。

クラスの中でも生活保護を給付されている家庭の子供が増え、もう少し先生も気を遣えばいいものを、他の生徒たちの前でその子供たちを並ばせて、ノートや鉛筆を支給していた。ボクはその行為の意味がわからず、家に帰ってオカンに自分はどうしてノートが貰えないのかと尋ねると、この町の話や仕事が失くなってしまった人たちの話を聞かせてくれた。

でも、生活保護を給付されている友達の両親は朝から夫婦でパチンコ屋に並び、夜はいつも飲み屋にいる。ボクはその様子がずっと不思議に思えた。そこのおじさんはいつも近所のおばさんに「フリチンで寝るとが健康法たい」とよくわからないセックスアピールをしていて、保護の調査員みたいな人が家に来る時はテレビを隠すのだと、妙なテクニックを発表していた。

ある時、その友達と仮面ライダーカードでパッチン（メンコ）をやっていたら、その友達がボクが失くしたと思っていた、ボクのカードアルバムを持っていた。ラッキーカードが当たって、それを郵送し、やっと手に入れたものだった。

「それ、オレのやろ？」

「ちがうよ。オレも当たったんよ」

しかし、そのアルバムにはボクは自分の名前と学年、クラス名を書いていた。その場所を黒のマジックで塗り潰《つぶ》してある。

「ここに名前書いとったろうが」

「いや、知らんよ。オレのよコレは……」

しどろもどろになった様子を見て、これは絶対に自分のアルバムだと確信したが、友達に〝盗んだ〟という言葉を使いづらく、そのまま、うやむやに持ち帰られてしまった。

その夜。オカンにそのことを相談すると、「自分で取り返して来なさい」と言う。どこかでオカンが取り返しに行ってくれるのではないだろうか、だって、悪いのは向こうなんだものと思っていたのに、そうはしてくれなかった。

次の日。重たい気分で相手の家に行くと、そこのおじさんは表でまた、フリチン健康法について近所の主婦に力説していた。部屋に行くと、友達がカードをアルバムに入れたり出したりして遊んでいる。その隣には高校生の兄貴がハイライト喫《す》いながら、そのハイライトの空き箱を何枚も使って「手まり」を作っていた。その手まりが部屋にいくつも飾ってある。

ボクは、やっぱりそのアルバムは自分のだと思うから返してくれと言ったが、隣に兄貴がいることで、昨日よりも更にいけしゃあしゃあ度のアップした友達は、頑《かたく》なにそれを否定し、反論の文末には「ねぇ、兄ちゃん」と兄貴の顔を見上げながら嘘《うそ》の同意を求めると、兄貴の方は「ああ、そうばい」と手まりを作りながら眉《まゆ》ひとつ動かさずに答えた。

それでも、執拗《しつよう》に食いさがっていると、しまいには兄貴がハイライトの手まりを作る手を止めて「そしたら、こいつが盗んだち言うとか!?」とスゴまれ完封負け。

その兄貴はいつもダウン・タウン・ブギウギ・バンドの真似《まね》をして、マジックで名前や絵を描いた白いつなぎを着ていた。ボクもダウン・タウン・ブギウギ・バンドが好きだったので、その白いつなぎ姿を見るとカッコいいなぁと思っていたのに、途端に嫌いになった。

目に涙をためて玄関を出ると、フリチン健康法のお父さんは「どげしたんか!? けんかでもしたんかぁ?」とボクを呼び止めるので「あのアルバムは、オレのやと思う」と半泣きの捨て台詞《ぜりふ》を残して立ち退《ずさ》った。

兄弟がいてズルいと思い、兄弟がいていいなと思った。

悔しくて涙が流れたが、それを見られると取り返して来れなかったことがオカンにバレると思い、タコの樽《たる》に入ったザリガニに当たりながら、しばらく家の外で泣いた。

オカンが仕事に出掛ける前の夕飯時、目をパンパンに腫《は》らしながらも、オカンはなにも聞かず、ボクはなにも語らず食べまくっていると炊事場の横にある勝手口が開いた。

入口には手まり職人の兄貴がアルバム泥棒の友達の首根っこをつかまえて立っていた。友達は絞め上げられながらワンワン泣いていてボロ雑巾《ぞうきん》みたいになっていた。

兄貴は、もう片方の手に持ったアルバムをボクに差し出すと「コレ、こいつが返すって言いよるけん。ごめんね」と言った。

どうやら、フリチン健康法の拷問《ごうもん》を受けて白状したのだろう。兄貴はオカンに向かって「おばさん、すみませんでした」と頭を下げると、オカンは笑って「まぁまぁ、わざわざ悪かったねぇ」と言った。

兄貴がボロ雑巾の弟にもひと言、詫《わ》びを言えという仕草をすると、嗚咽《おえつ》しながら、ボロ雑巾製アルバム泥棒はやっと言葉をひねり出した。

「もう、そんなん、いらんわ!!」

「『ごめんね』やろが!!」。間髪入れず、兄貴のヒザがいい角度でアルバム君の背中に入った。

「もう、よかたい。しなさんな、かわいそうに」とオカンは兄貴を諫《いさ》めたが、手まりの兄貴は両手で首を完全に絞め上げ、弟を落としに入っていた。その薄れゆく意識の中で窒息しそうな雑巾泥棒は「ごめんねぇぇ～」と吐き出し、そのまま連れて行かれた。

戻ってきたアルバムを手に取り眺めたが、〝そこまでして、オレも、そんなん、いらんわ……〟と思った。

その後、フリチンとオカンの間で、親同士の手打ちも執り行われたようだった。

貧しさは比較があって目立つものだ。この町で生活保護を受けている家庭、そうでない家庭、社会的状況は違っても、客観的にはどちらがゆとりのある暮らしをしているのかもわからない。金持ちが居なければ、貧乏も存在しない。

東京の大金持ちのような際立《きわだ》った存在がいなければ、あとは団栗《どんぐり》の背比べのようなもので、誰もが食うに困っているでもないのなら、必要なものだけあれば貧しくは感じない。

しかし、東京にいると「必要」なものだけしか持ってない者は、貧しい者になる。

東京では「必要以上」のものを持って、初めて一般的な庶民であり、「必要過剰」な財を手にして初めて、豊かなる者になる。

〝貧乏でも満足している人間は金持ち、それも非常な金持ちです。だが、金持ちでも、いつ貧乏になるかとびくついている人間は、冬枯れのようなものです〟。

「オセロー」の中に登場するこんな台詞も東京の舞台で耳にすると、観念的で平板な言葉にしか感じない。しかし、今、こうしてあの頃の、あの町の人々を思い出すと、確かにその通りだと思えてしまう。

必要以上を持っている東京の住人は、それでも自分のことを「貧しい」と決め込んでいるが、あの町で暮らしていた人々、子供たち、階段の上に座って原価の酒を飲んでいた人々が自分たちのことを「貧しい」と蔑《さげす》んでいただろうか？　金がない、仕事がないと悩んでいたかもしれないが、自らを「貧しい」と感じてたようにはまるで思えない。

なぜなら、貧しさたる気配が、そこにはまるで漂っていなかったからである。

ポケットの中に納められた百円は貧しくはないが、ローンで買ったルイ・ヴィトンの札入れにある千円の全財産は悲しいほどに貧しい。

都市開発のファッションビルに入った中途半端《はんぱ》なレストランに行列してまで行き、中途半端な食事と中途半端なワインを飲む。

搾取《さくしゅ》する側とされる側、気味の悪い勝ち負けが明確に色分けされた場所で、自分の個性や判断力を埋没させている姿に貧しさは漂うのである。必要以上になろうとして、必要以下に映ってしまう、そこにある東京の多くの姿が貧しく悲しいのである。

「貧しさ」とは美しいものではないが、決して醜いものではない。しかし、東京の「見どころのない貧しさ」とは、醜さを通り越して、もはや「汚」である。

小学生のその頃。オトンとオカンの間に養育費のような金銭的なやり取りがあったのかどうかは知らない。オカンは料理屋の仕事に出る時と、出ない時があったが、決して裕福であったわけがない。ノートや給食費は自分で賄《まかな》えても、なにしろ、自分の家がないのである。ばあちゃんの家に住んでいることは金銭的な問題なのか、他の取り決めがあったのかはわからないが。

しかし、ボクは一度も「うちには金がない」と思ったことがない。ましてや、貧乏だなんてことを感じたこともない。

オカンが人に気をよく配ったように、ボクも子供の頃、オカンに金銭的なことではどこか気を使っていた。苦労しているような様子も見せず、金の話も口にしないが、やはり、この状況を子供ながらに察していて、無理を言うことはなかった。

でも、「欲しい」と口にしたものは確実に買ってもらえた。兄弟がいなかったからかもしれないが、オモチャも本も野球道具もレコードも、欲しいと言った次の日には買ってくれた。

そして、オカンはボクが赤ちゃんの頃からことあるごとに洋服を買い与えた。どこか親戚《しんせき》の家に行く。法事がある。学芸会がある。合唱コンクールで指揮をする。なにかにつけて新しい服を買って、それに合わせた帽子や靴を買うことも多かった。

近所の人や親戚は、いつも新しい服を着ているボクを見て、「マーくんは衣装持ちやねぇ」と言った。

ボクのものばかり買って、自分のものを買っている様子がないので、一緒にGパンセンターにGパンを買いに行った時、オカンにも無理矢理、なにか買うように勧めて、スエードのパッチワークの付いたベストを買わせたことがある。そして、そのベストをずっと何年も着ていた。

オカンは時々、亡《な》くなったおじいちゃんのことを仏様のような人だったと、一度も会うことのなかったボクに話して聞かせた。

おじいちゃんが生きていた頃は呉服屋を営んでいて、オカンも多分、着るものには不自由しなかったのかもしれない。しかし、オカンは昭和六年生まれ、思春期の頃は物のない時代。モンペを穿《は》いて学校へ女子が通っていた時代だ。

そんな時だったが、オカンが女学校へ入学した時、おじいちゃんは色んな所を探し回って、その当時、周りでは誰も持っていなかった新品のローファーを買って来て、「明日から、これ履いて学校に行きなさい」と渡してくれたのだそうだ。

オカンはその新品のローファーが本当にうれしくて、友達に自慢で、学校に行くのが楽しみで仕方なかったと、ことあるごとにボクにその話を聞かせた。

そんな想《おも》いがあってのことかもしれない。おじいちゃんがしてくれたように自分の子供にもそうしてあげようと思っていたのかもしれない。

ボクが大人になってからも、オカンはボクがファッションとしてのボロな格好をしていても、それを嫌った。

「仕事場にそんなボロの服を着て行ったらつまらんよ。着とるもので、人にナメられたらいけん」。そんなことを言っていた。

イタリア系のマフィアがシルクのスーツを好んで着たようなものなのか、ダウンタウンの黒人がゴールドを身に付けスリー・ピースを着たがるようなものなのか、とにかく服装にはうるさかった。

そして、料理の好きだったオカンは、ボクひとり食べるだけの食事でも、何品もおかずを並べた。一品料理は目が寂しいと言って、何品も小鉢を並べる。当然、食べきれずに残ってしまうが、その残りを次の食事に出すことがほとんどなかった。

小学校の友達も、東京で大人になってからの友達も、うちに来て一緒に食事をすると「いつもこんなにおかずがあるの？」と聞かれる。それとは逆に、それが当たり前だと思って育ったボクはよそにお呼ばれすると「おかず、これだけなんだ……」と思ったりもした。

あとは寝具も頻繁に買い換え、取り換えた。着るものと口に入れるものと、肌に触れるものにはオカンは贅沢《ぜいたく》をした。他の部分は本当に慎《つつま》しいものだったが、それはオカンの美意識だったのだろうか。そのおかげでボクは、自分が貧しいとも、恵まれないとも思ったことがない。それは母子家庭という環境の中で、ボクになにかを思わせまいと、一生懸命、無理してでも張っていた部分なのかもしれない。

行儀にはとても厳しい部分と完全に野放しの部分が極端にあった。

ボクは四十歳になろうかという今でも、箸《はし》の持ち方がおかしい。どう間違っているのかといえば、文字で説明できないくらい、おかしい。おまけに、鉛筆の持ち方もかなりおかしい。どう間違ったらそんな持ち方になるんだというくらいにおかしいのである。

しかも、それぞれがおかしいことを、ボクはかなり後まで知らなかった。オカンがちゃんと教えなかったからである。

「なんで子供の頃、いちいち教えんかったんね？」。ボクが聞くとオカンは言った。

「食べやすい食べ方で、よか」

とても、ザックリしているのである。

ところが、こういう局面では細かく、厳しい。

小学生の頃、誰かの家でオカンと夕飯を御馳走《ごちそう》になったことがあった。家に帰ってから早速、注意を受けた。

「あんなん早く、漬物に手を付けたらいかん」

「なんで？」

「漬物は食べ終わる前くらいにもらいんしゃい。早いうちから漬物に手を出しよったら、他に食べるおかずがありませんて言いよるみたいやろが。失礼なんよ、それは」

うちにはオカンが〝泥棒に入られて、これ持って行かれるのが一番困る〟と言って大切にしていた「ぬか床」があった。

茶色の瓶に入れてあって毎日混ぜていた。ばあちゃんに分けてもらったぬかを少しずつ足したり減らしたりしながら大事にしてきたもので、これのベースになっているぬかは百年ものだという。古いものほど、いい漬物が漬かるらしい。しかし、ぬかは傷《いた》みやすく、毎日、混ぜなくてはならない。数日、家を空ける時は誰かに「混ぜ」を頼んだりしているくらいだった。

朝でも、夕でも。その食事をする時間を逆算して野菜をぬかに漬ける。胡瓜《きゅうり》に蕪《かぶ》、キャベツや白菜。昆布や人参《にんじん》。それぞれの季節の旬な野菜などを毎日漬ける。季節や野菜によって漬かる時間が異なるので、とても手間が掛かる。

夏は気温でぬかの温度が上がるため漬かりやすい。特に茄子《なす》のように更に漬かりやすい野菜を朝の食卓に出すには、目覚ましを掛け、夜中に一度起きて、茄子をぬかに漬けてから、また寝る。するとボクが起きる頃には丁度よく漬かった、群青色《ぐんじょういろ》に輝く茄子のぬか漬けが食卓に並んでいる。

そうやってオカンは、朝食に食べるぬか漬けのために、いつも目覚ましで夜中、明け方に起きていた。ぬか漬け時差のために夜中に目覚ましで起きて、あの強烈に匂《にお》うぬかの中に手を入れる。これほど睡眠のまどろみと逆行する行為も他にないだろう。

しかし、そこまで苦労して出来たぬか漬けは本当に旨《うま》い。一度、ぬかから上げるとすぐに変色して水分が出るので、そうならないよう、適確な時間に漬けて、上げたら、すぐに食えと言った。

時々、野菜の質などによって予測できずに漬かり過ぎてしまうことがあるらしい。漬かり過ぎたぬか漬けは酸味が強過ぎていただけない。たまに失敗して上がってくる胡瓜なんかを切って出してはみたものの、「ちょっと漬かり過ぎたねぇ、食べなさんな。食べんでよか」と職人の渋い表情で漬かり過ぎた胡瓜を見つめ、ボクに食べさせずに全部自分で食べたりしていた。

そんなぬか漬けがあるものだから、どれだけたくさんおかずが並んでいても、漬物は我が家で大変な御馳走だった。ボクはそれを食べるのが楽しみで、それのために起きたりしていたから、突然、人の家では早めに食うなと言われて戸惑った。

「うちではいいけど。よそではいけん」

「きゅうりのキューちゃんやったんよ」

「なおのこといけん」

ある程度大きくなって、人の家に呼ばれる時は、オカンに恥をかかせないようにと、ちゃんとした箸の持ち方を真似《まね》てみたりするのだが、オカンはあまりそういう世間体は気にしないようだった。自分が恥をかくのはいいが、他人に恥をかかせてはいけないという躾《しつけ》だった。

たまにボクの箸の持ち方を見て「行儀が悪い」と言いたがる女がいる。また、そういう女に限って、温かい料理が運ばれて来てもなかなか手を付けず、ベラベラ喋《しゃべ》って、食べてない料理の上に煙草《たばこ》の灰を落としたりする下衆《げす》が多い。

行儀とは自分のための世間体ではなく、料理なら、料理を作ってくれた人に対する敬意を持つマナーである。こうした箸の持ち方程度のことで天下でも取ったような物言いをする女は、得てして、料理人に対して「私はお金払ってる、お客よ!!」という態度でいる形式ばった行儀の悪い女である場合が多い。こともあろうにその類《たぐい》の女は、そんな態度をとりながらも、勘定は人まかせだというのだから、その行儀の悪さはもはや驚きである。

ちなみに、今までボクの鉛筆の持ち方を「変だ」と指摘した奴《やつ》の中で、ボクより字が上手だった奴はひとりも居ない。

子供に限らず、人の人格や性格は、家族、家庭をはみ出した、もっと広い範囲の環境によって形成されてゆく。

その場所の空気や土壌、気質に、ＤＮＡと血を混ぜて、一滴たらすと、その土地による、その人の性質が芽吹いてくるのだろう。

小倉の街に居た頃のボクは、どこに居ても物を言わない消極的な子供で、いつも母親の後ろ姿を探しては泣いてばかりいた。

しかし、夫婦の都合で、子供は製鉄の街から寂れた炭坑の町へ。市街地を路面電車が走る街から、一日八本の赤字単線が終着する町へ。父親の故郷と母親の故郷、そのどちらが子供にとって住みやすいのか。それはどちらの遺伝子を強く受け継いでいるのかによるのかもしれない。

筑豊に移り住み、小学生になって、ボクは突然、活発な子供になった。長い休みにはひとりで汽車に乗って親戚の家に出掛ける。学校では騒いでばかりいる。学芸会になると自分を主役に当てこんだ台本を書き、クラスメイトを仕切って演技指導をする。下らないイタズラばかりして、いつでも中心人物になりたがった。

高学年になると毎日、野球の練習に出掛け、柔道の道場にも通い始めた。相変わらず勉強はまるでしない。夏休みの宿題を八月の末に慌《あわ》てて家族総出で片付けるという人の話はよく聞くが、ボクはあの「夏休みの友」を完全に埋めきって提出したことすらなかった。最初の二、三ページをやったら、後は白いまま提出していた。八月の欄を書いた記憶も、絵日記を全部描いた覚えもない。

それで、通知表の成績がいいわけがない。

「国語」「美術」「音楽」等、今の仕事に少なからず関係ありそうな科目も、だいたい、「三」くらいで「算数」になると更に成績は侘《わび》しく、六年生になっても九九の〝七の段の上の方〟はずっと微妙なまま放置していた。

流行でそろばんを習いに行ったものの、そろばんを弾《はじ》いている時間より、そろばんでローラースケートしている時間の方が長かった。「五」が貰《もら》えるのは毎回「体育」だけ。運動会や学芸会の時だけ輝いて見える典型的なクラスのバカである。

しかし、仲のいい友達はみんなバカだったのでバカのスターになることはできなかった。〝二の段が微妙〟な別府君は算数の時間になると、その時間だけ特殊学級にレンタル移籍されてゆくので、〝三の段〟ができるボクのことをどうやら尊敬のまなざしで見ているようだった。

でも、別府君も走るのが速く、地区対抗リレーやクラス対抗リレーではいつもボクと別府君は一緒に選手に選ばれた。

通知表の通信欄には、どの担任もおおむね似たようなことを書いていた。

〝いつもクラスのみんなを笑わせています。でも、連絡帳や宿題の忘れ物も多いようです。算数にもう少し力を入れて……〟。

通知表の成績について、オカンはあまり意見を言わなかった。いつも「へぇー」とか「なんね、この点は」とか言って、笑いながら眺めていた。

成績よりも、通信欄を読んで、オカンはどう思っていただろうか？　そこに表現してある息子の姿が頭に浮かんでいたのだろうか？

ボクは完全に外弁慶だった。家の外では調子に乗って大騒ぎしているくせに、オカンの前では、おとなしい子供を演じていた。どちらが自分の本来の姿なのかはわからないけれど、オカンの前ではおとなしく、いい子でなければいけない。大人にならず、子供のままで居るべきなのだと、なぜか、そんな風に考えていた。自分が成長するとオカンが悲しむのだと思っていた。

アニメソング以外で初めて買ってもらったレコードはダウン・タウン・ブギウギ・バンドの「港のヨーコ・ヨコハマ・ヨコスカ」だった。それまでは「仮面ライダー」や「アパッチ野球軍」のような子供向けテレビ番組主題歌のレコードばかり聴いていたのだけど、子供心にもなぜか「港のヨーコ・ヨコハマ・ヨコスカ」はビビッと来たらしく、猛烈にそのレコードが欲しくなった。小遣いは月にいくらというのではなく一日二十円を基本として、多い時は五十円。欲しいものがあれば発表して買ってもらうシステムなのであり、どう逆立ちしても五百円のレコードをこっそり買うあてはなかった。

言えば買ってくれるだろう。しかし、急にこんな曲を聴き出して、アダルトになったなと思われるのが恥ずかしいというか、嫌だった。この子も大人になったものだわと思われたりしたら困る。

しかし、結局、「港のヨーコ」への欲求は抑えきれず、商店街に行くというオカンに頼んで買って来てもらうことにした。

「これでいいとね?」とオカンが買ってきたレコードをボクの前にぶら下げると、ぶっきらぼうにそれを取り上げ机の部屋に籠《こも》り、ポータブル・プレーヤーで早速、聴いた。

背伸びした気持ちのグルーヴが腰骨に響き、ひとりですっかり踊り始めていると、オカンが突然部屋に入って来て「おもしろい曲やねぇ」と言うので、真っ赤になって「入ってきたらいけん!!」と閉め出し、ボリュームをものすごく「小」にして聴き入った。

あの感情はなんなのだろう? 仔犬《こいぬ》を見てあんまり大きくならなければいいのになぁと思ったりする〝かわいさの条件〟を自分にあてはめようとしていたのだろうか?

そんな感情は、しばらくボクの中に続いた。

オカンも二、三枚だけ自分のレコードを持っていて、中条きよしが好きだった。

この時代の人は、音楽をなにかしながら聴くという発想がないらしく、たまにレコードを聴く時は、いつもポータブル・プレーヤーの前に、正面向いて正座し、ビクター犬のようなかたちになって中条きよしの「うそ」に聴き入っていた。

そしてある時、中条きよしがボクらの町の近くに巡業で回って来ることになった。学校からの帰り道にある角の煙草屋の壁に、その公演を告知するポスターが貼《は》り出されていたのだ。

それはちょうどオカンの誕生日のあたりで、ボクはそのコンサートのチケットを誕生日プレゼントにしようと考えたのである。

それまでは、その辺りに咲いている花をむしってあげたり、肩をたたいたり、粘土で作った気持ちの悪い動物をプレゼントしていたのだが、今回のプランには金がいる。だけど、どう考えてみたところでどうすることもできず、結局、その料金もオカンから貰うしかなかった。

〝なんにも言わずに二千円ばかり都合してくれないかね〟という相談である。

やはり話し合いは難航した。当然、オカンはなにに使うんだと言い、こちらはそれに答えず、険悪な雰囲気になった。一年生の時に上級生にカツアゲされたことを知っているオカンは、そういうことを心配しているようだった。最終的には買ったものを見せるという約束で二千円を貰い、煙草屋に直行。誕生日まで寝かせてから渡すつもりだったが、その日のうちにオカンにあげざるを得なかった。

「あら、ありがとうねぇ。そうね、そりゃ、行かんといけんねぇ」

何度もそう言うと、ポータブル・プレーヤーを食卓の上に運んで来て、「うそ」を聴きながら〝うれしいよ〟というアピールをして見せた。

しかし、コンサートを観《み》た日の夜は、もう完全にメロメロになって帰って来て、あの時のような「母」の眼ではなく、完全に「エロいおばさん」の眼をしながら「いゃー。本当に良かったばい。歌が上手《うま》かけんねー。良かったぁー。いい男やったぁ」と酔いしれていた。

ボクは少しやきもちを焼いたけど、この中条きよしという新人は、伸びるだろうなぁと思ったのである。

その頃、オカンは四十前後だったと思うが、近所のおじさんたちに、そこそこモテているようだった。女友達もしょっちゅう遊びに来ていたが、時々、おじさんの友達も来る。

おじさんたちは抜きたての蓮根《れんこん》を新聞紙に包んで、お土産だと言いながら家に上がって来てはビールを飲み始める。三十分ほどビールを飲むと「じゃ、そろそろ始めますか」という合図のもと、座敷へ移動して花札を始めるのだ。

オカンはとにかく花札が好きだった。そして強かった。週末の夕方ともなると、うちでは頻繁に花札の盆が開帳され、煙草の煙でモウモウになった座敷の隅で、ボクはその様子を見ていた。

だいたい、渡辺さんと村山さんという同じメンバーが来て、白いカバーの座蒲団《ざぶとん》を三人で囲む。三人に札は撒《ま》いても、ひとりが引いてサシで打ち合うというルールだった。

「今日は負けらんねぇ」。いつも負けて帰る村山さんが言うとオカンはボクの方を見て、「ちょっと待っときなさいね。今から、おじさんたちにお花の稽古《けいこ》をつけちゃらんといかんけん」と笑う。

オカンの札の切り方を後ろから見ながら、ボクは自分に声が掛かるのを待っていた。オカンがトイレやお茶汲《ちゃく》みに立った時、「あんた、打ちよりなさい」と代打を頼まれるのを待っていた。

母方の親戚《しんせき》はみんな博打《ばくち》が好きで、お盆に親戚が集まる時は、子供たち全員にサイコロを振らせた。場代を出して、二つのサイコロを振る。「一」の目が出ると場代と同じ額を場にのせなければいけない。「一」のゾロ目が出ると倍払いになる。振り番を全員で回し「六」のゾロ目で総取りになる。

すぐに「六」ゾロが揃《そろ》うと場の取り分は少ないが、何度回してもなかなか「六」が揃わない場合、「一」の出目によっては、かなりの額が出る。

子供たちはお盆に貰った小遣いを張り合うのだが、十円単位の遊びだった。それでも、後ろで見ている大人が時々、千円札の祝儀《しゅうぎ》を付ける場もあって、ボクはお盆にその遊びをするのが楽しみだった。

幼稚園の頃から、サイコロも花札も英才教育を受けて育っていたので、花札の腕も小学生の時には、村山さん程度は持っている自信があった。

「この子は駄菓子屋でもクジ運が強いごとあるけん、引きはよかばい」

オカンがそう言って炊事場に向かうと、おじさんたちはいつものことなので、小学生相手にも真剣勝負でくる。変わった切り出しをすると「ほー。こしゃくらしいマネしよるのー」と威嚇《いかく》し、「まだ、マーくんには負けられんたい。こっちは五十年札めくりよーとばい」とキャリアをちらつかせるが、だいたい村山さんとは通算成績は五分だった。

四、五局打つと、お茶の用意をしてきたオカンがボクの後ろで札を見ている。
「あんた、なんでボウズから合わせんとね」

「梅の絵札が出とったけん」

「梅はいつでも取れようも。手札にカスのボウズが二枚あろうが。場にあるカスのボウズを先に合わせとくんよ。そしたら、おいちゃんが絵札のボウズを持っとっても合わせられんでから、捨てないけんごとなるやろが。そしたら、カスでも絵札が取れるたい」

オカンは打ち筋が悪いと、すぐに技術指導をする。そして、それに続けてボクと席を交代しながら「まだまだやねぇ」と言う。

この「まだまだやねぇ」が悔しかったが、ザルの中に入れてある千円札を減らしてしまった時は、好投した先発投手に代わって登板した中継ぎが打ち込まれたような心境で、同じ懐中の身、ごめん挽回《ばんかい》してと願うしかないのである。

「いやいや。たいしたもんよ。決まりの猪鹿蝶《いのしかちょう》ばほったらかしてから、先に青短取りにきよるけんねぇ。この子は肝が太かばい」

村山さんが煙草をふかしながら余裕ぶったことを言うと、心の中で〝ちくしょー〟と思っていた。

ずっと記憶に残っていることがある。

一度、あまりよく知らないおじさんと、オカンと三人で少し遠い町にある寂れたヘルスセンターに行ったことがある。

ラジウム温泉に閑散とした遊戯場。花札仲間のおじさんたちとは違う雰囲気の人。オカンの態度も少し違うと子供ながらに思った。

ずっとオカンもおじさんも敬語で喋《しゃべ》り合っている。おじさんはゲームの機械に小銭を入れてくれたり、ジュースを運んできたり、なにかと相手をしてくれたが、その優しさはボクに向けられたものではなく、その行為を通じて、自分に利益をもたらそうとするものであるというのがありありとしていた。

オカンがいつものようにゲラゲラ笑いながら、おもしろいことを言わない。なんだかずっと微笑《ほほえ》んだまま、おすまししている。

そのおじさんに花札のおじさんたちのようなオヤジぶりがない。ずっと「男」を演出しながら硬い笑顔をしていた。

早く帰りたいと思った。オカンにもう帰ろうと言った。でも、オカンは「ちょっと、そこで遊びよりなさい」と言ってボクにゲーム代を渡し、どこかに行った。そわそわした。ゲームをしても楽しくなかった。じっとしていられなくなって、ヘルスセンターの館内を走り回ってオカンを探した。

同じ年頃の子供が両親に手を引かれながら、大浴場に向かうその間を駆け抜けて、ぐるぐる廊下を回った。

のどの奥の方と、心臓の上の方にある部分をぎゅうっと握られたみたいで苦しくなった。

なんの話をしているのだろうか。あのおじさんはなんなんだろうか。オカンはなにをしているのだろうか。ボクはここに居ていいのだろうか。居ない方がいいのではないだろうか。オカンはどこに居るのだろうか。

ぐるぐる回りながら、息が苦しくなった。

枯れ荒《すさ》んだ日本庭園の周りを取り囲んだ渡り廊下を、何周も、何周も、ぐるぐる走り回った。ぐるぐる、ぐるぐる。

あの嫌なおじさんに、オカンはなんで愛想がいいのだろうか。ぐるぐる、ぐるぐる。花札をしている時みたいに、なんで煙草《たばこ》をプカプカ喫《す》わないのだろうか。ぐるぐる、ぐるぐる。

小さな頃にボクが好きだった絵本は、木の周りを虎《とら》がぐるぐる回っているうちに、バターになってしまうお話だった。そのバターを使って、ちびくろサンボはホットケーキをお母さんに焼いてもらって食べていた。

ボクは何度も、その絵本のその部分をオカンに読み返してもらって、そして最後にはいつも、「ホットケーキが食べたい」と言ってオカンに焼いてもらっていた。

ぐるぐるぐる。ぐるぐるぐるぐる。

何度も廊下をぐるぐる回って、遊戯場にオカンの姿を見つけた時、そのままオカンの身体《からだ》めがけて、遠心力で弾《はじ》き出されたように抱きついた。

するとオカンはボクの頭をポンポンとたたきながら「帰ろっか」と言った。

帰り道の車中。おじさんは運転をしながらほとんどなにも喋らなかった。ボクは後ろの座席で、オカンに膝《ひざ》まくらをされながら、ずっと寝たふりをしていた。オカンはずっと、ボクの背中をポンポンと撫《な》でていた。


オトンと別居して、この町にやって来て、もう何年も経《た》とうとしていた。オカンは夫婦のこと、自分のこれからの人生のことを、どう考えていたのだろうか。「女として」「母親として」、自分の未来がどんな風に見えていたのだろうか。

たった少しの交際期間とほんのわずかの結婚生活を経て「母親」以外になにもない暮らしを、どう感じていたのだろうか。

ボクの身長はどんどんオカンに近づいてゆきオカンの年齢はどんどん重なってゆく。

そして、そんな状況を、離れた街でオトンはどんな風に考えていたのだろうか。

小学校の高学年になっても、夏休みに小倉のばあちゃんの家にひとりで行くことは続いていた。

もう、下宿人の姿もなく、敦子姉ちゃんは結婚して家を出ている。オトンの部屋は、そこにオトンが寝起きしている気配はなく、筑豊のばあちゃんと同じように、小倉のばあちゃんも広い家の中でひとり、たくさんの子供を産んで、育てて、年老いてひとり、暮らしていた。

ボクは小倉のばあちゃんに懐《なつ》き、ばあちゃんもその孫をかわいがった。

でも、この街には友達がいるでもなく、ただ毎日、本を読んだりテレビを観たりしているだけで、少し退屈を感じることもあった。

空に突き刺さる長い煙突。新幹線の停まる大きな駅。ジェットコースターのある遊園地。立ち並ぶデパート。ネオンの眩《まぶ》しい歓楽街。すし詰めの路面電車。

ボクはもう、自分の生まれた街に戻って来ても、「うわー。都会だなぁ、ここは」と客観的に思うだけで、自分の生まれた家にいても、時間を退屈に感じるだけだった。

一日の楽しみは、昼過ぎにばあちゃんが市場に買い物に行くのについて行くこと。揚げ物屋で、鶉《うずら》の玉子の串揚《くしあ》げや、肉屋の昆ちゃんソーセージを買ってもらって食べるのが楽しみだった。

ばあちゃんの買い物かごを持って買い物を手伝うと、少し小遣いをくれるので、それを手にするとすぐ市場の中にある駄菓子屋へ直行する。

ばあちゃんは五十円くれることが多かったので、小倉の駄菓子屋ではかなりお坊ちゃまな買い物ができる。

ベビーコーラに串刺しのカステラ。クッピーラムネにチロルチョコ。ゴム人形に指でネバネバやると煙の出る魔法の薬。

そして、熱いのはクジだった。オモチャのクジに、お菓子のクジ。オモチャのクジは当たりのレベルによってオモチャが良くなるが、ハズレが出るとチクロやサッカリン満載の粉末ジュースになる。この粉末ジュースは有害な上、水で割って飲むと更にマズいので、いつも袋ごと粉末のまま、「スカーフェイス」のアル・パチーノのように顔中で吸っていた。

小倉の駄菓子屋でボクは一等や二等をよく当てていたが、それはクジ運がいいということよりも、この駄菓子屋のクジには当たりが入っているからである。当たり前のことなんだが。

筑豊の駄菓子屋はまず、店のおばちゃんが子供に対してケンカ腰である。小倉の駄菓子屋のような優しさが微塵《みじん》もない。

「あー、あんまり触ったらいかん!!」

「買うとね!? 買わんとね、あんたらは!!」

もちろん、ボクらの呼び名も「クジ屋のババア」になる。

そして、ババアの店はクジに「当たり」や「一等」が入っていないのである。ババアが最初に抜いているからだ。

クジが残り三枚しかないという状況があった。一等のプラモデルはまだ当たってない。

これは完全に「もらった」と思い、前野君と別府君と三人で、三枚のクジを十円ずつ渡して引く。

誰かに一等が当たるハズなのである。常識的に考えれば。しかし、さすがババアの店。当たり前のように全員が「スカ」を引くのだ。

「おかしいやないか!!」

ボクらはババアに詰め寄った。これほど正当な理由で抗議活動する消費者団体もそうはないだろう。しかし、長年イカサマでのし上がってきたババアは顔色ひとつ変えず、椅子《いす》に座ったまま普通に言う。

「おかしかねぇー」

結局、スカの景品としてバッタもんのピコタン人形を出し、「はい、ありがとねぇ」である。そして、次の日にババアの店に行くと、その一等のプラモデルを店の壁に掛けて、百円とかで売ってるんだから、もう、本当に、見上げたもんだよババアのふんどしである。

ところが、ボクらが「ねぶりクジ」と呼んでいたクジは、クジの紙自体にニッキが塗ってあって、舐《な》めて濡《ぬ》らすことにより文字が浮かんでくる仕組みになっているため、さすがのババアも、これには細工のしようがないらしく、ボクらはそれを毎日、ベロベロとねぶり倒し、「一等」が出てくると、「ほら！　ババア!!　一等が出たばい!!」とババアの鼻先にヨダレでベロベロになった一等のクジを見せつけ、日頃の溜飲《りゅういん》を下げていたのであった。

そんなイカサマはババアの駄菓子屋に限らず、たこ焼き屋のたこ焼きには、たこだけでなく「チクワのブツ切り」が入っていたが、もう、この町では誰もそんなことを指摘する人はいなかった。

小倉の市場の人たちは、ばあちゃんに連れられたボクを見掛けると「おーっ。マーくんね。大きくなったねぇ。夏休みで帰って来とるんね」と声を掛けてくれたが、ボクはまるで「帰って来た」という言葉にピンと来なかった。

米屋に寄るとばあちゃんが配達を頼む。夏休みのボクがいる時は「プラッシー」も一緒に注文してくれたので、毎日、プラッシーをガブガブ飲めてうれしかった。

ばあちゃんとの買い物には、隣の家のおばちゃんも一緒に行くことが多かった。おばちゃんの夫婦には子供が授からず、いつも市場に行く途中にある建物と建物の間の小さなお地蔵さんに長い時間手を合わせて、子宝に恵まれることを祈っていた。

子供ができて困る人もいれば、子供ができずに祈る人もいる。子供ができて〝まさか自分に子供ができるなんて〟と驚く人もいれば、子供ができずに〝まさか自分に子供ができないなんて〟と驚く人もいる。

子供の頃に予想していた自分の未来。歌手や宇宙飛行士にはなれなくても、いつか自分も誰かの「お母さん」や「お父さん」にはなるんだろうなぁと思っている。

しかし、当たり前になれると思っていたその「当たり前」が、自分には起こらないことがある。誰にでも起きている「当たり前」。いらないと思っている人にでも届けられる「当たり前」が、自分には叶《かな》わないことがある。

難しいことじゃなかったはずだ。叶わないことじゃなかったはずだ。

人にとって「当たり前」のことが、自分にとっては「当たり前」ではなくなる。世の中の日常で繰り返される平凡な現象が、自分にとっては「奇蹟《きせき》」に映る。

歌手や宇宙飛行士になることよりも、はるかに遠く感じるその奇蹟。

子供の頃の夢に破れ、挫折《ざせつ》することなんてたいした問題じゃない。単なる職業に馳《は》せた夢なんてものは、たいして美しい想《おも》いじゃない。

でも、大人の想う夢。叶っていいはずの、日常の中にある慎《つつま》しい夢。子供の時は平凡を毛嫌いしたが、平凡になりうるための大人の夢。かつて当たり前だったことが、当たり前ではなくなった時。平凡につまずいた時。

人は手を合わせて、祈るのだろう。

マクドナルドのドライブスルーが近くにある公園。ブランコ、砂場、お城のかたちの滑り台。人工的に植えられて、並べられた緑が同じ背の高さで間隔を開けて立っている。

子供たちがたくさんいる。その親もいる。筑豊の公園にいる大人は、みんな酔っ払いだった。子供は公園にいない。それ以前に、公園と呼べるものがない。

ブランコの腰掛けは木が腐ってなくなり、ただ鉄棒から鎖が垂れているだけのオブジェ。砂場は人間と野良犬《のらいぬ》のクソだらけ。滑り台を滑ろうものなら尻《しり》に釘《くぎ》が刺さる。

遊び場所は、山、川、堤、原っぱ、空き地で、どこにも多種の植物が群生し、毎日、なにかしらの虫に喰われる。

小倉の公園でゴムボール野球をする同年代の小学生が、プラスチック製のバットを使っていた。

ボクらが普段、ゴム野球をやる時のバットは角材だった。軟式用のバットでは重た過ぎるので、角材を小刀で削ってグリップを作り、ビニールテープを巻く。

その角材というのも、だいたい選挙の公示用ポスターが貼《は》ってあるベニヤ板の脚だった。いい具合の選挙ポスターの脚を見つけると、それを根元から引き抜き、家に持ち帰ってのこぎりで長さを揃《そろ》え、角材を削る。

会心の笑顔で〝私にまかせて下さい！〟と意気込む立候補者のポスターは、持って帰る途中に邪魔なので、その辺の草ムラに投げ込み、さようなら。

フリチンのおじさんが、オカンに選挙のことで頼みに来てたのは、あの人のことじゃなかったかしら？　と思いながらも、さようなら。

あの町の子供たちは、果物も山菜も選挙ポスター掲示板も、町にあるものはすべて、もぎ取って使っていいのだと思っているらしい。

新しいバットを作ると、友達から聞かれる。

「おっ!?　それ、また作ったんね？」

「これは、麻生《あそう》某《なにがし》たい」

みんな、自作のバットに供給源になった立候補者の名前をつけていた。

「オレのは、佐藤なんたらたい。麻生の角材は太さがちょうど良かごとあるねぇ」

こういう評価もあるとは、立候補者はまるで気がつくこともないだろうし、気づいてもらうと都合が悪い。

小学生の犯罪はだいたい万引きらしいが、筑豊の小学生はだいたい公職選挙法違反である。

小倉の公園の近辺にはいろんな物売りが来た。わらび餅《もち》とかアイスクリーム。ロバのパンとか風鈴。シャレた物売りが来て、いいなぁと思っていた。筑豊には祭りの時とかに、ポンポン菓子の人が来るくらいだ。

自転車の荷台に機械を積んでいて、家から米を持って行くと、おじさんが米を機械の中に入れ、作動させるとメコメコ音をたて、最後にトンカチで機械の胴体をブン殴ると「ドカーン！」と爆音がする。

すると、さっき渡した米粒が砂糖にまみれて何十倍にも膨れ、ポンポン菓子が出来上がるわけだが、〝もう食えねぇ〟ってくらいの量になるものだから、後半はいつもウサギに食べさせていたのだけど、ウサギにそれを食べさせると、だいたいゲロを吐いていた。

そして、祭りの時はオカンが浴衣《ゆかた》を縫って着せるので、恥ずかしくて友達に会うのが嫌だった。

田舎と違って、街はなにをするにも金がかかる。金を持っていれば楽しいが、持ってなければつまらなさは倍増する。それは小学生も同じだ。

この公園には紙芝居が来ていた。いつも、夏休みの昼過ぎにはこれを見に行った。まず、十円でクジを引く。竹串の先に色がつけてあって、黒が一等で水飴《みずあめ》と緑色のニッキクリームをソフトせんべいで挟んだものと、スルメ。二等がニッキクリーム。スカが水飴だけ。ボクは一等を引いたことがないのだけど、たまに当たった奴《やつ》が両手に色んなお菓子持って、紙芝居見ながら交互にそれを食う姿がとても派手に見えた。

おじさんが、水飴の入った箱に割り箸《ばし》を入れて、ぐるぐる回す。ステンレスの箱の中、透明の水飴が太陽の光できらきら光る。ぐるぐる回して持ち上げると、細く伸びた水飴の線がクリスタルのようにきらめく。

でも、ここの水飴は粘度が高く、ボクはこの水飴を食べてる途中に乳歯が抜けて、水飴に歯がひっついて出て来たものだからビックリしたことがある。

紙芝居の内容はその時代でも「古過ぎるよ、それ」という感じで、赤胴鈴之助や月光仮面とか。紙芝居の最後にはクイズが出る。そのクイズの問題は子供だましもいい加減にしろと、子供が思うような簡単なものだったが、ボクはわかっていても手が挙げられないでいた。いつもなら、ジャンプしながら手を挙げていたはずなのに、この街に来ると急に消極的な子供に、自動的に戻っていた。

正解すれば、水飴がもう一本貰《もら》えるというのに手が挙げられなかった。自分が外様《とざま》と感じられる場所に来ると、急にあの頃の自分に戻った。

一生懸命クイズの問題を考えている子供や不正解を言う子供に呆《あき》れながら「なんでそんなん、わからんとか」と思いつつも、一度も手を挙げることができなかった。

オトンはボクが小倉に来ている時も、たまにしか家に居なかった。元来、サービス精神というものが皆無に等しい人なので、遊園地がすぐ近所にあるというのに、連れて行こうともしなかった。家に居ても、寝てるか、テレビを観《み》てるかだし、食事の時もずっとテレビを観ていて、ほとんどボクに話し掛けることもなかった。

その上、ボクがアニメや野球を一生懸命観ていても、後ろから無言でチャンネルを回して自分の好きな番組に替えてしまう。

オトンが居る小倉の家の夜は、重たく、長かった。それはきっと、オトンがボクとの接し方、距離の取り方を摑《つか》みあぐねている惑いが、伝わってきてしまうからだった。

一年生の時のテスト。社会のテストだったと思うが、「あなたのお父さんのしごとはなんですか?」という設問があった。オトンが働いている姿は、三歳の頃に青い絵の具で絵を描いているところしか見た記憶がなかったので、答えの欄に「えかき」と書いた。返してもらったテスト用紙には○がしてあったけど、もう、この頃にはこの人が「えかき」でないことは理解していた。

時々、オカンに「オトンはなんの仕事をしよるん?」と聞いたが、そのたび、オカンは「なにをしよるんやろうかね?」と答えてはくれなかった。

磨《す》り硝子《ガラス》から夏の陽差しが差し込む平日の昼間にまだ寝てる人。起きてもテレビをつけて、西部劇の再放送を観てる人。電話でなにか話してると思ったら、急に怒鳴ったり大声出したりしてる人。江夏みたいな、白いスーツを着てる人。右手の小指の爪《つめ》だけを長く伸ばしている人。ボクのことをチビと呼ぶ人。

この人は、ボクのオトンは、いったいなにをしている人なんだろうか？

まるで見当がつかなかったし、オトンには聞こうともしなかった。

「ステーキ食うか？」

オトンはボクが小倉に来た時は、いつも同じステーキハウスに連れて行った。オカンが一緒の時も、よくこの店に来た。

カウンターに横並びで座り、コック服を着た人が、目の前のきれいな鉄板で肉を焼いてくれる。

「息子なんですよ、わたしの」

「え？　そうなんですか？」

いつも、コックさんが聞きもしないのに、それを発表していた。

「給食はうまいんか？」

「まずい」

「お母さんの料理はうまかろうが」

「うん」

「まだ、動物は飼いよるんか？」

「飼いよるよ」

「お父さんは、動物は好かんのよ」

「……」

会話がまるで弾まないのである。結局、オトンはコックさんとずっと話していることになる。

繁華街に、いつも乞食《こじき》の人が座っている場所があった。松葉杖《まつばづえ》を隣に置いてハーモニカを吹いたり、ずっと頭を下げたりしている。ボクはその人を見ると、なんだか胸が苦しくなって、オカンと一緒の時やおばちゃんがいる時は、「お金ちょうだい」と言って、小銭を貰い、乞食の人の前に置いてあるアルミの弁当箱のふたに、それを入れた。

オカンは「ええことしたね」と言い、そこを通っても乞食の人がいない時は「あの人、死んだんかもしれん」と心配になった。

オトンとステーキ屋に行った後も、だいたいその前を通って繁華街の奥へ進む。乞食の人が、その日もハーモニカを吹いていた。ボクはオトンに「小銭ちょうだい」と言うと、オトンは小銭入れをポケットから出し、チャックだけ開けると「ほら」と言った。

その中から銀色の玉を何枚か取り出し、走ってアルミ箱の中に入れに行った。

「おありがとうございます」

乞食の人のお礼も最後まで聞かず、また、オトンの方へ走って戻った。オトンは商店街の真ん中で煙草《たばこ》を喫《す》いながら、その様子をじっと見ていた。

その後、喫茶店に入った。オトンは一日に三回くらいは喫茶店に行く。少し歩くと、すぐに「ちょっと、コーヒー飲んで行くかのぉ」と言って、誰の同意も求めず勝手に店に入って行く。そして、どんな店にも長居しないオトンは、自分が飲み終わると、他の人がまだ飲んでる途中であろうが「行くぞ」と言って席を立つ、甚だせわしなく、自分勝手な人だ。

オトンはいつもホットコーヒーを飲む。ボクはミルクセーキを注文する。オトンはコーヒーの味にうるさいくせに、砂糖とミルクを大量に入れて飲むので、オカンはそんなオトンのことを「あんなんやったら、なに飲んでも一緒やろうも」と不思議そうに言っていた。

煙草も大量に喫うオトンはミスタースリムの空箱をひねり、懐《ふところ》から新しいミスタースリムを取り出して、小指の長い爪で外側のセロハンを剝《は》がして開ける。

オトンは長くて細い煙草をふかしながら、ボクに言った。

「あの乞食のぉ。あれ、本当は金持ちなんぞ」

「うそや!!」

　この人は唐突になにを言い出すのだと思った。

「変わりもんなんよ。あれは、貸家とか土地とか、いっぱい持っとるんぞ。家賃が入るけん、働かんでいいもんやから、暇なんよ。そやけん、暇つぶしに乞食しよるんぞ」

「うそや!!　絶対うそや。なんでそんなこと言うん？」

「本当や。大金持ちなんぞ、あの乞食は」

　乞食の人は大金持ち。その、言ってる意味がわからなかった。その情報が本当なのかどうかはずっと不明なままだが、なんでそんな子供の夢を壊す、夢？　とにかく、そういうひどいことを言うのだろうかと、その時はたいそうショックを受けたのである。

　オトンには「事務所」と呼んでいる場所があった。ちょっと事務所に行って来るわ、とか、今日は事務所に行っとるけん、チビも街の方まで出て来いなどと言っていた。一度、その「事務所」という所に連れて行かれたことがあった。歓楽街の外れにある雑居ビルの一室だった。

　入り口を開けると、背の高い観葉植物の鉢植えがいくつも置いてある。それは、この場所のためにあるのではなく、どこかに運ぶために集めてあるようだった。

「あら？　なーさんのところのぼっちゃん？」

派手なおばさんとスリー・ピースを着たおじさんがボクの周りを取り囲んだ。机が二、三個、簡単に並べてあるだけで、ここがなんの事務所なのか、小学生でなくてもさっぱり見当がつかないと思う。

「やっぱり、よう似とるねぇ」

髪をツルツルに剃《そ》った、身体《からだ》のものすごく大きい男の人がボクの肩を掴み、顔を覗《のぞ》き込むように大きな身体をかがめた。肩に乗ったその人の大きな手を横目で見ると、大きな指に指輪をしている、のではなく指輪の柄の入れ墨を彫っているのだ。

身体が固まって低温の汗が出た。

「そうね。やっぱり似とるかねぇ」

オトンはうれしそうな声を出しながら、はにかんでいた。

「やっぱ、親子やねぇ。瓜《うり》ふたつたい」

威圧感のあるルックスの人々が満面の微笑を携えながら、顔を並べてボクを覗き込む。

理屈ではなく、肌で感じる恐怖でビビッてしまったボクは、最後までひと言も喋《しゃべ》れなかった。人をそんな恐怖に陥れる所。それが、オトンの「事務所」だった。

ボクはオトンに似ていると言われるのが嫌だった。親戚《しんせき》のおばちゃんに「お父さんに似てきたねぇ」と言われるたびに、なんだかオカンに悪いような気がして、「鼻ペチャはママに似とるよ」と、オカンをなぐさめてるのか、バカにしているのかわからないアピールをした。

そして、いつかの夏の昼間。電気を消した茶の間で小倉のばあちゃんが言った言葉を思い出しては、オカンに似てないと言われることを否定した。どこかでずっと、その言葉が気になっていて「オカンに似てる」と言われないことが不安を募らせた。

〝生みの親より、育ての親って、言うけんねぇ……〟

船に乗って冒険の旅に出ることが、子供の頃の夢だった。前野君といつもその話をしていた。こんなかたちの船で、キャビンはどういうものが装備されていて。どこの海がいい？　食料はどれくらい載せたらいいか？　いつかふたりで出航しようと話し合っていた。

どうして船だったのかわからない。ボクは自分がいつか船出するための船の絵をいつも描いていた。白地に赤のラインが入った円窓の船の絵。何枚も似たような絵を描いていた。

夏休み。ひとりで船の絵を描いていると、昼過ぎにむくむくと起き出してきたオトンがそれを見て言った。

「オマエ、船の絵ばっかり描きよるのぉ。それでから、いっつも同じような絵やのぉ」

ボクの描く船の絵は、白い船を真横から見た構図ばかりだった。

「前から見たところが、どうなっとうとかわからんもん」

するとオトンはランニングとステテコのまま縁側に出て、庭にある道具入れから大工道具と材木を取り出しボクを呼んだ。

「おい、チビ。こっち来てみぃ」

材木を短くのこぎりで切り落とし、その木片にカンナをかけ始めた。

「お父さんが、船を作っちゃるけん見とけ」

蟬《せみ》が鳴く昼間に、陽の差す縁側で、オトンが汗を流しながら木を削っている。

夏のチリチリした音と、カンナが木片を削《そ》ぎ落とす音が心地良かった。夜行性で真っ白な肌のオトンが身体を紅潮させながら木を削る姿を隣で体育座りをしながら見ていた。

「おじいちゃんも、こうやって、色々、作って、くれよったのぉ……」

オトンの左腕には大きなケロイドがある。小さな時に、大火傷《おおやけど》をしてしまい、ずっとその跡が残っている。

病院から帰って来ても、「痛いよ、痛いよ」と泣き止《や》まないオトンに、おじいちゃんは「かわいそうにの、かわいそうにのぉ」と言い、「おれがついてやっとったら、こんな目に遭わせせんやったのに、悪いことしたの、ごめんのぉ」と何度も言ったそうだ。火傷をした時、おじいちゃんはその場にいなかったらしく、そのことをすごく後悔したのだという。

「なんでも食いたいもんを買《こ》うてきちゃるけん。なんが食いたいか、言うてみぃ？」

おじいちゃんが痛がるオトンにそう言うと泣きながら、こう言ったらしい。

「銀シャリとくーり（胡瓜《きゅうり》）の漬物が食いたい」

そして、おじいちゃんは食料のない時代に白米と胡瓜とバナナを探し歩いて、オトンに食べさせたそうだ。

食卓に胡瓜の漬物を出すたびに、小倉のばあちゃんがその時の話をボクに聞かせた。

胴体を削り終え、次にはその上に重ねる木片のかたちを整え始めた。木工用ボンドでそれを貼《は》り合わせ、どんどん船のかたちになってくる。なんにも見てないのにすごいなぁとボクはワクワクしながら作業に見入った。

オカンの頭には大きな傷跡がある。それも小さな時に、大怪我《おおけが》をした跡だ。夜、土間に脳天から落ちて血が噴き出した。オカンのおじいちゃんは頭に手拭《てぬぐ》いを当て、血だらけのオカンを抱きかかえて病院に駆け出したそうだ。寝静まった病院の入り口を叫びながら叩《たた》いて医者を起こし、麻酔もかけられず、そのまま二十数針を縫合したらしい。

耐え切れない痛みにオカンは悲鳴を上げたが、その間中、ずっとおじいちゃんはオカンを膝《ひざ》に乗せたまま抱きしめて、「頑張れ！　頑張れ！」と励ましていたそうだ。「女の子やのに、傷を作ってしもうて、栄子がかわいそうでならん」とその後もずっとおじいちゃんは涙ぐんでいたらしい。

ボクがオカンの傷跡を指で触って、「ハゲ、ハゲ」と言うと、いつもオカンはあの時、おじいちゃんがどれだけ頼もしくて優しかったかを思い出すようにボクに話した。

オトンとオカン、ふたりとも自分のお父さんが大好きだったのだ。

木端《こっぱ》を小さく削って砲台を作り、マッチ棒の軸を大砲に見立てて差し込んだ。外周に小さな釘《くぎ》を一センチ間隔で打ち、そこに天蚕糸《てぐす》を一本ずつ渡して柵《さく》を作った。

戦艦だった。ボクの好きな船はこういうのじゃなくて、小型で三人乗りくらいの船だったんだけど、とても上手に出来上がってボクは驚いた。

「白がいいとやろ」

固まったペンキのカン蓋《ぶた》をノミでこじ開けて刷毛《はけ》を直接、中に押し込む。木色の船が、どんどん白に塗られていった。

もう、少し夕暮れが始まっていて、白に塗られた部分が薄いオレンジ色に見える。暮れかけた蟬の声と、涼しい風。

あとちょっとで完成するという時だった。

「もういいか。こんな感じやろ」

そう言ってオトンは完成三分前の状態で刷毛を置き、「さてと」と言いながら部屋に戻って出掛ける用意を始めた。

いや、やろうよ最後まで。もう少しで完成するのに。飽きたのかな？　突然？　約束の時間になったのだろうか？　いや、それにしても、あと五分も掛からないところまできてるのに、なんで？　なんで？　なんなんだこの人の腰砕けな中途半端《はんぱ》さは？

なぜ、船を完成させてくれなかったのかはわからないが、この時がすべての思い出の中で一番、オトンが父親らしい瞬間だったことは間違いない。

誰が見てもボクらが親子に見えた時間だった。そして、ボクがオトンと一緒にいて一番楽しかった時間で、一番うれしかった時間だった。

あと三分を待たずして未完成になったこの戦艦は、今でもボクの手元にある。物をすぐに失《な》くしてしまうボクだけど、この船だけはどの引越しの時でも常にわかる箱の中に入れておいて、どこに住んでいた時にも、すぐそばに置いた。


子供の一日、一年は濃密だ。点と点の隙間《すきま》には、更に無数の点がぎっちりと詰まり、密度の高い、正常な時間が正しい速さで進んでいる。それは、子供は順応性が高く、後悔を知らない生活を送っているからである。

過ぎたるは残酷なまでに切り捨て、日々訪れる輝きや変化に、節操がないほど勇気を持って進み、変わってゆく。

「なんとなく」時が過ぎることは彼らにない。

大人の一日、一年は淡白である。単線の線路のように前後しながら、突き出されるように流されて進む。前進なのか、後退なのかも不明瞭《ふめいりょう》なまま、スローモーションを早送りするような時間が、ダリの描く時計のように動く。

順応性は低く、振り返りながら、過去を捨て切れず、輝きを見出《みいだ》す瞳《ひとみ》は曇り、変化は好まず、立ち止まり、変わり映えがない。

ただ、「なんとなく」時が過ぎてゆく。

自分の人生の予想できる、未来と過去の分量。未来の方が自分の人生にとって重たい人種と、もはや過ぎ去ったことの方が重たい人種と。その二種類の人種がたとえ、同じ環境で、同じ想《おも》いを抱えていても、そこには明らかに違う時間が流れ、違う考えが生まれる。

ボクにとっては色んなことがあった七年間も、オカンにとっては、あっという間の七年間だったのかもしれない。

家族というチームの中から、オトンが居なくなったことでボクとオカンの七年間や、その先の人生は大きく影響を受けたことは間違いない。

でも、ボクはそんなことを考えもしなかったし、結果的にどちらの方が良かったのかさえも判断したことがない。

ボクには父親というものが、そばに居ないことが当たり前になっていたし、もう、そのことでなにを思うこともなくなっていた。その日常に順応し、この状況を作った過去さえ持っていない。

ボクにはただ、ボクの七年間が、着実に過ぎて行っただけだった。

しかし、オカンの七年間はそうではなかったように思う。別居を生み出したボクの知らない原因は、今でも生々しく身体の中に蠢《うご》めいていて、ああすれば良かった、こう言えば良かったという想いが、頻繁に心の中で交差して、オカンの時間の進みを斜めにも、真横にも、後ろにも戻し、足止めしただろう。

時空の逆行する期待と反比例して、加速する肉体と精神の老い。泥の中で回るビデオテープを眺めているうちに、事態も変わらずになんとなく流れてしまったオカンの七年間だったかもしれない。

ボクは六年生になって、オカンと背の高さが同じくらいになっていた。

恋愛の歌も普通にオカンの前で聴くようになり、遊びや、描く絵の内容も変わっていた。

ブルース・リーやビートルズや、がきデカに夢中になり、異性を意識するようになっていた。蛇や蛙《かえる》を触るのが、どんどん気持ち悪くなってきて、家の中で遊ぶことも増えた。

ＢＣＬラジオ付きのラジカセを買ってもらって、短波放送を聴いたり、録音機能を使って、自分のラジオ番組を吹き込んだりした。

ノートはジャポニカ学習帳から、大学ノートに替わり、鉛筆からシャーペンになった。

オカンは白髪《しらが》が生えるようになり、いつもパオンとかビゲンで髪を染めていたけど、後ろ髪の届かない部分は、だいたいボクが染料を塗っていた。

前は一緒に風呂《ふろ》に入って、風呂上がりには「のーんしなさい」とオカンが言い、ボクはアゴをのーんと上げて、天花粉《てんかふん》をパタパタしてもらったけど、もうひとりで風呂に入り、リンスもするようになった。

坂道でばあちゃんのリヤカーを見つけても後ろから押すのではなく、交代してボクが引っ張り、ばあちゃんが押すようになった。

半ズボンを穿《は》かなくなった。

パッチン。切手。古銭。牛乳のフタ。キーホルダー。必死になって集めていたものに熱中できなくなっていた。

ランドセルに貼りまくっていたチョコベーのシールを剝《は》がした。

図書館で本を借りるようになった。

それまで、オカンのことを「ママ」と呼んでいたけど「お母さん」と呼ぶようになり、それがどんどん「オカン」になった。

オカンが本を読む時、眼鏡をかけるようになった。

ウサギが、死んだ。

正座して両手を合わせ、ブラウン管に向かってホームランを打って下さいとお願いすると、いつもホームランを打ってくれた長嶋茂雄がグラウンドからいなくなった。

少しずつ、ゆっくりと、色んなことが変わっていった。

ボクはもうすぐ、中学生になる。

あと数ヶ月で小学校も卒業だというある日。オカンがボクを呼んで真面目《まじめ》な顔で言った。

「あんた、お父ちゃんのこと、好きね？」

「うん……」

「中学から、小倉に住むかね？」

「えっ？　なんで!?」

「お父ちゃんと三人で住むんよ」

「えー!?　本当!?」

Ⅲ

人間の能力は、まだ果てしない可能性を残しているのだという。

しかし、その個々の能力を半分でも使えている者はいないらしい。

それぞれが自分の能力、可能性を試そうと、家から外に踏み出し、世に問い、彷徨《さまよ》う。

その駆け出しの勢いも才能。弓から引き放たれたばかりの矢のように、多少はまっすぐに飛ぶものだから、それなりの成果は生んでしまう。

全能力の一、二パーセントを弾《はじ》き出しただけでも、少しは様になってくる。

ところが、矢の軌道も弧を描き始める頃、どこからか、得体の知れない「感情」が滲《にじ》んでくる。肉体もやつれて、なにかしら考え始める。

まだ、走り出したばかりのはずが、その行く先、この先に「幸福」があるのだろうかと思い始める。能力は成功をもたらしてくれても、幸福を招いてくれるとは限らない。

そんなことを想《おも》い始めたら、もう終わりだ。

人間の能力には果てしない可能性があったにしても、人間の「感情」はすでに、大昔から限界が見えているのだから。

日進月歩、道具は発明され、延命の術は見つかり、私たちは過去の人類からは想像もできないような「素敵な生活」をしている。しかし、数千年前の思想家や哲学家が残した言葉、大昔の人間が感じた「感情」や「幸福」に関する言葉や価値は、今でも笑えるくらいに、なんにも変わってはいない。どんな道具を持ち、いかなる環境に囲まれても、ヒトの感じることはずっと同じだ。

感情の受け皿には、もう可能性はない。だから、人間はこれから先も永遠に潜在する能力を出し切ることができないだろう。

「幸福」という、ひまわり畑にいるおばけを意識した時から、まだ見ぬ己の能力など一銭の価値もなくなる。

結局、青い鳥は自分の家の鳥籠《とりかご》にいる。チルチルミチルが探し歩いた幸せの青い鳥がやっぱり我が家の鳥籠にいたように、「幸福」は「家庭」にある。

この法則から、人間は逃れることはできないのだろうか？　だとすれば、人間は本当につまらなくて、可能性も意外性もない生き物だけど、だから、温かくて、愛《いと》しい生き物であるのだろう。

青い鳥は家の中にいる。

しかし、家の鳥籠に青い鳥がいたとしてもそれだけで、家庭が幸せに包まれるわけではない。家族みんなが、青い鳥を探して、求めるのならば、そこには自《おの》ずから「幸福」は訪れるのかもしれないが、ひとりでもそこに、火の鳥を求める男がいたならば、また話は別だ。

なにしろ、男はその青い鳥のさえずりを疎《うと》ましく聴いている。青い鳥を可愛《かわい》がる女や子供の姿をくだらなく感じている。

火の鳥を獲《と》らえるために、青い鳥の羽をむしり、焙《あぶ》り、喰らうことも当然だと考えている。そして結局、カラスの群れに集《たか》られている。

五月にある人は言った。

東京に住んでいると、そういうわかりきっていることが、時々、わからなくなるのだと、その人は言った。

少しずつ、ゆっくりと色んなことが変わっていったように、小学生のボクも、少しずつゆっくり色んなことがわかり始めていた。

野球をやっても四番バッターになれるわけもなく、学校の成績も特別いいでもない。漫画の登場人物のようなスーパースターになれる気もしていない。

自分自身のこと、環境の中での自分のこと。一般的である部分と、そうでない部分。子供は物事がわかればわかるほど、考えが平板になってゆく。みんなの持ってるものを欲しがるようになり、みんなと違った部分を嫌うようになる。今までなんとも思ってなかったことをコンプレックスに感じるようになる。

そんな時に〝中学生になったら、小倉で親子三人で住むのだ〟と聞いて、ボクは単純にうれしかった。一般的らしき者になれそうで、それがうれしかった。

筑豊の町はボクにたいそう優しくしてくれた土地だったが、この町を自分の町だと感じることはなかった。かといって、小倉の街に対してもその想いはない。だけど、オカンとオトンとボクと、三人で暮らすその家が出来れば、そこがボクの町になるのだと思っていた。そして、その家がどんな所であれ、そこがボクの家になるのだ、と。

そのことがうれしくて、卒業の季節を待ちきれず、前野君や他の友達、床屋のおばさん、八百屋のおじさん、色んな人たちに、ボクは中学生になったら小倉に引っ越すんよと言って回った。

友達に会えなくなることは悲しかったけど、自分が一般的な家庭らしきものに属するのだという喜びの方が勝っていた。

「あんまり会えんごとなるね……」

「うんにゃ。汽車で一時間やけん。ばあちゃんもおるし、しょっちゅう来るたい。小倉の家に泊まりに来ればよかろも」

前野君と小倉のゲームセンターに行った時、あまりのゲーム機の多さにふたりとも気が狂わんばかりに遊び回ったことがある。筑豊の町のコンピューターゲームは、文房具屋の隅に一台だけ置かれたスタンド型のホッケーゲームだけだった。

ばあちゃんは、その頃から心臓を患《わずら》っていて、雨の日も雪の日も身体《からだ》中をサロンパスだらけにしてひとりで続けてた魚屋をやめることになった。

一日中、魚を積んで引いて歩いたリヤカーを、夕方、掃除するのがばあちゃんの一日の終わりだった。

ホースから打ち水で汗と魚の匂《にお》いを流しながら、たわしで念入りに磨きあげる。ボクがその掃除を手伝っていた時、ばあちゃんはリヤカーを磨きながら、ボクに目をやることもなく言った。

「あんた、中学から小倉に行くちね……」

「うん……」

「そうね。よかったやないね」

「でも、休みのたんびに来るけんね……」

「ああ。いつでも来んしゃい……」

オカンとばあちゃんは実の親子だけど、普段、あまり話をしている様子もなかった。ばあちゃんは言葉数の多い人ではなかったし、オカンは出戻って来た自分の状況とを、うまく組み合わせることができなかったのかもしれない。

その時のばあちゃんは本当に淋《さび》しそうだった。

病気をしてやつれたこともあったし、髪を染めることもやめていたから、いつの間にか存在が真っ白になっていた。

長年、子供たちを育てるために続けた魚屋も畳むことになり、腰を降ろした時には家の中に九人いた子供たちがひとりもいない。

出戻って来た娘も、初めて一緒に暮らした孫も、やはり出て行くという。

その時、ばあちゃんは〝いつでも来んしゃい〟と言ったきり、もう使わないリヤカーをいつまでも洗っていた。ボクは、その水を搔《か》く音を聞きながら、いたたまれなくなった。

九州の桜の花が蕾《つぼ》む頃、ボクらは卒業式を迎えた。みんながそれぞれに緊張した顔で、体育館に並んだ。

野田君は小さな時に車に轢《ひ》かれて、片足が無い。左足の膝《ひざ》から下は肌色の義足だった。でも彼は活発な子供で、どんな体育の授業も休むことがない。時々、違う学校の子供が「ちんばがおるぞー!!」などと言って野田君をバカにすると、その場で義足を抜いて、ケンケンしながら、その連中を追いかけて行く。

そのケンケンが異常に速い。そしてバカにした連中を追いつめると、手に持った義足でボコボコに殴るのだ。

〝オマエの足のことをなんか言う奴《やつ》がおったら、その義足でボテくり回せ〟。

野田君は親からそう言われてきたそうだ。

中上君は、よく、教室に酔っ払った父親が乱入しに来ていた。炭坑が閉山になった後、授業中に息子の名前を叫びながら、やって来る。

「うわー! 中上のおやじが来たぞー!!」

毎度のことに、生徒たちは蜘蛛《くも》の子を散らしたように逃げまくる。逃げ遅れた子供は中上のおやじに弾き飛ばされ、はたかれる。

他の教室からも、先生や生徒たちが集まって来る。母親は失踪《しっそう》したのだという噂《うわさ》だ。

先生たちに羽交い絞めされながらも、教室の奥へ進もうとする中上の父親。教室の隅に隠れてやりきれない顔をしながら、それを見ている中上君がいた。

何度も、何度も息子の名前を叫びながら、先生や子供たちを蹴散《けち》らしていた。

遠足の時、中上君は白い御飯を透明のビニール袋に入れて、ただそれだけを腰のベルトに結んで来たことがあった。

そのみんなが体育館に並んでいた。

低学年の時からネーム入りの黒いスラックスしか穿《は》かず、ゴム野球をやりながら「早く硬球でやりてぇ」と言っていた身体の大きい鬼塚君。

缶蹴りをして遊ぶ時、その子のことが好きだったから、いつも、その子の隠れる所を追いかけて行った、髪の長い船山さん。

前野君や別府君、みんなと、みんなの親たちが紅白の幕に囲まれていた。

この小学校を卒業しても、みんなは自動的に町にある同じ中学校へ通うことになる。

つまり、はなればなれになるのはボクだけだった。卒業式前にお別れ会もしてもらった。式当日の教室では先生がボクを教壇に上げて、「違う町に行ってもみんな忘れないでね」と言ってくれた。みんなで泣いてサヨナラしてくれた。

卒業文集には〝僕は小倉の中学に行くけど、いつか甲子園で会いたいです〟と書いた。

生まれて初めて貰《もら》った卒業証書を持って、みんな泣きながら、それぞれの家に帰った。

引越しの準備はもう、ほとんどが終わっていた。日ごとに春の匂いがたちこめる陽気になり、新しい生活を始めるボクは、その季節の中で清々《すがすが》しい気分に胸躍らされていた。

小倉の新しい家は中心街にあるマンションだとオカンは言った。

筑豊のその町には炭住と貸家はあっても、マンションどころか、アパートもない。マンションがどういうものか見当もつかなかったが、シャレた感じがして心がざわざわした。

大好きな友達とサヨナラもした。柔道の道場もソロバン塾もあいさつをしてやめた。あとは引っ越すだけだ。小倉の中学はどんな制服なんだろう？　野球部のユニフォームは何色なんだろう？

そして、桜の花も開きかけた日。オカンはなんでもないような口調を装《よそお》って言った。

「やっぱり、小倉には行かんことにしたよ」

「え⁉　なんでなん？　うそやろ⁉」

「行かんよ……」

「オトンは⁉」

「……。知らん」

「どうしたん⁉」

「とにかく、もう行かんとたい。あんたはここの中学に行かなたい」

「いやや……」

「仕方なかろうも……」

なにが理由なのかわからない。オカンはそれ以上を言わなかった。離れて暮らす夫婦の間になにがあって、もう一度、一緒に住むことを考えたのか？　そして、なぜ、それをやめたのか？

子供には子供の社会の付き合いがある。しかし、それも親に振り回されるしかない。

ぐるぐるぐる回った。頭の中で、ぐるぐる回った。

〝みんなになんて言おう……〟

ぐるぐるぐるぐる、そればかりが気になった。オトンはなにやってるんだろう……。

ぐるぐるぐるぐる。

途端に春の陽気は憂鬱《ゆううつ》な温度に変わった。

その話を聞いて二日も明けないうちに、前野君が家を訪ねて来た。前野君のお父さんからの餞別《せんべつ》と、自分が大切にしていたオモチャを持っていた。数日前に、前野君の家で送別会をやってもらったばかりなのに。

「これ、家の人が持って行けって。それと、これ、オレからやけど、持って行って……」

半泣きの前野君の顔を見ると、なんとも言えない気分で言い出しづらかった。

「あの……、やっぱり小倉に行かんごとなったんよ……」

「え!? どういうこと!?」

「おんなじ中学に行く……」

「なんね、それ!?」

前野君は完全に拍子抜けした様子で、言葉少なに、その餞別を持ったまま、家に帰った。

カッコ悪いというか、申し訳ないというか。今でも仕事でたまに相手に思わせぶった後の〝あれ、ナシで……〟ということはあるにせよ、この時ほど切ない状態は過去経験がない。

前野君の後ろ姿を見送りながら、やるせなくなっていると、反対側の坂の下から別府君が箱を持って、こちらに手を振るのが見えた。

もう、その時は家の中に隠れ、後はオカンに任せて、春が過ぎるのを待ったのだ。

桜吹雪の中、詰襟《つめえり》の学生服を着て誰よりも気の重い中学一年生になった。

入学式から何日経《た》っても、会う友人、すれ違う知人に、判で押したように同じ言葉を掛けられる。

「あれ？　なんでおると？」

そりゃそうだろう。あれだけ長い期間かけて言いふらし、涙、涙のサヨナラまでしといて、普通に同じ中学に同じ制服を着ているのである。なにか言われるのも面倒だが、なにも言われない方が怖い。カッコ悪くて、うさん臭い新一年生。

そんなゴタゴタの中、引越しの荷物もまだそのままな時に、オカンはこのばあちゃんの家の近所に家を借りて、引っ越すと言い出した。

「別にいいよ、ここで……」と完全に引越しに対するヤル気が失《う》せているボクが言うと、オカンは「いつまでもここにおるわけにもいかんのよ」と言った。

ばあちゃんの家はオカン兄妹《きょうだい》の生家だが、数年前、長男であるコクコクのおじさんが建て直した家だった。長男が生家を建て直したものの、そのおじさんもその家に住むでもなく、そこから車で二十分程度の場所に別の家を建てて暮らしていた。なぜ、そのおじさんが建て直した生家でばあちゃんと住まないのかはわからないが、とにかくオカンは、その家に自分が子供を連れて帰って来て、居座る感じになっていることを気兼ねしているようだった。

ボクは子供心にも、ばあちゃんがひとりで暮らしていることを不思議に思っていたし、ばあちゃんをひとりにするくらいなら、ここに居た方がいいのではないかと思っていたのだが、大人の社会は親子、兄妹であっても、そのあたりがややこしいらしい。

そして、ややこしく考えるから、ひとり暮らしの老人は量産される。

結局、オカンとボクは、ばあちゃんの家から、更に一駅行った場所に引っ越した。

オカンの知人の紹介で引っ越したその先はとても不思議な物件だった。いや、不思議というより、ホラー映画のように恐ろしい不動産だった。

古びた病院だ。昭和の初めあたりに建てられたであろう、その雰囲気。最初に連れて行かれた時は冗談かと思った。

数年前に院長は他界して、残された老夫人が病院に隣接した母屋《おもや》で生活している。その後も病院は取り壊されることなく、病棟だった部分を改装して、貸家にしているのだ。

Ｌ字型に建てられた建物はその一辺が病棟で、もう一辺は診察室、手術室、玄関、待合室となっている。老夫人の想《おも》いから、手術室など、かつて病院だった面影はほぼ昔のまま残されてあり、その想いが、こちらからすればたまらなく恐怖を演出した。全く同じ間取りの六畳間が四室、廊下を中心に二室ずつ並ぶ、かつての病室を余す所なく連想させる配置。

ボクたちはその部分を借りているわけだが、更に恐ろしいのは、その家のトイレだった。

トイレの場所は廊下を奥に進み、Ｌ字型の辺が交わった地点にある。

重い引き戸を開けると、誰もいない手術室や診察室の冷気が肌をかすめる。

冷気漂う部分は借りているわけではないので立ち寄ってはいけないとオカンに言われていたのだが、そんな所、行けと言われても行きたくない。

トイレは小便器がふたつ、個室便所もふたつ、一列に並んでいて、どちらを使っても構わないのだが、言わずもがな、少しでも近い方の便器を使っていた。

なるべく手術室の方向を見ないように急いで用を足す。もちろん、そんな古い家は便所も汲《く》み取り式、電気は裸電球、上も下も横も後ろも、どこも恐ろしくて見ることができず、とにかく、トイレに行くことが最後までストレスになった。

恐怖映画を観《み》に行かなくなった。流行《はや》っていた横溝正史《よこみぞせいし》の本は読まなくなった。

一度、便所から自分の部屋へ戻ろうとした真夏の夜に、帰り道の引き戸が開かなくなったことがある。内側から鍵《かぎ》がかかっているようだった。手術室前の広い廊下から変な音が聞こえた気がした。

たまらず声を上げてオカンを呼んだ。引き戸をガンガン叩《たた》きながら、オカンを呼んだ。

「オカン!! オカン!!」

すると、オカンが笑いながら引き戸を開け、腹をかかえてボクを指差すのである。

「なんねアンタ。度胸がないねぇ」

オカンが鍵を掛けてイタズラをしていたのだ。そういうことするなよ!! まったく!! 頭に来て、物も言わずに部屋に戻った。誰が自分の家で肝だめしを楽しむというのだ。

学生食堂の中にある小部屋で生活したこともあるけど、ここは恥ずかしいだけじゃなく「怖い」という点がたまらなかった。

古病院の元病棟で、オカンとボクの新しい生活が始まった。ばあちゃんの家からなら歩いて通えた中学も、土壇場《どたんば》で引っ越したばっかりに、自転車で四十分程度通学にかかることになった。

ボクは野球部に入部し、坊主頭《ぼうずあたま》になった。

気性の荒い土地柄の中学にある野球部。そして、その野球部は運動部といっても、どこにも爽《さわ》やかさはない。

一年は全員丸刈りだが、三年生はみんなリーゼントやパンチパーマをあてていて、部室は暴走族の集会所のようになっていた。

つまり、試合に出ている人はみんなポマード臭いのであり、髪型が崩れると言って帽子も被《かぶ》りたがらないのである。

そんな野球部が強いはずもなかったが、練習のシゴキとイジメだけはメジャー級。四月に七十人いた一年生があっという間に半分に減り、結局、ボクの同級生は最終的に十人になり、レギュラーを獲《と》ることだけは難しくなかった。

朝は七時過ぎに部室へ行き、前日洗った先輩のユニフォームを畳み、スパイクに靴墨を塗り、先輩が来るのを始業まで待つ。昼休みも部室に集合し、パン、煙草《たばこ》、女子バスケ部のブルマなど、先輩の所望する品々を調達するためだけに、常駐していなければならない。雨が降る日はグラウンドが使えず、教室や廊下を使った苦しい筋肉トレーニングと部室で行われる「説教」と呼ばれるミーティングがある。

ベンチの上にバットを並べて、その上に正座する。足の甲とすねが折れるほど痛い。その上に、もう一本。ふくらはぎと内股《うちまた》の間。

もうこれはミーティングでもなんでもなくイジメを超えて拷問《ごうもん》なのだが、中一になったボクらから見ると、中三の先輩は身体《からだ》も大きく、ガラが悪い。その恐ろしいことと言ったら、ウチの便所くらい怖いものだから、そりゃ新入生も片っ端から辞めるはず。

この伝統と呼ばれている説教も、長年受け継がれているだけあって、肉体的にも精神的にも厳しさは完成されていた。その足の痛みに耐えながらも、次は精神的に責めてくるからたまらない。

全員、眼をつむらされ、電気も暗くしてどの先輩が殴ったかはわからなくしてある。殴りながら、バットの挟まった膝《ひざ》の上に座らせて、好きな子の名前を大声で叫んでみろと言う。

「まだ、いません!!」。そう言った同級生にエロいことで有名な先輩が怒鳴った。

「処女がいいとか、膜の破れとるとがいいとか言うてみい!!」

「わかりません!!」

数ヶ月前までザリガニやカブト虫と遊んでいた小学生なのである。そういうアダルトなことを言われると、更に恐ろしい気がした。

部室の外から聞こえる雨音。下級生は全員顔が腫《は》れるまでビンタされ、みんな最後は泣いた。いや、全員泣くまで帰してもらえなかった。

顧問の先生も当然この伝統行事は承知の上で、ボクらが鼻血を出しながら下校していると「おう、今日は説教されよったんかぁ」と半笑いで言う。

〝オマエの息子に殴られよったんや!!〟。ボクらは心の中で訴えた。この顧問の先生の息子が、三年生にいたからである。補欠のくせに説教だけは四番バッターの嫌な息子だった。

家に帰るとオカンはボクの腫れあがった顔を覗《のぞ》き込み言った。

「あんた、顔が腫れとるばい」

「……」

「先輩にシメられたんやろ？」

「……」

「よかよか。男は少々鍛えられた方がよかたい」

オカンにどうしてほしいとも思っていなかったが、納得はしなかった。

小学生の時、前野君たちと原っぱで、ウサギのエサをむしっていたら、隣の町の有名な悪い小学生軍団が自転車で攻めてきた。

「決闘しょうや」。そう言いながらボクらに飛びかかって来た。実戦に長《た》けていた奴《やつ》らに、すぐマウントポジションを取られたボクらはベコベコにやられていたのだけど、その最中、オカンが横の道を偶然通りかかった。

草むらに押し倒され、横目でオカンの姿を確認した。オカンは日傘をさしたまま立ち止まり、しばらくこっちを見ていたが、またすぐに歩き出した。

〝あれ？　そうなの？〟。そう思いながらオカンを目で追った。そういうことには、ずっとそういう人だった。

病院坂首縊《くびくく》りの家に引っ越した時に、ベッドを買ってもらい、知り合いのおじさんからステレオも貰《もら》った。ステレオといっても、コンポではなく、タンスのようにでかい家具調の古いステレオなんだけど、それでも、部屋にベッドやステレオ、机を並べて、ある程度充実してきた自分の部屋を気に入り始め、ひとりで部屋にいる時間が増えた。

　そこで、もうひとつの充実を図るためには、ここにテレビだなと、オカンに自分の部屋用のテレビが欲しいと言ってみた。

　オカンはテレビをよく観る方ではなかったから、居間のテレビは好きな番組を見放題だったのだけれど、ベッドから自分だけのテレビをコソコソ観たいとイメージしていたのだ。

　すると、オカンは言った。

「オトンに言いなさい」

　オトンに連絡すると、それなら小倉に来いと言った。

　休みの日に汽車に乗って小倉へ向かい、駅で待ち合わせをした。

　その時、オトンに会ったのは久しぶりだった。一年近く会っていなかったと思う。中学に入って、一緒に住む話がお流れになってから、一度も会ってない。

　小倉駅から直接、電気屋へ連れて行ってくれるとばかり思っていたら、まず喫茶店に入ってコーヒーを飲み、タクシーを拾って、商店街から、街の外れに車は走り出した。

　どこに行くのだろうかと心配になっていると、タクシーは商店のまるでない所で止まり、オトンは大きなマンションの中に入って行った。エレベーターに乗り、手慣れた仕草でボタンを押した。

鍵束から鍵を探し出し、鉄のドアに差し込むと、部屋の中からこもった空気が溢《あふ》れてきた。

ピンクのカーペットに赤いスリッパ。見るからに女の人の部屋だった。３ＤＫくらいの部屋には家財道具がすべて揃《そろ》えてあったが、ボクはすぐに感じた。

この部屋には、もう、誰も住んでいないということを。室内の空気は澱《よど》んでいる。カーテンも窓も、しばらく開かれた気配がない。水道もしばらく水を流していないらしく、ステンレスのシンクは白く粉を付けていた。

オトンは煙草を喫《す》いながら、部屋をぼんやり眺めていた。そしてボクに言った。

「好きなもん、持っていけ」

色んなものがたくさんあったけど、あまり触れる気にならなかった。

「テレビだけで、いいよ……」

十四型の赤いテレビだった。このテレビを観ていた人。ここに住んでいた女の人はもう、どこかに行ってしまったのだろう。

オトンの切ない表情がボクにもわかった。オトンの身勝手な悲しみも、そこは男同士の妙な感覚というのか、オカンには悪いけど、その淋《さび》しさがなんとなくボクにはわかった。

「それだけでいいんか……」

「うん……」

「そしたら行くか……」

かなり重かったけど、ボクはそのテレビをむき出しのままかかえてドアに向かった。オトンは乾いたシンクに煙草をこすりつけて火を消した。テレビだけがなくなったピンクの部屋のドアをバタンと閉めた。

帰りの汽車の中。赤いテレビを隣の席に置き、ひとりで筑豊に戻りながら考えていた。

〝ボクが住むはずだった小倉のマンションは、あそこのことやったんかもしれんなぁ……〟。

窓の外の景色が、どんどん田んぼだらけに変わっていった。

月が出た出た　月が出た
三池炭坑の　上に出た

あまり煙突が　高いので
さぞやお月さん　けむたかろう

あなたがその気で　言うのなら
思い切ります　別れます
もとの娘の　十八に
返してくれたら　別れます

一山　二山　三山　越え
奥に咲いたる　八重つばき
なんぼ色よく　咲いたとて
サマちゃんが通わにゃ　仇《あだ》の花

晴れて添う日が　来るまでは
心ひとつ　身はふたつ
離れ離れの　切なさに

夢でサマちゃんと　語りたい

子供の頃、盆踊りの季節になると、公民館に集まって「炭坑節」の練習をさせられた。

過酷な労働の中から生まれた仕事唄《しごとうた》。

街の者は炭坑の坑夫を差別した。そして、坑夫は自分たちの掘り起こした石炭を舟で運ぶ人足を差別し、人足は自分の履くわらじを編んだ職人を差別する。くだらん差別はどの場所も、いつの世にせよ直らんよ。サノヨイヨイ。部落に人種に不具に貧困、職業、知能に痴情に遅漏。ここは差別の大安売りだヨイヨイ。

生まれた時から負担を背負って、神さんなんかはアテにはなりゃせん。平等なんかはありゃせんじゃないの。

そんな神さんに頼るより、唄って踊って酒飲んで、一生懸命働いたなら、カミさんの尻《しり》でも撫《な》でましょう。

一日二十四時間は、それだきゃ誰でもおんなじよ、汗水流して働きましょう。

サー、サノヨイヨイ。

ボクはどんどん自立心が強くなっていった。他の友達は性の芽生えが進んでいたけど、ボクはそこだけがまるで幼稚で、みんなの喜んでることがよくわからなかった。

その代わりなのか、このままではいけないと闇雲《やみくも》に思うようになり、中学を卒業したらどうするべきなのかを、ずっと考えていた。

この町は嫌いじゃなかったが、物事を考える力がつくと、気に入らない価値観も目につくようになる。

くだらない差別に世間の狭い大人たち。

毎日、毎日の二十四時間がここで費やされてゆくことに焦《あせ》りと恐怖を感じていた。

イギリスやアメリカの音楽の中は、こんなチマチマした価値観を否定しているじゃないか。もっと戦っているではないか。もっと嘆いているではないか。よくわからない漠然としたものに憧《あこが》れを抱くようになっていた。

オカンが二万円で買ってくれたモーリスのギターを毎日、タコができるまで弾いた。

オカンは町に出るたびに、ビートルズのレコードを一枚ずつ、買って来てくれた。

自分がオカンの負担になっているような気がしていた。なにかを買ってもらうたびに、心が苦しいと思い始めていた。

オカンはボクが中学に入ってから、料理屋やドライブインの仕事に出なくなった。

おそらく、思春期のボクを夜、ひとりにしないためだったのだと思う。

陶器の皿に柄を貼《は》り付ける内職を始めていた。

ウインドブレーカーも金属バットも、カーディガンも、この間、買ってもらったばかりだ。

蛍光燈《けいこうとう》の揺らぐ電気の下で、白い皿にゴムベラで柄のプリントしてある転写シールを貼り付けている。オカンは不器用なので、すぐシールにシワが寄ってしまい、何度も失敗していた。ボクも手伝った。ボクの方が早くて仕上がりもきれいだった。

部屋でレコードを聴いている時も、曲間になった時、隣の部屋から皿の重ねる音を聞くのがつらかった。

ある日、オカンが内職をしながらボクを部屋に呼んで「これ、読みなさい」と赤い表紙の冊子を手渡した。

どこかの教会が発行している性教育の冊子だった。オカンは照れ臭そうに、皿に転写シールを貼っていた。ボクも恥ずかしくなって、すぐ自分の部屋に持ち帰った。

なんて空が青いんだろうか。白い雲はおおらかに動いて、夏の光はグラウンド中を輝かせていた。

中二の夏休み。三年の恐ろしい先輩たちは県大会の予選をあっさりと一回戦で負けてくれたものだから、夏休みの初旬には引退してしまい、ボクらはもう心晴々と野球をすることができる。というか、やっと野球をすることができるのだ。

まぶたにサロメチールを塗られたこともあった。爆竹をズボンに入れられたこともあった。さんざん殴られて、ブルマも盗みに行かされたけど、辞めなくてよかった。

だって、こんなに空が青いんだもの。

早速、ボクらは伸びかけの坊主頭《ぼうずあたま》にポマードを塗りたくってグラウンドにいた。

ボクらの時代から「説教」や虐待《ぎゃくたい》はやめようということになり、二年生も一年もキャアキャア言いながら白球を追いかけた。新しいキャプテンは小学校の頃から「硬球でやりてぇ」と言っていた鬼塚君がなった。鬼塚君は硬球への想《おも》いが熱すぎて、中学の間もずっと軟球なのに硬式用のバットを使っていた。

ある夏休みの日。うちの野球部から高校野球に行ったOBの先輩が暇つぶしにノックをつけに来ていた。

練習の後、先輩はボクらをベンチの前に集め、チェリオをおごってくれながら、ひと講釈たれるのである。

「つーか、オマエら。センズリばコキようとか!?　センズリしようもんは手ぇ上げちみぃ!!」

「ウッス!!」

えっ!!　二年全員？　一年も!?　どうやらそのセンズリをコイていないのはボクだけのようだった。びっくりした。

「キサマ、しよらんとや!?」

「ウッス！　すんません!!」

「バカヤロウ!!　どげなっとうとかキサマ!!　そげなこつで野球ができるか!!　明日までにバリッとシゴいてこんね!!」

「ウッス!!　ありがとうございます!!」

一年の前で、厳しく怒られた。そんなことで怒鳴られるのも釈然としないが、あの先輩は足を怪我《けが》していて、自分の練習に出れないもんだから、明日も必ず来るだろう。明日もシゴいてないと言ったら……。あぁ、いやだいやだ、また、そんなことで怒られるのは。

でも、みんなが陸上部の誰それは乳が大きいとか、あいつのブラジャーはスケスケばいとか、いまひとつ、それのなにがおもしろいのかは、わかってないのである。

オカンに渡された冊子にも自慰行為のうんぬんは書いてあって、そんなことは知らないわけでもないのだけど、自分と直結している問題として捉《とら》えてなかったのである。面倒なことになったなぁ……。そう思いながら夕暮れの田んぼ道を自転車で帰った。

その頃の食欲は毎日、河馬《カバ》のように食っても、すぐに腹が減る。勝手に気まずくなって、オカンの顔をあまり見ないよう、おかわりだけは何杯もした。

早々に部屋に行き、パンツを脱いでベッドに仰向けになった。アグネス・ラムや大場久美子の水着グラビアを見ながらチンポコをペタペタ触る。チンポコはピンピンになるものの、先輩が言うような現象は起きない。

〝そげしよったら、カルピスがよ。オレはもう三メートルは飛びよるったいね〟

〝先輩、すごかですね!!〟

〝センズリも、長距離砲のごとあるね……〟

ピンピンのまま時間は止まっていた。先輩の言うカルピスは出る気配もない。その時、ある川柳を思い出したのである。

谷村新司のラジオ番組に「天才・秀才・バカ」というコーナーがあった。ボクはそのラジオ番組を書籍化したワニの豆本を持っていて、その中に〝オナニー川柳〟という投稿ページがあったのだけど、その、川柳のひとつである。

〝男十五は船頭でござる　川を上がったり下がったり〟

なんとなく、その川柳を思い出し、カワを上がったり下がったりしてみた、その途端だ。

〝うわぁ!!　先輩!　これのことですよね!!〟

白球は天井のバックスクリーンに突き刺さるほどの勢いで舞い上がったが、落ちてもきた。

そそくさと幽霊便所に駆け込み、トイレットペーパーを調達。とりあえず、現場検証ということで、もう一回、船頭になってみた。

その行動がオカンにバレているはずはないのだが、数日後、家に帰ってみると机の上にさりげなくティッシュの箱が置いてあって、もう叫びたいほど恥ずかしかったのである。

中学に入って部活の練習が忙しく、春休みや夏休みも、小倉のばあちゃんの家には行かなくなっていた。筑豊のばあちゃんの所には学校の帰り、自転車でたまに寄ってみてはいた。

キッチンでひとり、夕飯を食べていた。魚を売っていた頃とくらべ、身体《からだ》が小さくなった気がする。

筍《たけのこ》の煮物とか茄子《なす》の煮物とか。作り置きしてあるものを少しずつ食べていた。ジャーを開けると黄色くなりかけた御飯が入っている。一度に炊《た》いて、保温したまま何日も経《た》っているようだった。

「ばあちゃん、これ食いよるん……？」

「ひとりやけん、それでええ……」

古くなった御飯とサロンパスの匂《にお》いがした。

あまり煙突が高いので　さぞやお月さんけむたかろうと唄ったのも今は昔。炭坑の煙突から煙が昇ることは、もうない。

そして、小倉の製鉄所の巨大な煙突から煙が立ち上がることもない。閉山になり、炉は閉まり、ふたつのボクの煙突は、もう昔のように煙を吐くことがなくなった。

大人たちが造ったもの、見えるものすべてがボクには寂れて見えた。

そして、高校受験も近づいてきたボクは、この町を出ることに決めた。

ここと違うどこかに行きたいという気持ちと、オカンを自由にしてあげなければという気持ち、そのふたつが同じ重さでボクを刺激した。このまま、地元の高校にみんなで行くつもりは全くなかった。

どこでもよかった。その時、参考書の巻末にあった特殊高校の紹介という欄で、大分県に美術の学校があるということを知った。

ここでいいや。それくらいの気持ちだった。美術の学校だったから、それが大きな理由だったわけではない。そこに決めた一番の理由はそこが公立高校だったからだ。家を出て、ひとりで暮らすことが、まずボクの目標だった。

秋の虫が鳴き始める頃、ボクはオカンにそのことを話した。テレビではボクと同じ中学三年生を描いた「三年B組金八先生」が流れていた。

「あんたが決めたんやったら、そうしたらええ」

オカンは静かに言った。

「ちゃんと、ひとりでできるんかね？」

「うん。がんばる」

「朝は起きれるんかね？」

「うん。起きれるよ」

オカンをひとりにしてしまう切なさと、オカンをひとりにさせてあげなければという気持ちと、どちらが正しいのかわからなかった。

息子のそんな情報を聞きつけたオトンは、オカンとは違って嬉々《きき》としていた。

「そりゃ、ええことやわい。お父さんもそうしたらええと思っとったんや。男は早よから外に出た方がええ。お父さんも十六の時から東京にひとりで行っとったんやけんの」

（あんたは地元におられんごとなったけんでしょうが……）。そう思ったが、なぜかオトンはうれしそうだった。

その頃、オトンは仕事がうまく転がっているようで羽振りがよかった。どうやら建築関係の会社を開いているようで、名刺には〝一級建築士〟の肩書きが付いていたが、オトンがそんな資格を取得したという形跡は知らない。

たぶん、小学生の肩たたき券のように、自分で免許を自分に発行したのだと思う。オカンにタンスや指輪や着物を買ってあげたらしい。免許もないのに車も買ったと言っていた。

病院の家にはばあちゃんがいないからか、羽振りがよくなかったからか、ボクの受験前には月に一度くらい顔を出して、一泊していくことが何度かあった。

オトンはトルコやラブホテル、宗教団体の建造物といった、周辺の住民が建てても らっては困る物件を専門にやっているらしい。

そのあたりの事業は色々とややこしい裏社会に通じていなければ入札することができないので、そのへんのややこしさが〃一級〃だったのかもしれない。建物を建てることよりそれ以前の根回しが肝心な業務のようだ。

「まぁ、越境入学するにしてもやね、その学校がどれくらいのもんで、なにをせんと受からんのかくらいは調べとった方がええのお」

「受けて受からんほど難しい偏差値やないと思うんやけど、絵の実技試験もあるんよ」

するとオトンはしばらく煙草《たばこ》を喫《す》い続けた後、なにか、いつものようによからぬ根回しを思いついたようで、ボクとオカンに言った。

「ちょっと、温泉に入りがてら、一回、大分に行くか？」

「なにしに行くん!?」

「学科の方はいい点取るしかないけどよ。絵の方ばっかりはオマエがどの程度のもんか、どれくらいのレベルやったら受かるんかがわからんやろが。それを一回、わかる人に見てもらった方がいいやろ。それがええ」

「誰に見てもらうん!?」

「だまっとけ」

オトンはセカンドバッグから黒い電話帳を取り出し、家の黒電話から、なにやら黒い声色の電話をし始めた。

「オカン……」

不安になってオカンの方を見ると、オカンはやけにそわそわしながら、

「いやー、温泉は久しぶりやねぇ」と完全にレジャー感覚に汚染されていた。

そして、電話を切ったオトンは言った。

「よし、来週、別府に行くぞ」

別府駅からまっすぐ山に向かって道路が延びる。道の端々からは溝を流れる温泉の蒸気が冬の空気に白く立ち昇り、所々で湯の花の匂いがした。

駅には白いジャージの上下を着た、いかにもオトンの知り合いという風体の人が黒い車で迎えに来ていた。

「明日の段取りはもうしてあるんで、今日は旨《うま》いもん食うて、温泉につかって、ゆっくりして下さいねぇ。せっかく別府まで来てくれたんやけん」

白ジャージの人は山間《やまあい》にどんどん車を進めながら、森に隠れた「山賊料理の店」という看板がかかった山荘に車を停めた。

この店はその場で絞めた軍鶏《しゃも》を出すとのことで、刺身や網焼きは確かに旨いんだが、

窓の外からは「クケーッ!!」とか「キョケーッ!!」といった今際《いまわ》の叫びが聞こえて来て、その山賊テイストにはついていけなかった。

「坊ちゃんは、来年から別府に来ると?」

「ええ……、受かれば……」

「別府に来たら心配はいらんよ。おいちゃんがなんでも面倒みてやるけんね」

なんだか怪しい感じになってきたなぁと不安になってオカンを見ると、「軍鶏の刺身はおいしかですねぇ」と山賊料理を満喫しているようだった。


オカンはうれしかったのだと思う。考えてみれば、ボクとオカンとオトンが三人で旅行したことなど、この時が初めてで、といってもこれも旅行というほどの旅行ではないのだけど、やっぱり、後にも先にも、この時が初めての、たった一回きりの家族旅行だったから、誰よりも楽しんでいたのはオカンだったのだと思う。

温泉旅館に泊まって、みんなで浴衣《ゆかた》を着る。風呂《ふろ》から上がって、オトンにビールを注いでいるオカンの様子を見た時、なんかこのふたり夫婦みたいだなぁ、と思った。

ボクもその感じがなんだかうれしかった。

次の日。白ジャージの出迎えで、受験する高校に縁が深いという画家の先生の自宅にお邪魔した。

小柄で優しそうな老画家は、ボクが持参したスケッチブックをゆっくり時間をかけてめくると、柔らかい口調で言った。

「上手に描けていますよ。でもね、ここ見てごらんなさい。柿《かき》の実はきれいな色で描けているけど、柿の下に出てる影、茶色のテーブルだと思うんだけども、君は影を黒く塗っているでしょう。本当にそこは黒い色だったのかな？　そうじゃないはずですよ。君は影を黒いものだと思っているからこうなる。描き始める前によく見ることです。よく観察して、よく考えれば、もっと上手になります。その絵を描いている時間よりも、その絵を描くためにいろんなことを考えて、たくさんの角度から物を見ている時間の方が大切なんですね」

ボクはなるほどなぁと、とても感銘を受けた。しかし、オトンと白ジャージはそんない話よりも、もっと即物的な台詞《せりふ》を聞きたいらしく、前のめりになって先生に尋ねた。

「それで先生。受験の方はどうでしょうかね!?」

「ええ。箸《はし》にも棒にも掛からないというわけではないと思いますよ。これからもっと上手になると思いますね」

先生の正しく穏やかな様子にふたりはじれているようで、その雰囲気がボクは嫌だった。

最初の挨拶《あいさつ》でオトンが紙袋を出し、「玄海灘《げんかいなだ》のうにの塩漬けです。どうぞ御挨拶代わりに」と先生に差し出したのだが、先生は「いやあ、お気持ちだけありがたく頂戴《ちょうだい》します。どうか、お気遣いなく」と言って手土産さえ受け取らなかった。

オトンも白ジャージもいつもの仕事相手とは勝手が違うようで、結局、煙草をバカバカ喫いだした。

「学科の方も大切だから、勉強もね、一生懸命頑張って下さいね」

先生は玄関先でボクを見送ってくれながらそう言った。玄関まで続く廊下でも、白ジャージが先生に取りついて、ゴソゴソやっているのが恥ずかしくて、早く、ここから出たいと思った。

帰りの車の中、うにの塩漬けを膝《ひざ》にのせたオトンは、白ジャージに言った。

「どうやった……？」

「いやあ、いけんかった。どんだけこそっと握らせようとしても、全然受けつけけんでからねぇ」

やっぱり、この大人たちはそんなことを企《たくら》んでいたのである。

「なんでそんなことするん!!　そんなんせんでも合格するわ!!」

ボクが怒ると白ジャージは黙った。嫌な気分のまま、しばらく車は走り、オトンがまた煙草に火をつけて、窓を開けながら言った。

「しかし、あの先生は立派なもんやのぉ。どんなお偉いさんでも、握らせたら返せんもんよ。特に、先生の名の付くもんはそうや。腹の黒い奴《やつ》が多いけんのぉ。でも、あの先生はたいしたもんよ。本物の芸術家やのぉ」

そう言って、オトンはうにの塩漬けを「ほら、家で食え」とオカンの膝の上に置いた。

「写真機を持って行っとけばよかったねぇ」

オカンは別府の旅行が本当にうれしかったらしく、何度も写真を撮らなかったことを悔やんでいた。

そういえば、ボクら親子三人で写っている写真は、ボクが三歳までのものしかない。

修学旅行に行く時に、町のカメラ屋でオカンがカメラを買ってくれた。珍しくて、なんでもかんでも撮っていると、プリント代がすごい金額になってしまった。

あの時、カメラを持って行けばよかった。今、ボクは本当にそう思う。

別府での陰謀に失敗したオトンだったが、ボクの受験のことは気になるらしい。初めて自分に興味を持たれている気がしていた。

そして、スケッチブックにあったボクの絵を見て「もう少し描けるんかと思うとった」と深刻な表情になり、別府から帰った次の週に「お父さんが少しデッサンを教えちゃる」と小倉に呼び出された。

小倉駅近辺のトルコ街。駅から電話をするとオトンは忙しいらしく、トルコの店の名前を言って、そこまで来いと言う。

両脇《りょうわき》にギラギラしたトルコ風呂の外装が立ち並び、客引きの声が前を歩くサラリーマンにからみつく。

スケッチブックを持って、指定された一軒のトルコの入口へ。店長風の男の人がボクを見つけるなり言った。

「なーさん所の坊ちゃんやろ？」

「はい」

「そうやろう。よー似とるもんねぇ!!」

ボクはオトンに似ていると言われるのが嫌いだ。店長風は勝手口のドアを開け、隣の建物に向かってオトンを呼んだ。

「おう、チビ、来たか」

オトンが曲尺《かねじゃく》を手に持ってやって来た。隣のトルコの改装をしているらしい。そして、建築費を未払いのまま経営者の逃げたトルコの経営にも首を突っ込んでいるらしかった。

「よう似とらっしゃるねぇ。息子さん」

「そうね、似とるかねぇ」

オトンはボクが似ていると言われるのが好きだ。「こっち来い」とオトンはボクをトルコの奥の奥へ連れて行った。

赤い毛足の長い絨毯《じゆうたん》。薄桃色の照明。ギリシャ風かつヌーヴォー調にしてまた、中近東風の怪しい内装。オトンのセンスが炸裂《さくれつ》した異空間だった。

絨毯張りの廊下を越えると、従業員専用の小部屋がある。店内とはまるで様子の違う簡素な六畳間で、小さな炊事場が備えてあった。

中央に置かれた電気こたつにはガウンを着たトルコ嬢のお姉さんがふたり、みかんを食べていて、ボクが入ると口を揃《そろ》えて言った。

「あら‼　なーさんの息子さん？　そっくりぃー‼」

ボクはこたつに座らされてセクシートルコ嬢ふたりに緊張しながら質問責めにされていた。

「いやん。いくつなん？」

「ちゅー、さんです」

「今日は遊びに来たん？」

「いやぁ、あの、勉強に……」

「そうなん。それやったらお姉ちゃんとお勉強しようかぁ？」

「あら、嫌よねぇ、こんなオバサン。あたしとしようねぇ」

「いや、その、オトンと……」

「いやん、かわいいわぁ。ね、あれなん？　まだ童貞なん？」

「はい……」

「それやったら最初はお姉ちゃんとしょうねぇ。最初にいい女とした方がいいんよ」

「あんたやらいかんわ、お姉ちゃんとしょ」

オトンはどこに行ったのだろうか？　このうれしいのか苦しいのかわからない状態がいたたまれなかった。

「おっぱい見る？」

「いや、それは……」

「ほら、触ってみんしゃいって」

「やめんね、あんた。怖がりようばい」

桃色の笑い声が六畳間に響き、ボクはどうすることもできず、こたつ蒲団《ぶとん》の柄を凝視していた。するとオトンが戻って来た。

「いやん、なーさんの息子さんかわいいわぁ。まだ、童貞なんてよぉ」

「そうかね。オレがこのチビくらいの年の頃には、もう、たいそうなもんやったけどねぇ」

「息子さんは真面目《まじめ》なんよぉ。そやけん最初の時はお姉ちゃんとしようなって、今、言いよったんよ」

「ハハハ。でも、まだこいつは子供っぽいけんねぇ」

オトンは現場から持って来たヘルメットをこたつの上にドカンと置いて、言った。

「それ、描きよれ。後で見に来るけんの」

「なに!?　それ!?　キャハハハ!!」

その後も邪念と戦いながら鉛筆でヘルメットの絵を描いていると、入れ替わり立ち替わり、入って来るお姉さんに「なんで子供がこんな所でヘルメットの絵を描きようと？　おかしいー」と言っては笑われた。

絵が仕上がり始めた頃、オトンは戻って来てまだ途中のヘルメットを見ながら、鉛筆を取った。

「違うやろが。ここがもっと丸いでから、下の台に接しとる部分は、こうよ。そしてから、オマエは線が細すぎるわ。もっと鉛筆の芯《しん》の腹を使うて、力強く描かんか」

ボクの絵の上からゴリゴリと鉛筆の線を書き込んでゆき、まるでボクの絵の原型が残ってない、黒々としたヘルメットが仕上がっていた。

確かに上手なのだけど、オトンは絵も字も個性的で、デッサンというよりも、ヘルメットをモチーフにした現代美術とその表現なのである。これを習っても受験用にはちょっと……という感じではあった。

家に帰るとオカンはどうやったんね？　と今日のオトンの授業について聞いてきた。

ボクはスケッチブックを渡してオカンに見せると、

「なんね、コレ？」

「ヘルメット」

「毛虫の絵かと思うたばい」

「オトンがオレの絵の上から描いたんよ」

「あんた、今日、どこで絵描いたん？」

「トルコ」

「トルコ？」

「うん」

「なんで、トルコでヘルメットなん？」

「知らんわ」

受験の日が近づいていた。越境受験のため色々と面倒な手続きが必要だった。オカンは用意しなければならない書類や道具を紙に書き出し、丁寧に、何度も確認していた。

それが受験のためのものか、入学時に必要なものかはわからなかったが、オカンが書き出した必要書類の中にボクの興味を強く引きつける文字があった。

「戸籍謄本《とうほん》」

Ⅳ

世の中に思ひあれども子をこふる　思ひにまさる思ひなき哉《かな》

子が親元を離れてゆくのは、親子関係以上のなにか、眩《まぶ》しく香ばしいはずの新しい関係を探しにゆくからだ。

友人、仲間、恋人、夫婦。そのひとつ〳〵に出会い、それぞれに美しく確かなる関係を夢見て、求める。

しかし、それを願えば願うほど落胆の種になる。失望し、心ちぎられる。

あたたかく、大きく、移ろわず、変わらぬそれを探しても、現実は煩《わずら》わしさと裏切りの壁の中、這《は》いつくばって、両手で砂を掻《か》き分け、涙して爪《つめ》から血を流したところで見つかることがない。

悲観し、あきらめかけても幻想はその想《おも》いをからめとり、錯覚と幻覚を漂わせながらまた、壁の中へと引き戻す。

繰り返し、壁の中へと引き戻す。

ぐるぐるぐる、ぐるぐるぐるぐる。

そして、焼き尽くされ、引きずり込まれては、叩《たた》き出される。

ボロボロになる。

その時、子は、親になる。

人間が生まれて、一番最初に知る親子という人間関係。それ以上のなにかを信じ、世に巣立ってゆくけれど、結局、生まれて初めて知ったもの、あらかじめ、そこに当たり前のようにあったものこそ、唯一《ゆいいつ》、力強く、翻《ひるがえ》ることのない関係だったのだと、心に棘刺《とげさ》した後にようやくわかる。

世の中に、様々な想いがあっても、親が子を想うこと以上の想いはない。

求めているうちは、それがわからない。ただひたすら、与える立場になってみて、やっとわかってくる。かつて、親が自分になにを思っていたのか。その日のことを知り、今の日に、自分がそのようになろうと思う。

その時、人は確かなるなにかを手に入れるのかもしれない。

おのれ生ある間は子の身に代わらんことを念《ねが》い、おのれ死に去りてのちには、子の身を護《まも》らんことを願う。

五月にある人は言った。

たとえ、姿かたちはなくなっても、その人の想いや魂は消えることはないのです。あなたが、手を合わせて、その声を聞きたいと願えば、すぐに聞こえるはずです、と言った。

「やっぱり、江川は福岡に来んやったね」

「もう、クラウンも駄目やろう」

「だいたいがよ。百円ライターの会社が球団持つこと自体に無理があるんよ。そら、江川も巨人の方がよかろうたい」

「そやけど、ヤクルトは百円もせんやろ？」

「ヤクルトは毎日飲むやろが。ライターは一回買《こ》うたらしばらく買わんでよかやもん。もうかりゃせんばい」

この町にはその昔、西鉄ライオンズというそれは強いチームがあったのだと、炭坑の人たちは話を聞かせてくれたものだが、ボクたちが子供の頃には、もう、太平洋クラブライオンズ、クラウンライターライオンズと身売りを重ねる万年最下位の弱小地元球団しか知らない。

法政の怪物・江川卓《すぐる》をドラフトで強行指名するも、入団を拒否され、もう平和台球場からプロ野球チームが消えてしまうのではないかと噂《うわさ》され始めた春に、ボクたちは卒業式を迎えた。

それまでは、住んでいる場所で、ただ小学校も中学校も、みんな同じ所へ通うだけだったのに、これから先は学力という格付けでそれぞれが違う学校へ進み、家庭の事情で働き始める者もいる。そのことに、なにか社会への始まりと違和感を憶《おぼ》えながら、ボクはこの町を出て行くことになった。


別府湾から続く緩やかな坂道は山間《やまあい》に延び、その道の途中にある小さな木造アパートが、ひとり暮らしを始める十五歳のボクの部屋だった。別府鉄輪《かんなわ》温泉の近くにある、アパートの周辺は旅館やホテル、遊園地が建ち並んでいる。

かつて賑《にぎ》わったこの温泉街も、その頃には由布院《ゆふいん》にその人気もとって代わられ、ひなびた淋《さび》しさがどの街角にも漂っていた。

長く空に向かう煙突から白い煙を吐いた製鉄の街、ボタ山の所々から有害な白いガスを洩《も》らす炭坑の町、そして沿道の溝から硫黄の匂《にお》いと白い湯気を煙らせる温泉街に。

ボクは薄日の靄《もや》のかかる寂れた街を、その昔の活気を失って廃《すた》れた白い街を転々としているようだった。

「チビは小さい時から、クジ運が良かったけんのぉ」とオトンは満足気に電話してきた。

発表から入学までの短い間、引越しや入居の準備で慌《あわ》ただしくなった。木造二階建て、風呂《ふろ》トイレ共同、家賃二万円のアパート。その近所にある古い定食屋に月極《つきぎめ》二万円で三食の世話をしてもらうことになった。

花の膨らむ香りが立ち籠《こ》めていた。温泉街の春は、炭坑町の春よりも柔らかく、温かく感じる。人の足が遠のいている観光地とはいえ、坂の上から見える海も、整地された公園も、立ち昇る湯気も、すべてが筑豊の煤《すす》けた町並みより、ボクの眼には華やかに映った。

オカンは離れて暮らすことになったボクの新しい部屋を丹念に掃除し、日用品を買い揃《そろ》え、火の回りには注意書きのメモを貼《は》って、近所隣室に挨拶《あいさつ》して歩いた。

ボクはまだ、不安も淋しさも知らなかった。期待と予感にただ、心を弾ませた。なにか目標があるのでも、夢を抱いているのでもない。ささやかな自立をした喜びと、あのボタ山に自分も埋もれるのではないかという恐怖感から少し距離を置けたことの安堵《あんど》だけだった。

学校の手続きや生活の準備を済ませて、筑豊の家に戻ると、オカンとボクが、つい先週まで一緒に住んでいた病院の借家に、もう、ボクの荷物はない。ベッドも机も運ばれて、畳にその重さの跡を残しているだけだった。

親元を離れてゆく子供。その時の残された親の感情はどういうものか、それはボクにはわからないけれど、今のうちにいっぱいおいしいもんを食べとかんといけんねぇと言いながら、毎日御馳走《ごちそう》を作ってくれるオカンの表情、炊事場に立つ後ろ姿、ベッドのなくなった部屋に蒲団《ふとん》を敷いているオカンの顔が、ずっと笑っているのにどこか淋しそうに見えた。

それまで、どんな小さな部屋、おかしな家、親戚《しんせき》の家に居候《いそうろう》させてもらう時も一緒だったオカンとボク。みっともないことも、恥ずかしいことも一緒だったオカンとボクは、これから別々に暮らすことになる。

家賃と定食屋に払う食事代と、その他に二万円。月々仕送りを貰《もら》いながら、今まで以上の負担をかけることになる。心弾む気持ちと、心苦しい気持ちが胸の中で弾《はじ》き合った。

出発の日。無人駅のホームに桜の花が小雪のように降っていた。見渡すかぎり田んぼが広がり、その向こうにはボタ山が見える。なんの色味もないその風景の中に、ぼつりと綿菓子のような桜の木がぼんやり浮かぶ。

一日八本しか運行してない汽車を、ホームの椅子《いす》でオカンと待った。

「ちゃんと身体《からだ》に気をつけてから、しっかり勉強せんといかんよ」

「うん……」

「鞄《かばん》の中に、おにぎり入れとるけん、汽車の中で食べんしゃい」

「うん……」

なにかオカンを安心させるようなことを言わなければと考えていても、言葉が出て来なかった。春の匂いと、温かい風がズボンの裾《すそ》から入ってくる。オカンの足が小さく見えた。オカンはどう思っているのだろう？　淋しくはないのだろうか？　お金のことは心配ないのだろうか？　なにも言えないうちに、二両編成のディーゼル車両がガタガタとホームに滑り込んで来た。

「着いたら電話するけん……」

「頑張りなさいよ」

車掌の吹く笛の音が鳴ると、古いディーゼル車のドアはゆっくり閉まった。オカンは動き出す汽車に合わせて、歩きながら手を振った。短いホームの先端まで追いかけて、ずっと手を振っていた。見晴らしのいい単線のまっすぐに延びた線路の向こうで、オカンがどんどん小さくなっていった。

ボクはちゃんと手を振ることもできずに、その姿をただ、ずっと見送っていた。

窓の外の風景が町になってゆく。しばらくして、旅行鞄のチャックを開けてみると、紙の弁当箱と新品の下着が入っていた。海苔《のり》を巻いた俵型のおにぎり四つと、鳥の唐揚げ、玉子焼きに今朝オカンがぬか床から上げた胡瓜《きゅうり》の漬物が入っている。そして、弁当箱の下には、ボクの名前を書いた、白い封筒があった。

そこには、ボクが高校に合格して本当にうれしいのだ、オカンのことは心配せず、身体に気をつけて、一生懸命頑張りなさいと書いてあった。自分のことはなにも記さず、ただボクを励ます言葉だけが力強く書いてあった。そして、〝母より〟と締めくくられたその便箋《びんせん》と一緒に、しわしわの一万円札が一枚出てきた。

ボクはおにぎりを食べながら涙が止まらなくなった。

血の池地獄、坊主《ぼうず》地獄、竜巻地獄、海地獄、鬼山地獄、山地獄。別府にはまだたくさんの地獄がある。

大昔、別府の至るところから熱湯、熱泥《ねつでい》、蒸気が噴出していた場所は、人々から恐れられ、忌《い》み嫌われたことから、それぞれを「地獄」と呼ぶようになった。噴出する熱の特色から、ひとつ〳〵に名前が付けられ、今では観光名所として、地獄めぐりを楽しむ観光客が訪れている。その昔の地獄も、時間が経《た》って、その得体が知られれば、人は金を払ってでも行くようになる。地獄ですら観光地になる。緊張感も解けてゆけば、次第にそれは緩み、なにごともなかったかのようにたるんでしまう。

入学してしばらくすると、ボクは学校を休みがちになった。オカンが起こしてくれることもない。目醒《めざ》まし時計を止めて二度寝すれば次に目醒めるのは昼過ぎだったということも少なくない。

それから学校に行く気もせず、ゲームセンターでインベーダーゲームに没頭したり、パチンコ屋を覗《のぞ》いてみたり、喫茶店で漫画を読みふけって一日が終わったり。

担任は短く小言を言う程度で、次の日に「風邪引いてました」と答えれば、それが嘘《うそ》だとわかっていても、それで済ませるようなタイプだった。上級生に呼び出されて、パーマをかけるなとか、態度を改めろと威圧されても、筑豊の恐ろしい先輩たちに比べたら、まるで迫力がないものだから、なにも感じることがない。

オカンの顔を思い浮かべ、時々、自分を戒めてみても、その思いも無気力と自堕落な生活に押し流されて続かない。

学校も美術の授業もおもしろくない。夜は目的もなく街を徘徊《はいかい》し、意味もなく夜中まで起きている。

叱《しか》られることも、怯《おび》える相手もなく、手頃な自由を与えられたこの年頃の子供は地滑りすると後は早い。絵を描くことも、ギターを弾くことも興味のわかないまま、ただ、くだらない自由を過ごした。その生活の中でも、一日に一度、夜の九時くらいになると公園の隅にある公衆電話へ行き、オカンに電話をした。その会話の中の僕は担任に煙たがられている現実のボクではなく、一生懸命ひとりで頑張っているオカンに心配をかけない用のボクだった。

電話を切った後、誰もいない公園の湿った空気を吸いながら、いつも自己嫌悪《けんお》に陥った。

その頃、一年で十センチ以上身長が伸びた。どれだけ食べても、すぐに腹が減る。

定食屋のおばさんはとてもいい人だったけど、一品料理のおかずはいつも古い油の匂いがした。週に何度も具の少ないクリームシチューが出る。おばさんは「何杯でもおかわりしなさいよ」と言ってくれるけど、クリームシチューでどんぶり飯をそうは食べられるものではなく、毎日、定食屋を出た後はスーパーにカルビーポテトチップスを買いに行き、その場で一気食いしていた。

おかげで、今でもクリームシチューが苦手だ。ひとり暮らしをして、食べることの大切さと、毎日おいしい料理を作ってくれたオカンのありがたみがよくわかった。


三日に一度はきっちりと休んでいたので二年生になれるのだろうかと心配していたが、なんとか進級できたらしく、新しい春が来た。学校の友達と遊ぶことも増え、休む回数も減っていたが、相変わらずの調子で新学期を迎えていた。ボクのアパートから学校までは、歩いて三分足らずの距離だったが、それでも足は向かない。その日も目が醒めず、一時限目が終わる頃になってもまだボクはベッドの中にいた。すると、アパートのドアを激しく叩《たた》く音がする。ジャージのままドアを開けると、新しい担任の先生が立っていた。

「早く着替えなさい。学校に行くで」

年輩の女性の先生で、村上先生という、身体は小さいのに、声の大きい先生だった。

その日に限らず、少しでも遅刻をしていると、授業の合間を見つけて起こしに来る。先生が学校に行く前に、直接ボクの所に来る時もあった。先生に手を引っ張られて、グラウンドをとぼとぼ横切りながら学校に連れて行かれると、授業中のクラスメイトが窓からそれを見つけて笑っている。とても、カッコ悪いのである。そんな恥ずかしい登校形態をしばらく続けるうち、ボクは起こされるより前に自ら学校へ行くようになった。

「あんたが高校卒業できたんは村上先生のおかげやねぇ」とオカンは言っていた。ボクもそう思う。

学校に毎日通うようになると好きな女子ができたりするから青春はわかりやすい。一年の時からクラス替えはなかったのだが、興がのった時だけしか登校していなかったので、ずっと同じクラスだったはずのTさんの存在に今まで気付いていなかったのだ。

ボクの席は廊下側の一番後ろで、Tさんの席は窓側の一番後ろだった。窓に降り注ぐ太陽の光がTさんの細くてまっすぐな髪を揺らして輝かせた。薄暗く湿った廊下側の席から見るTさんの横顔は馨《かぐわ》しく、眩《まぶ》しかった。

Tさんを眺めるために学校へ通うようになり、色々と友達から話を聞いてみると、どうやらクラスの野郎どもの中でもTさんは人気があるらしく、成績も優秀で街の宝石店のお嬢さんだということがわかった。

「お嬢様か……。初めて見たなあ」。炭坑町にお嬢様はいない。宝石店すらない。あって時計屋である。そんなものがあったら、三日に一度は泥棒に入られるだろう。

夏休みが近づき、期末テストの時期になった。うちの学校は試験の成績を一番からビリまで廊下に貼り出していて、それまでは自分が何番だろうとなんの興味もなかったのだが、Tさんは毎回五番以内に入っているという情報をキャッチ。とりあえず、バカだと思われてはマズいと思い、ボクは試験勉強を始めたのである。成績優秀なお嬢様と自分とでは釣り合いが取れないと漫画的に思ったわけではないのだけど、まぁそれに近い感覚だったのだと思う。

「あんた、どうしたんかい？」と村上先生が心配そうに言うので「Tさんが好きになりました」と発表すると、失笑されてしまった。

野郎どもが告白しろと煽《あお》るのだが、どう考えても恥ずかしい。そういうのはダメだ。他のよろしくないことは平気だが、甘酸《あまず》っぱいことは苦手なのだ。

しかし、その時は期末試験の勉強のしすぎでかなりハイになっていたらしく、決行日を終業式の日と決めて、告白することにした。終業式と決めたのは、もしフラれても次の日からは夏休みなので、顔を合わさなくても済むと、ネガティヴなことをポジティヴに計画していたからである。

終業式の後、Tさんを海沿いの公園に誘った。こういう場合は山方向よりも、海の方がいい。くたびれたパームツリーが並ぶ公園のベンチに座り、夕暮れになるまで、このわけのわからない気持ちを、わけのわからない言葉で熱く語った。

その返事はこの公園では言わないでくれと念を押したのは、この初めてふたりでいる時間を最大限長く楽しい気持ちで続けたかったのであり、ボクはTさんを駅のホームまで見送り、電車が来る直前になって、やっと返事を聞くと、おとなしいTさんはコクリと頷《うなず》いてくれたのだ。

こんなうれしいことがこの世にあっていいのかと電車に体当たりしたいくらいの気分だった。

ホームにいる人々が全員、ボクたちが主演するミュージカルの脇役《わきやく》に見えた。駅長や野郎どもが祝福の踊りを舞いながら線路から飛び出して来てもおかしくない。

明日からは夏休み。ボクはすぐに福岡へ帰ることになっていたので、手紙を書くよと言った。たぶん声はオペラ歌手のようにうわずっていたと思う。するとTさんは鞄の中から分厚い本を取り出してボクに渡した。

「これ、読んでみて……」

Tさんを乗せて動き出した電車。その本を胸に抱きしめながら手を振り見送った。

駅の階段を八段とばしくらいで駆け降り、興奮冷めやらぬまま、意味もなく商店街を踊るように走った。

商店街にいる人々が全員、ボクが主演する映画のエキストラに見えた。そこにバカボンという一学年下の後輩がバカづらで歩いていたので、気分の良くなったボクは、ラーメンを食ったばかりのバカボンに、ラーメンを奢《おご》ってやると、また同じラーメン屋に連れ戻し、この素晴らしいドラマの一部始終を他の客のエキストラにも聞こえるような声で話した挙げ句、胸が一杯でラーメンが食えなかったので、バカボンにオレのも食っていいよと二杯食わせた。

Tさんに渡された分厚い本を抱きしめ呆《ほう》けているボクに、バカボンは口から麺《めん》をはみ出させながら聞いた。

「先輩、その本、なんやったん？」

「あぁ、聖書みたいよ」

筑豊の病院の家に戻ると、前野君がいつもすぐに会いに来てくれる。高校に入って身体も大きくなり、パンチパーマをあてた前野君が遊びの誘いにやって来た。

「パチンコ、行かんね？」

この町では、高校生になるとみんなパチンコをする。

ボクは縁側でTさんの聖書を読んでいる。

オカンに出してもらったカルピスを飲みながら、前野君はボクが動くのを待ってい
た。

「パチンコ、行かんね？」

「パチンコねぇ……」

「釣りでもよかばってんが……」

「釣りねぇ……」

「あんた、それ、なんを読みようと？」

「聖書よ、聖書」

「なんねそれ!? あんた別府に行ってから頭おかしくなったとやないね？ そげなもん読みよう人ば初めて見たぁ!!」

手紙のやりとりをしているうちに、Tさんが敬虔《けいけん》なモルモン教徒であることがわかった。しかし、そんなことはゾロアスター教でもブードゥー教でも関係ない。Tさんに対する熱く盛り上がった想《おも》いは、千ページ以上あるその教典を熱心に読ませる力があった。

「それ、なにが書いてあると……？」

「よう、わからんのやけどね……」

内容についていけず、へこたれそうになると、巻末に書いてあるTさん直筆の名前を眺めてヘラヘラしては、また気合いを入れて読み直した。

この年頃になっても、まだオカンにそういう話はできなかった。子供でいたいという気持ちではなかったにせよ、女に興味がある自分というものを見せたくはなかったのだと思う。オカンは夏休みの間、突然聖書を読みふけるボクを見ても、これといってなにも聞かなかった。お互いに距離を取って思春期のバランスを保っていたようだった。

毎日のように意味のわからない聖書を読み続け、その感想やTさんに対する気持ちを手紙にしたためた。思い余って封書は毎回、太刀魚のように膨れ、三通に一通ほどの割合で、Tさんからも返事が来た。夏休みの終わりに、ふたりで遊ぶ約束をした。

始業の一週間前に別府へ戻り、Tさんと別府駅で待ち合わせてボウリングに行った。色々考えた末、デートはボウリング場で、Tさんと決めていたのである。炭坑町にあった唯《ゆい》一《いつ》の娯楽施設はボウリング場で、世の中のボウリングブームがとうに去った後も、もう一軒ボウリング場が建つくらいにボウリングしかない町だったから、ボクも小学生の頃からボウリングだけは上手《うま》かったのだ。

最初のデートは得意のボウリングでいい所を見せようと姑息《こそく》な計画を練っていたのだが、思いが強すぎたか聖書に当たったか、いつもの調子がまるで出ない。出ないどころか、ほとんどやったことがないんだけどというTさんよりも数字が悪い。逃げるようにしてボウリング場を後にし、レーンの油が多いとか、ボールの種類が少ないとかの寂しい言いわけを並べて山手の公園へ向かったら、その途中でプールをひっくり返したような夕立が襲って来た。雨宿りする場所もなく、じゃあとりあえず、ボクのアパートがすぐそこだからと、安い青春映画のような展開で、思いがけずTさんを部屋に招待することになるも、ふたりは雨でびしょ濡《ぬ》れという、安いポルノ映画のような状況になってしまい、バスタオルを貸して髪を拭《ふ》き、着替えるってぇのもなんか変だし、温かい紅茶でも入れて、どうぞゆっくりして下さいということになった。青春映画の場面ではこんな時、言葉も止まって、息遣いが大きくなってというような雰囲気になるのかもしれないが、ボクがまた、そのへんの成長は中学の時とまるで同じ感覚で、キスをしたいとか、抱きしめたいとか、そういうことをちいっとも思わぬ好青年。今になって思えばどうすんねん。偶然、間が悪く遊びに来たバカボンを交えて三人でお茶飲んで、その日はそれでデート終了、夏の終わり。告白をした日と、そんなデートの日と、夏休みの尾頭にふたつの思い出を作って二学期が始まってすぐ。Tさんと、Tさんよりも深刻な表情を作ったTさんの女友達に呼び出された。

話の内容はこうだった。デートの日は日曜日で、本来安息の日。お金を使うことも好ましくない。そして、紅茶のような嗜好品《しこうひん》を摂取することも、独身男性の部屋に立ち入ることも戒律では厳しく戒められていることである。それ以前に、モルモン教徒はモルモン教徒以外の異性と交際することを禁じられているのである。先日のような間違いが起きないためにも、Tさんとこれからも交際を続けるならば、是非、洗礼を受けるべきである。そうでなければ、交際をすることは難しいのである。

とTさんではなく、同じ宗徒であるTさんの女友達が諫《いさ》めるような口調で言うのだった。Tさんは少し申し訳ないという顔をしていたけれど「洗礼を受けてほしい」とかわいく切ない声で言った。

そこまでTさんが言うのなら、洗礼でも割礼でも受けることはやぶさかでないのだけど、このタイミングで洗礼を受けるのは、恋愛としてなのか、勧誘としてなのか判然とせず、ボクの感情は戸惑った。その気持ちを確かめたくて、もう一度、宗教の壁を考えずに、無宗教のボクとキリスト教徒の君が付き合うというのはダメなんだろうか？　偏見があって言うのではなく、気持ちがあればそれを超えることはできると思うし、知りたいのは君とボクの心のつながりであり、もうしばらくは今のまま付き合うということはダメなのですか？ と正直で、本当に一片の曇りもない質問をTさんにしてみたのである。ダメですか？ Tさん？ するとTさんは言ったのだった。

「ダメです」

夏が終わった。釈然としない結末に泣けた。

「宗教って、なんなんだ!?」

単純な恋は複雑な涙で幕を閉じた。学校に行くのが俄然《がぜん》嫌になった。勉強するのも嫌になった。行儀よく真面目《まじめ》なんてクソ喰らえと思った。夜の校舎窓ガラス壊して回りは、しなかったけれど、とにかく、泣けた。残ったものは頭の中、千ページ分の聖書の言葉だけだった。

冬休み、筑豊の家に帰って来たボクは、こたつの中で一日中、バイクのカタログを眺めていた。数ヶ月前の夏休みには、あれだけ聖書を熟読していた息子が、冬になったら興味はバイクに向かっている。子供のこういうバカさ加減は、親の眼にはどう映るのだろう。

十六になってすぐに原付の免許を取って、こっちに帰って来るたびに友達のバイクを借りて乗っていた。

「あんた、バイクが欲しいんやろ」

「うん……。でも、いらんよ、別に」

「人のに乗っとって、事故でもしたらいけんがね」

「大丈夫やけん」

「借りとるばっかりやったら、迷惑になろうがね」

「こっちに帰っとる時しか、乗りよらんもん」

オカンは正月に新品のバイクを買ってくれた。結局、ボクが欲しいと言っていた、ヤマハの銀のバイクを買ってもらった。町のバイク屋が、軽トラックの後ろに新品のバイクを積んで納車に来た時、うれしくて、照れ臭くて、納車に来たおじさんの説明もロクに聞かず、病院の家の前でずっとバイクを触り続けた。

「そうとうシブいばい。新品やもんねぇ」

オカンの横で前野君がバイクを見ながら唸《うな》っている。

「事故せんごと、安全運転しなさいよ」

オカンはそう言うとバイクの鍵《かぎ》と説明書をボクに渡した。バイク屋にその場で支払っている十数万円をちゃんと見れなかった。

エンジンをかけると、単気筒の硬くて小気味いい音が響く。霜の降りた田んぼ道、一車線のバス通り、風の吹きつける堤防に炭住の間。バイクは銀色の車体を輝かせて、田舎道を突き進んだ。

オカンに、こんなもん買ってもらっていいのだろうか？　毎月の仕送りはすべてオカンからの振り込みで、オトンから来ることはない。真冬の冷たい風がエンジンの音と一緒にセーターのすき間に体当たりして来た。


筑豊のばあちゃんは相変わらずひとりで、黄色くなったジャーの中の御飯を食べていた。家の中は線香とサロンパスの匂《にお》いが充満していて、その匂いを嗅《か》ぐたびに、なにか淋《さび》しい気分になっていた。膝《ひざ》を悪くして、和式トイレの便器の上には、簡易洋式トイレの便座が置かれてあった。

家財道具、自分の身体《からだ》はどんどん古くなり、くたびれてゆく中で、毎日、日めくりのカレンダーだけが新しくめくられている。

誰も居なくなった家で、黄色くなった御飯を食べながら、心臓病の薬を飲み、映りの悪くなったテレビを観《み》ている。ばあちゃんにとって、一日のどんな時が楽しいのだろう？　人生のなにが楽しみなのだろう？　どうあれば幸福を感じ、なにが起きれば悲しむのだろうか？　新品のバイクの鍵をテーブルに置いて、その鍵越しに眺めるばあちゃんの横顔。同じ時代に生きていても、まるで自分と違う立場でその日を生きているばあちゃんの姿にボクは身勝手な切なさを感じてやりきれなかった。

小倉のばあちゃんも同じように、誰も居なくなった我が家にひとりで住んでいる。子供たち、孫たちは、それぞれ新しいことが連続する毎日の中で、息をつく暇もないほどに動き回っている。ばあちゃんたちはそれとは逆に、毎日同じ風景と残像の中で、ただ息をつき、日めくりだけが新しくめくれてゆく。

始まりと終わりに見える物悲しさ。

小倉の街も、筑豊の町も、ライオンズも、別府の温泉街も、筑豊のばあちゃんの家も、小倉のばあちゃんの家も。

大人たちに聞く、かつて華々しかったもの。家中に子供たちの声と、炊《た》きたての御飯の香りが漂っていた時のこと。

確かに、それはそこにあったのかもしれないが、十代のボクにはどれもその様子を思い浮かべることはできなかった。

すべてが幕を閉じた後に生まれ、惰力で進んでいる環境しか見たことのないボクたちの世代は、かつてそこにあったものに価値すら見出《みいだ》せないでいた。

結局、廃《すた》れてしまう、寂れてしまう、離れてしまう、誰もいなくなってしまう。こんな結果を残してしまう。かつて、一瞬存在したというそのきらめきに信頼が置けない気持ちでいた。

栄枯盛衰の無情、家族繁栄の刹那《せつな》。人々が当たり前のように求める、その輝きと温かさを玉虫色のものだと不信な眼でしか見ることができなかった。

祭りの後の空虚《そらぞら》しさ。消え入りそうなものへの恐怖感。ボクはその恐ろしさにずっと怯《おび》えてゆく。

表面的な理想、薄っぺらな良識を馬鹿《ばか》にした。必ず訪れる衰退に気づかず、型通りの幸福と工場で大量生産される生活、家庭に身をまかせて流されれば生涯幸せであると信じる者が間抜けに見えた。

完全でなければ、すべて偽物《にせもの》だ。永遠でなければ、すべてが幻覚だ。しかし、永遠たるものが、この世にはひとつもない。

半年に一度、週末を利用してオカンは別府のアパートに様子を見るために、泊まりがけで来ていた。オカンが来た時はクリームシチューの定食屋には行かず、オカンの手料理を食べたり、ステーキハウスや鰻屋《うなぎや》に連れて行ってもらうのが楽しみだった。

この年頃になると友達は親と一緒に歩くのが恥ずかしいと言っていたけど、ボクはそれを思ったことがない。むしろ、オカンが来ると、別府の街を連れて歩いたものだ。

人気の薄れた温泉街とはいえ、オカンの住んでいる筑豊の町に比べたら、遥《はる》かに都会である。駅の改札に駅員がいる。商店街が大きい。アーケードがある。

近鉄デパートにオカンを連れて行き、洋服やアクセサリーを買いなよと、ボクが手に取って勧めるのだけど、オカンはほとんど買い物をすることがなかった。それでもたまに、安売りのワゴンの中からハンドバッグを選んで買ったりすることがあって、その時、ボクはなんだかホッとしてうれしかった。

別府のアパートに来て、オカンは勘づいたらしく、こたつにいるボクの前に座って言った。

「あんた、煙草喫《たばこす》いよるやろ」

「うん……」。なんでバレたんだろうかと、顔を上げられないでいると、オカンは自分の煙草とライターをボクの目の前に差し出した。

「喫いなさい」

「えっ……？」

「喫うていいけん、喫いなさい」

「オレ、マイルドセブンやないんよ……」

どぎまぎして席を立ち、机の引き出しに隠したハイライトを出して来て、オカンの前で火をつけて喫った。オカンも煙草を喫いながらボクに話した。

「隠れてコソコソ喫いなさんな。隠れて喫ったら火事を出すばい。火は絶対に出したらいけん。人に迷惑がかかる。男やったら堂々と喫いなさい」

次の日。オカンは別府の商店街で、会社の重役室に置くようなカットガラスの大きな灰皿を買って来て、こたつの上にどかんと置いた。

三年になって学校の校舎移築に伴い、ボクは別府市から大分市内の下宿に引っ越した。同じ越境入学をしているバカボンの紹介でその下宿に入り、今度の部屋は新築で風呂《ふろ》もトイレもあったけど、値段はまた二万円だった。別府のアパートの共同風呂は、大家さんの家の風呂を使わせてもらうのだが、あの辺りの家はどこも自宅に温泉を引いてあるので毎日、温泉に浸《つ》かっていた。

時々、大家さんのおばさんがボクが入っている時に「お邪魔しますよぉ」と言いながら無理矢理混浴してくることがあったのだけど、あれは、別府の混浴慣れした人の当たり前の行為なのか、あのおばさんがエロいのかわからない。同じアパートの女子に聞くと、女子の時は「はい、お邪魔しますよぉ」と言いながら、おじさんの方が入って来たらしい。今、冷静に考えてみれば好かんたらしいアパートだったのである。

風呂付きの部屋は、好きな時に入れるのは良かったものの、いつも風呂を沸かしながら爆睡してしまうので、一年間に三度も夜中に風呂釜《ふろがま》を爆発させてしまい、その度、大家さんに怒鳴られていた。

まるで進路を真面目に考えないまま、毎日バイクを乗り回し、日本料理屋で皿洗いのアルバイトもしていた。美術の夏期講習を受けてはみたものの、受験をするのかどうかもリアルに考えてない。

ある時、下宿の前に改造バイクが並んでいた。空き缶を口にぶら下げたトルエン中毒の集団が「女を出せ!!」などと叫んでいるので、なんなんですか？　と声を掛けたところ、その連中と意気投合。高校に通ってない無職の奴《やつ》が多かったので、自然に夜も遅くなる生活。

そいつらは、バイクのネジ一本欲しいためにバイク一台丸ごと強盗し、ネジ一本だけ取ると後は橋の上から川に、バイクを捨ててサヨナラという極悪な連中だったのだけど、なぜか童貞だらけ。毎晩、童貞トークで盛り上がったものだが、トルエン中毒のため悩みも迷走中。

「ゴム糊しよったら、骨が弱くなってから焼いても残らんていうやろ。オレはもうだいぶしようでから、骨がそうとう弱くなっちょるんよぉ。一回もせんうちにチンポが働かんちなったら、どげしょうか？」

「心配せんでよか。チンポに骨は入っとらんけん」

兄弟で苗字《みょうじ》が違う家庭環境や、働いていた廃品屋をよくわからない理由でクビにされた連中。赤信号の交差点にフルスロットルで突進する勇気はあっても、人の心の甘《あま》酸《ず》っぱいことにはシャイで弱気な奴ら。立派な学校通わせてもらって、真面目くさった顔しながらオメコばっかりしとる奴らを見るとムカつくと言っては、同じ年の高校生カップルをバイクで轢《ひ》いていたバカ。ある夜、ボクが部屋で絵を描いていた時。空き缶をくわえてそれを眺めながら、

「オレにもそげな、手に職がついとったらいいんやけどねぇ……」と呟《つぶや》いた。

「こんなんできても、なんにもなりゃせんよ」とボクは言った。本心だった。それから連中は、当たり前のように交通事故に遭い、女子の接し方がわからず童貞をこじらせて警察に捕まった。通報したのは家族だった。

「おまえ、卒業したらどうするんか?」

秋口に小倉に呼び出されたボクは、オトンといつものステーキハウスにいた。

「お母さんに聞いたら、まだおまえが、どうするかわからんち言いよるって。わからんがあるか? 働くなら働く、学校行くなら行くって、そろそろ決めんか。そやけどの、大学は受けとけ。後から行きたくなっても、なかなか行けるもんやない。受かるかどうかは相手が決めることやけどよ、受験できる時に、受けるだけ受けとってみい」

「もう息子さんも、そんな年ですか?」

ステーキハウスの店主が鉄板越しに話しかけてきた。

「この時期になってどうするかわからんて、呑気《のんき》なもんですよ。あたしはね、もし大学に行かんのやったら、この子は料理人になったらええと思うんやけどねぇ。手先は器用やし、母親の料理も食うてきとるし、向いとると思うんよねぇ」

「朝、起ききらん……」

「そら、ダメや。仕入れに行けんわい」

「したいことがわからんのよ。大学でも、専門学校でも、就職でもいいんやけど」

「それやったら、大学に行け。行ってから考えればよかろうが。四年間あるんやけん、ゆっくり考えたらええやないか。専門学校はやめとけ、あれは行ったらすぐ辞めてしまうぞ」。オトンは自分の経験からそう言った。

「オトンは大学も辞めとるんやろ？」

「それは、あの頃の流行やったんよ」

ボクはまだなにもなかった。受験に関しても就職に対しても、将来の目標も夢も。

ただ、確実に決めていることは、ひとつだけあった。

「なにをするにしても、決めとることはあるんやけど……」

「おう。なんか？　言うてみい」

オトンは身体をボクの方に向けて目を見た。

「東京に行きたい」

それを聞くとオトンは、なぜかニヤニヤしながら、また身体を鉄板の方に戻して、煙草を喫いながら、「東京か……。そりゃあ、いいやないか」と笑った。

店を出た後、クラブを数軒ハシゴした。どの店でも隣に座るママやホステスさんに「息子が東京に行きたいって言い出してからねぇ」と誰も聞いてないのに出し抜けに発表していた。あれは、うれしかったのだろうか？　おかしかったのだろうか？

最後の店はゲイバーだった。他に客はなく、ボクたちはカウンターに並んで座った。カウンターの中にはドレスを着たオカマのママがものすごいつけ睫毛《まつげ》を付けて立っていた。ボクは、生まれて初めてオカマを見た。

「あら、こちらはなーさんの息子さん？」

「わかるかね？」

「いやーん、わかるわよぉ。そっくりやもん」

とにかく小倉の水商売の人たちは、オトンとボクがそっくりということにしたがる。

「いくつなん？」

「こ、こーさんです」

「まぁ、かわいい盛りやねぇ。もう、あれやろうか？　経験とかは、しとるんやろか？」

「えっ……？」

「童貞？」

「……。はい……」

「おまえ、まだ童貞なんか!?」

それから例によって、ボクは幼稚だという話になり、オトンが同じ年の頃はそりゃあもうという方向に進むのである。

「童貞なんやったら、いいもん見せてあげようか？」。オカマのママはカウンターの中でドレスをまくり上げ、小さなパンツを手で下げて、股間《こかん》を見せるのだった。

「ないやろ？　切ったんよぉ。だいぶ前に」

「うわぁ、すげぇ〜」。本当にすごい感じだった。

「ボク、ちょっとおてて出してごらん」

「えっ？」。危険な予感がした。しかし、ママの手はカウンター越しに強引に伸びてきてボクの手首を掴《つか》むと、股間の奥に引きずり込んで行った。

「触っときなさーい。うまいことここも作ってあるんやけん、ほらぁ」

「うわー！　なんか、こえー!!」。本当に恐ろしかった。

「ちゃんと、触らせてもろうとけ」。オトンはブランデーを飲みながら笑っていた。ボクが初めて触れたマンコは、このカスタムマンコ、かつてチンコと呼ばれたマンコだった。

　オトンから、ボクたちが別居していることを聞いたママは、少しずつ自分の身の上話を始めた。

　ママの田舎は九州の外れにあって、兄と母親の三人家族だったという。子供の頃から同性愛の傾向に自分で気付き始め、この村では生きづらいと、中学を卒業と同時に福岡の工場へ就職する。その後、いろんな仕事を転々とするも、二十代後半にこの世界に入った。それから普段も女装をする生活になり、性転換手術も受けた。福岡で暮らす弟の変わりように気付いた兄は、弟に言う。

「おふくろが悲しむ。絶対にもう、おふくろの前に姿を見せるな」

それを約束させられたママは、お母さんに会いたい気持ちを胸にしまって、男としての手紙、嘘《うそ》でかためた母を安心させるための手紙を毎月、お金と共に送ったという。

そして何年も経《た》ち、どうしても一目母の姿が見たいとその気持ちを抑えられず、兄との約束を破って実家に帰った。昼下がりの時。

いつしか生家は老朽し、周囲の風景はすっかり変わっていた。玄関のチャイムを鳴らすことができず、勝手口に回り、居間の窓の隙間《すきま》から、すっかり年老いた母の姿を垣間見《かいまみ》たのだという。

「もう、身体《からだ》も小さくなって、そこでテレビを観《み》てたの。あたしはもう、その後ろ姿を見よったら、その場で涙が出て、涙が出て、お母さん!!って抱きつきたかったんだけど、それもできんでしょう……。こんな身体やし……。そやけん、その窓の隙間からお金を入れた茶封筒だけ投げ入れてから、走って逃げたんよ……。情けないやら、悲しいやらで、お母さんごめんねぇち思うてねぇ。そしたら、それから一週間くらいした時に福岡のあたしの家にお母さんから手紙が来たんよ……。それにはね、この間はありがとうって……。あなたがそういう風になっていることは、とっくの前から知っていましたよ。あんたが言いたがらんから、私からも言えんかった。でも、これからは、いつでも好きな時に帰って来て下さい。あんたがどんな身体になっていても、あんたは私の子供なんやからって……」

そこまで話すとオカマのママはつけ睫毛を飛び散らせながら、声を出して嗚咽《おえつ》した。

ボクも、もらい泣きした。オトンは笑っていた。

「ボク!!『おふくろさん』、歌える!?　森進一の?」

「は、はい。たぶん」

「歌《うと》うてぇ!!」

カラオケが「おふくろさん」のイントロを奏《かな》で出すと、店内の照明が下がり、ミラーボールが自動的に回り始めた。歌の間、ずっとママはカウンターに寄りかかって、さめざめと泣いている。どんな人にもお母さんはいるんだなと、当たり前のことを、歌う横目でママを見ながら思った。

ママは歌を褒めてくれた後、カセットを入れて、店内に音楽を流した。

「ボク、一緒に踊ってくれんね？」とママがカウンターから出て来た。

「え!? 踊りですか……？」とボクが一瞬、躊躇《ちゅうちょ》すると、オトンが言った。

「踊れるか？　お父さんはたいがいどんな遊びもしてきたけんど、踊りだけはせんかった。踊りは踊れた方がええぞ。おまえは早いうちから練習しとけ」。オカマのママとボクは、輝くミラーボールの下で抱き合い踊った。化粧がでろでろになった、体格のいいママの腰に手を回して、少しドキドキした。

「ボクのお父さんは、そりゃいい人よ……」

ママは頬の横でボクにささやいた。

「ムーン・リバー」が店中に流れていた。


帰りのタクシーの中、ボクがおもしろかったと言うと、オトンは煙草《たばこ》を喫《す》いながら窓を少し開け、外の景色に目をやりながら言った。

「色んな奴がおるやろう。色んな国の人もおる。色んな考え方のもんもおるよ。東京に行け。東京に行ったら、もっと色んな人間がおるぞ。それを見て来い」


受験は二ヶ月後に迫っていた。ひとつだけ大学を受験することにしていた。浪人するつもりもなかった。受験勉強を始めて、やればやるほど、その学校に受かりたいという気持ちは強くなるけれど、その正確なところは、早く東京に行きたいということだけだった。

それは中学の時、ここではないどこかに行かなければという気持ちで筑豊を出たように、早く違う世界に、今よりもっと大きな場所にという想《おも》いだった。

その日、ボクはバカボンと下宿の食堂で夕飯を食べていた。テレビでは、俵孝太郎があの独特の声でニュースを読み上げている。

「バカボンは来年卒業したらどうするん？」

「進学はせんと思うわぁ」

「九州に残るんか？」

「まだ、なんも決めてねぇけんど……」。偏食の多いバカボンが食えないおかずを皿の隅に寄せている。

その時、俵孝太郎の読み上げた一行が、ボクの背筋を凍らせた。

「元・ビートルズのメンバー、ジョン・レノンさんが、自宅アパート前で射殺されました」

一九八〇年十二月八日。

信じられなかった。驚きすぎて気分が悪くなった。つい何日か前に、五年間の休業から明けて、新しいアルバムを出したばかりじゃないか。今日も、さっきまでボクはカセットに録音した、その「ダブル・ファンタジー」を聴いていたところなのに⁉シングルカットされた、そのアルバムの一曲目のタイトルは「スターティング・オーバー」。五年間ずっとジョンの音楽活動再開をボクは待ち望んでいた。そして、待てた。なぜなら、ボクらを待たせて休業する理由を、ジョンは子育てのためだと言ったからだ。ボクはショーンをうらやましいと思っていた。ジョンを素晴らしいと感じていた。その父親のあり方に憧《あこが》れを抱いていたからだ。

スターティング・オーバー。「再出発」という曲と一緒に帰って来て、立ち上がった瞬間に凶弾に倒れたジョン・レノン。

犯人はその「再出発」を心から喜んでいたボクと同じファンだった。引き金を引く数時間前「ダブル・ファンタジー」のジャケットにジョンのサインをもらっている男。わけのわからない死。わかっていることはジョン・レノンが今日死んだという事実。

こんなことが、このような死が、世の中にはあるのだということをボクは忘れていた。すべての死は、時間経過の中で、老い、朽ち、廃《すた》れ、崩れ、倒れてゆくのだと思っていた。

突然、何の脈絡もなく訪れる死もある。その死を意識すれば、生きていることも恐ろしくなる。どんな想いも、未来も、その前ではなんの意味もない。

ジョン・レノンの死が世界中の人々になにかをもたらしたように、ボクの心にも大きな影響を残した。

早くしないと死んでしまう。早く行かないと死んでしまう。人は必ずいつか死ぬ。

人混みを掻《か》き分けて公衆電話を探した。公衆電話には長蛇の列ができていたが、他に見つかる様子もない。

体育館前に設置された大きな掲示板の前では受験生たちが右往左往している。胴上げされて祝福される者。両手を高く突き上げる者。肩を落として早足に立ち去る者。涙をこらえて、歯を食いしばる者。一年間の努力が無機質な数字の羅列で評価される。武蔵野に吹きつける二月の風は、喜ぶ者には心地良く、悔しき者には厳しく冷たい。

昨日、オカンから貰《もら》った受験費用の残りで買い物をした。原宿に行って、自分の靴とオカンのセーターを買った。鞄《かばん》の中には画材と着替えと、そのお土産が入っている。花の刺繍《ししゆう》が刺してある臙脂色《えんじいろ》のセーター。早く帰ってオカンにこのセーターを渡したいと思っていた。

ようやく、順番が回って来た。百円玉を入れて、オカンに電話すると、コールする間もなくオカンは受話器を上げた。ずっと、電話の前で待っていたのだろう。

「もしもし……。オレ」

「どうやったね？」

「オカン、オレ、合格しとったよ」

「そうね!!　そら、良かったねぇ。本当に良かった。そうね、受かっとったね……」。

オカンは何度も〱、良かった、おめでとうを繰り返した。こんなにうれしそうなオカンの声を聞いたのは初めてだった。その声を聞くたびに、ボクもどんどんうれしくなってきた。

「お土産にオカンのセーター買《こ》うたけん」

「そうね、早う帰って来なさい。いっぱい御馳走《ごちそう》作らんといけんねぇ。なにが食べたいね？　食べたいもん言うてみなさい」

「おにぎりがいい」

「そげなもんやないでもよかろう。肉ね？」

「おにぎりと、オカンの漬物が食べたい」

「はい、はい、わかった。気をつけて、早よ帰って来なさい。待っとるけんね」

「うん」

飛行機に乗って飛んで帰った。汽車を乗り継ぎ筑豊の家に着いたのは夜遅くだった。エプロンをしたまま、オカンは迎えに出て来て「おめでとう」と言った。

「おなかすいたやろう、いっぱい食べなさい」

こたつの上には大きな木桶《きおけ》がある。その中には、かしわ御飯、のり巻、ふりかけ、しそまぶし、色んなおにぎりが桶いっぱいに何十個も丸く並んでいた。揚げ物、焼き物、煮物、テーブルに載らないくらいおかずがある。ぬか床から、蕪《かぶ》や胡瓜《きゅうり》の漬物を抜いてきて、皿に盛り付け、お椀《わん》に豚汁を注いだ。

「さぁ、食べなさい」。オカンとふたり、たくさんの料理とたくさんのおにぎりに囲まれて合格祝いをした。合格証明書を渡すと、オカンは正座してずっとそれに見入った。ガーゼのハンカチで目頭を押さえていた。

「よう頑張ったね、ありがとう」。なぜか、ボクはお礼を言われた。そしてオトンから電話が掛かった。

「おう。受かったたちのぉ」

「うん」

「おまえは、小さい頃から、クジ運が良かったけんのぉ」

「そうやね」

「良かったやないか、東京行くまで、お母さん孝行しとけ」

「うん、わかった」

　卒業式も終わり、大分の下宿を引き揚げた。春になるまでの間、筑豊の町で過ごした。前野君は自衛隊に入隊することになった。お姉ちゃんは看護婦になっていた。役場に出ることになった友達、浪人が決まった友達、地元のスナックで働いている友達、ヤクザになった友達、もう母親になっている友達、実家の商店を継ぐことになった友達。それぞれが、それぞれの道を進み始めている。

「あんたも東京に出て働けばいいとに」。ボクは前野君に言った。

「まぁ、自衛隊にしばらくおって、車の免許取ってから、考えるたい」。この町の若者は、自衛隊を自動車教習所と混同している傾向がある。

　ボクだけではなく、みんながこの町から出て行く時が来た。

　東京の西、武蔵野にある美術大学。「武蔵野の美、昔に劣らず」と国木田独歩が書いた武蔵野は、どの辺りなのだろうか。

駅から学校へ続く道は玉川上水に沿っている。昔は玉川上水も清水溢《あふ》れていたそうだが、水量は著しく減少し、もはやここで入水心中《じゆすい》することはできないだろう。

それでも春、上水沿いの桜並木は本当に美しい。桜花の天井を見上げながら、花びらの絨毯《じゆうたん》を歩くと、穏やかな気持ちにさせられると同時に、ものを考える力が沸々と湧《わ》いてくる。

その大学を受験した理由は、武蔵野という名前の響きと、他の美術大学よりも比較的学費が安かったこと以外に理由はないのだが、その小道を歩いていると、ここに来て良かったなと思うことが度々あった。

田舎の自然とは違った趣がある。自然に恵まれた玉川上水を散歩しても、ボクはそこに都会的な風合いを感じていた。

学生課の斡旋《あつせん》でアパートを決めた。学校から玉川上水を越えて、立川方面に歩いた所にある木造二階建てアパート。

風呂《ふろ》、トイレ共同で、二万二千円。別府の頃の部屋と似た雰囲気の建物だった。入居者は全員学生。思春期の男たちが運動後に入る共同風呂の汗臭さと湯のぬめりは、別府鉄輪温泉の泉質よりも濃厚だった。

入学式までの日々、近所を散歩することくらいしかすることがなかったが、東京へ発《た》つ前の日に、オカンがボクに言ったことを桜並木の下でずっと考えていた。

「オトンと離婚してもいいかね？」

ボクは、どっちでもええよ。オトンとオカンがふたりで決めたらいいと言った。もう、三歳の時から一緒に暮らしていないのだし、籍が抜けたからといって、両親とボクとの関係が今更変わることもないだろう。それ以前に、事実上の生活は離婚しているようなものだったし、ボクの友達なんかはみんなそう思っている。実際、十五年も別居生活をしていて、まだ籍が入っていること自体、そっちの方が不思議なのだから。

そして、この話を切り出されるのは初めてではなかった。

中学を卒業して、高校に行く時の春にも、同じように「オトンと離婚してもいいかね？」と聞かれていた。

その時もボクは「どっちでもいい、オカンの好きな方でいい」と答えたのだが、まだ少し子供だった分、「ボクはどっちの苗字《みようじ》になるん？　名前が変わるのは嫌や」と余計なことを言ってしまった。

その話題を出されるたび、なんで突然そう思ったんだろう？　とボクは考えていた。今のままでも別に問題はないのだし、たまにしか会わないけれど、オトンとオカンが特にいがみ合っている風でもないのだから。

しかし、オカンにしてみれば、突然そう思ったわけではないのである。ボクが中学を卒業する時、高校を卒業する時、その節目〳〵に、相談してくる。つまり、いつも考えていたことなのだ。

今回は「あんたが高校を卒業するまでは待とうと思うとった」と言われた。

オカンはずっと別居の理由もオトンの悪口も口にすることがなかったので、ボクはそれなりに、おかしな関係の中でもうまくやっているのだろうと勝手に希望的観測をしていたのだけど、やはりオカンの心情はいつもオトンとのことで思い悩んでいたのだろう。

正直なところ、ボクは本当にどちらでもよかった。それは投げ遣《なげや》りな意見ではなく、もうボクたち三人の関係は、戸籍という紙では説明できないものになっていた。少なくとも、ボクにとってはそうだった。

自分が本当にオカンの子供なのだろうかということを小さな頃からずっと気にしていたし、その怯《おび》えで気を遣い、不安になることもあったけど、もう今は、それがどちらであろうと問題ではなかった。

高校入試の時、戸籍謄本《とうほん》を覗《のぞ》き見したのだけど、それを見ても、どう記されていれば○で、どのように書かれていれば×なのか判断できず、もう、その後からは気にすることも少なくなった。「生みの親より、育ての親って、言うけんねぇ……」。子供の頃のあの日、小倉のばあちゃんの言ったひと言は間違いなく幻聴ではないけれど、その言葉はボクの中ではもう小さくなっていた。

たとえ、オカンがボクの生みの親ではなく、どこかに本当のお母さんと言われる生母がいたとしても、ボクにとっての母親はオカンひとりなのだから。

それはオトンに対してもそう思う。ボンクラでオカンを悲しませるどうしようもない人だけど、あの人の他にオトンはいない。

戸籍上、ふたりが離れ〳〵になっても、もしボクが戸籍の中では誰か別の人の身体《からだ》から生まれた子供であっても、大切なことは戸籍上の「本当」ではない。紙に書いてあることなんてたいしたことじゃない。

もし、ボクとオカンの血が繫《つな》がっていないのだとしても、どんな「本当」の親子よりも、本物の親子だと思っている。

それとは逆に、オカンは事実上、本物の夫婦ではないのに、戸籍上のみにおいて「本当」の夫婦になっていることが嫌なのかもしれない。

ふたりが離婚して、互いがこの先、一生会うことがなくても、ボクはどちらにも会う。そして、オカンの側にはずっといる。どちらか選べとくだらない質問をされたら、ボクは迷わず、オカンを選ぶ。

ボクを育ててくれたのは、オカンひとりなのだから。オトンは面倒を見てはくれるけど、ジョンのように育ててはくれなかった。そのための時間を持ってはくれなかった。口と金では伝わらない大きなものがある。時間と手足でしか伝えられない大切なことがある。

オトンの人生は大きく見えるけど、オカンの人生は十八のボクから見ても、小さく見えてしまう。それは、ボクに自分の人生を切り分けてくれたからなのだ。

V

春になると東京には、掃除機の回転するモーターが次々と吸い込んでゆく塵《ちり》のように、日本の隅々から、若い奴《やつ》らが吸い集められて来る。

暗闇《くらやみ》の細いホースは、夢と未来へ続くトンネル。転がりながらも胸躍らせて、不安は期待が押さえ込む。根拠のない可能性に心惹《こころひ》かれた。そこに行けば、なにか新しい自分になれる気がして。

しかし、トンネルを抜けると、そこはゴミ溜《た》めだった。

埃《ほこり》が舞って、息もできない。薄暗く狭い場所はただ、モーターの機械音が鳴り響き、ぶつかり合っては、かき回される。

ぐるぐるぐるぐる、ぐるぐるぐるぐる。

愚鈍に見える隣の塵も、無能に思える後ろの屑《くず》も、輝かしいはずの自分も、ただ同じ、塵、屑、埃は同じ方向に回され続けるだけ。

ぐるぐるぐるぐる、同じゴミだ。

ほらまた、そしてやって来る。一秒前、一時間前、一年前の自分と同じ、瞳《ひとみ》を輝かせた塵、屑、埃がトンネルの出口からこの場所へ。

ここは掃除機の腹の中。東京という名前のゴミ溜め。

集めて、絞って、固められ、あとはまとめて捨てられる。

〝人間の目的は、生まれた本人が、本人自身につくったものでなければならない〟。

明治の文豪はそう言った。でも、こんな時代の若い奴らに、自分自身の心の奥から、熱く滾《たぎ》り魂の蛇口から作り出される目的なんかありはしない。たとえそれを「夢」という言葉に置き換えて、口にする奴がいたにしても、その「夢」の作り方は、そのへんのテレビや雑誌のページにとりあえず、自分のくだらなさを貼《は》り付けただけ。

風に吹かれて足元に巻きついてきた、ライブのフライヤーに、ただ勘違いしただけ。ましてや、日本の片隅からのこのこやって来た者などに、目的と呼べるものがあるのだとすれば、それはただ、東京に行くということだけ。それ以外に、本当はなにもない。

東京に行けば、なにかが変わるのだと。自分の未来が勝手に広がってゆくのだと、そうやって、逃げこんできただけだった。

五月にある人は言った。

「東京は、そんなに楽しい所ですか？」

東京に来てしばらく経《た》っても、電車に乗るたび、違和感を抱いた。標準語というものを今までテレビの中でしか耳にしていなかったから、電車の中のブサイクなオバサンや、気味の悪いオジサンまでもが、そのテレビの中の言葉を使うことに馴染《なじ》めなかった。

高校を卒業して一ヶ月しか経っていないのに、大学の中で煙草《たばこ》を喫《す》っても酒を飲んでも誰かになにを言われるでもない。

なにを着ていようと授業をサボろうと何事も起きない。おかしな違和感とだらしない自由。

ほとんどの同級生がボクより絵が上手《うま》い。ボクの知らない映画や音楽がたくさんあった。キレイな女がたくさんいる。驚くほどギターの上手い奴もいる。お嬢さんみたいな女やモヒカンの女。醤油《しょうゆ》味のラーメン。真っ黒なうどん。二十四時間営業のゲームセンター。オールナイトの映画館。乞食《こじき》ではなく、ホームレス。その横を走る外車。青林堂のマンガ。牛丼《ぎゅうどん》。ディスコ。ビリヤード場。MTV。パンクのギグ。アイドルのコンサート。汚い海。サーファー。だだっ広い公園。高層ビル。チャラチャラした大人。オトナっぽい子供。人。人。人。人。人。人。人。物。物。物。物。物。ビル。

ビル。ビル。ビル。ビル火災。

会ったこともない人、見たこともないモノ。聞いたこともない音。嗅《か》いだことのない香り。感じたことのない劣等感。

毎日、どこか緊張して、手当たり次第、夢中になって、ドロドロ、一日が過ぎてゆく。

オカンから毎月月末には仕送りが振り込まれ、そのたび「頑張りなさいよ」と言われるのだけど、なにを頑張ればいいのかもわからずの日々は、オカンの思いやりを息苦しく感じさせた。

授業に出てどうなる？　絵を描いてどうする？　不真面目《ふまじめ》な学生のボクが言うことじゃないが、それを真面目にやっている学生の未来になにがあるとも思えなかった。

そして、美術大学というところは特殊な価値観の中、学生が温度の低い優越感を抱いている。もう、そこに入学しただけで自分が芸術家にでもなったような気分でいる。

ボクはそんな環境をくだらないと思い、個性という言葉の大好きな没個性の集団に最大級の軽蔑《けいべつ》を抱いていたが、その連中と自分の違いはどこにも見つかることがなく、自己嫌悪《けんお》と劣等感は消えることがない。

大学一年の秋。オトンが仕事で東京に来るという電話があった。

「オマエは、だいたい学校でなにを専攻しとるんか？」

「あぁ、舞台美術……」

「そうやの、そう言よったのぉ。それは、アレか、どんなところに就職決まるんがいいとか？」

「就職ならテレビ局の美術とかが、いいらしいけど、舞台美術自体、あんまり仕事は……」

舞台美術の世界は四十まではパンをかじれというくらい「食えない」業種らしい。教授にその話を聞いた時も、就職をリアルに考えていなかったボクは、それでいいと思った。逆にディスプレイデザインのような、就職に直結するような選択をする方が嫌だった。それをしてしまうのが、なにかが始まるようで怖かったのかもしれない。

「おお。そうやろ。テレビ局やったらいいわいのぉ。そりゃ、ちょうどいい。来週、人に会いに東京に行くけんのぉ。オマエにも紹介してやるけん、新宿まで出て来いよ」

新宿副都心にある京王プラザホテルのラウンジで待ち合わせた。前日にも電話があり、絶対に遅刻するなよと念を押されたが、五十分遅れてラウンジに到着すると、オトンの連れのAさんが大きな身体《からだ》を素早く動かしながら汗ばんだ表情で〝こっち、こっち〟と手招きをした。

ラウンジの椅子《いす》には老紳士がひとり。その前にはオトンが座って煙草をふかしている。

「おう、遅かったやないか」

五分の遅刻を咎《とが》めるような口調でオトンが言った。ボクは、その老紳士にすみませんでしたと告げると、オトンは、すぐに席を立って、「私の息子です」と老紳士に紹介した。

「立派な息子さんで……」

どうやら老紳士は待たされて気分を害しているらしい。明らかにトゲのある口調で言った。オトンはその雰囲気を気にするでもなく「そしたら、行きますか」と老紳士を促してエントランスの方へ歩き出した。

その後に続くボクにAさんは小声で「たのんますよ……」と汗を拭《ふ》きながら言った。

タクシーで向かった先は、赤坂の料亭だった。日本庭園の見える大きな座敷。老紳士は上座に座り、肘掛《ひじか》けに手を置いた。ボクとオトンは向かい合って座り、Aさんはボクの隣に座ったが、何度も席を立っては、老紳士の酌をしていた。

「例の話なんですけども……」

オトンが老紳士に仕事の話をしている。どうやら、今日会うのが二回目のようだった。小鉢をつまみながら話の内容を聞いていると、この老紳士は九州のある土地の名士らしい。その土地にオトンが例によって地域住民が建築してほしくない物件を建てようと企《たくら》んでいるらしいのだが、住民及び自治体の猛反発を買っているらしく、着工が難航しているらしい。

そこで東京在住の地元の名士に口利《くちき》きを頼み、いや、ねじ込みに来たという子供ながらも、そのダーティーさがうかがえる内容の商談だった。

そこはやっぱり、名士もタヌキ。うんともいやとも言わぬまま、なにかしらの見返りを吊《つ》り上げている様子だった。

久しぶりに旨《うま》い刺身が食えたものの、そんな会話の中では味もしない。なんでオトンはこんな殺伐とした席にボクを連れて来たのだろうか。

「先生、うちの息子が今年からこっちの美術大学に入学しまして、舞台美術を専攻しとるんですよ」

商談の煮詰まったオトンが話題の方向をボクに向ける。

「あ、そう。もう、希望の就職先はあるの？」

「いえ、まだなんにも考えてないです」

「そうね、まだ一年生だからねぇ。でも、進路は早めに決めた方がいいねぇ」

「そうですね……」

オトンが老紳士に酌をしながら、言った。

「この子はテレビ局に入れたらええんやないかと思うとるんですよ」

そんな話をしたこともないのに、勝手にオトンはそう言った。

「あ、そう。テレビ局ねぇ……」

場の雰囲気が落ち込みそうな気配を察して、Aさんが、先生、先生と言いながら、老紳士のくわえた煙草に火を付けに走った。

カキーンというデュポン独特の音がする。オトンも、オトンの周りの男たちもみんなライターはデュポンを使っていた。子供の頃から、あのデュポンの音を聞くたびにその方向に目をやり、オトンの煙草を喫う姿を見ていた。

いいライターだね、と老紳士が言った。するとAさんは、そのデュポンを差し出し、どうぞ貰《もら》ってやって下さいと言い出した。

「いや、そういうつもりで言ったんじゃないんだけどなぁ」と老紳士は困った顔を見せたが、Aさんは頑として、貰ってくれと言う。もう、受け取ってもらわなきゃ私が困りますという勢いである。結局、Aさんの金のデュポンは老紳士が受け取ることになった。

「いやぁ、いい音だねぇ」

だいぶ酒も回ってきたらしく、老紳士は上機嫌になり、短めに挟み込まれてくる仕事の話にも、調子よく返事をするようになった。

こうやって仕事をキメているのかと、子供ながらに感心していると、老紳士は思い出したようにボクに言った。

「どこの局がいいの？」

「え？　まだなんにもわからないんで……」

「それじゃあ、二年生になったらテレビ局でアルバイトしてみなさい。私がつないであげるから。それで、やってみて、おもしろいなぁと思ったら、連絡をくれればいい」

そして、懐《ふところ》から名刺を取り出すとボクに渡した。そこには、このジィさんのコネならキノコでもカマボコでもテレビ局に就職が決まるだろうなというくらい、権力的な肩書きが書いてあった。

「就職の時期が来たら、それまでにどこがいいか決めておくといい。どこでも好きな局に入れてあげるから」

「はぁ……」

「よかったのぉ、チビ。テレビ局なら潰《つぶ》れんでよかろうが」

オトンはどうぞよろしくと老紳士に頭を下げた。

「卒業だけはするようにね」

「そら、そうや。ちゃんと卒業せえよ」

オトンと老紳士は時代劇の悪役のような間合いで笑った。その時、オトンが一瞬、Aさんの手元を見てから、ボクに言った。

「おう、チビ。火、貸してくれ」

その日、オトンはライターを忘れて来たらしく、ずっとAさんのライターを使っていたのだが、そのライターは老紳士のものになったということを思い出してボクに言ったのだ。

ボクは自分の百円ライターを片手に持ち、手を伸ばして、膳《ぜん》を挟んで向かいに座るオトンに火を付けた。

商談はなんとかうまく運んだようで、すっかり酔った老紳士も饒舌《じょうぜつ》になり、御機嫌である。これから芸者さんも来るらしい。

ボクはそろそろ帰ることにして、老紳士にあいさつをし、庭園を囲む廊下に出た。

Aさんがボクを表まで送ると言って、一緒に席を立った。そして、廊下の外れで、苦々しい顔をしながらボクに言うのだ。

「あのぉ、火をね、付ける時。片手じゃなくて、両手で付けてもらえますかね。それと、安物のライター、そういうのはなるべく使わん方がいいですね……」

「はぁ……、すみません」

子供の頃から、自分のオトンがなんの仕事をしているのか、オカンも言わなかったし、ボクも聞かなかった。小学校低学年の頃は、いつも絵を描いている記憶があって、オトンのことを絵描きだと思っていたけど、徐々にそうではないこともわかっていたし、まぁ、堅気でないことくらい知ってはいたけど、その時、思ったのである。

〝あぁ、この人、ヤクザなのか……〟

仕事の内容が合法か非合法か、どんなものなのかはわからないけど、そこにあるセンスはヤクザなんだなぁと、その時わかった。

アパートの隣の部屋には一橋大学の学生が住んでいて、彼は大学内の文芸サークルに所属していた。サークルで発行するミニコミに小説や評論を発表していて、同じサークルの友人が集まると、美大生と違って文学の話で盛り上がったりするものだから、ボクにとってはめずらしかった。

そのうち、ボクはそのミニコミの中で挿絵を頼まれるようになり、発注されるイラストというものを初めて描くようになる。そして、そのサークルが当時の作家・文化人についてあれこれと批評をするという、今考えれば甚だ生意気な単行本を出版することになり、ボクはそこに挙げられる人物の似顔絵を三十カット、一点三千円で描いたのが初めてのギャラだった。

「オカン、すごいばい。似顔絵一枚描いたら三千円もくれるんよ。八枚描いたら家賃が払えるんやけんねぇ、ボロいばい」

「すごいやないね。そんな仕事が毎日あったら、食べていけるやないね。本ができたら送りなさいよ、おばちゃんたちに見せんといけん」

オカンはとても筆まめな人で月に何通かは手紙が来る。いつも内容はボクの身体のことや、学校のことを気遣ったものばかりなのだが、筆不精なボクはオカンに返事を書くことがほとんどなく、なにか喜ぶようなことがあった時だけ、電話をかけて報告していた。

その頃、オカンは小倉にあるオカンの妹、ブーブおばちゃんの店で手伝いをしていた。病院の家はそのまま借りていて、週のほとんどはブーブおばちゃんのマンションで姉妹二人の生活をしながら店の手伝いをする。

五十代になったオカンは、会うたびに年老いてゆく気がした。半年に一度顔を見るたびに身体がどんどん小さくなってゆく。その姿を見るたびに切なくなった。

ずっと働き続けて小さくなった消しゴムのようなオカンと、東京で阿呆《あほう》のように遊び呆けているボク。バイトをしても、どれとして長く続かない。ギターや洋服を月賦で買っても支払いに滞り、結局オカンに連絡が回ってしまい振り込んでもらうことも少なくなかった。

でも、そんな申し訳なさや息苦しさを音楽や遊びで押し流して、あまり感じなくさせる姑息《こそく》な技術もいつの間にか身につけ、東京にいる時間は、今まで自分ひとりでなんとかやってきたような顔でのうのうと生きる厚かましさも持てるようになる。

電話をする回数も減り、長期の休みになっても帰らなくなった。友達も増えて、彼女もできた。東京にいることが、どんどん当たり前になって、方言も出なくなった。

そして、その頃、東京ディズニーランドがオープンして、ボクが帰らなくても、前野君や九州の友達、従姉妹《いとこ》が休みを利用してボクのアパートへ泊まりがけで出て来るようになった。高校の後輩のバカボンは卒業後、バイクの塗装工をしていたが、映画「フラッシュダンス」を観《み》て、なにを思ったかこのお方、ダンサーを目指して上京し、ボクの部屋に居候《いそうろう》していた。

もう、淋《さび》しいと感じることがなくなった。オカンのことを考えることが少なくなった。オカンのことを気にする時間がどんどん減っていった。

オカンが交通事故に遭った時も、ボクは帰らなかった。報《し》らせがあった時、大事には至ってないからと言われたが、事故そのものは大変なものだった。おばちゃんの店を夜中に閉めて、従業員の人たちと車で帰る途中、反対車線から居眠り運転のバンが飛び込んで来た。おばちゃんや従業員の人たちは顔や全身に大怪我《おおけが》をした。オカンは前歯を何本も折った。

病院で事故の診断書を出してもらった時、オカンの弟の伸一おじちゃんが、オカンの診断書を見て、病院に怒鳴り込んだという。

保険の支給額は、歯は何本からいくらとか、前歯のどのへんならこのランクという細かい被害の格付けがあるらしい。伸一おじちゃんは背が高く、クリント・イーストウッドのような顔をした人で、いつも腹巻きの中に競艇で勝った万券を入れていた。

おじちゃんは、診断書を持って医者に詰め寄ったらしい。

「キサマ!! うちの姉貴がこげな目に遭《お》うて、こげ痛い思いをしようとにから、なんがか!?一番よかとに書いて、出して来んか!!」

おかげで、いい歯が入れられたとオカンが言っていた。

それからしばらくして、親不孝のバチなのか、ボクは風疹《ふうしん》にかかった。それというのも居候のバカボンがまず、いい年をして風疹にかかり、友達はみんな風疹は伝染《うつ》るよと言ってバカボンを腫《は》れ物のように敬遠するのだが、同居している手前、そうするわけにもいかず、そして、大丈夫、ボクは子供の頃におたふく風邪に一度かかっているから、もう伝染ることはないのですよと、まるで間違った知識のもとバカボンを看病していたところ、バカボン完治の数日後、体育の授業中、周囲がザワザワするではないか。

皆が指差して、ちょっと鏡見て来いよと言うものだから便所に駆け込んだところ、顔中に赤い斑点《はんてん》が無数に浮かび上がっている。

この斑点、つい最近まで出してる奴《やつ》がうちにいたなぁと、だいたいのアタリはついていたものの、万が一、違うということもあり得るかも、いや違うと言ってほしいために医務室へ直行したところ、先生は即答。

「風疹」

家に帰った途端に高熱が出た。バカボンから伝染ったという感染経緯を知っているものだから、友達、誰も寄り付きゃしない。なにか食べなきゃ、せめて果物でもと、向かいのアパートの友達に電話したら、よくそんな迷惑そうな声が出せるなという態度で数分後ベッドで寝ているボクに、ドアだけ開けて、「ここ、置いとくよ～」と玄関に食い物置いて帰って行くのである。

あの時、思った。友達なんてものは、いれば、いるだけ切ないもんだなと。そして夜、たまらずオカンに電話すると、オカンはとても冷静な声でこう言った。

「大丈夫よ。明日、朝一番で行ってやるけん、待っときなさい」

意識朦朧《もうろう》としながら眠ってしまい、次の日の昼に目が醒《さ》めた時には、頭にタオルがのっていて、オカンがベッドの横に居た。六歳の時、赤痢にかかって一緒に隔離された、あの時と同じように、当たり前のように隣に居た。

「いつ、来たん……」

「朝一番の新幹線で来たんよ……」

炊事場でオカンがリンゴを擂《す》りおろしている音がする。その音を聞きながら、安心が身体《からだ》中に、ぎゅうっと染《し》み込んできて、ゆっくり眠れた。

次の日になって、熱はだいぶ下がったけどボクはまだ、寝たままだった。うとうとしながら昼過ぎに目が醒めた時には、パチパチと聞き慣れた音がする。

横を見ると、オカンが横浜のさなえおばちゃんと花札をしているのである。さなえさんは元々、九州の人でオカンの古い友人だが今は横浜の娘さんの家に住んでいる。自称・花札大学首席卒業。オカンが来ているということで、早速、お花のお稽古《けいこ》にいらしたらしい。博打《ばくち》と下ネタは、ボクも小さい時からさなえさんに厳しく指導されてきた。

「マーくん。あんた四〇度近く出たそうやないね。金玉が溶けとらんか、触ってみんしゃい」

それからボクはまたしばらく、子供の頃、子守唄《こもりうた》のように聞いていた、札の打ち合う音を耳にしながら眠った。

寝ている間に、友達や彼女が見舞いに来たらしいが、ドアを開けるとベッドの横でオバハンが花札を打っていたので、みんなビビッてすぐに帰ったらしい。その翌日にやって来た友達は、教え込まれて一緒に打たされていた。そのせいで、その後しばらく大学で花札が流行したのだった。

ダンサーを目指して上京したバカボンは一度もダンスを踊らないまま、九州に帰って行った。こうやって、なにかを志して上京し、なんにもならずに帰って行く友を何人見て来たことか。でも、それは彼らがなまけていたからではない。ただ、それはちょっとしたキッカケだ。どんなに頑張っても始まらないことがある。始まった途端に終わることもある。どんなに才能があっても、光が当たらないこともある。

その中でボクは相変わらず、なんの目標も具体的な進路も考えないまま四年になり、その上、留年も決定していた。老紳士のコネは使うつもりもヤル気もなかった。名刺はもうどこにあるのかもわからない。

その時期は就職もバブルで、どんなにボンヤリした学生でも二、三の内定はすぐ取れる。同級生も次々と就職が決まっていった。ボクは留年するのか、学校を辞めるのかという景気の悪い選択を迫られている。

もう、これ以上、オカンに負担をかけるわけにもいかない。大学に残る意味も自分ではわからない。四年間、ほとんど絵も描かず遊びまくってこの有り様だ。でも、このまま退学しても、なにをしていいのかもわからない。

「なんでかね……」

電話の向こうでオカンは声を詰まらせた。

「もう、四年通ったし、留年せんでも、中退してもいいよ」

「卒業せんのね……」

「うん……。もういいよ、仕方ないし……」

「なんでかね……」

留年の話にオカンはいつになく暗い声を出した。オカンの中では、卒業までの四年間を目標に働いてきたのだろう。たいそう悲しそうな声だった。

「ちょっと、考えてみよう……」

オカンは力なく電話を切った後、二、三日連絡がなかった。なんか、悪いことしたなぁ、と他人事《ひとごと》のようにオカンの気落ちした態度を感じて思った。

そして数日後、オカンは気持ちを立て直したように、力強い声で電話をしてきた。

「オカンも、あと一年頑張るけん、あんたも気合いを入れ直してから、あと一年、卒業まで、しっかり行きなさい。できるかね？」

「あぁ、うん、できると思う……」

「仕方なか、留年しなさい」

結局、四年の夏が過ぎた時点でどうあがいても単位が足りず、ボクは五年生になることになった。申し訳ないという気持ちに強く苛《さいな》まれるも、一度なまけた学生の根性が染み込んだボクは、その反省も束の間《つかま》、じゃあもう来年の春まではだいぶ暇になりましたなぁとばかりに、毎日パチンコ屋に通う自堕落な日々を続けたのである。

なんの緊張感もない、伸び切ったゴムのような五年生の春が来た。この一年にいくつかの単位を修めるだけで、他にはなにもすることがない。その間に進路のことをどうするかちゃんと考えておきなさいと言われたが、筑豊の友だちの時枝君が、あるパチンコ台の攻略法を入手して東京まで旅打ちに来ていた。それがまた、おもしろいように7が揃《そろ》うものだから、その態度は改善されるどころか、更にひどくなる。これだけパチンコで金が稼げるのなら、パチプロになるのもいいのじゃないかと真剣に考えたりもした。その攻略法はゴトではないがまず負けることがない。パチンコ屋に行くことを〝金を剝《は》がしに行く〟と言うくらい調子に乗っていた。なんのために留年したのか、まるで意味がない。かといって大学生は本当にすることもない。

その頃、オカンは筑豊の町に小料理屋を開くことになった。知人が経営していた店をそのままの状態で譲り受けることになったらしい。料理を作ることがなによりも好きだったから、一度、自分の店をやってみたかったのだろう。そのことを報らせる手紙には、興奮している様子が何枚も書き綴《つづ》られていた。

町の外れに遠賀《おんが》川《がわ》という川が流れている。土手には牛が放牧されているようなおだやかな川だったが、オカンの手紙によれば〝遠賀川にはかっぱがいるという伝説がある〟らしい。

　というエピソードを踏まえて、オカンの店の名前は「かっぱ」になった。日本中にある「かっぱ」という名の飲み屋が、なぜ「かっぱ」になったのか、この時わかった気がした。田舎の人はみんな、自分の住む町に流れる川にはかっぱがいるのだと思っているのだろう。

　そして、オカンから店の暖簾《のれん》に染め抜く「かっぱ」の文字をデザインするようにと発注があった。店内に貼《は》るお品書きの短冊の文字は、オトンに発注したらしい。親子競合である。ボクは大学の学食のテーブルで、何枚もかっぱの文字を書いた。

「それ、なにやってんの？　課題？」

「いや、違う」

「どっかの、バンド？」

「オカンが小料理屋を始めるんだって」

「なんで、かっぱなの？」

「いるらしいんだ、かっぱが近所に」

「へー、すごいじゃん」

　東京の友人はかっぱの存在を信じてない。夏休みに帰郷して、開店したばかりの

「かっぱ」に駅から直接寄った。古い建物だけどきれいに直してある。入口の暖簾にはボクの書いた文字が藍地《あいじ》に白く染め抜かれてある。

なかなかいいじゃん。自分で思った。店のカウンターに絣《かすり》の着物を着たオカンが、照れ臭そうに、うれしそうに笑っていた。

テーブルには、大学五年生の息子が久しぶりに帰って来ると聞いて、小倉からオトンも来ていた。

「オカン、いいやないね、このお店」。そう言うと「ありがとう」とオカンは言った。

オトンが煙草《たばこ》を吹かしているテーブルに座り、久しぶりやねと声を掛けると、オトンの第一声はこうだった。

「ダメやのぉ、オマエは」

出し抜けになんのことだろうかと思ったが、言われて思い当たる節は色々とある。

「まだまだつまらんのぉ。なんの勉強しよるんか？　なんか？　あの字は？」

就職の件でも留年の話でもなく、暖簾の文字のことだった。

「だめやった？　なんで？」

「真面目《まじめ》くさってから、堅苦しい字やのぉ。誰も入って来りゃあせんぞ、あれは」

そう言われても納得がいかず、店の壁に目をやると、オトンの書いたお品書きの短冊が何枚も掛けてある。

しかし、そのどれもがほとんど読めない。もしかしたら、〝筑前煮《ちくぜんに》〟かな？　あれは〝筍《たけのこ》〟のなんなんだろう……。全部がその調子である。お品書きひとつにも芸術を爆発させないと気が済まない人なのである。

「ぜんぜん、なんて書いとるか読めんわ」

「読める必要があるか」

いや、ある。なぜなら、オトンに発注したお品書きを誰も読めないため、結局、オカンが自分で書いた小さなメニューをテーブルやカウンターに置いているのだった。でも、今ならわかる。オトンの言う通り、ボクの暖簾の文字がダメだという意味も、オトンの読めないお品書きの文字がいいのだという良さも。

店を閉めて、三人で病院の家に帰った。親子水入らずというのもいつからなかっただろう。オトンも本当はそうだったのかもしれないが、ボクとオカンはなにかそわそわした。

オトンはボクらに会いに来る時は決まって小倉のおじいちゃんがいた和菓子店の和菓子を買って来る。

三人で和菓子を食べた。網戸から入る風が蚊取り線香の匂《にお》いを運ぶ。

オカンとオトンが籍を抜いたという話はまだ聞いてない。なんだかんだと言いながら、このふたりは最終的にはまた一緒に暮らすのではないかと、ボクはふたりを眺めながら思った。そうなってほしいと思っていた。

なんとか大学は卒業できそうだ。周囲はまた、就職活動をする同級生で慌《あわ》ただしくなった。この会社は可能性があるとか、おもしろいことをやってるとか、それまでバカ丸出しの大学生だった友人も、この時期になると急につまらないオトナの仲間入りをする。友達同士で話すことと、面接官と話すことの区別がついていない。

ボクは就職活動をするつもりが、やっぱりなかった。なにがやりたいのか、ぼんやりとそのカタチは見えてきたものの、それがなんだかは、まだわからない。

「とりあえず、卒業はちゃんとするけど、それからのことは卒業してから考えるよ」

オカンにそう言ったが、オカンはせっかくなのだから、ひとつでもなにか受けてみたらどうかと言う。学生課に行って求人の資料に目を通しても、その気にはなれなかった。

「新卒やのにから、もったいないねぇ」

オカンには留年もさせてもらって申し訳ない想《おも》いが強い。なにかオカンのために受けてみてもいいのだけど、そのなにかさえ見当たらない。

そして、大手の音楽制作プロダクションをひとつ受けてみることにした。

「なんでもいいけん、受けてみなさい」

どんなところでも、親はとりあえずの行く先が決まれば安心するらしい。

ボクはベージュのスーツしか持っていなかったのでそれを着て行ったが、筆記試験の会場はリクルートスーツを着た学生しかいなかった。音楽の仕事をするのになんで、こんなに難しい筆記試験をやるんだろうか？　と甚だ疑問に感じての休憩時間、他の学生と話をしたら、やけに東京大学の学生が多い。東大まで卒業しといて、なんでこんな会社受けるんだろうと、またしても疑問に感じていたところ、面接の一発目、面接官に言われたことは「美大から試験を受けに来たのは、うちの会社始まって以来だなぁ」だった。

三人の面接官のうち、ひとりだけネクタイを締めていない男が、ボクの記入した用紙を見ながら質問をしてくる。派手な服を着て、赤の眼鏡をかけた嫌な奴《やつ》だった。

「こういうこと書いてて、恥ずかしいと思わないの？」

赤眼鏡は〝好きな言葉〟という欄にボクが書いた一行について、なにか言いたそうだ。好きな言葉と尋ねられても思い浮かぶものはなかったので、音楽制作会社である手前、なにかの曲名にしようと思った。「バージン・キラー」でも「ゴマすり音頭」でもよかったのだけど、就職試験ということで書いた曲名はこれだった。

“All you need is love（愛こそはすべて）”

「クサイよー、君の、そのセンス!!　オレとかハッキリ言っちゃうけど、ダメだよなぁ、そうゆうクサいセンスって。古くない？」

「ビートルズは、クサいですかね？」

「あぁ、ビートルズの曲名なの？　にしてもさあ、ちょっと恥ずかしいセンスだよ」

ボクは、こんな所にわざわざ来たことがバカらしくなっていた。こんな奴らがものを作っているのか？　くだらない。ボクはそのプロダクションの作品で、その当時流《は》行《や》っていた歌謡曲のタイトルを引き合いに出して言った。三年も経《た》てば風化して、ゴミ箱に捨てることさえ恥ずかしいような曲名だった。

「ボクは、そっちのセンスの方が恥ずかしいですけどねぇ」

「えっ!?　どこが？　わかってないよ君!!」

「『All you need is love』。一度聴かれてみたらどうですか？　いい曲ですよ。ものすごく有名な曲ですけどね」

この試験を受けたおかげでハッキリと自分は就職しないという決意を持った。オカンにもその気持ちを発表すると、オトンに話をしなさいと言うので、事務所に電話をかけた。

「おう。お母さんから聞いたぞ。就職せんて言いよるらしいやないか」

「うん。せん」

「どうするつもりか？」

「バイトはするけど、とりあえずまだ、なんにもしたくない」

「そうか。それで決めたならええやないか。オマエが決めたようにせえ。そやけどのぉ。絵を描くにしても、なんにもせんにしても、どんなことも最低五年はかかるんや。いったん始めたら五年はやめたらいかんのや。なんもせんならそれでもええけど、五年はなんもせんようにしてみぃ。その間にいろんなことを考えてみぃ。それも大変なことよ。途中でからやっぱりあん時、就職しとったらよかったねぇとか思うようやったら、オマエはプータローの才能さえないっちゅうことやからな」


大学の卒業式。オカンと小倉のばあちゃんが東京へやって来た。大学の卒業式に親や親戚《しんせき》が来ているような奴は、まずいない。

でも、ボクは恥ずかしいとは思わなかった。オカンとばあちゃんは緊張しながら、教授にも学生にも、その辺りで動くものすべてに頭を下げていた。

ボクよりもオカンの方が、この卒業に達成感を得ているのだと思う。卒業証書を渡すとばあちゃんとふたりでそれを覗《のぞ》き込み、涙を流して喜んでいた。新宿のホテルに宿をとっているオカンとばあちゃんと一緒に新宿へ行った。ホテルはオトンが手配したらしい。

卒業祝いになにか御馳走でも食べようとオカンが言うのだが、オカンはもちろん、ボクも新宿で御馳走《ごちそう》というものを食べたことがない。わからない店に入るよりは、いつもボクが食べているものを食べてもらおうと思い、思い出横丁のつるかめ食堂にオカンとばあちゃんを連れて行った。

ひじきの煮付けや鯖《さば》の塩焼き、惣菜《そうざい》のたくさん並んだ狭い大衆食堂。ボクは新宿でここ以外の旨《うま》い店を知らなかった。東京に出て来たおふくろを、おふくろの味の店に連れて行くのもどうかと思うが、他の店がわからなかった。

惣菜を数品取って、ビールで乾杯をした。

「卒業おめでとう。よう頑張ったね」

「ありがとう」

その日はボクも新宿のホテルに泊まり、次の日はみんなではとバスに乗った。ばあちゃんは「マーくんのおかげで、いい東京観光させてもろうた」と何度も言った。

特に東京では、属することが大切である。学校でも会社でも、そこにどれだけ中途半端《はんぱ》な立場で存在していようとも、属するものがある者にはおおむね寛容である。

しかし、ボクのようにただの無職になった者には風当たりが強い。その中でも、不動産に関してはことさら厳しい。たとえ、アルバイトで月に十五万を稼いでいたにしても、三万円のアパートすら貸してはくれない。

立川から、国分寺に。そして卒業と同時に国分寺のアパートも満了になる。この機会に都心の方へ引っ越したいと考えたものの、どの不動産屋を訪ねても無職ということで貸してはくれなかった。

その上、一緒に住む予定のバカボンはモヒカンだった。ダンサーの夢破れて、一度九州に帰ったバカボンだったが、田舎でくすぶっていたある日、映画「ビギナーズ」のこんな台詞《せりふ》を聞いて、再び舞い戻って来ていた。

「そこから一歩踏み出さなければ、なにも始まらない」

この月並みな台詞のどこに打たれて、なにを踏み出そうとしているのかはまったくもって謎《なぞ》だが、バカボンは今度こそと自分に喝を入れるため、頭をモヒカンにしたのだが、その気合いも完全に裏目に出ていた。

「オマエがモヒカンにするけんや……」

「先輩が無職やけんよ」

「オマエはモヒカンで無職やろうが!!」

このままでは国分寺のアパートを更新しなければいけなくなる。更新料を払うくらいなら、引越し代に充《あ》てたい。

高田馬場に老女がひとりで営んでいる小さな不動産屋があった。そこに丁度いい間取りの物件があった。内見も済ませている。中野の雑居ビルで、八畳のリビングと四畳半が振り分けで二部屋。風呂《ふろ》も便所もある。築三十年以上のビルらしく家賃は八万五千円と格安だった。ふたりで住めば四万二千円ずつでいい。

老女はお茶と茶菓子を出してくれて、丁寧に接客してくれる。しかし、またこれで無職だと言えば、貸してはくれないだろう。例によって仕事のことを聞かれた。

「おつとめは、どちら？」

「出版社です」

ボクがまっすぐに言い切ると、バカボンがびっくりした顔でボクを見た。

「まぁ、それはそれは。どちらの出版社かしらねぇ？」

「はい、小さな会社ですが、講談社と言います」

「あら、それだったら私でもわかる。立派なところですねぇ」

その後は、このモヒカンも実は親戚の子供で、一時的に同居しますが、いずれ留学すると申しておりますし……とか、あらゆる作り話が流れるように出て来て、老女を安心させていった。早速、老女は大家に連絡を取り、まぁ大丈夫そうですよということになった。

そして申込書の書類を出された時、バカボンが手に丸めて握りしめていた『少年マガジン』を取り上げ、背中を見ながら、会社の住所、大代表の電話番号を書き込んで、詐欺《さぎ》行為は終了したのである。

「大丈夫。家賃さえ滞納しなければ、ことは明るみにはならんだろう」とバカボンに宣言したのも束の間《つかのま》、早速、最初の家賃から遅れてしまった。

ボクは浅草橋の広告会社、バカボンは中野のビデオ屋でバイトを始めていたが、家賃に充てる金というのはよほど計画的に組み込んでおかなければ、すぐに使ってしまう。

そして、今回のようにふたりでシェアしている場合、ひとりが四万二千円を持っていても、あとひとりが用意できなければ、それで払えなくなる。無論、八万五千円を片方が払う余裕などない。

結局、ハナから三ヶ月分の家賃を滞納し、不動産屋からの連絡をオール無視していたらば、突然、老女が部屋にやって来た。

「どうなってるの？　家に掛けてもつながらないし、会社に電話しても、どこの中川ですかって言われて、困ってたのよ……」

仕方がない。キッパリ言った方がいいだろう。老女を部屋に通し、お茶を出してから呼吸を整え、発表した。

「実は、会社を……辞めまして……」

「あら、そうなの！　どうりでつながらないと思ったのよ。それで次の仕事は大丈夫なのかしら……」

老女は、ボクらのことをさんざん心配してくれた挙げ句、ハンドバッグから最中《もなか》をふたつ出して、これでも食べなさいと言った。

「バイト、しなきゃな……」

最中を食べながら、バカボンとしんみりした。

とりあえず、いくらかの家賃を納めるため中野駅前の消費者金融で二十万借入した。

保証人との連絡が取れるように、オカンには事前に電話をしておいた。

「心配せんでもよか。すぐ返すけん」

就職した友達とはほとんど会わなくなった。自分たちの生活、環境が変われば、接する人も変わる。その上、たまに会えば、飯を奢《おご》らされるものだから、どんどん寄りつかなくなってくる。

アルバイトと、たまにあるイラストの仕事。増えてゆくのはサラ金のカードだけだった。

「かっぱ」の調子も良くないらしい。なにしろ、あの町には人がいない。ただ、旨いものを出すというだけでは商売にならないようだった。

就職した彼女に弁当を買ってもらい、ついでに金も借りる。仕事場での話を嬉々《きき》とされても、なぜだか気分が滅入《めい》るばかりだった。

そのくせ、コーヒー一杯御馳走することもできず、雰囲気は悪くなるばかりだ。

なにがしたかったのか？　なにをやろうとしていたのか？　もう、そんなことを考えるよりも前に、暮らすこと、その日を生きることの方が大きな問題になってきた。

バカボンが田舎から送られて来た段ボールの中に、忘れたまま放置してあったハムを見つけた。

もう、しばらく前に送られてきたもので、しかも夏場。ハムの表面は川魚のようにギラギラと、決して食べてはいけない光沢を放っていた。

「表面を、剝《む》けば食えるかも……」

空腹で魂の宿ってない表情のバカボンが、ハムをリンゴのように剝き出した。

「いや、それ、どう見ても腐ってるでしょ。それに、剝くったって、どこまでがセーフなのかも……」

しかし、腹の減った人間はハムでも剝いて食う。そして、その日の夜、当然のようにボクたちは食中毒になった。数ヶ月前に水道は止められていて、それでも無理矢理自分たちでバルブを回していたら、先日、バルブごと水道局に持ち帰られた。

トイレは中野サンプラザ、及び周辺の公園で済ませていたのだが、上からはゲロ、下からは下痢。身体《からだ》は衰弱して、外にも出れない。バカボンが流れないトイレに排便した、そして、その上から、ボクもした。

これ以上、このトイレで脱糞《だっぷん》していたら、もう、人ではなくなってしまう。結局、友達に連れられて、近所の病院に担《かつ》ぎ込まれたのである。

その精神的ダメージからか、バカボンはまたしても、九州に帰る決断をした。ボクだって、なんのためにいるのかもわからない、バカボンも、もう少し頑張ろうよと、引き止めたのだが。

「なにを、頑張るん？」

正論である。ボクたちのこの有り様を招いた、問題の根幹は、それなのだ、なにをしていいのかわからないからなのだった。

バカボンは去り、新しくルームシェアをする友達を探したが、結局、滞納した家賃を一度精算するため、またしてもサラ金の窓口へ。

その時、九州の従姉妹《いとこ》が下北沢のアパートに住んでいて、隣の部屋が空いているからと大家さんに口を利《き》いてくれて、仲介料もなしに引っ越すことができた。かといって生活や収入が変わるわけでもない。

相変わらずの日々は続いた。

彼女には逃げられ、仕事もない。なのに、こんな生活をしていると、こんな生活をしている仲間という者ができるから不思議なもので、金もないくせに毎日、下北沢の飲み屋に出掛けては朝まで酒を飲む。

だいぶ頭もおかしくなってきたなぁと自分でも認識できるほど、完全に世間の人ではなくなっていった。頑張っているのは雀荘《ジャンそう》にいる時くらいで、後はもう、なにも考えないようにするために、とにかく堕落を押し進めるしかない。ギターも質に入れたし、カメラも質流れした。テレビも、ビデオも質屋に入った。

ギターが弾きたくても、写真が撮りたくても、もう、そんなモノもない。いや、そうしたいとも思ってないのだ。年下の従姉妹の給料日を狙《ねら》って酒を飲む。知らないうちに、ボクの友達までもが、従姉妹の給料日を待ち構えている。最低が日常で、もう最低の意味がわからない。

オカンに電話をしても、言うことは「一万円送って」とか、そんなことばかり。新幹線代の入った普通郵便がオカンから届く。

〝夏には、一度、帰って来なさい〟という手紙だった。

病院の家に久しぶりに帰っても、オカンはボクの仕事のこと、普段の生活のことをなにも聞こうとはしない。

筑豊のばあちゃんはもうしばらく心臓を患《わずら》っていて、山の中腹にある病院に入院している。ばあちゃんの所へ行ってやれとオカンが言った。

友達の時枝君が遊びに来た。同級生がもう、自分の車に乗っている。

「ばあちゃんの病院まで、乗せて行ってくれんね」

卒業してから一度もばあちゃんの顔を見ていなかった。ベッドで横になっているばあちゃんの顔は、ミイラのように頬がこけて、入れ歯の入っていない口は、魚のように開いていた。

真夏の炎天下の中でも、真冬の木枯らしの中でも、魚を積んだ重いリヤカーを引いていたあのばあちゃんの姿はもうなかった。

ひとりで、この薄暗い病室にいて、静かに息をしている。

「ばあちゃん……」

ボクが声を掛けると、ばあちゃんは少し笑って、何度も同じことを言う。

「マーくんね……。どうね、頑張りよるね……」

「うん……。頑張りようよ……」

「そうね……。あんたにね、あげようと思うてからね。そこにね、百万あるやろうが、その百万でね、鍋《なべ》をね、買いなさい」

そこにある百万円というのはカタチはなかった。もう、意識はだいぶ朧《おぼろ》げになっていて、何度も、百万円やるから鍋を買え。あんたのために、貯《た》めたんよと繰り返した。

ボクは何度も、そのたびに「ありがとう。東京で鍋を買うけんね」と言った。

涙をこらえて、病室から出た。階段の踊り場で声を上げて泣いた。情けなかった。

切なかった。そして、一番悲しかったのが、もうこれが、ばあちゃんに会う最後になるのだと直感的にわかったからである。

Ⅵ

東京には、街を歩いていると何度も踏みつけてしまうくらいに、自由が落ちている。

落ち葉のように、空き缶みたいに、どこにでも転がっている。

故郷を煩《わずら》わしく思い、親の監視の眼を逃れて、その自由という素晴らしいはずのものを求めてやってくるけれど、あまりにも簡単に見つかる自由のひとつ〳〵に拍子抜けして、それを弄《もてあそ》ぶようになる。

自らを戒めることのできない者の持つ、程度の低い自由は、思考と感情を麻痺《まひ》させて、その者を身体《からだ》ごと道路脇《わき》のドブに導く。

ぬるく濁って、ゆっくりと流され、少しずつ沈殿してゆきながら、確実に下水処理場へと近づいてゆく。

かつて自分がなにを目指していたのか、なにに涙していたのか。大切だったはずのそれぞれはその自由の中で、薄笑いと一緒に溶かされていった。ドブの中の自由には道徳も、法律も、もはや抑止する力はなく、むしろ、それを犯すことくらいしか、残された自由がない。

漠然とした自由ほど不自由なものはない。それに気づいたのは、様々な自由に縛られて身動きがとれなくなった後だった。

大空を飛びたいと願って、たとえそれが叶《かな》ったとしても、それは幸せなのか、楽しいことなのかはわからない。

結局、鳥籠《とりかご》の中で、空を飛びたいと憧《あこが》れ、今いる場所の自由を、限られた自由を最大限に生かしている時こそが、自由である一番の時間であり、意味である。

就職、結婚、法律、道徳。面倒で煩わしい約束事。柵《さく》に区切られたルール。自由は、そのありきたりな場所で見つけて、初めてその価値がある。

自由めかした場所には、本当は自由などない。自由らしき幻想があるだけだ。

故郷から、かなた遠くにあるという自由を求めた。東京にある自由は、素晴らしいものだと考えて疑いがなかった。

しかし、誰もが同じ道を辿《たど》って、同じ場所へ帰って行く。

自由を求めて旅立って、不自由を発見して帰ってゆくのだ。

五月にある人は言った。

あなたの好きなことをしなさい。でも、これからが大変なのだと、言った。

小料理屋「かっぱ」を始めた頃のオカンは電話の声も、毎月届く手紙の内容も、はつらつとしたものが感じられた。どこか自信に満ちたような声が印象的だった。居酒屋、スナック、ドライブイン、今まで僕を育てるために様々なところに働きに出てきたオカンにとって、自分の店を持てたことは本当にうれしかったのだと思うし、毎日、自分の作りたい、食べさせたい料理を作れることが楽しかったのだと思う。

五十五歳になって初めて構えた自分の店。息子の書いた暖簾《のれん》と、夫の書いたお品書きに囲まれてひとり、その毎日を頑張って旨《うま》い料理をこしらえていたに違いない。

しかし、商店街のシャッターが軒並み閉まり、テナントビルが次々と取り壊されてゆく筑豊の繁華街では、その努力も報われることがなく、二年足らずで「かっぱ」は閉めることになった。元々、原価三百円かかるものを二百五十円で店に出してしまうオカンのような人は、料理はともかく、経営というものに向いていなかったのかもしれない。

それでもオカンはあきらめなかった。店を畳んだ後も、知人が以前、飲食店をつぶしたまま放置してあった小さな場所を借りて、定食屋を始めた。

筑豊の過疎《かそ》化が進む町の片隅で、毎日、五百円の定食を作り続けていた。

オカンの同級生たちは、もう孫の世話でもしながら、年老いた日々を穏やかに暮らしている。その中でオカンはひとり、腰にサロンパスを貼《は》りながら働き続けていた。

そして、東京の自由地獄にからめとられて毎日を博打《ばくち》と夜遊びに呆《ほう》けるボクは、そんなオカンから毎月のように送金してもらっていた。

サラ金のカードは八枚になった。四日に一度やって来る返済日に利息すら返すこともできずに、家賃も滞納し、下北沢のアパートも追い出されることになった。仕事もほとんどない。月に一、二回あるイラストや原稿の仕事で貰《もら》うギャラは三日を過ごす程度の足しにしかならず、仕事の電話すら雀荘《ジャンそう》で受けるほどにギャンブルに逃げた。

オカンには話せないようなアルバイトで日銭と麻雀のタネ銭を稼ぎ、その気まずさからオカンに連絡する回数はどんどん減っていた。

同級生の彼氏が事務所に使っていたという自由が丘の部屋を又貸ししてもらって転がり込むことになった。事務机が三つ並んだ殺風景な部屋の隅に蒲団《ふとん》を敷いて暮らした。

電気もガスも水道もつなげることができずトイレは九品仏《くほんぶつ》の公衆便所に通った。友達に公衆電話から電話して、自由が丘に呼びつけては飯を奢《おご》らせ、昔の彼女に話があると呼び出しては、金を借りた。

そして、誰も寄りつかなくなった。学生の頃、自分は友達が多い方だなどと身勝手に考えてはいたが、簡単な理由でそんな勘違いも、三枚におろされた。

もう、自分にまともな生活ができる気がしない。本気でそう思っていた。家賃をキチンと納めて三度の飯を自分の金で食い、車を運転して、女とレストランで酒を飲んでいる同級生が、ハリウッドのセレブのように見える。

かたまりになった焦燥感と脱力感は、もう当然のように水の出ない台所の前に転がっていて、その当たり前の風景は、どんなに最低の自分を映し出していても、身体を動かす力はどこかに沈んだままだった。

どろどろどろどろ、毎日がドブのようにじわじわと流れてゆく。

そんな生活が永遠に続くような気がしていたその頃、ローリングストーンズが初の日本公演のため来日した。

就職した友達は、東京ドーム十日間全公演を見に行くのだと一回一万円のチケットをすべて購入したらしい。あの時の来日公演はまるで万博のような盛り上がりで、ストーンズファンに限らず、ローリングストーンズとイアン・ミッチェル&ロゼッタストーンの区別もつかないような人までもが東京ドームに見物するため押し寄せた。

寺の公衆便所までクソをしに行くような生活のボクでも、そのコンサートは是非観《み》たいと思った。何とか金を借りて、音楽雑誌の編集者にチケットを取ってもらい、その日を待った。ダメな自分を勝手にストーンズに投影し、自分こそが観るべきコンサートなのだと思っていた。

ロックな気配が微塵《みじん》もない自由が丘の街も初日が明けると、駅前には似合わないストーンズのツアーTシャツを着た連中が溢《あふ》れた。

僕がチケットを買った公演日。

その日の朝、僕はなにもない部屋で毛布にくるまって寝ていた。鉄のドアを叩《たた》く音が冷たい部屋に響く。家賃かサラ金の催促かと思い、息を殺して毛布をかぶった。ドアの向こうから声が聞こえる。電報局だった。青色の薄っぺらい電報。オカンからのものだった。

筑豊のばあちゃんが死んだ。

その日の早朝、病院で息を引きとったらしい。

最後に病院で、真っ白になって痩《や》せこけたばあちゃんを見た時に、この時が来ることを予感していたものの、ボクにとって初めて起こった身内の死に、その現実に、身体中が重たい悲しみの砂鉄で埋もれた。

病院のベッドで意識が混濁しながらも、〝百万やるから、鍋《なべ》を買いんしゃい〟と僕を気遣っていたばあちゃん。

灼熱《しゃくねつ》の夏も、凍上の冬も。魚を積んだ青いリヤカーを引いていたばあちゃん。手のひらが、ガチガチに硬かった。

魚を売って歩きながら、九人の子供を育て、老後には黄色くなった御飯をひとりで食べていたばあちゃん。

時代劇とプロ野球中継が重なると、いつもチャンネルを奪い合っていた。不器用で、子供にすらうまいことを言えない人だったけれど、僕が話し掛けると照れながら、優しく笑っていた。

子供の頃、そんなばあちゃんを時々、怖いと思うことがあって、小倉のばあちゃんに誰が一番好きかね？　と聞かれても、上の方に言わないこともあった。

ウサギが死んだ時は、一緒に畑に行って、ばあちゃんが鍬《くわ》で穴を掘ってくれた。学校帰りにばあちゃんを見つけると、ボクはリヤカーの後ろに座って一緒に帰った。坂道で押すのを手伝うと十円くれた。

長靴。ゴムホース。青いリヤカー。エコーとセルロイドの煙草《たばこ》入れ。筍《たけのこ》の煮付け。なまこ酢。土筆《つくし》の玉子とじ。ベンジンのカイロ。割烹着《かっぽうぎ》。心臓の薬。サロンパスと魚の匂《にお》い。

ばあちゃんが死んだ。

ストーンズには行かなかった。電報局から弔電を出した。帰る金がなかった。オカンには仕事があると嘘《うそ》をついた。弔電の出し方がわからず、喪主のおじさんではなく、ばあちゃん宛《あて》に送ってしまった。

ばあちゃんになにもしてあげることができずに、ばあちゃんは死んでしまった。悲しさよりも悔しさに泣けた。人は、本当に死んでしまうのだということに驚いて怖くなった。

さよならも、ありがとうも、違う。なにか感じたことのないような気持ちが言葉にならなかった。

ばあちゃんが死んだ後、オカンは北九州の若松に住む妹のブーブおばちゃんのマンションに月のほとんどいた。ブーブおばちゃんは独身で子供もない。ひとり暮らしの妹の所にオカンは身を寄せていた。

若松には一番上のお姉さんのノブエおばさん、弟の京一おじさん、伸一おじさんも住んでいる。みんなが歩いて通える範囲に暮らしていて、兄弟仲は驚くほどいい。定食屋も閉めたオカンは、ブーブおばちゃんの所に住みながら、若松の貸衣装屋の仕事を見つけ、働きに出ていた。

ある時、自由が丘の部屋にオカンから大量の段ボールが送られてきた。なんでも、その貸衣装屋が大半の衣装を処分することになり、オカンとブーブおばちゃんはその衣装を譲り受けることになったらしい。

打ち掛けや留袖《とめそで》、ドレスの類《たぐい》は親戚《しんせき》、親類にあげたりして、残ったものはバザーで売ったのだという。自分たちもバザーをやって、いくばくかのお金になったので、ボクにも品物を送るから、それを売って、なにかの足しにしなさいと手紙が同封されていた。

大型の段ボールが四箱。ひとつめの段ボールを開けると、そこには婚礼用の白いタキシードが入っていた。次の段ボールにも白いタキシード。そして、その次の段ボールにも、当たり前のように白いタキシードが入っていたのである。

〝あんたが着てもいいし〟と手紙にはしたためてあったが、せんだみつおでもこれは普段着にしないだろう。

結局、都合三十セットの白いタキシードが入っていた。タキシード上下。ベスト。ドレスシャツ。カマーバンド。黒ラメの縁どりがしてあるものや、クリーム色がかった種類もあるが、何しろ全部白である。黒ならまだしも、白のタキシードは結婚式の新郎以外で着ている奴《やつ》を見たことがない。

しかしながら、この部屋にこの白いタキシードを置いたままにしていると、二年も服を買っていないボクだ、そのうち着るものがなくなって、吉野家にもこれを着ていくようになるかもしれない。

早めに処分しなければと友達に相談したところ、今度そいつは日本青年館脇《わき》の公園でフリーマーケットに参加するという。傍らの方のスペースを少しばかり貸してもらえないかと頼んで、売ってみることにした。

当日、真夏の暑い日だったが、ボクはマネキンがわりに白いタキシードをフルセットで着込み、ワンセット八千円で売りに出してみた。予想通り、まるで売れない。どう考えても欲しくないと思う。欲しいと思ったところで、使うアテも見つからないだろう。若者の眼には視界にも入らないようだったが、中年以上の男性はなにかしらの興味を示す人もいる。手に取っているオジサンにはすべて「着てみて下さい」と声を掛けた。「フリオ・イグレシアスみたいですよ」と適当なことを言いオジサンを盛り上げていると、「じゃあ、ひとつ貰おうか」と財布を出し始めるものだから、ボクは驚いてオジサンに聞いた。

「なんに使うんですか？」

したらば、そのオジサン。趣味でカラオケ教室に通っているそうで、近々そこの発表会があるらしく、その時の衣装を探していたのだという。

なるほど、その方面で生かす道もあったかと、オジサンを中心に営業活動をしたところそこそこ売れ始めた。ノリのいいオジサンになると「二着買うから一万五千円にまけてくれ」と言い出すので、「なにをおっしゃいます、三着一万円で結構です」と、在庫処分に走った。

最後の方では、とにかく帰りの荷物を減らしたい一心で、三千円、千円と投げ売り状態になり、結局は二十着以上売れて、七、八万の現金が手元に残った。

「オカン、結構売れていい金になったばい」

売り上げを報告するとオカンは驚いた口調で言った。

「はーっ。七万も、八万もなったんね？　やっぱり年輩の人は結婚式とかでも、そげな服は着たことなかろうけん、一回着てみたかったんやろうねぇ」

オカンは兄弟にはとても心を開いていたが、親しき仲にも礼儀ありという考え方も強い人で、妹の家に居候《いそうろう》して、毎晩花札を打てるのは楽しいけれど、いつまでも甘えるわけにはいかないと思っていたに違いない。

ブーブおばちゃんのマンションから歩いて一分ほどの場所にあるノブエおばさんの

家の隣に建つ平屋の貸家を借りて住むことになった。広くはないけれど庭のある小ぢんまりとした上品な古い日本家屋だった。

なんでもその家は、若松出身の作家火野葦平《ひのあしへい》さんのご兄弟の持ちものらしく、家財道具もある程度残したまま貸し出したその部屋の棚には、古い文学全集がたくさん並んでいた。

「あんた、『花と竜』は知っとるやろ？」

「うん」

「そら偉い作家さんよ。親戚の人も本当いい人でからね、貸してもろうて良かったぁ」

火野葦平さんは生前、無類のかっぱ好きとして知られていた。「糞尿譚《ふんにょうたん》」で芥川《あくたがわ》賞を受賞後、「麦と兵隊」などの兵隊小説、父・玉井金五郎と母・マンの波乱の人生を描いた「花と竜」など多数の作品を残しているが、かっぱを題材にした小説、詩も数多く発表している。

若松の高塔山《たかとうやま》の山頂にあるお堂には、背中に太い釘《くぎ》の打ち込まれた地蔵がある。その釘は火野葦平が自らの物語になぞらえ、かっぱが悪さをしないよう、転じて厄を除《よ》けるよう本人が地蔵の背中に釘を打ち込んだものだ。

今でもその地蔵には厄除けのお参りで釘を触りに数多くの人が訪れるという。

かっぱの伝説を信じていたオカンは、同じくかっぱの存在を誰よりも信じていた火野葦平さんに呼んでもらったのかもしれない。

自由が丘の家の家賃も例によって滞納し、大家に又貸ししていることを知られ、やっぱりそこも出て行くことになった。

以前より少しは仕事も真面目《まじめ》に取り組んでいたものの、真面目であろうが不真面目であろうが、フリーの仕事はないときゃ、ない。

サラ金はもうどこも貸してはくれない。違法営業のインチキ紹介屋にすら、力になれないと断られたが、なんとか半分を工面し、残りの半分をまたオカンに貰って十五万円を用意した。その十五万を持って、もうどこでもいい、この金で今日、明日中に引っ越せる所を希望しますと正直に申し出たところ、都立大学の四畳半、風呂《ふろ》ナシ、共同便所の物件を紹介され下見もなしに契約した。

ほとんどの家具を夜中に不法投棄した。とはいえ、テレビ、ビデオ、コンポ、金目のものはすべて質で流しているため、ハナから家電は少ない。無職の友達二人に引越しを手伝ってもらった。

都立大までは自由が丘から電車でひと駅。レンタカーを借りるほどの荷物も金もない。近所の材木屋からリヤカーを借りて即日、逃げるように荷物を運んだ。

高級住宅地の中にポツンと取り残された古い二階建ての一軒家。それを一間ずつ、アパートとして間貸ししていた。一階に二間、二階にも二間、同じ間取りで並んでいる。狭い玄関は一ヶ所で、そこですべての住人は靴を脱ぎっぱなしにするのだが、こんな治安も衛生も悪いボロアパートなのに、ボク以外の住人はみんな若い女性のひとり暮らしだった。

苦学している女学生か、親元に送金をしている孝行OLかと思いきや、玄関にはシャルル・ジョルダンとかの尖《とが》ったパンプスが散乱。

そして、この三人が三人とも、ほとんどアパートに帰って来ることがない。おそらく、親に内緒で同棲《どうせい》でもしていて、この部屋はただ「住所」としての住居なのだろう。

となれば、一軒家にほぼひとりで住んでいるようなものだが、時々届く女子たちの小包などは、一日中家にいるボクが預かることになる。

セシールの小包とか、なんだか怪しい通販物とか、一応は預かるものの、彼女たちは二週間に一度くらいしか帰って来ないものだから、その時めがけて渡しに行くも、その女たちは礼を言うどころか、少しだけドアを開けて小包を引ったくるように取り上げ、まるで変質者を見るような眼。

同じアパートの住人であるにもかかわらず〝こんなボロアパートに住んでるような奴はきっと変態よ。あたしの通販で買ったパンツがあの男の部屋にあったと思うだけで気味が悪いわ。あー、やだやだ。いい年して、こんな風呂も便所もないアパートに働きもしないで一日中いるなんて、犯罪者予備軍のクズのオタクだわ。本当に気持ちが悪いったらありゃしない〟という態度なのである。

人は見上げることよりも、見下げる時の方に集中力を使う。

しかしながら、そう思われても致し方ない状態にボクの部屋はなっていた。なにしろその三万円のアパートに、えのもとという無職の男を引っ張り込んで勝手に同居を始めていたからである。

えのもとは以前、ボクがバイトをしていた似顔絵教室の、その中でも一番絵のヘタクソな生徒で、そのバイトをやめて以来、まるで会ってはいなかったのだけど先日、表参道の道端にしゃがみ込んでいるそいつを発見。

久しぶりだな、どうしたのこんな所でと声を掛けたのが運のツキ。えのもとは下を向いたままこう答えた。

「おなかが、すきました……」

その場のノリ。コール&レスポンスで「じゃあ、オレんち来るか？」と言ったが最後、一緒に住むことになってしまった。えのもとは数日後、三鷹《みたか》のこれまた三万円のアパートから荷物と一緒にやって来たが、いくらお互い家財がないとはいえ、四畳半にふたり分の荷物。寝る時は机の上と下で立体交差しながらの、さながらベッドハウス。

その上、こいつの段ボール箱は全部「らでぃっしゅぼーや」とプリントしてある。「らでぃっしゅぼーやってなに？」と聞いてみたところ、こいつ貧乏なくせに、野菜は無農薬でなければ身体《からだ》に良くないですから、宅配野菜をとっていますという、大変に面倒臭い男。

それでも、歩いて十五分の銭湯に行く時も、自動販売機の返却口に手を入れて小銭を探す時も、えのもとがいるおかげで泣かずに済んだこともある。

「イラストレーターになりたいんです」

そんなこっ恥ずかしい台詞《せりふ》もなにを照れることもなくえのもとは言う。

「やめとけ、やめとけ」。ボクが言ってもやけにえのもとの眼は澄んでいる。

月に何度かしかないボクの仕事。ひとりでやれば三十分で終わるモノクロのカットも、ベタだけ残し「えのもと、ベタ塗りたのむ」「はい、わかりました」とイラストレーターごっこをしていた。

あの頃にボクらが見ていたものはどんな風景だったのだろうか？　たとえ食うに困るような暮らしをしていても、自分の将来や未来に不安を感じて薄暗くなることはなかった。

それよりも目先のことで精一杯だったからかもしれないが、なんの根拠もなく、きっとこの先は、今よりも少しはマシになっているはずだと思って疑わなかった。

なにも始まってないうちは、なにも怖くない。

なにひとつ確かなもののない生活だったけれど、日々を退屈だと思ったことがない。

何かを手にした人にこそ、退屈と怯《おび》えは肩を並べてくるものだ。

「オカン、来週仕事先の人と九州に行くけん、泊まりに行くけんね」

仕事相手と友達関係になることはほぼないが、出版社に勤めていたWとはお互いがくすぶっていたタイミングで出会ったらしく、すぐに意気投合した。

出会って二週間も経《た》たないうちにWから旅行の誘いを受けた。

なんでも、彼女と海外旅行をする予定で一週間ほどの休暇を取ったものの、その彼女とはつい先日別れてしまい、ただ休みだけが残ったらしい。かといって、ボクとその海外旅行を実行するのもいかがなものかと思ったようで、ならば車で九州を一周しようという、やけくそで男臭いプランだった。

横浜生まれのWだが、銀行員の父親は以前小倉の銀行にも転勤した経験があるらしく、なので小倉の街にも行ってみたいのだと、無理矢理に九州旅行を意味づけようとしているようだ。

ボクはしばらく福岡には帰っていなかったし、なんだかその不毛な旅もおもしろいと思って、一緒に出発することにした。Wとは海外旅行雑誌の仕事を一緒にしていたが、そこでコラムを書いているボクは海外どころかパスポートすら持ってはいなかった。

東京を出発して、Wのハイラックスは東名高速を滑り出した。ボクは車の免許を持っていないので、もっぱら選曲と居眠り。興が乗ってくれば助手席で弾き語り。ノンストップで広島辺りにさしかかったところで、高速道路は全面通行止めになっていた。この辺りは山間部を道路が通っているため、気温が低く路面が雪で凍結していたのだ。チェーン装着かスパイクタイヤでないと走れない。

長距離運転の疲れですっかりドライバーズハイになったWは、この車はスタッドレスタイヤを履いているから大丈夫だと料金所のオジサンに食いさがっていたが、結局、そこのパーキングエリアで数時間足止めを食うことになってしまった。

「九州に近づいて行ってるのに、雪が降ってると思わなかったよ。もうさ、この辺りから、料金所のオヤジもアロハとかで出てくんのかと思ってたのによォ」

だいぶ九州を勘違いしている様子のWはあきらめたようにシートをフラットに倒した。

関門海峡を渡って九州に上陸したのは早朝で、若松にあるオカンの家にまっすぐ向かった。若松には若戸大橋という赤い鉄製の長橋がある。工業地帯を抜けて戸畑区と若松区を結ぶ全長二キロほどの橋だ。

青い洞海湾の上、真っ赤に塗られたその橋はまるで東京タワーを横に倒したようだと子供の頃から思っていた。

橋を降りるとすぐに、オカンの借りている家がある。その火野葦平ゆかりの家に行くのはボクも初めてだった。

到着するとオカンはエプロンをしたまま飛び出して来て、Wに深々と頭を下げた。

「まあ本当、遠い所からわざわざ来てもろうて、たいがい疲れたでしょう。お風呂も沸かしとりますけん、早よ上がってゆっくりして下さい。この子が運転できんもんやけん、ひとりで大変やったでしょう」

オカンは息子の仕事相手という者を初めて見たことに緊張しているようだった。金の無心ばかりして、一体、東京でなにをやっているのかさえわからない息子が仕事相手を連れて来た。とりあえず、息子はなにかしらの仕事をしているのだということがわかったらしく、うれしそうにこまごまと動いていた。

Wが風呂に入っている間に、朝食がテーブル一杯に並んだ。

「都会の人やけん、お口に合うかどうかわかりませんけど」とオカンは言ったが、Wが「いや、おいしいですよ、お母さん」と言うと、何度も手を出して「おかわりして下さいね」と繰り返した。

ボクの蒲団《ふとん》とWの蒲団が並べて敷いてあった。両方の蒲団には寝る直前に蒲団乾燥機をかけたらしい。フカフカとして温かかった。

オカンはこうやって、いつも冬の寒い日は、ボクが寝る前に乾燥機をかけて、蒲団を温めてくれていた。

Wは蒲団に入った途端、冗談のような早さでイビキをたてた。

「かわいそうにから。よっぽど疲れたんやろうねぇ」とオカンはWの服を畳んでいた。

Wのイビキを聞きながら、しばらくオカンと話をしていたボクも次第に疲れが押し寄せてきて、ゆっくり蒲団に入った。

こんなに温かくて、優しい蒲団で寝るのはずいぶん久しぶりだった。

ボクたちが目を醒《さ》ましたのは、もう夕方過ぎで、食卓にはもう夕食の用意がしてあった。

そして、テレビの前にはいつの間にかオトンも到着していて、煙草《たばこ》を吹かしている。Wが慌《あわ》ててオトンにあいさつをすると、「ああ、どうも……」と言ったきり、何を話すでもない。見た目も、態度も、ボクが客観的に見ても恐ろしいと思う。Wはボクの耳元でこっそりと「オマエの親父《おやじ》さん、おっかねぇなぁ」とささやいた。

Wが目覚めたという情報を聞きつけたらしく、おばちゃんたちがWにあいさつに来た。

「どうも、どうも。マーくんの、お仕事の関係の方。お世話になっておりますねぇ」

夕食の仕度ができて、Wはオカンとおばちゃんにガンガン見られながら箸《はし》を動かし、Wがなにか言うたびにオカンたちは三倍のリアクションで返した。

食事の後、寝転がってテレビを眺めていたオトンだったが、ボクらがお茶をするのを横目で見て立ち上がりながら言った。

「そろそろ、行くか？」

「えっ？　どこに？」

「ちらっと、出掛けるか」

そう言いながら、なんの相談もなしに自分はジャケットをもう羽織っている。どうやらボクとWを小倉に連れて行きたいらしい。オトンなりに、それがWに対する接待だと思っているようだった。

「どこに行くって……？」

Wが不安そうに尋ねてきた。

「たぶん、小倉のクラブ……」

オカンがボクらの上着を出しながら言う。

「せっかくやけん、小倉の街で遊んできたらよかろう」

一軒目のクラブにはオトンの友達、スキンヘッドのAさんが待っていた。オトンはボクを飲みに連れて行く時も、自分の友達を誘うことが多かった。ボクの話や、東京でのことを、友達に聞いてもらって、それを横で黙って聞き耳を立てている。

店を替わるたびに「こちらは息子の仕事先のお世話になっとる友達」とママに紹介する。Wもなにがなんだかわからないまま、オトンに話しかけているようだった。

店から店に、歩いて移動する途中、繁華街の貸スタジオから出てきたパンクの少年のギターケースがAさんの肩に当たった。少年たちはそれに気付いていないようで、そのまま立ち去ろうとしたがAさんはゆっくりと少年たちを追いかけて行った。

「キサマ！　どこ見て歩きよるんか!!」

スプレーで立てた少年の髪の毛よりも背が高く、がっちりした体型でスキンのAさんに少年たちは固まったように頭だけを何度も下げた。ギターがぶつかったこと以外の説教もしばらくした後、最後は、バンド頑張れよみたいな台詞を少年に掛けて、何事もなかったように次の店へ歩き出した。

オトンはなんの興味もない顔でそれを見送り同じように歩き出した。Wは少年たちと同じように固まった様子で一部始終を眺めていたが、先を歩くオトンの背中を指差して言った。

「オマエのお父さん、ロックンローラーなの？」

次の店ではAさんがWの苗字《みょうじ》を聞いて、それなら小倉に同じ名前の有名な三兄弟がおったんよという話になった。

「兄貴も、二番目も、一番下の弟も、そら悪かったんやが、下の弟が刑務所に入っとった時に、ヘリコプターで刑務所の上空を飛んでからよ、兄貴たちがヘリからムショの弟に待っとけよー！　助けちゃるけんのー！　ってメガホンで叫んだっちゅうて、おもしろい三兄弟がおったんよ。それとアンタは同じ名前や」

Aさんの恐ろしさにも慣れて、だいぶ楽しくなった様子のWがそんな話でAさんと盛り上がっている時に、オトンはボクに言った。

「こちらはなんの会社に出とるんか？」

「あぁ、出版社」

「オマエはそこで、なんをしよるんか？」

「イラスト描いたり、原稿書いたりとか」

「それで、食えよるんか？」

「まぁ、前よりはマシや」

「そうか。なら、もうちょっと辛抱してやってみい」

「そうやね」

オトンはクラブのママに電話の子機を借りると、オカンの所に電話しろと言った。

「今から帰るけん、茶漬けの用意をしとってくれち、お母さんに言うとけ」

午前二時前。ボクらがオカンの家に戻った時には、お茶漬けの準備とぬか漬けの胡瓜《きゅうり》がテーブルに揃《そろ》っていた。

「いっぱい飲んできたかね？」

オカンはWとボクに笑いながら言った。

自分だけのことで夢中になっていると、駆け抜けていようと転がり続けていようと、その時間は止まっているように感じる。自分しか見えず、自分の体内時計だけを見ていれば、世界の時間は動いていないのと同じだ。

しかし、ふと足を止めて周囲を見渡す余裕が一瞬でも持てた時、甚だ時間が経過していたことに気がつく。

自分ではなく、対象となるものに目を向けた時、どれだけ時間が止まっているように過ごした時でさえ、確実に日めくりはめくれていたのだということに気付く。

そして、その時にはなにかが手遅れになっていることに、もうひとつ気付く。

気付いた時には、取り返しのつかない時間が流れていたことがわかる。

オカンは気が付けば還暦を迎えていた。自分が二十八になることよりも、母親が還暦を迎えたことを知る方が、時間の経過を強く感じた。

「もう、バアさんやね」

「そうよ。いつ死ぬかわからんばい」

何気ない会話が何気なく済んだ時期はどんどん過ぎてゆく。

海苔《のり》会社の倉庫で積荷のアルバイトを辞めたのを最後に、ボクはバイトをしなくてもなんとか暮らせるようになった。

オトンの言ったように五年間遊び呆《ほう》けてみて、もうその行為自体に飽きたのか、色々な仕事に手当たり次第、興味を持ち、働くということに抵抗もなくなっていった。借金は相変わらずだが、毎月えのもとにカードと金を渡して返済に回ってもらった。

東京タワーがまっすぐに見える三田のワンルームマンションにWが部屋を借り、そこを基地のように使って仕事場にした。次第に集まる人も増え、表参道に仕事場を移した。

三田の時も、表参道の仕事場でも、ボクは毎日そこに泊まった。女と遊ぶでもなく、酒を飲むでもない。さんざんなまけてきた反動なのか、仕事がなくても仕事場に残って絵を描き、字を書いた。

じきに、基地として借りていた仕事場は解散することになり、ボクとえのもとは都立大学のアパートを引っ越すことにした。

方南町にある期限付きの一軒家を借りた。期限付き物件のため、礼金や敷金が安かったのだ。一階をボクとえのもとの仕事場と居間に。二階のひと部屋ずつを使って暮らした。もう、立体交差して寝なくてもいい。

電気がついて、ガスが出て、電話が鳴ってクソが流せる。そんな家に住むのも久しぶりだ。少しずつ、マシになってる。そんな気がしていた。

オカンは姉妹でよく旅行に出掛けていた。年に一度は姉妹で旅に行くのがみんなの楽しみだったようだ。

〝首のあたりがなにかクリクリする〟とオカンが言い出したのは姉妹で別府に旅行した時だったという。

帰ったら病院に行きなさいと姉さんたちに言われ、町の医者に診察してもらったところすぐに九州大学の大学病院を紹介された。

オカンから電話があったのは九大に通いだしてからしばらく経《た》った頃だった。

「オカンね、ガンになったんよ」

あまりにも普通の口調でそう言った。

「どこが悪いん……？」

「甲状腺《こうじょうせん》のガンなんよ」

「それ、治るん……？」

「心配せんでよか。命に別条はないちやけん」

オカンのガン告知を知らされて胸が一瞬、ぎゅうっと握り潰《つぶ》されたような気分になったが、オカンのなんでもなさそうな素振りに、さほど深刻なことではないような気にさせられた。

「手術するん？」

「するんよ。甲状腺と声帯の方にも少しできとるみたいなんよ。手術は甲状腺の方だけで声帯の方は取らん。それを取ったら、声が出らんごとなってしまうけん」

オカンは医師と相談した結果、手術を受ける条件として、声帯のガンだけはそのままにして別の治療で治したいと申し出たそうだ。

その摘出手術をすれば声が出せなくなる。しかし、そこを残せば完治するための手術とはいえない。オカンは頑《かたく》なに声を残すことに執着した。

それは当然のことだと思う。当たり前のように喋《しゃべ》って、笑って、歌ってきた人が、これから先、声を失いますと言われて、仕方がありませんねと即座に納得できるはずがない。

オカンは九大病院に入院し、手術を受けることになった。そして、同じ時期に若松で入院していた京一おじさんのことを、自分のことよりも心配していた。

「年をとったら、みんな病気になってから、好かんねぇ……」

オカンは手術によって甲状腺をすべて摘出した。声帯に残ったガンは術後、ヨード治療でその進行を抑えることになる。

ボクは術後すぐに、福岡に帰り、九大付属病院に駆けつけると、首に包帯を巻いたオカンがベッドの上で上半身を起こして座っていた。ブーブおばちゃんや花札大学の友だち、さなえさんもその傍らに座っていた。

「大丈夫なん？」

「あぁ、心配せんでよか」

「まだ、全部治ってないんやろ？」

「これからが大変やけど、もう手術はせんでよかけんね。もう嫌ばい、手術は」

ボクはオカンに頼まれていたイヤホン付きのポケットラジオを買って来ていて、その使い方をオカンに教えた。

さなえさんが笑いながらボクに言った。

「マーくん。お母さんがガンになったこと聞いて、ビックリしたやろう」

「うん。そやけど命に別条ないていよったし」

「あんたのお母さんは、たいがいのことじゃあ死にゃあせんばい。心配せんでよかたい」

オカンとさなえさんが顔を見合わせて笑っていた。ボクも実際にオカンの顔を見て、一安心していた。

その時、ブーブおばちゃんがボクを病室の外に呼び出し、廊下の隅で声をひそめた。

「あのね、マーくん。オカンはまだ知らんのやけどね、京一おいちゃんね……死んだんよ」

「え？　なんで？」

「オカンの手術の前日よ。一月三十日に病院で死んだんよ。オカンは手術前やし、まだ身体もね、ちゃんともう少し元気になってから言おうと思うて、まだ黙っとるんよ。そやけん、マーくんも言わんとってね……」

京一おじさんは男気のある人で、若松で努力して会社を興《おこ》していた。オールバックに少し色のついた眼鏡をかけていて、オカンのことを「ねぇちゃん！　ねぇちゃん！」と子供のような呼び方をしていた。

「京一と伸一は高校の時、学校に鎖を持って行ってからケンカしよったんよ」

オカンは弟たちの話をよくした。

京一おじさんの娘の京子と小百合は年が近いこともあって、一番仲のいい従姉妹《いとこ》だ。家が近所だった子供の頃、夏になるとビニールのプールを膨らませて三人で水浴びをしていた。大人になっても、ボクは福岡に帰ると友達と会う以上に京子と会って色んな話をした。東京に出てきてＯＬをしていた小百合には下北沢《しもきたざわ》のアパートを紹介してもらって隣同士に住み、ボクの分ならともかく、友達の飲み代《しろ》までも面倒見てもらっていた。

ボクには兄妹《きょうだい》はいないけれど、もし自分に兄妹がいたら、こういうものなのだろうかと京子や小百合のことを妹のように思っていた。

京子の結婚式の時、白無垢《しろむく》の京子に花嫁の父として番傘を差し掛けながら入場して来た京一おじさんは、そうでなくても涙もろいのに、目頭を押さえて涙をボロボロ流しながらトボトボ歩いていた。その姿にボクも泣けてきたものだった。

京一おじさんもガンだった。最後は色んな所に転移が広がって、どこのガンだったかもわからなくなっていたらしい。ガン性腹膜炎を起こして腹に水が溜《た》まり、カエルのように膨らんだ腹には三リットルの水が溜まっていたそうだ。その上、肝硬変も併発して、とても苦しみながら亡《な》くなった。その痛みと戦うおじさんの姿がかわいそうで見ていられなかったと、おばちゃんたちは涙ながらに呟《つぶや》いていた。

「おい！　マー！　サイコロ持って来い」

盆や正月に親戚《しんせき》が集まると、大人も子供も一緒にサイコロを振った。立て膝《ひざ》をついて、サイコロを振る京一おじさんの姿が子供ながらも粋《いき》に見えた。腹巻きから札を出して、会うたびに小遣いをくれた。

オカンがその金額を見て、あんた、そら貰《もら》いすぎやろ。半分返しなさいと言っても、「よか、よか。もろうとけ。そのかわり、お母さんに心配かけるなよ」と言うのが決まり文句だった。

京一おじさんが死んだ。

甲状腺を摘出したオカンはこの先、一生、ホルモン剤を飲み続けなければならない。甲状腺を摘出した今、自分の身体でそれを作り出すことができないからだ。

ヨード治療を始めるまでの準備期間はホルモン剤の服用は禁止される。しかし、ホルモン剤を飲まなければ、ひどく身体がだるいのだとオカンは言っていた。その他にも、昆布、海苔、トコロテン等の海藻《かいそう》類は食事制限される。昆布でだしを取った料理もいけない。

実際にヨード治療が始まると、放射線治療のため、三週間、隔離された病室から出ることができない。

ボクが六歳の時、赤痢にかかって隔離病棟に入れられた時、自分は感染していないのにボクと一緒に隔離病棟に入ってくれたオカン。

それから二十数年後に、今度は放射線を浴びるためにひとりで隔離されている。

この治療を一年に一度受けながら、声帯付近のガン細胞を失《な》くしていかなければならない。医師は、オカンの体質的にこの治療法は合っていると言った。

とにかく、苦しいだろうが完治してもらえるならばオカンにも辛抱してもらうしかない。


二度目のヨード治療も終わって、少し元気を取り戻したオカン。年を取れば病気を治すというよりも、いかに病気と共存してゆくかを考えなくてはならないというが、まだガン細胞を抱えたまま生活しているオカンのことを思うと心許《こころもと》なく、もどかしく、歯痒《はがゆ》い。

自分の身内が死ぬ、母親が病気になる。それは誰にでも起きる当たり前でありきたりなことなのだけど、実際にその現実が自分の眼前に現れるまではリアリティを感じてはいなかった。

もう、自分のことだけを考えて生きてはいけない。どんな状況にあってもそれは当然のことなのだが、現実的に、物質的にそれを実感すると、なにか重苦しい気分に襲われることも正直な事実だった。

なにかを失ったわけではないのに、そんな気がする。なにを要求されているでもないのに、足枷《あしかせ》をはめられた気分になる。オカンに対する心配と、その現実を解決してゆかなければいけない自分とのバランスに戸惑い、考える。

やっと三度の飯が食えるようになった時には、もう次の課題が待っていた。今までと違って、今度の課題は大きく、難しい。

いや、なによりも苦しい。

「オカンの冥土《めいど》の土産にみんなでハワイに行こうと思いよるんよ。そやけん、あんたも一緒に来なさい」

おばちゃんから電話があった。

「死ぬ前にハワイでも行っとかんとねぇ」

オカンも行く気満々のようだった。すっかり元気を取り戻したオカンやおばちゃんたちは、ガンをギャグのネタとして使えるようになっていた。

ボクにとっての初めての海外旅行が〝オカンとおばちゃんたちと行くハワイ四泊六日の旅〟だとは考えてもいなかった。

楽しいのか、そのハワイ？　いや、もはやそういう問題ではない。なにしろ、むこうは「冥土の土産」という殺し文句を打ち出してきているのだ。断る術《すべ》がない。急いでパスポートの申請に行った。オカンもおばちゃんたちと一緒に役所へ出掛けてすでに手元にあるらしい。

姉妹では何度も国内旅行に出掛けてはいるが、海外はもちろん初めてで、おばちゃんたちは口々に「最初で最後やねぇ」と言う。

一番上のノブエおばさん、二番目のえみ子おばさん、妹のブーブおばちゃん。そして、えみ子おばさんの旦那《だんな》さんの本田先生。そのふたりの息子である修さん。

修さんはつまりボクの従兄弟《いとこ》にあたるのだが、だいぶボクよりも年上になるため、そんなには一緒に遊んだ記憶もない。このハワイ旅行は添乗員の仕事をしている修さんが段取りをして、添乗もするらしい。そうでなければ、ボクらは出国することすらできないだろう。

どうせ行くならという発想と年寄りばかりなのでという問題が重なって、このハワイ旅行は高額でゴージャスなプランが組まれた。

借金は減っていたが、銀行の残高はいつも余裕があったためしがない。ありったけの金を引き出し、少しはまたどこかで工面して、オカンとボクの旅行代金を用意した。

九三年の秋。オカンが甲状腺ガンの手術をした年。オカン六十二歳。ボクが三十歳になる直前。

ボクたち親子は生まれて初めての海外旅行を一緒に行った。

親子で行く、最初で最後の海外旅行に旅立った。

「九大の先生が、首のシワに沿って切りましたから、傷跡が目立ちませんよって言うんよ」

オカンはそう言いながら笑っていたけど、手術の跡が気になるらしく、南国に行くというのに、スカーフを首に巻いていた。

「フランケンみたいや」

ボクはそう言って、オカンをからかった。それからずっと、オカンの似顔絵を描く時は「怪物くん」のフランケンのように首に縫い目を描いていた。

一緒に飛行機に乗ることも初めてだった。オカンはこの時以外に、飛行機に乗ったことがあったのだろうか？

飛び立つと共に表情が緊張と恐怖で強《こわ》ばっていた。もちろん、ボクも隣で同じ顔をしていた。

客室乗務員が飲み物やアメを差し出すたび、まるで恵んでもらっているかのように、深々と頭を何回も下げていた。

「オカン、飛行機怖いんやろ？　オレも怖いんよ。この揺れるのが好かん」

「なんね、男のクセしてから……」

雨期のハワイは思っていたほど暑くもなく小雨が降る日もあった。

添乗の仕事で何度もハワイに来たけれど、このホテルに泊まることは滅多にないと、興奮気味に修さんが言う、ハレクラニというホテルにボクらはチェックインした。

ボクとオカンはツインの同室で、ウエルカムフルーツを見つけては感動し、緊張した。

オーシャンビューの出窓から見える、見たこともないような色の海。オカンはベランダに出て、柵《さく》に両手をつき、しばらくの間、じっと海を眺めながら風を受けていた。

その姿が小学生の女の子のようだった。

オカンたちは、すぐに買い物に出掛け、姉妹揃《そろ》ってムームーを購入。すぐさまそれに着替えている。どうやら滞在中はこれで過ごすつもりらしい。

「どうかね？　いいかね？」

「どうかねっても、まぁ、涼しいでよかろ」

オカンは部屋に飾られた南国の花を花瓶から一輪抜き取って耳元に当て、フラダンスらしき踊りをボクの前で踊ってみせた。

「どうかね？　ふふふーん」

たぶん、ボクが想像している以上に、うれしかったのだと思う。

そういえば、ボクは髪を長く伸ばしたオカンを見たことがない。昔の写真を見ても、独身の頃のモノクロ写真を見ても、肩まで髪があるようなことはなかった。オカンはすごいねこっ毛だったから、短くしないと髪がまとまらなかったのかもしれない。

そして、ボクもねこっ毛だ。

「ムームーの下には、なんも着らんのが本式なんよ」

「着とらんのね？」

「そうよ」

「誰に聞いたん？　着ときよ」

どこかで間違った「本式」を憶《おぼ》えてきたようである。たとえそれが本当に「本式」の着こなしであったとしても、ボク及びハワイの人々は、それを求めないだろう。

食事はディナークルーズに高級レストラン。ハワイというのにジャケット着用でなければならない場所が続く。

〝ハンバーガー食いてぇ〟とボクは思っていたけど、オカンは初めて見るロブスターの大きさに姉妹でワイワイと楽しそうにしている。

昼間、おばちゃんとオカンはショッピングセンターに出掛けるというので、ボクはホテルに残り、周辺を散歩し、ダイヤモンド・ヘッドを眺めながらウォークマンで「ダイヤモンド・ヘッド」を聴いてみたりした。オカンが一緒にということでビキニの女を見ても、灼熱《しゃくねつ》の太陽を浴びても、気分が弾《はじ》けることはない。

ホテルに戻ると、オカンたちは一度部屋に戻って来たようだったが、ターンするように、すぐさま今度はプールに向かったようだ。

なぜわかったのかといえば、ベランダまでプールではしゃぐオカンたちの声が聞こえ響いているからだ。

ベランダから覗《のぞ》いて探すとやっぱりいた。水底に大きなハレクラニマークが描かれたプールに筑豊弁がこだましている。

ボクもプールに行ってみると、オカンやおばちゃんたちは、髪が濡《ぬ》れるのを嫌がっているのか、ハワイの至る所にあるコンビニエンス・ストア「ABCストア」のポリ袋を頭にかぶって泳いでいるのである。

大騒ぎしながらプールではしゃぐオカンたち。水面に浮き出たABCのマークがスイスイとプールを移動している。

プールサイドのデッキチェアでは、サングラスをかけてトロピカルカクテルを飲んでいる白人たちが、苦々しい表情でオカンたちを見ている。ああいう態度の視線というのは言葉が通じなくてもしっかりとこちらにその意図を伝えてくるものらしい。

修さんの話によれば、このホテルでバカンスを過ごし、ハレクラニマークの描かれたプールで泳ぐことは、アメリカ人の中では、ある種のステイタスになっているそうだ。

なぜだか競泳用の水着を着て、頭にコンビニの袋をかぶり、筑豊弁で大騒ぎするオカンたちが、アメリカ人のステイタスの中で泳いでいる。

〝アメリカ人のステイタスがかわいそう〟だとも思ったが、それよりも思ったのは〝ざまあみろ〟である。

オカンたちはそんなこともお構いなしに子供が市営プールで遊んでいるように、その時間を楽しんでいた。

ボクも泳ぎは苦手だが、オカンはまるで泳げないらしい。ボクはプールに入ってオカンの両手を引っ張り、平泳ぎの練習をした。バタ足から飛んでくる水飛沫《みずしぶき》が、パチパチとABCストアのポリ袋を涼しげに鳴らした。

後半は大型のコンドミニアムに宿を移動した。オカンたちは炊事場がある所の方が落ち着くらしい。どうやら、ここの方が気に入っているようだ。

修さんが静かでいいビーチがあると、みんなをそこに案内してくれた。人影もまばらな、美しいビーチだった。ワイキキから車でしばらく行った所だったと思う。

小ぢんまりしたその浜辺にオカンやおばちゃんたちといると、そこはハワイではなく福岡の海水浴場のように思えてのんびりできた。

昼食はコンドミニアムのキッチンでオカンやおばちゃんたちが作った弁当を広げて、みんなで食べた。どんなディナークルーズで食うより、やっぱりこっちの方が旨《うま》い。

海からの風が気持ちよかった。夕凪《ゆうなぎ》に近づいてゆく、海の表情が穏やかだった。

食事も終わって、帰り仕度を始めた時。修さんがえみ子おばさんを叱《しか》るような声が聞こえてきた。

「せっかく、こうやってみんなでハワイに来とるんやから、そんな貧乏臭いことしなさんな！　みっともないやろ！」

おばさんはみんなが使った割り箸《ばし》を水で洗って持って帰ろうとしていたのだった。

その割り箸はおばさんが日本から持って来ていたものだったと思う。その他にも、漬物や梅干しもおばさんは用意してきていた。

箸のない国に来て、後で使いたい時になければ困ると思ってのことだと思う。

「ホテルに帰って、また使うかもしれんち思ったけんねぇ……。そやけど、ごめんね……」

そう言ってあやまりながら、おばさんは泣いていた。水着を着た六十代のおばさんが、ハワイの浜辺で割り箸を握りしめて泣いていた。

みんなはそのやりとりをしばらく眺めていたが、一番上のノブエおばさんが他の姉妹を代表するように口を開いた。

「修ちゃん、あんた、そんな言い方ないやろ。あんたのお母さんは若い頃、そら苦労してから、あんたたち子供を育てとるんよ。こうやって切りつめながら、自分のもんやらひとつも買いきらんで、あんたを育てて学校に行かしとるんやないの。それを、そんな言い方はないやろう」

えみ子おばちゃんは、いやいや、私が悪いんやけん、ごめんねぇ、なんか、悪かったねぇとみんなにあやまりながら、そそくさと手荷物をまとめていた。

東京でお世話になった先輩の女性は、若い時に御主人に先立たれた。ふたりの間には三人のお子さんがいて、一番下の娘さんはその時まだ、一歳になったばかりだったという。それから、その女性は女手ひとつで三人の子供たちを育てた。

「子供がかわいいだけでいいのは、小さい頃の、ほんの一瞬だけ。あとは、大きくなったら生意気は言うし、言うことは聞かなくなるし、面倒は起こすし、本当に大変よ。かわいいっていう気持ちの何倍も苦しいことがある。もう嫌だ、いなければいいのにって思うことだってあるのよ。でもね、子供って時々、あぁ、この子を産んでよかったなっていうことをするのね。そう思えることがあるのよ。子育ては、その気持ちと大変なことの繰り返し」

日本に着いて、東京に着いた。オカンはムームー以外に自分のものはなにひとつ買っておらず、たくさんの人へのお土産だけで鞄《かばん》が膨れている。オカンとブーブおばちゃんは、この機会にボクの家に寄って、しばらく泊まっていくことになった。今までの家ならともかく、方南町の家なら泊めることができる。

リムジンバスの中でずっとオカンが寿司《すし》を食べたいと言っていたので、家に着く前に方南町の商店街にある寿司屋に入った。

「ハワイは良かったねぇ」

少し日焼けしたオカンは満足気に言う。

「姉ちゃんが死ぬかもしれんちゅうて、みんなでハワイに行ったのにから、なんがね？　一番ピンピンしとったやないね」

ボクも、オカンが病気をしていることを忘れかけていたほどだった。

「ここの穴子は大きいねぇ。すごい。一匹丸ごとやが」

オカンはなんでも大きいものに感動する傾向がある。

「オカン、ここが今、住んどる所」

小さな門を開いて玄関へ向かった。えのもとがドアを開けて「いらっしゃい」と言い、オカンたちがどうもどうもと入って行く時だった。

「あいたたたたぁ!!」

振り返ると、ブーブおばちゃんが石畳につまずいてひっくり返っていた。

「おばちゃん大丈夫？」

「あぁ、いたた。ハワイ疲れが出たごとあるねぇ」と照れ臭そうにおばちゃんは笑った。

「なんね？　あんたの方がガタがきとるんやないかね」。オカンも笑った。

「足をくじいたみたいやねぇ」と言っていたおばちゃんだったが、次の日の朝、足首がパンパンに腫《は》れているので、ボクが自転車の荷台に座らせて近所の病院に連れて行くと、おもいっきり足首の骨が折れていることがわかった。

足首をギプスと包帯でぐるぐる巻きにされて帰って来たおばちゃんを見て、オカンは大笑いしていた。おかげで、オカンとおばちゃんは予定よりもかなり長く、東京に滞在することになった。


九大で手術をする前から、オカンは筑豊のばあちゃんが住んでいた家に帰っていた。若松に借りていた家は、建て替えて家主さんが戻って来られることになり、オカンは結局、そこを出て、また自分が生まれた家に戻った。

ボクが小学生の頃、ばあちゃんとオカンと三人で住んでいた家。九人兄弟が生まれた家。じいちゃんが死に、九人の子供たちがみんな出て行き、ひとり残ったばあちゃんも死んで空き家になった家。

その家にオカンはひとりで戻っていた。定食屋で働きながら、そこで暮らしていた。

しばらくはひとりで、その生活を続けていたのだけど、鎌倉に住むオカンのすぐ下の弟、ボクが鎌倉のおじさんと呼んでいた親戚《しんせき》がその家に帰って来るという話になったらしい。おじさんは鎌倉で長年銀行に勤めていたのだけれど、定年を機に故郷で老後を過ごすため、奥さんと一緒に筑豊のその家に戻って来ることになった。二人の息子はそれぞれに神奈川で家庭を築いている。

とはいえ、オカンも他に行くあてもなく、仕事にも行かなければならない。どういう話し合いだったのかはわからないが、鎌倉のおじさんが帰って来た後も、オカンはおじさん夫婦とそこに同居していたのだ。

ボクの方はといえば、方南町の家もそろそろ貸主が戻って来るらしい。元々、転勤になった貸主から期限付きで借りていた物件。だから引越し資金も少なくて済んだのだ。

その貸主が予定通りの期間を終えて、この家に戻って来るらしい。ボクの場合はオカンの状況と違って、一日でも貸主と同居することは許されないし、お互いしたくない。

えのもとと次のねぐらを探さなければいけなくなっていた。

方南町は丸ノ内線で杉並区にあるが、ボクの住んでいたその家は駅からも遠く、渋谷区の京王線笹塚《ささづか》駅にも歩いて十分ほどだったので、実際には方南町ではなく笹塚駅を利用していたし、えのもとは笹塚駅近辺の養老乃瀧《ようろうのたき》でアルバイトをしていた。

笹塚駅付近の不動産屋に入り、物件を探した。東京に来てから、もう何回引越しをしたかわからない。引越し貧乏という言葉がある。あれは引越しをしすぎるから貧乏になるという意味に使われているし、本当はそれが正しい使い方なのだろう。ボクも人によくそう言われる。

しかし、ボクのように「貧乏」と「引越し」を両方の現場から体験した人間に言わせればそうではない。引っ越すから貧乏になるのではなく、貧乏だから引っ越さなければならなくなるのである。

住めるものなら同じ場所に長く住みたい。だけども、金がないと引っ越さざるを得なくなる。これは追い出されるということだ。そして、家を探す時も、すぐ引越しをしなければならない物件を選んでしまうのだ。

世の中はうまいことに出来てるもんで、金がない所では、金が出てゆくようになっているのであった。

というわけで、短期間にそれくらいの回数の引越しを経験していると、もはや、引越しという行為が特別なことではなくなる。情報誌を読み漁《あさ》ったり、不動産屋を巡るというようなことはしない。

もう、最初に入った一軒目の不動産屋にあるもので決める。色々見ると悩む。目移りする。次第にわからなくなる。事実、家賃の上限が決まっているのだから、どこに行っても似たり寄ったりなのである。

家を選ぶことよりも、マクドナルドに行った時の方がまだ悩むくらいだ。

笹塚の不動産で家賃の希望を発表したところ、いくつかの物件が出てきた。その中で一番目をひいた項目はこれだった。

『ピアノ可』

防音設備があるんですか？　と尋ねたらば不動産屋は平然とした口調で言った。

「いいえ」

気に入った。そのラフさがとてもいいと思った。詳しく聞けばこういう事情らしい。場所は笹塚駅から歩いて五秒ほど。もう、駅ビルと呼んでもいいだろう。駅と甲州街道がその雑居ビルを挟むような位置関係で、甲州街道の上には首都高速道路が走っている。そしてまた、ビルの三階、四階はボウリング場。

つまり、駅のプラットホームから聞こえる列車音、チャイム、放送。交通量の多い甲州街道からはブーブー、パーパー。首都高からは走り屋、爆走トラックのエンジン音。それでもって、床下からはゴロゴロゴロゴロ……バッキャーン‼　のストライクサウンド。

環境音がうるさすぎて、ピアノの音とかそんなもん、どーでもいいらしい。実際にそのビルにはバイオリン教室やボーカルスタジオがあるらしいのだが、なんの問題もないとのこと。

今まで近隣の人々から、君んちはうるさすぎると叱られ続けてきたものだから、これほどボクに適した物件もないだろう。不動産屋の説明を聞き終わるよりも早くボクは言った。

「契約させて下さい」

となったところで考えてみれば、敷金二、礼金二、仲介料、前家賃。しめて六ヶ月分の金がいるわけであって、それがないのである。

十二階建ての七階で2DK十四万円と少し。引越しには百万近い額を揃《そろ》えなくてはならない。月々の家賃は払えないこともないかもしれないが、その百万とやらはどこにも見当たらない。改めて銀行の残高を照会してもケタの幅が悲しいくらい狭い。

今までの借金はほぼ返済し終わっていたものの、また貸してもらえる自信がない。ダメモトで銀行に金を貸してくれないかと頼みに行ったところ、五分もしないうちに、丁重な対応でつまみ出された。

数日、頭の中で金策のシミュレーションに明け暮れたものの、何の光明も見出《みいだ》すことができずに眠りかけていたところ、えのもとがすっくりと百万の入った封筒を差し出した。

「これ、使って下さい」

「どうしたの、この金」

「親に頼んで借りたんです。毎月少しずつ返す約束で」

「いや、でもなぁ……」

「僕も一緒に住むんですから。使って下さい」

申し訳ない気持ちで一杯だが背に腹は代えられん。すまん、えのもと。毎月、えのもとに金を返すということで、なんとか契約することができた。こんなにカッコ悪い師弟関係も他にはそうないだろう。

引越しして初日。ひと晩寝た後に思わず洩《も》れた感想はこうだった。

「うるせぇなぁ、この部屋……」。朝起きて、夜眠る生活ならともかく、不規則な生活をしているボクは、一番騒音のうるさい時間に寝ているわけで、そしてまたこのボウリング場は朝七時からの早朝営業もしており、七階とはいえ、蒲団《ふとん》の下からゴロゴロゴロゴロ、パッキャンパッキャン、音が鳴り響いてくる。七階にしてこれなら、五階の人にはどれくらいのボリュームで鳴ってるんだろうか。

しかしながら、ヒトの順応性とはたいしたもので、二週間もしないうちに慣れてくる。ボウリングの音もプラットホームの声も、首都高のスピード音も、甲州街道のクラクションも。街のノイズはやがて生活のBGMになった。

オカンもその頃、住む場所のことで悩んでいたようだった。

やはり定年後の静かな生活を夫婦水入らずで過ごそうと福岡に戻って来たおじちゃんたちに気兼ねしないはずがない。おじさん夫婦はおっとりした優しい人だったけれど、それとオカンの感情は別問題である。

あまり沈んだ気持ちをボクに伝えることなどない人だったけれど、その時に電話から伝わった声は、なにか心細い精神状態が聞いてとれるようだった。

「ブーブおばちゃんのところは？」

「そんな迷惑ばっかり掛けられんわね……」

「どうするんね？」

「どうしようかねぇ……」

ボクはこの時、初めてオカンの溜息《ためいき》を聞いたような気がした。

六十過ぎてガンになり、今でも治療を続けている。友人たちは家族で当然のように暮らし、孫のいる人も多い。もう、この年で外に働きに出ている人は少ないだろう。オカンはそういう風景を働きながらどんな気持ちで眺めていたのだろうか？

そんな身体《からだ》と気持ちの中で、自分のこの先の人生が何色に映っていただろうか？

そんな暮らしの中で、人が最低限落ち着ける自分の家、自分の居場所すら、オカンは持っていない。

オカンが子供の頃のこの町は炭坑が栄え、人と活気と希望が溢《あふ》れていた。オカンはその中で九人兄弟の大家族として賑《にぎ》やかに育ち、将来の自分を夢見ていたことだろう。

その頃から五十年の月日が流れて、オカンはまた、その時と同じ場所にいる。炭坑は閉山になり、もくもくと煙を立ち昇らせていた立て坑の煙突も、発破《はっぱ》の音もない。

人々はこの町を離れ、もうあの頃の輝きはこの町のどこにもない。

しかし、その移り変わりは今のオカンにはどうでもいいことかもしれない。なによりもオカンの想像できなかったこと。瞳《ひとみ》を輝かせていた子供の頃に想像すらしなかったこと。

五十年後、年老いた自分がこの町でひとり、病魔に襲われながらも腰を曲げて働き、所在ない気持ちで暮らしていること。

自分がそうしていること。

溜息をついていること。

その電話を切る時、オカンはいつものように「仕事はどうね？」「身体に気をつけて頑張りなさいよ」と言って受話器を置こうとした。そしてボクは、無意識のうちにオカンを呼び止めていた。

「オカン……」

「なんね？」

「東京に来るね？」

「あぁ……？」

「東京で、一緒に住もうか？」

反射的に出た言葉だったけれど、今までに何度も考えてはいたことだった。もう、それは、小学生の頃から意識していたことだ。

ボクはずっとオカンとふたりだったし、他に兄弟もいない。いつかはそうやって、オカンの面倒をみなければならないのだと、そのことはずっと頭の中にあった。

でも、それをなかなか決断できずにいた。自分の暮らしもままならないうちにそれをしていいのかも不安だったし、どこかで、まだ自由に遊びたいと思っているところもあった。

そして、なによりボクが考えていたことは、オカンはオトンといずれ一緒にまた暮らし始めるのではないか、今はまだ、そのタイミングが合わないのかもしれないが、それは互いが意地を張っているところもあるだろうし、そろそろ話し合ってみるのもいい頃だろう、お互いもう若くもないのだから、老後はそうなることが、オカンとオトンにとっていちばんいいことなのではないかと。

節目〳〵で、オカンはオトンと離婚してもいいかとボクに聞いたが、結局、依然として籍は抜いていない。

その事実が、ボクにいずれふたりが一緒に暮らすのではないかと思わせるところだった。

「東京で、一緒に住もうか？」

そうボクが言った時、

「そっちに行ってもいいんかね？」とオカンは真面目《まじめ》な声で聞き返した。

「あぁ、いいよ」

「ありがとう。じゃあ、ちょっと考えてみようかね」

そう言って電話を切ったけれど、オカンはたぶん、来ないだろうなとボクは思っていた。

自分のことはさておいても人には過剰に気を使うオカンの性格を考えると、いくら親子とはいえ、ボクに面倒をみてもらうということで素直に上京してくるとは考えにくかった。

「オカンのことは心配せんでええよ。あんたの気持ちだけもろうとくけん。ありがとうね」

次の電話では、そう言うだろうなと思っていた。もし、想像通りの返事が帰ってきたら、これからは、なんとかオカンに仕送りをして、生活を支えていかなければと考えていた。

一週間ほど間があいただろうか。オカンから電話があった。

「本当に行ってもいいんかね？」

「あぁ、いいよ……」

「そしたら、東京に行こうかね」

「うん……。来たらいいよ」

意外な返事だった。しかし、あのオカンがそうすると言うのだから、よほど精神的にも切羽詰まっていたんだなと思った。

おばちゃんたちは反対したらしい。その年になって周りに誰も知り合いのおらん所に行って、病気も持っとるのにから。田舎にしか住んだことないのに、年取ってから東京にちゅうたら心配やがね。マーくんも今、頑張っとる時に、負担かけるんやないと？　こっちにおって、先のことを考えた方がいいんやないとね？

姉さんの言うことはだいたい聞いていたオカンだったが、この時ばかりは頑として、東京に行くことを曲げなかったらしい。

おばちゃんたちからボクにも電話があった。

「マーくん、オカンが東京に行くち言いよるんやけど、あんたは大丈夫なんね？」

「うん。腐らんごとクール宅急便に入れて、そっちから送って」

「病気もしとるのにから……」

おばちゃんはずっとオカンのことを心配していたが、最後にはこう言った。

「でも、オカンも、あんたのそばにおるのが一番いいんやろうね。よろしく頼みますね」

オカンの上京が決まってから、話や段取りは急ピッチで進み出し、その一ヶ月後にはオカンがやって来ることになった。

ボクはえのもとに、オカンもここに住んでもいいかと聞いた。

「いやいや、僕は大丈夫ですから、お母さんとふたりで住んだらいいじゃないですか。せっかくなんだから親子水入らずの方がいいですよ」

「でも、おまえはどうすんの？」

「近所に狭い所を探しますよ。しょっちゅう来れるような所に」

えのもとの借金してくれた金で借りた部屋だというのに、そのことなどまるで知らないような物腰でそう言う。

オカンが病気であることも気遣ってそうしてくれようとしているのだろう。この男はそういうお人好《ひとよ》しな奴《やつ》なのだ。

「金、早いうちにどんどん返すから、悪いけど、そうしてくれるか……。飯はここで一緒に食べたらいいし、風呂《ふろ》も……」

「はい。大丈夫ですよ」

上京まで、オカンとまめに連絡を取った。

「家具とか持って来ても置くとこないよ」

「あぁ。なんも持って行かんよ。着替えだけしか持って行かん」

成り行きでことが始まり、どんどん具体的になってゆくにもかかわらず、まだどこかで、オカンがここに住むという現実感が湧《わ》かない。

ここにやって来ることはわかっているのだけど、ボクが学生の頃、オカンがたまに上京して来たように、しばらく居たら、また九州に帰って行くような気もしている。

それはやはり、オトンのことがボクの中で引っ掛かっているからだろう。オカンにとっても、オトンと暮らす方がいいのだと思っていたボクは、いつか実現してほしいその日のためのつなぎだと考えていたのである。

上京の日も近くなったある日。

なにげなく、ボクはその話をしてみた。ボクとオカンの間で、夫婦のこと、オトンのことを話すことは今まで一度もなかった。それは、知らないうちにお互いのルールのようなものになっていて、そうなった理由も、オカンがオトンとのことについてはまるで話さないことに始まりがある。

「東京に来るのは全然いいんやけど、オトンはどうするん？　ふたりとも、もう年なんやけん、いずれはもう一回、一緒に住んだ方がいいんやないんね。いつかはそうしたらいいって、オレは思いよるけど」

電話口で大人ぶって喋《しゃべ》るボクは、いいことを言っているつもりでオカンにそう言った。

顔の見えないオカンの声が一瞬、答えを言い澱《よど》んだ。そして、しばらくの間があった後、少し尖《とが》った口調でこう言ったのだった。

「……。オトンは、他の女の人と住んどるんよ。もう、ずっと住んどるんやからね」

そんな単純なことをボクは考えてなかったのか。オカンの口からそれを聞いた時、ボクはさっきまでの自分をマヌケに感じて胸が詰まった。

オカンのことを、ボクはまるで知らないのだなと思った。

でも、その事実を知って、ずっと聞かされていなかったその話を聞いて、今まで宙ぶらりんだったオカンとの同居生活に対するボクの気持ちも、完全に腹をくれる気合いが入った。

それを言ったきり、電話の向こうで黙り込んでいるオカンにボクは力強く言葉を掛けた。

「それやったら、死ぬまで東京におったらええ」

Ⅶ

孤独は、その人の感傷を気持ち良く酔わせ、漠然とした不安は、夢を語るにおいて一番必要な肴《さかな》になる。

ひとりで孤独に苛《さいな》まれながら、不安を携え生きている時。実は何にも恐れてはいない時なのであり、心、強く生きている時なのである。

句読点もなくめくれてゆく日々。見飽きてしまった四季の訪れ。それは止めどなく繰り返されてくれるのだろうと、うんざりした眼で眺めている。毎日は、ただ緩やかに、永遠にループしてゆくのだと考えている。

まだ、なにも始まってはいない。自分の人生の始まるべきなにか。そのなにかが始まらない苛立《いらだ》ち。動き出さない焦《あせ》り。

しかし、その苦しみも、なにかが始まってしまった後で振り返ってみれば、それほどロマンチックなこともない。

本当の孤独はありきたりな社会の中にある。本物の不安は平凡な日常の片隅にある。酒場で口にしても愚痴にしかならない重苦しくて特徴のないもの。

どこに向かって飛び立とうかと、滑走路をぐるぐるぐるぐる回り続けている飛行機よりも、着陸する場所がわからずに空中を彷徨《さまよ》う飛行機の方が数段心許《こころもと》ない。

この世界と自分。その曖昧《あいまい》な間柄に流れる時間は果てしなくなだらかに続くが、誰にでもある瞬間から、時の使者の訪問をうける。

道化師の化粧をした黒装束の男が無表情に現れて、どこかにあるスイッチを押す。その瞬間から、時間は足音を立てながらマラソンランナーのように駆け抜けてゆく。それまで、未《ま》だ見ぬ未来に想《おも》いを傾けて緩やかに過ぎていった時間は、逆回転を始める。今から、どこかにではなく。終わりから今に向かって時を刻み、迫り来る。

自分の死、誰かの死。そこから逆算する人生のカウントダウンになる。今までのように現実を回避することも逃避することもできない。その時は、必ず誰にでも訪れる。誰かから生まれ、誰かしらと関わってゆく以上。自分の腕時計だけでは運命が許してはくれない時が。

五月にある人は言った。

東京でも田舎町でも、どこでも一緒よ。結局は、誰と一緒におるのか、それが大切なことやけん。

十五の時にオカンの元を離れてから十五年。ボクとオカンは東京の雑居ビルで、また一緒に暮らし始めた。

2DKの狭い部屋で、子供の頃のように親子ふたりで暮らすことになった。今までオカンとボクは食堂の隅にある小部屋、閉院した病棟、親戚《しんせき》の家、色々な所に移り住んだけれどいつもどこかで気兼ねをしていて、お互いその場所を自分の家だと感じたことはなかったと思う。

そしてまた、騒音にまみれたボウリング場の上というおかしな所に住んではいるけれど、もう、自分の住む場所を恥ずかしいとも、落ち着かないとも感じることはなかった。親戚や知人にお世話を受けて住んでいるのではない、誰かの住まいに居候《いそうろう》しているのでもない。

借金をして借りた場所だけれど、不動産屋で契約金を納め、月々の家賃を自分で払って住んでいる。誰にも頭を下げることもなく暮らせる家だ。その気持ちは、ボクよりもオカンの方がずっと強く感じていたことだと思う。

年老いても自分の家と呼べる場所もなく、親類の好意の中を転々と暮らしてきたオカンにとって、この笹塚の家は今までで一番心地良い家だったに違いない。

オカンとボクが、初めて心から自分の家だと思える家にようやく、辿《たど》り着いたのだ。

「ずっと田舎者やったのにから、六十過ぎて突然、渋谷区民になったんやね」

住民票を移し、ボクの扶養家族になり、保険証の名前の順番が十五年前と変わった。

そして、ボクには実家と呼ぶ場所がなくなった。福岡に戻っても、もう帰る家がない。それはオカンも同じことだった。ボクたちにはもう帰る所がない。このボウリング場の上に浮かぶ部屋が、ボクたちの実家になった。

「荷物持って来ても置くとこないよ」

引越し前に釘《くぎ》を刺しておいたのだが、実際に送られて来たのはいくつかの段ボール箱だけで、想像していた以上に少ないものだった。気を使って、ほとんどのものを処分してきたのだろう。それに数年前、病棟の借家に住んでいた頃、そこに泥棒が入って、大切にしていた着物類は全部盗まれてしまっていたから、財産というものもあるはずはなかった。

しかし、田舎の話とはいえこの時代に衣類を盗む泥棒がいるというのも切ない話である。

奥の六畳間にボクのベッドを置いてオカンの部屋にした。もうひとつの六畳間にはテレビ、机、本棚を置いて、ボクが寝るためのソファーベッドを買った。パイプ式の安物で横になると折り畳み部分の金属が背中に当たって痛いのだけど、マットレスの付いたベッドを置けるようなスペースはない。

オカンが上京してきた日。ボクは東京駅のホームでオカンを運んでくる新幹線を待っていた。見慣れたこの駅のホーム。ボクはもうこの街に十二年住んでいる。いつの間にか、どの土地よりも長くここにいる。

今までいろんな駅のホームでボクはオカンに見送られながら列車に乗り込んできた。でも、今はオカンを迎えるために東京駅のホームにいる。春夏秋冬同じ景色のこのホームにひかり号が滑り込んでくると、スーツを着た乗客の谷間から首にスカーフを巻いて、胸にブローチを付けた背の低いオカンが小さなボストンバッグを提げて降りてきた。

ボクの姿を見つけると照れ臭そうに笑って手を振った。駅の名前も電車の乗り方も知らず、知り合いもいないこの街にオカンは六十を過ぎてひとりでやって来た。まるで、十八歳の時のボクのように小さなカバンをひとつ提げて東京駅のホームに降りてきた。

頼りない子供のような顔で立っている。でも、あの時のボクとオカンとが違うことは、オカンはこの街に対してなんの目的も感情も持ってはいない。ただ、ボクがいるということ以外に、東京を目指す理由はないのだから。

それを想うと、切なさと重たさが混ざり合ってボクの胸の中を膨らませた。

東京駅からJR中央線に乗り、新宿から京王線に乗り換えて笹塚の家に到着すると部屋を見回して「広いやないね」と広くはない部屋を歩き、小さなベランダに出ると目前にそびえ立つ巨大なオブジェを指差して言った。

「これは、なんね？」

「ボウリングのピン。下がボウリング場なんよ……」

「賑《にぎ》やかでよかたい。駅も近いしねぇ。一階はスーパーやし便利がよかろう」

その日の夜は、外食に行こうと言ったのに下のスーパーを見てみたいと買い出しに出掛け、結局、酢豚を作り始めた。

小さな蛍光燈《けいこうとう》がチラチラ光る狭い炊事場で野菜を刻みながら「東京は野菜が高いねえ、びっくりした……」と呟《つぶや》いていた。

ぎこちなくビールで乾杯をする。オカンの料理を食べるのは久しぶりだった。

「オカンは、ここにずっとおって、いいんかね……？」

最初にきちんと話しておきたかったのだろう。神妙な口調で言葉を切り出してきた。

「いいも悪いも、もう来てしもうとるやんね。ここで東京の病院に通うて、病気も治したらいいし、心配せんでよか」

「もし、オカンが死んだらね……」

「辛気くさいこと言いなさんな。死にゃあせんのやから。ずっとおったらいいんやけん」

「そしたら……」

オカンは座り直して他人行儀に姿勢を整えると、頭を下げながら言った。

「よろしくお願いしますね……」

九大病院から紹介状を用意してもらったオカンは表参道にある甲状腺《こうじょうせん》専門の病院に通院することになった。

甲状腺治療では有名なこの病院には、連日、日本中から患者が駆けつけている。

ボクの方は、その頃から仕事も増え始め、どうしたことか毎日忙しく動き回るようになった。収入が安定するとまではいかないにしても、親子ふたり食うに困ることも、得意な家賃滞納をすることもなくなった。自動車の教習所にも通い出し、まるで中学時代にタイムスリップしたような朝が始まった。

「早よ起きんかね！　学校行かな遅刻するばい!!」

オカンに起こされ、目を醒《さ》ますとすぐ隣のキッチンから、味噌汁《みそしる》の匂《にお》いとぬか漬けの香りがしている。オカンの少ない荷物の中にはオカンの唯一《ゆいいつ》の宝物であるぬか漬けの壺《つぼ》が当然のように入っていて、到着したその瞬間から、毎日かき混ぜられ、その日〳〵の野菜が漬けられていた。

自堕落な生活の染《し》み付いていたボクは、どんなに重要な用事があっても寝醒めが悪く、遅刻、すっぽかしを繰り返していたのだけど、このオカンの作る朝食と、ボクが起きる時間に合わせて漬けられたぬか漬けの威力には不思議と目が醒めたものだった。風呂《ふろ》が沸かしてある。洗濯物が畳んである。部屋が掃除してある。キッチンからはいつも食べ物の匂いがたちこめている。

湯気と明かりのある生活。今までと正反対の暮らし。あの頃、あれだけ仕事に集中できたのは、あの生活があったからなのだと思う。

ありきたりなことが真面目《まじめ》に行われているからこそ、人間のエネルギーは作り出されるのだろう。

「ごちそうさま。行ってきます」

仕事道具と教習所の教材とバイクのヘルメットを抱えて家を出る。

「今日は遅くなるかね？」

いつも出掛けには夕飯の都合をオカンは聞いた。

同居を始めてしばらくは、お互い照れながらもボクたちはこうした風景を楽しんだ。

年老いた母親と三十を過ぎた独身の息子が古い雑居ビルの小部屋ではにかみながら暮らしているその様子は、端から見れば薄気味の悪いものだったかもしれない。

それでもボクたちはそうすることで、置き忘れたなにか、思い残したなにかを一枚ずつ埋めていたような気がする。

オカンは通院しながらも積極的に東京の生活に馴染《なじ》もうとした。ハンドバッグの中にも電車の路線図を入れ、新宿へ渋谷へもひとりで行けるようになった。バスの使い方を憶《おぼ》え、区民報を隈《くま》なく読み、図書館や地域のバザーも利用しているようだった。

寝たきり老人の訪問介護のボランティアをしたいというので、その方法についてふたりで色々と調べて歩いた。

「自分が老人やのにから、できるんかね?」

「話を聞いてね、させてもらえるかどうかはわからんけど、まだ身体《からだ》も動くうちはなんか人の役に立たんといけんがねぇ……」

「他のボランティアも色々あるやろ」

「年取ってひとりで住んどる人やら、寝たきりの人の、お弁当を作ってやりたいんやけどねぇ……」

そんな話をしている時のオカンの横顔は、どこかで筑豊のばあちゃんのことを思い出しているようだった。

オカンとボク。親と子。その関係と立場が少しずつ変わっていく中で、オカンのことがひとりの人間として見える瞬間が時々起きる。母親という絶対的なヴェールを外したところにある、ひとりの人としての表情。つまずいてきたもの、思い残してきたもの。完全ではない人間の溜息《ためいき》にふと気付くことがあった。

ボクが十五歳の時に家を出て、またオカンと暮らし始めるまでの十五年間。思春期の時期と二十代のすべて。息子の最もややこしい時代をオカンは身近で見ることはなかったし、ボクも見せずに済んだ。親子が良くも悪くも一番会話を交わすその時期がすっぽり抜けていた分、ボクたちにはまだ話すことがたくさんあったし、関係が変化したことで時には友達に話すようにオカンのことも聞けた。

えのもとや彼女と一緒に近所の居酒屋に行き、オカンに酒を勧めながら色んな話を聞きだした。子供の頃、学生時代の話。オトンとの馴れ初《そ》め。友達にするようにどんどん飲ませながら、色んなことを白状させた。

「昔はね、ダンスホールっていう所があってからね。そこに踊りに行きよったんよ。踊りを習いよったんよ」

「今で言う、クラブみたいなもんやろ」

「ホステスさんはおらんのよ」

「そのクラブと違うわ」

「そしたら、いつやったかね。見た感じがね、悪そうな男の人がおってから、その人がね、ちょっとこっち来なさいて言うて、洗面所に手を引っ張って連れて行かれてね……」

「それ、面白そうな話になってきたね」

「隅の方に行ってから、腕出しなさいって言うてね。ポケットから注射器出してからたい。ヒロポンしよる人やったんよ……」

「ヒロポン!?」

「これ打ったら気持ち良くなって、踊りが上手になるけんち言うてから」

「したんか!?　ヒロポン!?」

「前はヒロポンしよる人がようけおったんよ。でも、あたしは怖いでからねぇ、もぅ、なんも言えんごとなってしもうてからたい……」

「したんか!?」

「そしたらよ。洗面所に違う男の人が入って来てから、なにしよるんか!!　オマエはー!!　ち言うて注射器をパーンと手で弾《はじ》いてくれてねぇ。その人がおらんかったら危ないところやったんよ。本当怖かった」

「なんや、そのVシネマみたいなオチは？　本当はしたんやろ、ヒロポン？」

「しとらんがね。あれはでも、そん時にもし打たれとったら、どうなっとったかわからんばい。恐ろしいねぇ」

「しかし、そんなジャンキーにのこのこついて行くか？　普通。えのもと。このオカン、ポンチューやったんと」

「しとらんて言いよるやろ」

「ママはポンチューよ。ドラマ化せんといかんわ」

「あんた、人に言いなさんなよ」

「原稿に書く」

「やめんしゃい」

　えのもとは笑いながらオカンの猪口《ちょこ》に酒を注いで言った。

「いやー、お母さん。もっと飲んでくださいよー」

　オカンでも、それはオトンでも。みんな、すべての親が、生まれた時から人の親なのではない。当然のことだが、ボクたちと同じようにバカタレな日々や甘酸《あまず》っぱい季節を経験して親になっている。そう思うと気恥ずかしいような愛《いと》しいような気分になる。

「バック・トゥ・ザ・フューチャー」のように過去にタイムトラベルして、若かった頃のオカンに出会ったとしたら、この人のことを好きになるのだろうか？　オカンの昔話を聞きながら時々そんな想像をした。

ボクの周囲にいた人たち。友達、後輩、アシスタント、彼女、仕事相手、オカンはみんな次々と仲良くなった。みんながオカンの飯を食べに集まった。いつの間にか、ふたり暮らしのボクの家は毎日五合の御飯を炊《た》くようになった。誰かが来た時のためにと、オカンはいつもそうしていた。

次第に、ボクが家に居なくても友達や仕事相手がオカンと夕飯を食べているという状況が珍しくなくなった。

家に来る人がミュージシャンでも芸人でも、金持ちでも、出版社の学生アルバイトでも、オカンにとってその存在はなんの分け隔てもなく〝若い人はみんなお腹《なか》がすいている〟という思い込みのもと、来る人〳〵になにかを作って出した。

おおむね、それはみんなに喜ばれたが、時にはそうは思わない人もいる。煮物を作った、バラ寿司《ずし》が出来たと隣室の人にお裾《すそ》分《わ》けに行くのだが受け取らない人もいる。

「東京は田舎みたいに近所付き合いもせんのやし、知らんバアさんから食い物もろうたら毒が入っとるんやないかて思うんよ」

「毒やら、入っとりゃせんよ……」

「そら、わかっとる。でも、そう思う人もおるんよ」

お嬢様大学に通いながらゼミの先輩の紹介で出版社のアルバイトをしている女学生がイラストの受け取りに来る時がある。イラストレーターの人はどんな所でお仕事していらっしゃるのかしらと来る前からエレガント度の高い想像でやって来るのだが、薄暗い雑居ビルの小部屋で母親と暮らしながら、箸立《はした》てや正油や煮物の並んだ四畳半のキッチンテーブルでイラストを描いている姿を目《ま》のあたりにする。仕上がりを待つ間、そのテーブルの向かいに座らされて、その間を所狭しと動き回るオカンが〝若い人はみんなお腹がすいている〟という信念のもと、その女学生に御飯を出す。

お茶にも食事にもまるで手を付けない女学生を見て、オカンは何度も「遠慮しないでくださいね」と言うのだが、その様子を黙って見ているボクからは、それは決して遠慮なのではないことが見て取れる。奇異であり迷惑なのである。帰り際《ぎわ》に「よかったら包みますから、持って帰ってください」と食いさがるオカンに「いや、本当に結構です」と女学生。「遠慮しとるんやろうかねぇ……」とオカンは冷たくなった料理を淋《さび》しそうに見ていた。

ボクは温かい料理が手も付けられずに冷めていく姿に激しく怒りと物悲しさを感じる。迷惑かもしれないし、口に合わないと思っていてもいい。ひとつまみだけ口に運んで後は残してくれてもいい。でも、それを作ってくれた人の気持ちも汲《く》めず、汚いもののように、まるでそこにないもののようにされることには強く憤《いきどお》りを感じる。

こんな時はいつも下北沢に住んでいるアシスタントのホセに電話をする。腹ペコチャンピオンのホセはバイクで十分もしないうちに駆け付けてくる。うちの料理は作ったもの残ったもの、すべてホセが食べることになっていた。

「こんにちはー。いつもすみません」

「ホセ。だいぶ冷えてるけど、それ食ってよ。マスコミ志望のヤリマンが残したもんだけど」

「あんた、なんでそんなこと言うんかね」

「まぁいいじゃないですか。うわ、めちゃくちゃウマそうッスねー。いただきまーす」

車を運転するようになって、どんどん東京の景色が好きになっていった。首都高速から見えるビルの波。西新宿、都庁にかけての近未来的風景。多摩川の川沿い。皇居にかかる霧。自分は一生車の運転とかはできないんだろうなあと考えていた頃から数年。

東京の街を自分が運転している車で走っていることに不思議さを感じながら、車窓から改めて見直す東京の風景は新鮮に見えた。

免許取りたてで、車の運転がしたくてたまらず、オカンを乗せて色んな街を走った。銀座、六本木、青山、原宿、新宿……。環状線をぐるぐるぐる回って、東京案内をした。寿司を食べに、中華料理を食べに、焼肉を食べに。高そうな店に行くとオカンは勘定を聞きたがり、値段を言うと食ったものが消化しなくなるような溜息を洩《も》らすので教えないことにした。

夜の芝公園を車で抜けていた時。

深緑の森に包まれた先には真紅の東京タワーがオレンジ色の灯りで周辺を目映《まばゆ》く照らしている。坂道を抜け、その真下を通りながらそれを見上げると、勇ましくパースの効いた巨大なはしごが、月に向かって掛けられているようだ。

ボクはオカンに聞いた。

「オレ、東京に来てもう十何年になるけど、東京タワーの上、展望台に登ったことがないんよ。オカンもないやろ？」

「あぁ、でも見晴らしがええで気持ちが良かろうねぇ」

「もう閉まっとるけん、今度連れて行ってやるよ」
「はい。楽しみにしとこう」

オカンが上京して一年が過ぎ、同居生活にも慣れた頃、ボクはだいたいのことがうまく運んでいるような気がしていた。

ヨード治療のために数週間の入院をすることもあったが、オカンの体調は悪くない。いや、他の六十代に比べても元気な方なのではないのだろうか？　病気は完治していないとはいえ、声帯付近に転移したガンが大きくなっているという話も聞かない。

区民報で見つけた「白樺会《しらかば》」という老年向けサークルに参加したオカンは月に一、二度その集いに出掛けて行った。みんなで社交ダンスを踊ったり、カラオケで歌ったりするらしい。一回二千円程度の参加費で歌って踊って、おやつまで配られるようで、プリンやかりんとうやバナナ等、家に持って帰って来る。まるで子供会だ。

〝上の学校に行って英語の勉強もしてみたかったねぇ……〟と自分の学生時代を振り返っていたオカンは、そこでキャンパスライフのようなものを味わっているようで、白樺会に出掛ける時は、いつもより化粧も濃いめで、洋服が引っ張られるくらいのブローチも付けていた。

今日は生バンドの演奏だったとか、七十五歳のじいさんにネックレスを貰《もら》ったとか、帰って来ると嬉々《きき》として白樺会の報告をする。まるで女子大生が家に居るようだ。でも、それはオカンに限らずそのサークルの老人たちはみんな、わけあって遅れてきたキャンパスライフのようなものを、そこで楽しんでいたのだと思う。

そしてまた、年寄りというのはやはり年寄りらしい行動に出るというか、ステレオタイプの年寄りだったのか、オカンも御多分に洩れず、おばあちゃんの原宿・巣鴨《すがも》に足繁《あししげ》く通うようになった。そこで友達とみつ豆を食べたり、よくわからない動物のプリントがしてあるセーターを見つけたり、御飯粒のつかない杓文字《しゃもじ》を十本も買って来て「仕事でお世話になっとる人に配りなさい」というので、仕方なく、仕事でお世話になっている人に配ってみると、だし抜けに杓文字をプレゼントされた人たちは意味がわからないという顔でボクを見るのだった。

町田に住むいとこのミッチャン夫婦、修さん、横浜の娘さんのところにいる花札大学の先生さなえさん。東京近隣に暮らすオカンの親戚《しんせき》、友達はオカンを気に掛けてくれては足を運んでくれる。九州にいるオカンの姉妹、ノブエおばさんはことあるごとに段ボールに色んな食材やオカンのためのセーター等を入れて、まるで上京した子供にそうするような荷物を宅配便で届けてくれる。えみ子おばさんはオカンに手紙をまめに送ってくれる。その手紙に〝絵手紙〟はおもしろいよと記してあれば自分でもそれを始めてみたりしている。ブーブおばちゃんは頻繁にオカンに電話をくれて長電話をしてくれる。

なにか、すべてがうまく運んでいる気がしていた。オカンは田舎にいるよりも東京の方が向いているのではないかとさえ思えた。人と人との関係も東京に来たことで、むしろ以前よりバランスがとれているのではないか。

病気も悪化しない。有名な病院にも通っている。田舎にはない娯楽もある。ボクの仕事も忙しくなってきた。えのもとへの借金も返し終わった。オカンの寝ている時間でも自宅を兼ねた仕事場には始終人の出入りがある。物音に敏感なオカンは寝着のまま出て来てはお茶を入れようとする。仕事場が手狭くなったことも考えて、同じビルの十一階にもう一室借りることにした。

ボウリングの巨大ピンのそのまた上。窓からは新宿に向かう首都高速4号線がまっすぐに伸びる。夜には行き交う車両の赤と白のライトが無数に流れ続けてきれいだった。

仕事机と本とベッドを十一階に運び、オカン用のテレビも買った。食事と風呂《ふろ》は七階を使い、仕事と寝る場所は十一階にする。子供部屋を増築したようなものだが、ボクにとっては快適な環境になった。

十五の時からひとり暮らしを始めて、誰にも気兼ねすることなくしたい放題、追い出され三昧《ざんまい》の生活を長年続けたボクだったが、三十を過ぎて親とふすま一枚の距離で同居を始めたらば、テレビの音が大きいといっては叱《しか》られ、エロビデオもドキドキしながらイヤホンで視聴する緊張感。夜中まで仕事をしていても、早く寝なさいと注意される脱力感。自由だらけの十五年を過ごした後で、三十を過ぎた自分がまさかオナニーするのにも忍者のように爪先《つまさき》を立てて風呂場まで行き、シャワーで流して証拠隠滅をするようなティーンの生活をするとは想像もしておらず、そういったことがだいぶ窮屈に感じていた時だった。

オカンもこれで静かに眠れることだろう。

少しずつマシになってゆく。ちょっとはマシになってきたと思っていた。

確定申告だってする。自分が税金を納めるなんてことは未来永劫《えいごう》あり得ないことだろうと自信を持っていたのだが、そんな日は来る。

二年前まで遡《さかのぼ》って申告した。帳簿はオカンが眼鏡をかけながら丁寧につけた。数年分の区民税と保険料がかたまりになってやってきた。額を見て煙草《たばこ》を喫《す》った。それは、とりあえず、無視した。まだ、そこまでマシじゃない。しかし、オカンは役所と分割払いの手続きを取りつけているらしい。

　ボクが十一階の部屋で寝るようになってしばらく経《た》った頃。昼飯時にオカンが言った。

「あんたにね、ベッド買《こ》うてやったよ」

「え？　なんで？」

「あの折り畳みのベッドは背中が痛かろうが。あんなので寝よったら疲れも取れんやろ。笹塚の商店街の家具屋があろうが。あそこでね、注文してきたけん。色々あったけどね、毎日使うもんやけん奮発してええのを買うたけん、それで寝なさい」

「なんぼしたん……？」

「十四万くらいしたよ」

「そんな金、持っとったん？」

「あぁ、これで全部のうなったぁ」

　いつも生活費は月末になると家賃分をオカンに渡し、ビルの管理事務所へ支払うようにしていたし、食費や細々した出費は、金がなくなるたびにオカンが「もう生活費がなくなったよ」と申告するので、その都度、三万とか、二万とかを小刻みに渡していた。

そして、その時、ついでとばかりにオカンに前々から気になっていたことを聞いてみた。

「オカンは貯金とか、ないやろ？」

「あぁ、もう、のうなったぁ……」

「あの、年金とかはどうしとるん？」

「年金もね、ずっと払いよったんやけど、もう途中できつくなってから払いきらんごとなったんよ……。もったいないけど、そのままになってしもうた……」

それはオカンではなく年金制度が悪い。こんなオカンみたいに六十までパートでコツコツ働いて、暮らすのが精一杯の低賃金しか貰えない人が月々の年金なんか納められるか。

払わないから悪いんだという人もいるだろうが、月々の一万円がその日を生きるための大金である人に、あるかどうかわからない未来のための納付なんかは物理的にできるわけがない。

ない袖《そで》は振れない。ノースリーブはどれだけ伸ばしても長袖にはならない。人生色々、仕事も色々だということを知っているのなら、孤独な老人や病人、低賃金労働者に対する違うかたちのなにかを作れ。増やせ。年金かすめ取って造ったホールでロックのコンサートなんか聴いても興醒《きょうざ》めするだけなんだから、そんなものは潰《つぶ》して配れ。

オカンが金を持っているとは思っていなかったが、心のどこかで大人なんだし、少しは貯《たくわ》えがあるのではないかなと期待していたことは否《いな》めない。その金をくれと言うつもりじゃないが、あいにくこちらにも貯金と呼べるようなものはない。オカンの病院のことも考えて、あったらいいなぁくらいのことだったのだが、やっぱりなかった。

「そっか、そりゃそうか……」

そうやって渋茶をすすりながらしょっぱくなっているボクを見て、オカンは自分の部屋に戻り、引き出しから証書を入れる紙製の筒を取り出すと、それを持ってボクの前に座った。中には、ボクが五年間通った大学の卒業証書が入っている。

オカンはそれを広げると言った。

「これに貯金もなんも、全部使うてしもうた。これがあたしの全財産よ」

京王線笹塚駅は急行に乗れば新宿からひと駅。普通電車に乗っても初台、幡《はた》ヶ谷《や》、そして笹塚となり、渋谷区にありながらも新宿に出る方が都合は良い。中野区と世田谷区の境目にも隣接していて、下北沢に行くのも代々木上原に行くにも歩けない距離ではない。

東西南北十字型に商店街が軒を並べ、暮らすことにはとても便利な街だった。上原の方に筋を抜けると幡ヶ谷方面から茶沢通りに向かって続く小さな桜並木の遊歩道がある。とりたてて人の目を引くような遊歩道ではなかったが、オカンは桜の季節になると毎日、その小さな歩道を散歩するのが好きだった。

東京に住み始めて、ボクが不思議に思ったことは、大人が公園にいることだった。なにも遊具のない、ただ木々の繁った公園で人々がそれを眺めている。この人たちは普段、なにをしているのだろうか？　なにが楽しいのだろうか？　とそれを見ていた。

田舎の公園に大人はいない。鎖が錆《さ》びて腰掛けが腐食したブランコ。穴のあいた滑り台。塗料の剝《は》げ落ちた鉄臭いジャングルジム。その粗末な遊具に子供たちは群がり、雑菌の繁殖した砂場で泥遊びをする。

公園にいる大人は酔っ払いか、もう、どこかおかしくなってしまった者で、ボクたちは公園に来る大人が怖かった。

しかし、東京のなにもない公園には大人しかいない。それぞれが遠くの緑を見つめて、なにかを思い出すような、またなにかを忘れようとするような目で静かにそこに居る。

東京に住む人々のほとんどは昔、色彩の乏しい自然の中で育って、その色相に飽き飽きしながら極彩色の街へ引き寄せられた。

ところが、幾千色の街角を息を切らして駆け抜けていくうちに、その彩《あざ》やかであるはずの万華鏡《まんげきょう》が煤《すす》けた色に映り始める。灰色に赤。灰色にオレンジ。灰色に空色。すべての色にグレーは混ざり合って、目に見えるものの彩度を鈍く濁らせる。

筑豊の夜空は限りなく黒に近いプルシアンブルーだった。月明かり、星の輝きの周辺にだけ光が届き、その部分を深く美しいブルーに浮かべる。

東京の夜空は黒にもなれない灰色で、電飾の三原色が筆洗器の中の水のように、もはや、なにを混ぜても、光を当てても、どう変わることもないグレーの濃度を深めてゆく。

東京の街は原色が溢《あふ》れていると言われるが、本当は、すべての色が濁っている。チューブから出した彩やかな絵の具で描ける部分はどこにもない。風景も考え方もすべて、パレットの上で油とグレーに混ぜられて、何色とも呼べなくなった色をしているのだ。

欧米の映画監督が近未来のストーリーを撮影する時に、日本やアジアのネオン街をロケ地に選ぶことは少なくないが、それは極彩色と人のエネルギーに溢れた街に好奇と刺激を受けたからだとは思わない。

近く訪れる未来は、これだけ色とコマーシャリズムに溢れていても、こんなに街も人も煤けていると言いたいのだ。

色彩を求めて、無限の色を追いかけて、そのすべてのものをパレットで混ぜ合った人は、いつか筆洗器の中の水に沈む。手にしたはずの金色も、目映《まばゆ》いばかりの薔薇色《ばらいろ》も、今はどこに溶けたのかもわからない。ただグレーの中。グレーの樹海をぐるぐるぐるぐる回り続けるだけだ。

そして、人は本当の原色を求める。小学生の時に買ってもらった十二色の絵の具から出てくる簡単な色と、単純な心を思い出し、公園のベンチで呆《ほう》ける。一色のビリジヤンが何種類ものグリーンに見えていたいつしかを懐《なつ》かしんでそれを見つけようとするが、もう、それは、この街では目に映らない。

駅前のペットショップでウサギを二羽買った。文房具を買いにサンダル履きで出掛けた帰り、突発的に動物が飼いたくなった。

「あんた、また、そんなんしてから」

突然、ウサギを連れて帰ってきたボクについこの間も、というような口調でオカンが言ったことがおかしかった。

オカンの言った「また」はボクが小学生の頃のことだ。

白いウサギを「パン」。黒いウサギを「ぶどう」という名前にして、七階のベランダで放し飼いにした。

結局、エサの世話も小屋の掃除も、オカンがすべてすることになるのだが、オカンは毎日、ウサギ小屋を掃除し、頭と耳を撫《な》で回し、どうやったらそんなに小動物と会話ができるのだろうかと思うくらい、ウサギと話をしていた。

洗濯物の揺れるベランダで、小さな椅子に腰掛けてウサギと話しているオカン。のんびりとした、穏やかな時間が流れている。いつの間にか、家の中のドアノブ、ティッシュの箱にはカバーがかけられている。冷蔵庫にはスーパーの特売のチラシがマグネットで留められている。

平和であることしか特徴のない風景。もう、オカンがガンであることすら忘れかけていた。

しかし、ガン細胞の方は、自分がオカンに巣くっていることを忘れてくれてはいないようだった。

〝時々、息苦しくなる〟と言い始めてから、度々、夜中にオカンは目を醒《さ》ますようになった。呼吸ができなくなって、苦しくて目が醒める。オカンの部屋からヒキガエルのような声が響き、急いでふすまを開けると、ベッドの上でうつ伏せにうずくまったオカンが呼吸困難に陥って、もがいている。

「オカン、どうしたんか？　息ができんのか？」

声を掛けても返事ができずに、喉《のど》を鳴らし続ける。首元を冷やし、背中をさすってると、じっとりとした汗が寝着を生温かく濡《ぬ》らしていた。

その発作は断続的に起きるようになり、その間隔は次第に短くなっていった。家で寝ている時も、町田のミッチャンの家に泊まりに行っている時も、その発作は起こった。

「死ぬかと思うたよ……」

そのたびに、同じ言葉を口にする。病院では前の手術の後遺症が出ているのではないかとも言われていたが、精密検査を受けた結果、やはり転移していたガン細胞は、声帯付近と食道の一部で大きくなっていて、その膨らみが呼吸喉《こきゅうこう》を塞《ふさ》いでいるとのことだった。

九大病院で甲状腺《こうじょうせん》の摘出手術を受けて二年後、度重なる苦しいヨード治療を受けたにも拘《かかわ》らず、オカンのガンには効果がなかったようだ。

病院の説明を聞きにオカンと表参道へ向かった。手術しか他に手段はないとのことだった。一度フランケンになった首の傷痕《きずあと》をもう一度開いて、声帯をすべて摘出する。九〇％以上の確率で声を失うことを覚悟して欲しいと言われた。それほどガンは広がっていたのだ。

このままでは命にかかわる病状に発展しかねない。家に帰って、オカンと話し合い、ボクは一も二もなく手術を勧めた。そうするしかない。それしか方法はないのだ。勧めるもなにもない。

「手術しよ。声は出せんようになるかもしれんけど、そら、もう仕方なかろう。このままやったら死んでしまうやろ。ここんところ、しょっちゅう呼吸困難にもなるんやし」

しかし、オカンは喋《しゃべ》れなくなるということがひどくショックだったようで、施術することに対して、なかなか踏み切れないようだった。

「……。喋れんようになって、人に迷惑かけてまで、生きとうない。……。手術はせんよ……」

あなたは声を失います。そう宣告されたらそれはオカンに限らず誰しもが自暴自棄に陥ることだろう。特にオカンは、喋り好きで歌って笑って、どんな時でも明るく前向きに生きてきた人だ。今までの人生を振り返っても、そこにあった自分の声、その声に助けられた日々は僅《わず》かではないだろう。

これから始まると宣告された無声の人生をいくら命と引き換えだとはいえ、簡単には受け入れることはできないと思う。

しかし、ボクはそんなオカンの当然であるべき落胆に同調するわけにはいかない。

「なにを言いよるんね。世の中には喋れん、聞こえん、見えん、歩けん、色んな障害を持っとる人はなんぼでもおるんよ。その人たちだって一生懸命頑張っとるんやないの。オカンが東京に来た時、困っとる人のためにボランティアがしたいって言いよったやろうが。自分が障害を抱えてもしたらええ。その立場にならんとわからんこともあるやろう。もっと大変な思いをしとる人は他にもようけおるんよ。手術はせんといけん。それは決まりや。もう、オカンの決めることやない」

以前、オカンが老人介護のボランティアをしたいと言っていたのだが、なかなか、オカンのできそうな受け皿が見つからず、その上、甲状腺を摘出して以来、疲れやすくなっているため、他のボランティア活動もできないでいた。そんな事情もわかっていたのだが、手術を受けさせるため、筋違いの論旨ででもオカンを説き伏せるようにまくしたてた。

「手話を勉強しよ。オレも一緒に習うし」

「……。ひとごとやと思うてから……」

「そら、ひとごとや。でも、まだ死んでもろうたら困る」

声帯摘出の話を聞いて、若松から妹のブーブおばちゃんも駆けつけていた。横浜からさなえさんも来るらしい。

手術をしろと言う他に、なにを言ってあげられるでもない。重苦しい雰囲気に耐えられず、ボクは家を出た。言葉が探せない。あとはおばちゃんたちにまかせるしかない。

近所でパチンコをしながら、オカンが唖になった後の生活をこぼれ落ちるパチンコ玉を眺めながら、シミュレーションしていた。

玉が入賞しようが確変を引こうが、どうでもよかった。今日は、玉がガラスに当たる音がやけに聞こえる。

えてして、やる気のない時ほど数字は揃《そろ》ってくれるもので、夜も遅くなってから家に戻ってみると、オカンとブーブおばちゃん、さなえさんの三人はテレビの部屋の中央に白い座布団《ざぶとん》を広げ、花札の真っ最中だった。

「マーくん、オカンは手術するて言いよるばい」。さなえさんが札をめくりながらボクに言った。

「よう考えたら、花札は喋らんでもできるけんねぇ」

三人で大笑いしていた。

オカンの精神力もあっぱれなものだが、こんな時、姉妹や友人の力はかけがえのないものである。

なんでも笑いにしてきた。オカンもボクもできるだけ、そうやってきた。

「パチンコも黙っとってもできるしね」

「あれはハナから黙ってするもんよ」

オカンが座を抜けて、ボクの夕飯を作り始める。ブーブおばちゃんがオリジナルの手話を開発したようで、手振りを見せながらボクに言った。

「これが〝飯食え〟。〝風呂《ふろ》入れ〟やろ。そんで、こうやったら〝金くれ〟よ」

「あぁ、わかりやすいね」

「それだけわかれば十分たい」。オカンも笑いながら御飯をよそっていた。

たぶん、おばちゃんたちが、ボクにあんまり心配をかけるなと言ってくれたのだろう。その夜は久しぶりにオカンたちは明け方まで花札に興じていた。

オカンが歌えなくなるということで、えのもとやホセ、ツヨシ、その他たくさんの友人たちとオカンの歌を聴き納めする会を催し笹塚に新しくできたカラオケボックスに行った。

「腹いっぱい歌うとき」

歌本をオカンの前に積み上げて、みんなで歌った。オカンは緊張した表情で演歌を何曲か歌い、冷酒をすすっていた。

ボクも斉条史朗の「夜の銀狐《ぎんぎつね》」を歌った。これはカラオケでよく歌う曲だ。するとオカンがモニターに流れる歌詞を目で追いながら呟《つぶや》いた。

「この曲は、ようオトンが歌いよったねぇ……」

「へー、そうなん？　知らんかった」

オトンとカラオケなど行ったことがない。もちろん、この曲を歌っているところも見たことはない。ほとんど生活を共にしたこともないのに、ＤＮＡはカラオケの趣味まで遺伝させるのだろうか？

しかし、オトンはなにをしているのだろうか？　オカンが東京に来たばかりの頃、家に電話があって話したきり、ボクはちゃんと話してもない。

「おう、どうか？　調子は？」

「まぁまぁ」

「そうか。なら、ええやないか。まぁ、東京の方はなんぼか仕事もあるやろう。もう、小倉なんかは景気が悪いでからどうしようもないけんのぉ」

　ここまでの会話は、いつ話してもオトンは同じことを言う。

「お母さんのこと、よろしくたのむぞ」

「うん」

「そしたらの」

　まるで、ひとごとなのである。

　それでも、オカンはたまに連絡を取っているようだったが、ボクからオトンに電話することはない。なぜなら、ボクはオトンの電話番号を知らないからだ。

　声帯の手術をオカンが決心してから何日くらい経《た》った頃だろうか、一本の朗報が我が家に届いた。

　なんでも、最近フランス留学から戻ってきたばかりの甲状腺専門医がいるらしい。その人は、オカンのようなケースを何度も経験した腕のいい医師だという。一度、その先生に診てもらってはどうかと、担当医が紹介状を書いてくれたのである。元来、オカンの通っていた病院は外科手術は専門外らしく、たまたま、いいタイミングで帰国したというT先生を紹介してくれたのである。

東京タワーのふもとにある総合病院。正面玄関から東京タワーが絵葉書のようにまっすぐ見える。

T先生は想像と違い、まだ四十前ではないかと思われる若さだったが、口髭《くちひげ》をたくわえたその表情は自信に溢《あふ》れていた。

レントゲン写真の並んだライトボックスの横でカルテに目をやりながら、並んで座るオカンとボクにT先生は甚だ淡白な口調で言った。

「大丈夫です。取りましょう」

「声帯は、やっぱり全摘なんでしょうか……？」

「いや、温存します。取りませんが、ガン細胞は切除します」

「あの、声の方は……？」

「大丈夫だと思います」

「……。あ、よかった……」

漫画ならここで「やったー!!　よかった!!」と叫び、親子手を握り合い涙を流し、なんなら拳《こぶし》を突き上げてジャンプしようかというところだが、現実は、あまりの判断の違いに拍子抜けしたという感じだった。

説明では、声帯付近のガン、食道のガンは、すべて摘出するが、声帯は極力温存し、切除した部分にオカンの身体《からだ》の別の部位から、皮膚？　軟骨？　を移植する。しばらくは喉に穴をあけて気管孔を作り……。

専門的な説明が難解であったが、とにかく、声を残してガンは取る。まさに一石二鳥とはこのことであり、舞い上がってしっかりと説明も聞いてはいなかったのである。

しかし、これほどまでに医師の判断と技量に差異があるのもどうなのだろうか？　今回は前任の医師が紹介状を書いてくれる懐《ふところ》を持っていたことと、T先生が帰国していたことが重なりオカンは「運」というものを手にしたわけだが、結局、人生も博打《ばくち》も技量と運に左右されてしまうものなのだろうか。

手術の日程がすぐさま決定し、施術の二週間前からオカンは入院することになった。いずれにしても、年寄りの大手術である。気力はさておき、体力的な面を考えれば安心を許す状況でもない。

そして、手術の噂《うわさ》を聞きつけたオトンが手術の二日前に東京へやって来た。オトンに会うのは五年ぶりぐらいだろうか。東京で顔を合わせるのはボクが十八の頃、赤坂の料亭で行われた怪し気な談合に付き合って以来である。

オトンがわざわざやって来るくらいなのだから、この手術はやっぱり大変なものなのだなと、改めて思った。

オカンはいつもより丁寧な化粧をして、その日は朝からそわそわしていた。東京駅までオトンを迎えに行き、ボクの運転する車で笹塚へと走らせた。車の中でも、オカンの病状をあれこれ聞くでもなく、例によって、いかに小倉の景気が悪いかという話題に終始する。そして、オマエの調子はどうやというお馴染《なじ》みの流れになり、東京やったらまだ仕事も少しはあるやろうという決まり文句で結んだが、車の運転をしている自分の息子をサングラス越しに一瞥《いちべつ》すると、一拍置いて、おもむろに質問をしてきた。

「オマエはだいたい、なんの仕事をしよるんか?」

「おう。どうか?」

オカンに会うなり、オトンは言った。どうもこうもないと思う。数日後に首をバックリ切られるのである。

そう言うと、ズンズン部屋に進んで入り、ズボンを脱ぎ、ジャンパーを掛け、煙草《たばこ》に火を付けたかと思ったら、次はこう言う。

「お茶くれ」

超マイペース。相変わらずだ。相変わらずであることになんの裏切りもなく相変わらずだ。

食材を買っても入院してしまうのだし、今晩は外食に出ようということになったが、久しぶりの親子三人の面映《おもはゆ》さにボクの方が耐えきれなくなり、例によって近所の若い衆に声をかけ、大勢で下北沢のこざっぱりしたおでん屋へ出掛けた。

「お父さん、初めまして……!!」

初対面のあいさつをする若い衆は皆、一様に凍りついている。

無論、無愛想かつ面倒臭がりのオトンはそのあいさつにもほぼ無視。オールバックでボビー・ブラウンのようなサングラスを掛け、シャネルの白いシルクのジャンパーを着ている。右の小指の爪《つめ》だけ長い。細長いミスタースリムを毎分一本喫《す》い、自分の好きな料理は自分の前にたぐり寄せ、誰に勧めることなく、すべて自分でたいらげる。

刺身を一口つまめば「東京の魚は食えたもんやないのぉ」と感じたままを発表し、まだみんな食べているにも拘《かかわ》らず「コーヒー飲みに行こか」と言い出すもので、ホセが慌《あわ》てておでんの玉子を丸飲みした。

かなわない、この人には。

ボクは十一階の部屋に戻り、オトンとオカンは七階で降りた。

しばらくして、ビルの隣にあるコンビニに行くと、ボクはそこでおもしろい光景を見た。ボクが毎度のように雑誌棚の前でエロ本を立ち読みしていると、そこにオトンとオカンが連れだって現れたのである。

ボクはなぜだかとっさにエロ本で顔を隠し、ふたりの行方を目で追った。オトンがかごを持ち、オカンが寄り添いながら菓子の陳列棚に向かっている。商品を手に取りなにやら話をしながら、せんべいをかごに入れ、ペットボトルの麦茶を買っていた。

ボクがあまり見たことのない、夫婦らしい姿。ボクの父親と母親が本当の夫婦なのだなと思える記憶に少ない情景だった。

その時のオカンの顔は忘れもしない。

オカンは、ガンのくせして、とっても楽しそうだった。

オカンの手術より数ヶ月前。

夜、食卓で遅い夕飯をひとりで食べていると、一本の電話が鳴った。テレビを観《み》ていたオカンがそれを受け取ると、どうやらそれは姉妹からのいつもの電話のようだったので、さして気にせずにいると、突然、オカンが大声を上げて電話口で泣き出した。

子供のように嗚咽《おえつ》しながら何度も繰り返していた。

「なんで、そんなことするかねぇ……。なんで、そんなことするんかねぇ……」

箸《はし》を止めて、オカンが受話器を置くのを見張った。

三十分ほどその状態が続き、電話を切った途端に「どうしたん……?」と声を掛けたものの、オカンは更に大声を上げて、突っ伏して泣いた。

鎌倉のおじさんが亡《な》くなったらしい。自殺だったようだ。

人の死は年功序列ではない。姉のオカンが病の中で命をむさぼろうと必死になっている時にも、健康だった弟の命が突如消えることもある。

身内だけの葬儀が行われる。しかし、その葬儀にオカンは帰らないと言って泣いた。

「そんな、自分で死んでしまうようなことするんやったら、あたしは帰らん……」

物腰の柔らかい優しいおじさんだった。いつも帰って来た時には鳩《はと》サブレをお土産にくれた。晩年は筑豊のばあちゃんの家に住み、オカンもつい数年前までは、そこにおじさん夫婦と同居させてもらっていたのだ。

ボクには原因はわからない。身体の具合がおもわしくないと聞いたこともあるが、特に病気だという話も知らなかった。

「帰ってやりよ。最後に顔見せてやり」

「……。いや、帰らん……」

「おいちゃんは立派に働いて、子供も育てて頑張ってきたんやけん。そのおいちゃんが自分で決めたことなんやけん。若いもんのする同じこととは違うんよ。明日の朝一番の新幹線で行ってやり。あれだけ立派に生きてきた大人の人が年取って亡くなる時は、もうそれがどんな死に方でも、その時が寿命よ。帰ってやったら、おいちゃんも喜ぶよ。お疲れさまって言うてやったらええ」

オカンは一晩中、泣いた。次の朝、渡した旅費と香典を持って、朝一番の新幹線で筑豊に帰って行った。

オカンの手術の日。

朝九時に病院へ行くと、もうオカンはストレッチャーの上に乗せられていた。二週間の事前入院の間、同室のおばさんたちとしっかりコミュニケーションをとっていたようで、ストレッチャーの周りには寝着を着たおばさんがオカンを励ましながら泣いている。病人同士の友情は利害がなくシンプルだが、することの縁起は悪い。

両耳に数え切れないほどのピアスをした茶髪の看護婦が恐ろしく長い針の予備麻酔をオカンの肩に突き刺した。

あんたが普段、ジュリアナ東京で扇子を振り回しながらパンツ丸見せにしているとしても、その注射だけはしっかり打ってくれ、と心の中で強く祈った。

一度、九州に戻って前日にまたやって来たオトンと、ストレッチャーの後をついて行く。病室の外まで同室のおばさんたちが泣きながら見送り、手を振った。

「がんばってぇー!!」。病人同士の連帯感は熱い。

麻酔の効き始めたオカンの口元からこぼれるよだれをガーゼで拭《ふ》いた。

手術室の大きな自動ドアが開き、ストレッチャーごとオカンはドラマのワンシーンのように吸い込まれて行った。

空虚な目でボクを見ていたオカンに、何かかけてあげる言葉も見つからず、ボクはただ閉じた手術室の自動ドアの向こうを見つめながらガーゼを強く握りしめるしかなかった。

オトンは後方から、心細く立ちすくんでいるボクに、おいと声を掛けた。

「煙草喫いたいのぉ」

本当に好きだ、この人、煙草が。

手術が終わったのは、それから十五時間後の夜更《よふ》けだった。

テレビドラマなら、家族は待合室の長椅子《ながいす》で固唾《かたず》を飲みながら事を見守り、手術中のランプが消えると同時に出て来た医師に駆け寄って「先生、母は!?」と詰め寄るところだが、「長時間にわたるので一度お帰りください」と看護婦に言われたボクたちは、赤羽橋の病院から笹塚の家まで一旦《いったん》戻り、手持ちぶさたな時間を過ごしているうちに、ふたりともいつの間にか爆睡してしまい、ボクとオトンが病院に再び戻って来た時には、すっかり手術は終了した後だった。

〝手術はどうだったのだろうか……〟

人けのない病院の廊下でヒソヒソと所在なく話し合ったが、T先生はとっくに帰られた後らしい。

ナースセンターでオカンの行方を尋ねると医療機器の積め込まれた個室でオカンはマリオネットのようになっていた。

身体中の至る所から管が出ている。しかし、意識は戻っているようで〝あんたたちはまったく……〟という視線をこちらに向けていた。

「生きてんの?」

オカンに呼び掛けると微妙にウンとうなずいた。ナースセンターの看護婦からオトンが仕入れてきた情報によれば、手術は成功したらしい。

よかった……。すっかりひどい格好になっているけど、本当によかった。

「ちょっと、見せて……」

オカンの首に巻いてある包帯をめくって傷口を覗《のぞ》こうとすると、手元に置いてある小さなホワイトボードに〝いたい、やめれ〟というメッセージを書いてみせた。

枕元《まくらもと》に大きな窓があって、その横の棚にはボクがリハビリ用に買ってあげたニューバランスのピンクのスニーカーが置いてあった。

オカンは手鏡を持って自分の首元、鼻や腕、あちこちについたホースを見ている。首に開けられた穴からは自転車の空気入れの手で握る部分、あのT字の所みたいな大きい弁が突き出ていた。

そこのところはあまり心臓に良いビジュアルではない。ボクはその部分をあまり見せないように、鏡を取り上げようとした。

「見らんでいいよ」

でも、オカンは鏡から手を離さず、逆に鏡面を指差して、ボクに見てみろという仕草をする。そして、オカンの持っている手鏡を覗いてみると、そこには窓の向こうに見えるライトアップされた東京タワーがきれいに映っていた。

「あぁ、東京タワーか」

オカンは鏡に映る東京タワーを指でなぞりながら〝きれいやねぇ〟という微笑を浮

かべた。

東京タワーは鏡に映っても同じ形でよかった。オトンも窓からそれを眺めていた。

砂袋で頭を固定されたオカンの見れるものは、天井と鏡に映った東京タワーだけだ。

鏡に映った東京タワーを見ながら微笑《ほほえ》んでいるオカン。窓から直接それを見ているオトン。そして、そのふたりと、ふたつの東京タワーを一緒に見ているボク。

なぜか、ボクたちは今、ここにいる。バラバラに暮らした三人が、まるで東京タワーに引き寄せられたかのように、ここにいた。


二ヶ月後、オカンは退院した。

首の中心には直径二センチほどのプラスチック製の筒が出ている。しばらくは、この空気穴から呼吸をする。

その穴を覗くと喉《のど》の中が見える。ボクは毎日、何度もペンライトでその中を覗いた。

そこに溜《た》まる痰《たん》と血のかたまりをピンセットや綿棒を使って取り除くのがボクの役目だ。

「オカン、取ろうか？」

そう呼ぶと、のど笛をひゅうひゅう鳴らしながら仰向けになる。まめに取り除いておかないと、それがまた呼吸困難の原因になるのだ。

初めはボクも気持ち悪かったが、次第に慣れてくると痰が少なくては物足らなさを感じるようになった。

筒の部分から、少しは声も出せる。扇風機に向かって声を出したような音が、空気漏れしながらかすかに聞こえる。

長く会話する時はメモ帳を使ったが、短い言葉なら人に伝わるようになった。

「ダースベイダーみたい」

オカンはたぶんダースベイダーを知らない。なんでもいい。こうやって生きていることがなによりもかえがたいことだ。

喉に雑菌が入ることを注意するように言われている。オカンはあまり出歩かなくなった。

買い物に行く時はスカーフを首に巻き、菌が入らぬよう、人から見られぬように気を付けていた。とにかく、風邪を引いてはいけない。

T先生はなにかあったらすぐにと携帯の番号を教えてくれていたが、術後はいたって順調で、数ヶ月後には筒状の弁も取り外せるようになった。

もう、普通に声も出せる。少し声質が変わったけど、もう昔の声も思い出せないくらいに、それがオカンの声になった。喋《しゃべ》ることもできるし、笑い声も出せる。元々、上手ではなかった歌もハスキーになったことで味が出た、と思う。

ガンもオカンの身体《からだ》からなくなった。まだ少し、食道部分に極小の飛沫《しぶき》のようなガン細胞が見えないこともないということだったが、それはとりあえず気にしなくてもいいと先生は言ってくれた。

オカンの病気は治ったのだ。

また、たくさんの人がオカンの飯を食べに我が家を訪れる日が再開した。ボクが居なくても誰かがいつも、食卓に居る。

近所に越して来た、従姉妹《いとこ》の早苗。病院で知り合った人。白樺会の人。ボクの友達。その友達が連れて来る友達の友達。ホセやツヨシは、ほぼ毎食存在している。えのもとはなぜか、オカンにイラストの批評を受けている。

「えのもと君は、絵はヘタやけど、ええ人間よ」

そんなことを言われていた。女の子はみんなオカンに料理を習っていた。オカンは女の子が欲しかったらしい。

クリスマスや誕生日、本当なら彼女とふたりきりで過ごすべき時も、いつもオカンは居た。オカンは遠慮していたが、彼女は「お母さんと一緒に居よう」と言ってくれる。それは付き合う人が替わっても、同じように、そう言うのだった。

友達の家で行われているパーティーでも数十人の中、ひとりだけばあさんが居る。それがオカンだった。ボクが連れて行ったわけではない。友達夫婦からもう、直でオカンに連絡がしてあるのだ。

ある時、オカンと飲みながら話をしていたら、こんなことを聞いたことがある。

「あんたには本当は兄弟がおったんばい」

「えっ？　それ、どういうことなん!?」

「あんたが三歳くらいの時やったかね、オカンは妊娠しとったんよ」

「そうなん。どうしたん、その人？」

「あたしはね、産みたかったんよ……。そやけどね、小倉のばあちゃんが丙午《ひのえうま》はいけんち、どうしても言うてからね。若松のねぇちゃんとかは、そんなん気にせんでから授かりものなんやけん産みなさいて言うてくれよったんやけど、小倉のばあちゃんが丙午はどうしてもいけん、女の子が産まれたらえらいことやち言うてきかんでね……。あたしは本当に産みたかったんよ……」

オカンの目はその当時のことをぎゅうっと一点に思い出したような形になっていた。

六十年に一度巡ってくるという「丙午」という干支《えと》。その年に生まれた女の子は男を食い殺すという俗信がその昔にはあった。もちろんそれは非科学的な俗説で、八百屋お七が丙午であったとか、強い生命力を持った干支であるとか諸説あるらしいが、この時代となっては誰も耳を貸さないような話だ。

ボクが生まれた三年後、昭和四十一年は六十年に一度の丙午が巡り合わせた年だった。

それは大正生まれの小倉のばあちゃんだけが盲信したことではなく、現実にその年の出生率は低下している。

「そうか。妹がおったら良かったなぁ、オレ」

「そうやね……」

「あれ？　でも、あれと違う？　もう、その時ちいうたら、オトンとオカンは別居しかけとる頃やろ？　なんでそんなことになっとるんか？　おかしいやん？」

「まあ、そりゃあんた。別居しとっても、することは、しとったけんねぇ」

「なんじゃそりゃ……」

ボクが子供の頃、小倉にあるお寺に行くと、オカンやばあちゃんが水子地蔵もお参りしていた理由がようやくわかった。

金回りが良くなったわけでもなかったが、仕事場を笹塚のビルの十一階から代官山のマンションに移転することにした。女優の松田美由紀さんが新しく事務所を興《おこ》すことになり、その場所を探しているところだった。決まりかけていたそのマンションを半分ずつシェアしないかという話になった。

半分ずつなら家賃も今と変わるでもないし、少し仕事環境に飽きていたタイミングだったこともあって、仕事場を移すことにした。それをきっかけに有限会社登録をして、オカンを取締役にすることになった。

十一階の部屋は美由紀さんの会社で働くことになったBJ夫妻に又貸しすることにして、また寝る場所は七階のオカンの部屋へ戻ることになった。まぁ事務所で寝ることだってできる。

その引越しの慌《あわ》ただしい最中、ウサギのぶどうが死んだ。

これも俗説だが、ウサギは淋《さび》しいと死んでしまうという言葉がまことしやかに話されている。ボクもそのフレーズが頭のどこかに残っていたのか、一羽よりも二羽の方がと思ってしまった。

しかし、正しくはオスとメス、異性同士なら二匹は仲良く暮らせるが、同性同士だと縄張り争いのため、殺し合いを始めるのだ。

雑誌『プレイボーイ』のマスコットキャラクターがウサギである意味は、ウサギの繁殖能力の高さにあやかって「絶倫」をイメージしてのことらしい。

オスとメスならば、その本能を活《い》かしてうまくやっていけるが、オス同士である場合はまた別の獰猛《どうもう》な本能を剝《む》き出しにする。

同性と一緒に居るくらいなら一羽で生活した方が数倍穏やかに暮らせるのだ。

ウサギは淋しくても死なない。

ぶどうとパンはオス同士だった。繁殖されては飼いきれないと思い、ペットショップでつがいにならないよう性別を尋ねたのだが、生まれたてのウサギは性別の判断が難しく、今の時点ではわからないと言われた。

生まれつき小さかったぶどうは次第にパンから追いかけ回されるようになり、首根っこを前歯で嚙《か》みつけて押さえ込まれてはカマを握られ、悲鳴を上げることが多くなった。

このままではよくないと、パンを七階に、ぶどうを十一階に、それぞれのベランダで別々に飼っていたのだけど、オカンの目の届かない十一階にいるぶどうは、ボクたちが引越しの準備でバタバタしている間に死んでいた。

それを見つけたのも十一階にいるボクではなく、オカンだった。ボクとホセが荷造りをしていた時、オカンがぶどうの小屋を掃除に上がって来た。

「どうしたんかね!!」

ベランダで大声を出したオカンの方を振り向くと、冷たくなったぶどうを抱きかかえたオカンが泣き出していた。

へたりこんでわんわん泣きながら目を開けたまま死んでいるぶどうを抱きしめている。今日は一度も、いや、昨日もベランダにいるぶどうを見てあげてはいなかった。血の混じった柔らかい便が散乱していた。それに気付いてあげることができなかった。

泣きながらオカンはボクを叱《しか》った。

「かわいそうにから。なんでちゃんと見てやらんのかね。動物はものが言えんのやからね、ちゃんと面倒みてやらんのやったら飼いなさんな！」

その日の夜。スニーカーの箱で作った棺桶《かんおけ》に入れたぶどうを埋めるため、富士山へと高速道路に車を走らせた。オカンが〝どこかこんな狭いベランダやない広々とした所に埋めてやりなさい〟と言うのだが、東京ではそんな場所が思い浮かばなかった。

三合目あたりの道路脇《どうろわき》。土の見える場所に車のヘッドライトを当て、そぼ降る雨の中、スコップで穴を掘って埋葬した。

こんな夜中に泣きながらスコップで穴を掘っている奴《やつ》を見掛けたら、間違いなく、人を埋めていると思うだろう。数台通過していった車のドライバーはみんなギョッとした顔でこっちを見ていた。

ぶどうが、死んだ。

オカンが元気になったことは、これほどうれしいことはない。なによりも望んでいたことだ。でも、その気持ちに矛盾して、これからのお互い長く続いてゆくであろう共同生活を考えると、どこかでそれを重たく感じる気持ちが少しはあったことは否《いな》めない。

自分の自由が色褪《いろあ》せて見えてきた。そもそも自由がなんなのかさえわかっていないのに、色んなことを想像するたび、見えない枷《かせ》をはめられたような気分が襲う。抽象的で具体的なプレッシャーがどんよりとのしかかる。願いが叶《かな》った途端、思ってもないことが思ったこととして浮かび上がる。

保険料、家賃、生活費、光熱費、その他もろもろ。オカンに手を出されて催促されるたびに、どこかがチリチリした。

この玉子はいくらしたとか、今日はキャベツが高くて買いきらんかったとか、飯を食っている隣でそんな話を聞かされているうち、キリキリと耳の奥が鳴った。

食事の時に、あまりオカンと話さなくなっていった。他の誰かとオカンは話しているのに、ボクはひとりで黙っていることが多くなった。

仕事相手に迷惑をかけるな。貯金をしろ。結婚を考えろ。健康診断に行け。オカンの話を聞いているうちに鬱々《うつうつ》としてしまう時期が続いた。

「最近、少しお母さんに冷たいんじゃないですか。全然話を聞いてあげてないし」

ＢＪに言われた。それは自分でもわかってる。なんだかこのところ、イライラするんだ。

「オレ、今、反抗期なんだよ……」

「あぁ、反抗期……」

本来あるべきその年頃に、オカンと一緒にいなかったからか、ボクの反抗期は二十年遅れてやってきたようである。

十一階に越してきたＢＪ夫婦の嫁ヨシエはボクが家に帰って来るといつもオカンの料理をつまみにキッチンでビールを飲んでいる。

「よぉ。タコ社長。相変わらず、バカか？」

その様子が「男はつらいよ」シリーズでいつも隣の工場からやってくるタコ社長のように能天気なもので、そのまんまタコ社長と呼んでいた。

「いやぁーども。また、お邪魔してまーす」

「オマエのダンナ、上の階に帰ったぞ」

「あっそ」

オカンは料理を作りながらヨシエに言う。

「あっそう、やなかろうがね。ＢＪさんは御飯食べとらんのやろう。呼んで来なさい」

そう言ったのも束《つか》の間《ま》。家に居ない嫁の行き先はここと知ったるＢＪがやって来る。

「こんばんは……。あっ……」

「飲んでるよ。タコ社長」

「おかえりぃー。かんぴゃーい！」

「いいなぁ、タコは。幸せそうで」

「さぁ、ＢＪさん食べんしゃい」

「すみません。いただきます」

タコ社長は料理を一切せず、できる限界はカップラーメンのふたを開けられるかどうかのあたり。

「BJさんの嫁さんは、あたしやねぇ」

朝食もここで食べることの多いBJを哀れんで、オカンは、あんたも料理を憶《おぼ》えて旦那《だんな》さんになんか作ってあげなさいとハッパをかけていた。

「男は最終的に料理で家に帰って来るんよ。ちゃんとせな帰って来んごとなるんばい」

「ごめんね、ごめんね（伊東四朗らしきモノマネ）」

しかし、このヨシエとオカンはウマが合うらしく、毎晩のように一杯二杯と飲《や》りながらなにがそんなに笑えるのか理解のできない女同士の会話らしきものをしている。

最初のガンになってからやめていた煙草《たばこ》もタコ社長の影響でまた喫《す》うようになった。もう、ここまできたら、飲みたいものを飲んで、喫いたいものを喫えばいい。楽しい時間にやる、酒や煙草は毒じゃない。

タコ社長のおかげでオカンは学生のような気分で飲める友達ができて、毎日楽しそうだった。近所のディスカウントショップで安酒を買い込み、ワイワイやっている。

そのうち、彼女や他の女友達、ボクのよく知らない女の人、ゲイ。たくさんの〝自称女の子〟が夜ごと集まり、朝まで飲んでいた。

ある時、オカンがグラスに注いでいるペットボトルのラベルを見て、不思議に思ったことがあった。それはレモンサワーを作る時に焼酎《しょうちゅう》を割る用の炭酸飲料で、これ自体には一％もアルコールは入っていない。

しかし、オカンの様子をさっきから観察していると、どうやらこれを酒だと思って飲んでる節がある。

「オカン、それ酒やないの、知っとった？」

「なにがね？　これはお酒よ」

「それは、酒で割ってから飲むもんよ。それにはアルコールが入っとらんと。ここ見てん。〝炭酸飲料〟って書いてあるやろうが」

「ほんとね!?　ばってん飲んだらフワーッとするばい？　お酒やろうも？」

「違うって。ただのジュースよ」

「ほんとね？　おかしいね。あたしゃ、これで酔うとるばい」

「ダハハハハ!!　いいじゃん、いいじゃん。なんでもいいじゃん！　かんぴゃーい!!」

楽しい時は炭酸でも酔えるらしい。いいことである。

宴もたけなわになったあたりで、頃合いを見計らい、興が乗った時にだけ披露するオカンの芸がある。

こっそりと自分の部屋に戻り、オモチャの鼻メガネと入れ歯を装着。豆しぼりの手《て》拭《ぬぐ》いを被《かぶ》って顎《あご》の下で結び、踊りながら唐突に登場するのである。

不覚にもボクはそれを見るたびに、大爆笑してしまう。もちろん、他のオーディエンスの反応もバカウケだ。母親がバカなことをやっているという照れ臭さを飛び越えて笑える。

なにがそんなにおかしいのかといえば、なにしろ一番大爆笑しているのが常にオカン本人なのである。もう、自分のやってることに最初っからウケちゃってて、腹を押さえてヒーヒー言っているのだ。それはズルい。というか斬新《ざんしん》な芸風でもある。見ているこっちがつられて笑ってしまうのだ。

その鼻メガネや入れ歯はボクが小学生の時に駄菓子屋で買ったもので、ボクのものはなんでもすぐ捨てるクセにこれだけは三十年間、オカンの私物として保管されていたのだ。

つまり、この芸は三十年前から姉妹での旅行やココ一番の宴会で長年披露され続けてきたものなのであった。年季が違う。

「あたしがこれしたら、みんな絶対に笑うんやけん」

オカンもこの芸には自信とプライドを持っているようだった。

楽しい時間は、鈴が坂道を転がるように音色を残しながら足早に過ぎてゆく。なんでもない季節は油断しているうちに特徴を帯びてくる。

照れながら、はにかみながら、時にはギクシャクして起伏を作りながらも、それはゆっくりと鞣《なめ》されて、やわらかでなだらかな毎日を紡《つむ》いでいったが、紡錘《つむ》から外れた目には見えない糸は少しずつどこかでからまり始めていたらしい。

オカンは喉《のど》の手術以来、ちょっとしたことでもすぐに病院へ行くようになった。雑居ビルの近所にある小さな内科医に毎週のように通い、自分の健康には細心の注意を払っているようだった。

「あの先生は丁寧に診てくれるし、ちゃんと話も聞いてくれる」

オカンが信頼を寄せたその医師は人当たりの良い柔和な人物で、小さな診療所の待合室には毎日、老人たちがまるで集会所であるかのように顔を並べていた。

本棚にはいつの間にかオカンが買い揃《そろ》えたガンに関する書籍が増えている。

オカンが東京へ出てきて、もう七年が過ぎようとしていた。

ウサギを隣に寝かせて、オカンはスーパーファミコンの「ぷよぷよ」をやっている。やり方を教えてやったら、このゲームだけは気に入ったようで、毎日のようにひとりで声を上げながら身体《からだ》も一緒に動かして夢中になっている。

「あんまりやりよったら目を悪くするよ」

食事をしながらそれを見ているボクに注意されながら「あと十分やったらやめる」と小学生のように繰り返していた。

何度も連鎖のやり方を教えてやったのに、まるで理解することができず、ただ、ひとつずつ色を繋《つな》げては消してゆくだけしかできない。

「そのやり方で、おもしろいん？」

「おもしろいよ」

「そんなら、いいけど……」

擂《す》り鉢に入ったピーナッツを擂粉木《すりこぎ》で潰《つぶ》しながらホセは言った。

「僕、この間、お母さんに負けたんですよ」

「オマエ……、すごいな……」

オカンの作る豚しゃぶのタレは、ピーナッツを大量に擂りおろすところから始まる。そのピーナッツも、殻付きのものからでないと味が悪いらしい。このへんの体力を使う下拵《したごしら》えはオカンに呼び出されたホセの担当になっている。

こんなに長く、ひとつの場所に住んだことは今までになかった。生まれた時から、オカンと様々な場所を転々としながらひとり暮らしを始め、東京へやって来て、更に短い周期で住み処《すみか》を移り続けた。

それは、ボクが生まれてからのオカンも同じことだった。しかし、もうボクとオカンが雑居ビルに一緒にいることも、同じ部屋に長く住み続けていることも、当たり前のことになっていた。

特別ではなくとも以前よりはマシなこの風景にボクたちは慣れて、麻痺《まひ》していた。

「最近なんか、食べ物がひっかかるような気がするんよねぇ」

二十世紀もあと数ヶ月を残した秋口から、オカンはたびたび同じことを言うようになった。

「病院は行きよるんやろ？」

「先生も色々、話は聞いてくれよるし、薬も出してもろうとるんやけど、これ一週間飲んで治らんようやったら、レントゲン撮りましょうて言われとる」

「そしたら、ちゃんと診てもらい」

これといって痛みがあるようでも、体重が落ちるといったこともなかった。

「食欲はないんよねぇ」

「夏の疲れが出とるんやない？　ホルモンの薬も飲みよるんやろ？」

「飲みよるよ」

家のキッチンには一日ずつの小袋がついた投薬カレンダーが掛けてある。その日にオカンが飲まなければいけない薬はあらかじめ小分けされ、飲み忘れが一目でわかるようにしてあった。

「駅前のマッサージ、予約してやるけん行っておいで」

「そうやね。行ってみよう」

ボクの仕事は外に出掛けることも多くなり、家に帰って来ない日も増えた。小金も入って飲みに行く機会も増え、オカンと会う時は事務的な話をするだけでまた、仕事に出る。遊びに出る。朝帰って起きたら、またすぐに出掛ける。そうしたことが多くなった。

「レントゲンは撮ったんか？」

「来週また来なさいて言われとる。まぁ丁寧に診てくれるけん、心配しなさんな」

木枯らしが吹き、クリーニングされたコートをタンスから取り出す。

「オカンもどっか温泉でも行って来たら？」

「いや、温泉はもう姉ちゃんたちと鹿児島にも行ったし、色んな所に行ったけねぇ。もう、そりゃあ、たいがいの所に連れて行ってもろうたよ。北海道やろ、沖縄も行った。あんたと一緒にハワイも行ったしねぇ。あそこは知っとるかね？　日本一の旅館ちいうてからねぇ、石川の加賀屋よ。そこも連れて行ってもろうたんよ。すごかったねぇ、ほんに華やかでから。ほんと姉妹で色んな所に行ったばい」

姉妹の話をする時、オカンは幼い妹の顔になる。

「レントゲンは？　先生なんて言いよった？」

「念のために今度、エコーもしときましょうち言いよったけん、また来週も行かないかない」

冬の匂《にお》いが甲州街道にも漂う。ボクの中古車のエンジンがかかりにくくなった。街はそろそろ二十世紀最後のクリスマスの準備に飾られて、色味を帯びている。

「笹塚の伊勢丹でね、サンタクロースの人形が歌いながら、手やら腰やら振ってから踊りよるオモチャが売りよるたい。それがよう出来とるんよ。おもしろいでから、買い物行くたんびに見よると」

その年のクリスマス。ボクは終日仕事の予定が入り、オカンと過ごすことはできなかった。この七年間で初めてのことだ。

当日はボクの友達が家に来て、オカンとクリスマス・パーティーをするという。ボクはその日、出掛ける前に伊勢丹に行き、踊るサンタクロースの人形をラッピングしてもらってオカンに渡してから家を出た。

夜、千葉の外れで仕事が終わり、高速道路で東京に向かったが、クリスマスのディズニーランドに押し寄せたカップルたちの渋滞にはまり込んで家に着いたのは夜中だった。

ドアを開けるとキッチンにまだオカンは座っていた。残った料理と空になったワインのボトル。そして、その横には踊るサンタクロースが二体並んでいた。

「どうしたん？　それ」

「えのもと君も、おんなじもの買《こ》うてきてくれたんよ」

まったく同じサンタクロースの人形がオカンの方を向いてふたりで踊っている。どうやら、色んな人にこの人形がおもしろいという話をしていたらしい。ラッピングされていた包装紙の柄までおんなじだ。

オカンはニコニコしながら、そのサンタクロースの踊りをしつこいくらいにずっと眺めていた。

「どうなん？　まだ悪いん？」

「いけんねぇ……。食べ物が奥に入っていかん。吐いてしまう……。苦しいでいけん」

この数ヶ月でオカンはだいぶ痩《や》せたようだった。

「ガンかもしれんねぇ……。やっぱり、転移しとったんかもしれん……」

「そんなことあるもんか。手術でちゃんと取っとるんやし、病院にもこんだけ行きよるんやから、心配せんでええ。そんなん何回もガンになりゃあせん」

なぐさめではなく、ボクは本当にそう思っていた。そしてもう「ガン」という言葉を聞くのも嫌だった。

「……。自分の身体のことは、自分でわかっとるよ……」

そう言ったオカンの口からは薬と胃の臭《にお》いがした。

「辛気臭い話ばっかりしなさんな。年が明けたらちゃんと診てもらい」

年末。ボクは年越しをロンドンで送るつもりでイギリスへ発《た》った。正月に家に居ないことも、この七年で初めてだった。

数の子、黒煮豆、蕪《かぶ》の三杯酢。割烹着《かっぽうぎ》を着ておせちの仕度をしているオカンを横目に家の扉を閉める。前々から決めていたこの旅行も、この時はなぜか後ろ髪を引かれるような気分で気乗りがしなかった。成田に向かう途中、何度も憂鬱《ゆううつ》になり、これから離陸するというのに気持ちはロンドンではなく笹塚に引きずられていた。

二十一世紀。二〇〇一年。宇宙に人が旅することも、モノリスもないが、ボクはイギリスでまずいだけが取り柄のフィッシュ＆チップスを、オカンは日本でだしと香りのきいた雑煮を食べている。

同じ時刻に二十一世紀を迎えることはできなかったが、日本の年が明けた頃合いを測って国際電話をすると、例によって僕の友達が集まり、盛り上がっているところだった。

「おめでとう。胃の調子はどうかね？」

「あぁ、だいぶええよ。また、今年もお餅《もち》を持って来てくれてね、それを食べよるところたい」

毎年、東京の角餅はどうも変な感じがしていけんと言っているオカンに、九州出身の知人が実家から送ってきた丸餅を分けてくれていた。

餅が食えるような胃袋ではなかったはずのオカンだが、みんなの手前、なんでもないかのように振る舞っている。

「そっちは寒いとやろ？　風邪引かんごとしなさいよ」

「うん。すぐ帰る」

二週間弱会っていなかっただけで、オカンの顔はあきらかに去年より痩せていた。

「結局、先生はなんて言いよるん……？」

「大きい病院で、一回ちゃんと調べてもろうてした方がいいて言いよる。中央病院のT先生に相談してみたらどうかて」

「そら、そっちの方がいいやろう」

「やっぱり、ガンなんかもしれんね……」

「まだ、わからんやろ。色々考えなさんな。胃がおかしいちいうたって、他はピンピンしとるやないね。心配しなさんな」

オカンはガンの手術を繰り返したせいで、すっかり神経質になっている。どこかおかしいと、無理もないがまたガンなのではないかと思ってしまう。その類《たぐい》の本を読み過ぎて変に耳年増《みみどしま》になっているせいか、症状と照らし合わせて、正解したくない答え合わせをする。

ボクはオカンの思い込みだと思っていた。あれだけ病院に通ってるんだ。なにかそんなものがあればもっと早くにわかるはずだと。

そして、その頃ボクは慢性的に調子の悪い胃痛がひどくなり、市販の胃腸薬をガバガバ飲んでいるとオカンにしつこく勧められて、例の小さな診療所へ行くことになった。

オカンの話も聞きたい。その診療所に行くのは初めてじゃなかった。以前、腰痛になった時にもオカンに言われて診てもらったことがある。どんな病人でも、とりあえず診察しているらしい。

オカンが言うように、丁寧に話を聞くのだが、他に医療的なことをするでもない。薬を出しておくので一週間それを飲んで様子を見て、また来てくれというだけだった。

「いつも母がお世話になっております……」

という話からボクとオカンの関係がつながったようで、医師は思い出しながら言った。

「前に、お母さんがガンの手術をされた病院へ持って行ってもらう写真なんかは、この間、お母さんにお渡ししたんだけど……」

「で、どうなんでしょうか？」

「まぁ、そっちでちゃんと説明もあると思うけども……」

そう言いながら机の上にあったメモ用紙に胃袋の絵を描き、下半分のあたりを丸で囲んでその中を斜線で塗り潰した。

「もう、だいぶ大きくなってるねぇ」

その言葉、まるで我関せずといった口調で言った。びっくりするよねぇという程度の軽い表情で言った。

検査ではっきり判明してからはすぐに紹介状を出したのかもしれないが、それまであんたはなにをしてたんだと腸《はらわた》が煮えた。進行を止めることも切り取ることも専門外なのだとしても、もっと早くその状態を把握することはできなかったのか？　あんたは年寄りの茶飲み友達か？

その憤《いきどお》りをこの医師にぶつけることが筋違いなのかどうかわからないが、なにより、その淡々とした明るい表情と自分は無関係であるかのような、その態度に怒りが起きた。オカンはあんたのことを信頼してたんだぞ!?　もっと早く発見する術《すべ》はなかったのか？　いつからあったんだ？

そして、いつ大きくなったんだ？

そして、あんたはいつ知ったんだ？

オカンはいつものように炊事場の小さな蛍光燈に照らされながら野菜の皮を剝《む》いている。里芋。ごぼう。人参《にんじん》。大根。御飯の炊《た》ける匂い。割烹着を着て、首にスカーフを巻いている。残りもののおかず、冷や御飯にはラップが張ってある。オカンはいつもボクのいない昼間にそれを食べていた。

箸立《はした》てにはふたり暮らしとは思えないほどの箸がきちきちに立っている。ボクの箸はオカンが巣鴨で買ってきた南天の箸。お店で「雅也」と名前を彫ってもらっている。

魚の焼ける匂い。今日のぬか漬けはなんだろうか？

「今日は寒いねぇ。そやけん豚汁作ったよ。手洗うてから、早よ食べんしゃい」

「……。オカンも一緒に食べり……」

「パンの水がのうなっとるね。ホセ君に買って来てもらわんといけん」

オカンは自分が水道水を沸かしたものを飲んでいても、ウサギにはミネラルウォーターを飲ませていた。

「冬はやっぱり、豚汁がええね。おいしい」

「あんたが中学の時は、野球の練習から帰って来たら、どんぶりで三杯くらい食べよったがねぇ」

「もう、そんなん食えんばい……」

食事が終わるとしばらくして、オカンは肩の回りにタオルを巻いて、ビゲンで白髪《しらが》を染め始めた。

「入院したら、真っ白になってしまうけん、今のうちに染めとかんといけんばい」

オカンは若い時から白髪が出ていた。ボクも若白髪が早くから生え始めた。

「後ろ、してやろうか？」

染料を刷毛《はけ》で練り合わせて、髪に塗ってゆく。手の届かない後頭部の内側は、子供の時からボクが塗る役目だった。

数日後、また東京タワーの麓《ふもと》にあるあの病院にオカンは入院する。

「知っとる看護婦さんもおるけんよかろ」

もう髪の根元はほとんど真っ白だ。

「あんたに言うとかないけんことがある」

「なんね……」

「オカンが死んだらね……」

「死にゃあせん……」

「葬式をね、する時によ」

「その時は、富士山のぶどうと一緒の所に埋めてやるけん」

「引き出しの中に互助会の書類が入っとるたい。あんたに迷惑かけんでいいごと、ずっと掛けとったけん、そこに連絡しなさい」

東京に来てから加入したらしい互助会の書類には、一番料金の安い葬儀に月三千円ずつ、もう何十ヶ月も積み立ててあった。

「そんな心配せんでよか……。まだ、死にゃあせんのやけん……」

「オカンは、ガンなんよ……」

「なんでわかるん？　違うやろ……」

「病院から出してもろうた紹介状をね、こそっと開けて見たんよ。もう、わかっとったけんど。やっぱり、そうやった……」

「……。……。でも、また治るよ。手術はせんといけんかもしれんけど、また前みたいに治るよ」

「もう、手術はしとうない……」

「そう言うたって、せにゃいかんのやから」

「あんたも、なんぼ言うても聞きゃあせんけど、ちゃんと病院に行って、一回精密検査してもらいなさい。いっつも胃が痛い痛いち言いよろうが。不規則な生活しよるけん、ちゃんと診てもらわんといけんよ」

「うん、行くよ。こないだも行ったやろうが」

「あそこの先生は丁寧でよかろうが」

「……。そうやね……」

「オカンが入院しとる間、ちゃんとパンにエサをやらんといけんばい」

「わかっとる」

「動物はものが言えんのやから、ちゃんと気を付けて見てやらんといけんのよ」

「うん……」

「小屋の掃除もしてやりなさいよ」

「うん」

「それとね」

「なん？」

「オカンになんかあったらね、棚の上に箱があるけん、それを開けなさい」

「なんね？」

「今開けたらいかんよ」

「なんね、これ……」

お歳暮でもらった蒲団《ふとん》カバーの空き箱。ガムテープでフタが開かないように閉めてある。

のし紙のついたままの箱。そののし紙の隅にマジックでこう書いてあった。

〃オカンが死んだら開けて下さい〃。

大地震。火星人襲来。地球最後の日。子供の頃に持っていた本に細密画で描かれた恐るべき恐怖。その絶望的な運命に悲鳴を上げながら逃げまどう人々。

ボクはそれを読んでも、恐ろしいと感じることが少しもなかった。

日本沈没。隕石《いんせき》の雨。夜明けの来ない夜。

むしろ、そんなことが起こってくれて学校も、お屋敷も、お金も、みんな滅茶苦茶《めちゃくちゃ》にしてくれればいいのにと思っていた。

本当に訪れるのかどうかもわからない恐怖。ボクはそんな当所《あてど》もない恐怖を恐ろしいと感じることがなかった。

ボクが一番恐れていること。小さな頃から最も不安な気分に襲われること。想像しただけで枕《まくら》を頭から押さえて両耳を塞《ふさ》ぎたくなったこと。

いつか本当にやってくること。

確実に訪れることがわかっている恐怖。

ボクが一番恐れていること。

それが現実味を帯びて、本当に近づいて来たような気がしていた。どれだけ打ち消しても、本気で奇蹟《きせき》を信じているのに、巨大な運命の竜巻が平野の向こうからどんどん近づいて来るように見える。

ぐるぐるぐるぐる。ぐるぐるぐるぐるぐるぐるぐるぐる。ぐるぐるぐるぐるぐる。

その遠心力はゴウゴウ轟音《ごうおん》を轟《とどろ》かせながらその辺り一帯のすべてのものを、そこにあるすべての思い出を巻き込んで飲み込み、弾《はじ》き飛ばして破壊しながら、着実にこちらへ向かって来る。

ボクはその延長線上にまっすぐ向き合いながら、その進路に立ちすくんでいる。そこから脱出しようにも、身体《からだ》が鉛のように重い。手足の指先は砂鉄の詰まった麻袋のように地面へ錨《いかり》を降ろしている。

ボクは祈っていた。

どうか、あの竜巻の方から進路を変更してはくれないだろうかと。どんどん近づいてくる灰色の渦巻から目をそむけながら、無力に祈っていた。

地面に手足がめり込んだボクの隣には、小さな時から夢の中に現れるあいつが無表情で立っている。

道化師の化粧をした黒装束の男。男は手に持った分厚い帳簿のようなものを開いて、なにやら書き込もうとしている。

ぐるぐるぐるぐる。ゴウゴウゴウゴウ。ぐるぐるぐるぐる。ゴウゴウゴウゴウ。

巨大な竜巻。運命の渦巻。ボクの一番恐れているものが、どんどん勢力を増してこちらへ向かって来ている。

血管の中に砂鉄が、汗腺《かんせん》の穴からも砂が、流れて、重たくこぼれ落ちてくるような気分に襲われていた。


入院の前日。

その日はミッチャン夫妻とオカンとボクとで寿司屋《すしや》に行った。

しばらく、そんなものも食えなくなるだろうと、オカンの好きな寿司屋に出掛けた。

「下北の、あそこの寿司にしようか？」

「いや、下北やないでいい。笹塚の商店街のところでよか。あたしはあっちの方が好きよ。ネタも大きいでから」

下北の寿司屋は値段もいいことを知っているオカンは、こんな時にでも庶民的な料金の地元の寿司屋に行きたいと言い張った。

カウンターの奥にある狭い座敷に上がって刺身をつまみながらビールを飲む。

「ここは、刺身もにぎりもネタが大きいけんねぇ。こげ厚く切りよったら儲《もう》けがないっちゅうくらいあるばい」

座敷の隅には職人の私物や段ボール箱が積み重ねてある。その隣でオカンは刺身の大きさにははしゃいで見せたが、それを二、三切れ口にしただけで、ビールは舐《な》めるほどしか口にしなかった。

ここに来る前、電話でミッチャンとオカンがこれからの治療などについて話し合っていた。オカンの病気と闘うモチベーションが下がっていることを気にしているミッチャンは座敷でオカンの前に座り、ずっと励まし続けている。

ミッチャンの旦那《だんな》さんの泰さんも冗談を交えながら、オカンに頑張るよう言ってくれた。

ノブエおばさんの娘であるミッチャン。長女のノブエおばさんにオカンは本当にかわいがってもらっていたのだけど、その上、このミッチャン夫婦も、なんで人のオカンのためにここまでしてくれるのだろう、というくらいに心底オカンのことを考えてくれる。

今までオカンと何度くらい外食したことだろう。筑豊にいた小学生の頃は、町に一軒だけ焼肉屋があって、ボクはそこに連れて行ってもらうのが楽しみだった。ふたりで向かい合って座り、ロースターの上で焼かれた肉は、ほとんどボクの小皿へオカンは入れた。

高校に入って別府のアパートでひとり暮らしを始めた時も、時々オカンは別府に来て、うなぎ屋さん、洋食屋さん、「いつも、ちゃんと食べよるんかね！」と聞きながら色んな店に連れて行ってくれて、自分の食べているうなぎをいつも半分箸で割って、ボクの重箱に入れてくれた。

東京に来てからは車に乗ってボクが連れて行った。ふたりで行ったり、みんなで行ったり。

ラーメン。広島風お好み焼き。ホルモン。中華料理。天ぷら。寿司。焼鳥。おでん。居酒屋。洋食屋。ステーキハウス。

オカンが作らないような料理の出るところを回って、コーヒーを飲んで帰る。一緒に色んな所へ出掛けて御飯を食べた。

そして、この座敷に段ボールの積んである寿司屋。ほとんど食べきれずにビールを舐めていたオカン。

この店がオカンとボクとが一緒に外食した最後の店になった。

Ⅷ

前世紀末に人々が信じ恐れた予言は当たることもなく、ただ単純に、次々と日めくりがめくれるだけで、はるか未来であったはずの二十一世紀はやって来た。

その昔、人々が想像した二十一世紀の姿。それは大幅にはずれることもなく、今、我々の身近なものになりつつある。

コンピューター。テレビ電話。宇宙旅行。ロボット。

映画で観《み》たそれぞれは、現実になった。しかし、ひとつだけ、昔の人が想像のできなかったこと。気付かなかったこと。

それは、すべてのものは進化の過程で小さくなってゆくということだった。

兵器並みの能力を持つコンピューターを描く時、フィルムの中、漫画の中ではいつもそれは家具のように大きくかたどられていたものだ。しかし、今はその程度のコンピューターでも、子供机の上に、コンパクトに並べられている。

それは実寸の問題ではなく、人々の心の中では偉大なるものはすべて大きく映っていたからなのだろう。

母親に手を引かれている子供が、その母親の身長など気にしたことがないように。

「たはむれに母を背負ひてそのあまり軽きに泣きて三歩あゆまず」

石川啄木が目を潤《うる》ませて立ち止まったように、誰しもがかつて大きかったはずの母親の存在を、小さく感じてしまう瞬間がくる。

大きくて、柔らかくて、あたたかだったものが、ちっちゃく、かさついて、ひんやり映る時がくる。

それは、母親が老いたからでも、子供が成長したからでもない。きっとそれは、子供のために愛情を吐き出し続けて、風船のようにしぼんでしまった女の人の姿なのだ。

五月にある人は言った。

どれだけ親孝行をしてあげたとしても、いずれ、きっと後悔するでしょう。あぁ、あれも、これも、してあげればよかったと。

見慣れないスピードでひとつ〳〵が動き始めた。電話帳のページをかたまりでバサリとめくるように、重苦しく動きながらも確実にある一点へと向かっているようだった。

オカンは、いつも入院する時にそうしたように小さなバッグに洗面道具と着替え、何冊かの本を入れて仕度を整えている。

しばらく混ぜることのできないぬか漬けの壺《つぼ》には、たくさんの塩をまいて保存が利《き》くようにしていた。

九州に帰るなどして一週間程度家を空ける時には、十一階に住むヨシエにぬか床を預け、毎日混ぜてくれるようにと頼んでいたものだが、この時は、そうはしなかった。

この上なくきれいに磨き上げられた古い炊事場のステンレスには鍋《なべ》も布巾《ふきん》も掛けられてはいない。いつもと違って無機質なまでに片付けられている。

鉄製の扉の鍵《かぎ》を閉める音は、雑居ビルの吹き抜け部分の上下左右に響いた。

ボクとオカンはエレベーターに乗り、道路を挟んだ場所に借りてある駐車場へと向かう。途中、乗り込んで来る住人に深々と頭を下げるオカン。管理人室から初老の管理人が「この間は、ごちそうさんでした」とオカンに声を掛けた。

甲州街道は車がひしめきあっている。その上を走る首都高速4号線はコンクリートの支柱を揺らしながら雷のような音をたてている。一階のスーパーからは賑《にぎ》やかな音が漏れてくる。若者の団体がボウリング場の入口ではしゃいでいた。

いつもと同じ風景。その中を先月よりはだいぶ痩《や》せたオカンが歩いている。木枯らしがオカンの細くなった髪の毛を揺らしている。

ボクはその横で、入院道具の入ったオカンの合皮の安物の鞄《かばん》を持って見ていた。その姿は小さくて、頼りなくて、切なかった。

横断歩道を渡る時、ボクは思わずオカンの手を取った。オカンの手を引いて歩くのはこれが初めてだった。

幡ヶ谷から高速道路に入る。

「車の運転は気を付けんといけんよ」

「疲れとる時とかは運転せんごとしなさいよ」

「お酒飲む時は、車置いてから行きなさいよ」

繰り返し言うオカンの言葉にボクはただ「うん」と返事をするだけで、車は芝公園出口へと向かった。東京タワーを左側に眺めながら高速を降りるとすぐに病院はある。

甲状腺《こうじょうせん》ガンの手術をした時と同じ、東京タワーの麓《ふもと》にある病院。

「東京タワーのライトの色は、冬と夏で色が違うの知っとった？」

「そうね。気が付かんやったねぇ」

「そしたら、今度、暖かくなった時に見たらええ。夏色になっとるけん」

「そうね。覚えとこう」

赤羽橋の交差点も、病院の外観も、東京タワーの赤も、その日は真冬の曇り空の中で全部が薄氷を纏《まと》ったように、白く、ぼやけて見えた。

六人部屋の病室。オカンのベッドは入口を入ってすぐ右手前に用意されていた。これから精密検査のための数日が始まる。

「知っとる看護婦さんもおるけんよかった」

「ちゃんと検査してもらい。しょっちゅう来るけん、なんか欲しいものあったら言いよ」

「そげ来んでもよかたい。あんたも忙しかろうが。そやけど、パンのエサだけはちゃんとしてやりなさいよ」

「うん。わかった」

「それから」

「ん？」

「オトンにも、一応連絡しときなさい」

「あっ、うん。わかった。しとくよ」

その頃はボクの仕事も机に向かうだけではなく、なにかと外に出歩かなくてはならない内容のものが増え、一日が慌《あわ》ただしく動いていた。

以前は仕事の経理もオカンがしていたものだが、代官山に事務所を移してからはオトン方の従姉妹《いとこ》の博子がそこで働き始めていた。それからは、ボクがどんな仕事をしているのか、オカンはほとんど知らない。

そして、オカンと仲の良かった彼女がボクとはもう別れてしまっていることも知らなかった。初めてその彼女を家に連れて行ってオカンに会わせた日、彼女は鞄の中からリンゴをひとつだけ出して、お土産ですとオカンに渡した。

彼氏の母親にではなく、まるで友達にするようなその気安さがオカンには合っていたようで、また、それを喜ぶ性格のオカンと彼女はその日のうちに冗談を言い合って大笑いするような関係になった。

そして、ふたりが知り合ってしばらくした頃、彼女がお母さんに指輪を貰《もら》ったと言ってボクにそれを見せた。

その指輪は、病院の借家で空き巣に入られた時にも、それだけは唯一《ゆいいつ》、奥の奥へと大切に保管しておいたために残ったもので、その昔、オトンに買ってもらった、透明の石が付いた指輪だった。

「貰っちゃって、いいのかな?」

「いいんじゃないの。くれるって言うんだから」

光に当たると透明の中に虹《にじ》のような七色の輝きが見える石だった。貧乏性のオカンは、その指輪を普段につけることができず、時折タンスの奥から取り出してはいつも眺めるだけで「これが盗まれんでよかった」とそのたびに言った。

どれくらい価値のあるものかはわからないが、少なくともオカンにとっては大切な指輪だ。オカンは、いつかボクと彼女が一緒になるのだろうと、思っていたみたいだ。

笹塚の家にあったオカンの電話帳をめくって、オトンの番号を探した。事務所の番号を見つけて掛けてみると、コール音が転送されている。どうやら、自宅で電話を受けているようだ。

「オカン、入院したよ」

「そうらしいの。オマエの仕事はどうか？」

「まぁまぁや」

「そうか。まぁ、そっちの方はまだよかろうの。小倉辺りなんかは景気が悪いでからどうにもならんぞ」

「胃ガンみたいなんよ」

「おう。それも聞いた。で、どうちか？」

「まだ、今、検査しよる。あんまり良うはないみたいやけど」

「病室は？　相部屋か？」

「六人部屋」

「個室になったらもういかんぞ」

「どういうことね？」

「個室に移されたら、もう長くは持たんちゅうことよ」

「………」

この人の、この淡々としたというか客観的な態度はどういうことなのだろう。ボクはひどく憤《いきどお》りを感じた。冷たいというニュアンスではないが、まるで他人事《ひとごと》のように言葉を連ねる。

「まぁ、近いうちにそっちへ出て行くわい」

食べ物の匂《にお》いのしなくなった笹塚の部屋で目を醒《さ》まして代官山の事務所へ行く。原稿を書いて、打ち合わせをし、また外に出掛けていくつかの仕事を済まし、病院へ行く。仕事が遅くなりそうな時はその合間を縫って顔を出すという日が続いた。

そして、代官山に借りていた事務所も更新の時期が迫り、一室をシェアしていたオフィス作の松田美由紀さんと話し合ったところ、お互い今のスペースでは手狭になったということもあり、更新をせずに新たに引っ越すことにした。

オカンが退院して自宅療養になった時のことを考えると、なにかの時に目が届くよう、また仕事場と住居を一緒にした方がいいとボクは考えていた。

しかし、美由紀さんは一緒に借りた方が賑やかで楽しいし、協力もし合えるのだから、また同じ所に借りよう、広い物件を探してオカンの部屋も作って、みんなでオカンの面倒をみればいいじゃないと言ってくれたのだけど、どうなるのかわからないオカンの病状を考えると、そう甘えるわけにもいかなかった。

実際に不動産屋を見て歩く時間がなく、インターネットで物件を検索する。仕事場と住居が完全に切り離された間取りがいい。オカンが寝たきりになることを考えると、その部屋には物音が響かないように、陽当たりや風通しも良好であってほしい。めぼしい物件を見つけるたびに不動産屋に連絡を取り、夕方の空いた時間に内見をした。

仕事机に向かって黙々と原稿を書く。その内容はどうやって人々を笑わせてやろうかというもので、その合間に物件を見に出掛けては金の心配をし、賑やかで華やかな職場に行けば、自分なりに楽しげな振る舞いを見せ、消毒液臭い病院の廊下を歩いて、オカンの枕元《まくらもと》に腰掛ける。時間に急《せ》き立てられながら、感情のバランスはちぐはぐで、どこかがいつもちりちりする。腰のあたりから喉《のど》のあたりまで、砂が詰まったような息苦しさで気持ちが滅入《めい》る。

夜、ひとりになってその感情と対峙《たいじ》することに耐えられず、毎晩飲み歩いた。煩《わずら》わしいこと、恐ろしいことから逃避するために、友だちを呼び集めて矢鱈《やたら》と飲み続けた。

入院してしばらくの間、オカンは入院前よりも元気を取り戻していた。ボクが病棟に行くとベッドにはおらず、いつも談話室にある公衆電話でどこかに長電話していた。ボクはその姿を見つけるたび、背後からこっそり忍び寄って、肩を抱きながら脅かすと、毎回同じ驚き方をして笑った。

「元気そうやないね」

「あぁ、もう退屈やけんねぇ。ブーブおばちゃんに電話ばしよったったい」

「飯は、食べれるんかね？」

「だいぶ食べれるようになったばい。そやけどたくさんは入らん。どうも胃のあたりに引っかかるごとあってから。でも、なるべくね、食べ物で栄養とらんと体力が落ちるけん。あんた、プリンをとってやっとるけん、食べなさい」

病院の食事に付く、プリンやゼリーをいつもオカンは残してボクに食べなさいと言った。本当は柔らかいものしか胃を通らない身体《からだ》なのだから、プリンのようなものの方が食べやすいはずなのに、それをわざと残してボクに食べさせようとする。

病院の味がするプリン。いつまでたっても子供はプリンが好きなのだと思っている。オカンもプリンが好きなくせに。

そして、ボクは財布の中に入っている仕事先で貰ったテレホンカードと、自販機で買った度数の大きいものとをオカンに渡していた。九州にかけることが多いようだ。何枚あってもすぐになくなるだろう。

ボクはそんなオカンの姿を眺めて、この病気も今までのように、また、治るものだと信じていた。検査が終わって治療法が決まれば、時間はかかってもきっと大丈夫なのだろうと。

しかし、そう信じている気持ちは確かにあっても、どこかが今までと違う。その状況でボクとオカンが吸っている酸素の重さ、吹かれている風の湿度、秒針がたてるひとつ〳〵の音。それぞれがやけに気になって仕方がない。おかしな気がしてならない。もしかしたらと小さく感じている不安がその違和感を媒介に大きくなる。

この冬の冷たさは交互にやって来た、生暖かいのと、刺すように冷たいのと。

笹塚駅構内にCDのワゴン販売をしているスペースを見つけて何気なく眺める。クラシックやビートルズの海賊版が並ぶワゴンの隅に演歌のコーナーがあって、そこで中条きよしのベスト版を買った。

洋菓子店やサンリオショップの店頭はバレンタインデーのディスプレイ。赤やピンクが詰め込まれてチカチカ目映《まばゆ》い。

子供の頃、学校から手ブラで帰って来るボクに、オカンは不二家のパラソルチョコとかハートチョコなんかを買っておいてくれた。

三十過ぎて東京で同居するようになってからもなにかしら小さなチョコレートを渡してくれたけれど、もはや渡すオカンも、貰うボクも照れ臭くて互いにぶっきらぼうに振る舞ったものだった。

病院には毎日、誰かしらが見舞いに来てくれている。従姉妹の早苗、オカンの知人友人、BJ夫妻、色々な人々。特にミッチャンはほぼ毎日仕事終わりに寄ってくれて、ボクの代わりに病院の事務的なことまでしてくれていた。

その日、CDを持って病院に行くと、ホセが最近できたのだという彼女を連れて見舞いに来ていた。オカンは金色の紙でくるまれた、ウサギのかたちの大きなチョコレートを腹の上に置いて寝たままの姿勢で話している。

「ホセくんにもろうたんよ。かわいいねぇ」

「あんまり握りしめとったら溶けるばい」

「ホセくんはずっと彼女がおらんかったけんねぇ、あたしが今度、京王デパートで買《こ》うてきてやるち言いよったんやけど、よかったばいねぇ、かわいい彼女ができてから」

ふたりでバイクのヘルメットを持ったまま恥ずかしそうに聞いていた。

「中条きよしのＣＤ買うてきたよ」

ボクの友達が持って来てくれた折り畳み式のＣＤプレーヤーにそれを入れようとしたけれど、オカンは「後からゆっくり聴こうかね」と言った。

枕元の棚に石原裕次郎と越路吹雪。オカンの二、三枚しか持っていないＣＤの隣に友達のミュージシャンがオカンの見舞いにプレゼントしてくれたＣＤが飾ってある。

〝早く元気になって下さい〟とメッセージが手書きしてある新譜。このバンドのメンバーのほとんどはオカンの御飯を食べたことがある。その中でも、特によく遊びに来てはオカンと食事をしていたメンバーのＴは雑誌のアンケートの中で〝好きな食べ物〟の欄に〝リリーさんのオカンのメシ〟と答えていて、オカンにそれを見せるとものすごく喜んでいたものだった。

「オトンが、出て来るち言いよったよ」

「そうね……」

「それまでに散髪でもしとったらええ」

「外出はできんのよ」

「ここまで美容師さん連れてきてやる」

ボクはいつも自分が切ってもらっている大槻さんという美容師に相談をした。すると、大槻さんはふたつ返事で承諾してくれて、「水さえ出る所ならどこでも行きますよ」と言ってくれた。

大槻さんの勤めている美容室で休日に老人ホームや各施設など、外に出ることのできない人たちのために出張のボランティアをしているらしく、外で切るのは慣れていますとのことだった。

看護婦さんに話をして、広い洗面室を貸してもらった。その日は快晴で洗面所の小窓からはターコイズブルーの青空と東京タワーが額縁にはめ込まれた絵のように見える。

シートを敷いて椅子《いす》を置き、大槻さんの持ち込んだ道具を並べると、殺風景だった洗面室はまるで小さな美容院のようで、看護婦さんや他の患者さんが覗《のぞ》きに来ては「まぁ気持ち良さそうねぇ」と声を掛けていく。

食欲もなく、点滴を打ちながらのことだったけれど、女の人の気持ちというのはこうしたことだけでも元気や勇気がでるものらしく、その時のオカンの顔はとても晴れやかで、まるで病気のことなど忘れてしまったかのようだった。

ボクはその様子を隣で眺めながら、何枚か写真を撮った。ファインダーの中には、元気だった頃と同じ表情のオカンがいた。


オトンとオカンが別居してからこれまで、ボクは何回オトンに会っているのだろう。子供の頃は小倉のばあちゃんの家に泊まるたび顔を合わせていたけれど、それは何日くらいあったのだろう？　卒業などの節目にあたればオトンはオトンなりの父親的発言をするためにやって来た。

そして、今はオカンがガンで入院するたびに会うことになる。この七年間、オカンの病気事以外で話をしたこともない。

別居して三十年以上、戸籍だけとプラスアルファの夫婦関係と親子関係。その紙一枚だけで繋《つな》がっている家族という間柄を一番強く意識していたのは、もしかしたらオトンなのかもしれない。

ボクの進路やオカンの病気。父親、夫として最低限の役割、その義務だけは果たそう、やらなければならないと強く思っているのだと思う。

小倉から東京に来れば少なくとも一週間は滞在する。その間の仕事はどうしているのだろうか。事務所の電話がいつも転送されていることを考えると、以前のように派手にやっているのでもないようだ。

オトンはいつも、なにをしているのだろうか？　その疑問はボクが子供の頃から持ち続け、解明することのない謎《なぞ》だった。それ以前に、どこで、誰と住んでいるのかさえ知らない。電話番号さえ、最近知ったくらいなのだから。

そして、今回も上京するにあたって直前に連絡してみたところ、その電話越しの第一声はオカンの病状を尋ねるでもなく、こういう台詞《せりふ》だった。

「リアップでのォ、毛が生えたぞ」

はぁ？　なにをだし抜けに言い始めたのだ、このオッサンは？　ボクとしても昔と比べたらば少しは薄くなってきてはいても、まるでハゲの悩みを共有する友人に朗報発表！　とでも言わんばかりに、そう切り出してくるのである。

「まぁある程度長いこと使わんと効果も出らんのやけどよ、これがまた今、リアップが品薄でからのぉ。お父さんが周りの連中の分やらみんな手配してやって品物を押さえてやっとるんや」

いつになく饒舌《じようぜつ》に、ひとくさりリアップ効果について語り切ったところでひと息ついたオトンは、ようやくオカンの話、つまり、今回の上京の目的について話し始めた。

「医者はなんて言いよるんか？」

「もうすぐ検査の結果について話がある」

「まだ、相部屋におるんか？」

「そう。六人部屋」

「個室に移されたら、もうつまらんぞ」

「……。聞いたよ、それ」

本当にマイペースだ、この人は。マイペースという言葉に一片の曇りもなくマイペースな人である。

東京駅に着いたオトンを直接、赤羽橋の病院に連れて行く。久しぶりに会ったオトンはだいぶ老《ふ》けて見えた。リアップの話を聞いた後だけに頭髪に目がいく。言われてみれば全体的に薄くなって白髪《しらが》も目立つ。とはいえ、オトンも六十六になる年齢なのだから、なにが抜けてもおかしくはないのだが、その方面の往生際《おうじょうぎわ》は悪いらしい。

前に会った時にも見たことがあるジャンパーを着ていた。細かいチェックのジャンパー。着道楽のオトンが同じ服を着ているのを初めて見た気がした。

病室に着くと手鏡を持ったオカンがベッドの中で、髪を撫《な》でつけているところだった。その日、オトンが来ると知っていたオカンは病人なりにめかしこんでいた様子で、うっすらと化粧している。

「おう。どうか？　調子は？」

ベッド脇《わき》の丸椅子に腰掛けると、いつもと同じ台詞でオカンを見て笑った。

「胃の辺りにつかえてから、全然ものが食べられん」

「まぁ、手術せんといかんやろうの」

「もう手術はしとうないがね」

「しとうないっちゅうても、医者が切るっち言うんなら、せにゃあいかんやろ」

「そうや。治ることはなんでもせんといかん」

ボクもそれを勧めた。

「近いうちに先生から話があるけん、聞いてみらんとわからん……」

そして、オトンとオカンはたいして共通の話題もないのか、とりとめのない話をボソボソ続けている。ボクは例によってプリンを食べながら、その様子を黙って見ていた。

その時、ボクはオカンの左手の薬指に指輪を見つけた。たしか、ノブエおばさんに貰《もら》ったという金の指輪。昨日までは右手の薬指にしてあったその指輪が、今日、オトンがやって来るとわかっているその日に、左手の薬指に移動していた。

それを見てボクは、オカンがオトンに対して思っている色々なことが、それがわかったような気がした。

「なんか、おいしいもんでも食べて帰りなさい」

オカンの言葉に見送られてボクたちは病院を後にし、えのもとやホセと合流した後、中華料理屋に向かった。

オトンとふたりきりでは無言になりがちだが、オトンにもだいぶ慣れてきたえのもとたちが居るとなんとか会話も弾む。この時期から感じ始めたことだが、オトンはボクが思っているほど、無口ではないようだ。まぁそれは自分に興味のある話題ならばの条件付きだが、結構冗談なんかも言ったりするのだなと今更ながら発見していた。

「麻雀《マージャン》もやなぁ、六十過ぎてからやのぉ。負けんようになったんは。どうやったら勝てるかが、やっとわかったごとあるのぉ」

麻雀を覚えたてのホセとえのもとが興味津々《しんしん》に聞き入った。

「あたしらの住んどる小倉の方なんかは不景気だから、カラオケボックスとかね、そういう所がバタバタ潰《つぶ》れよるんよ。そしたらそこに、昔カラオケボックスやった場所に雀卓だけ入れてから雀荘にしとる所がある。もう、あたしらは騒ぎはせんけど、防音のしてある個室やから他の連中を気にせんでからできるわけたい」

「へぇー、そういう所があるんですかぁ。それで、お父さん？　どうやったら麻雀で負けなくなるんですかね？　僕、全然勝てないんですよ」

「そうやねぇ……」

オトンは苦笑いをしながら言った。

「あたしは、もう役満テンパイしとってもオリれるようになったねぇ。振り込まんことよ……。勝とうと思うたら……」

オトンのこれまでの生き方は、和了《あが》れる千点よりも、和了れない役満の方に魅力を感じて駆け抜けてきたことだと思う。それが今では、振り込むかもしれないたった千点のために、役満を切り崩せるのだと言った。

人生、常に役満を狙《ねら》って生きてきた人が、今になって千点の積み重ねこそに勝利があるのだと知ったところで、それは果たして勝ちなのだろうか。役満を目指したからこそ生じる犠牲がある。しかし、遠くを夢見たからこそ、その犠牲に存在の意味があり価値があるのだ。そこに置き去りにされた犠牲が結果的に平和《ピンフ》を和了るためのものだとわかった時に、その物語の陳腐さと味気なさは異物感がある。

「酒も最近は全然量が飲めんのぉ」

　そう言いながらお茶をするオトンのグラスには、ほとんど口をつけていない紹興酒がずっしりと残っていた。

「ウサギはまだ生きとるんか」

　笹塚の家に戻ってベランダを覗きながらオトンは言った。ボクにはお茶を入れろとは言わず、自分で湯を沸かして湯呑《ゆの》みを並べた。テレビを観《み》ながらポーチの中のリアップのマッサージ用ブラシを取り出し、頭皮をポンポン刺激している。

「もう、その年になったら少々髪がハゲとってもよかろうも」

　念入りにマッサージを続けるオトンにそう言うと、はにかみながら答えた。

「髪がないとのぉ、洋服がキマらんようになるんよ」

　まぁ、そう思うなら仕方がないかと、それ以上の追及はやめてウサギのエサを足していると、オトンはマッサージを続けたまま、こちらを振り向くでもなく、こう言った。

「よぉ」

「なに？」

「お母さんのぉ……。今度はだめかもしれんのぉ……」

担当の外科医K医師による説明の日が来た。

「あんた、絶対遅刻したらいけんよ」

午前中の予定だったため、前日にオカンから何度も念を押されていた。オカンは自分の検査結果よりも、ボクが遅刻して医師に迷惑をかけることの方が心配のようだ。

しかし、実はこの日。オカンに知らされたある時刻よりも一時間早くK医師とボクとの話し合いが持たれることになっていた。

時間直前になってもボクが病室に現れずにオカンがやきもきしている頃、ボクとミッチャンはK医師の診察室で事前に説明を受けていたのだった。

ライトテーブルに掛けられたレントゲン写真の前でK医師は言葉を探しているように何度もボクたちと写真を交互に見た。

甲状腺《こうじょうせん》ガンの手術をしてくれたT医師のような堂々としたタイプではなく、神経質そうなその医師は、なにか喋《しゃべ》り始める前からボクたちを不安にさせた。

「お母さんも、気付いていらっしゃるようですが、胃ガンですね」

そうだとは思っていたことでも、医師の口から伝えられると改めて重い。

「それは、甲状腺の時に残ったものからの転移なんですか……？」

「いいえ、違います。甲状腺ガンの手術ではほぼきれいに取り除いてありましたから。今回のガンはスキルス性のガンで進行胃ガンです。状況としては、もう、だいぶ広がってます……」

悪い虫が知らせた通りに、いや、それ以上に現実は良くない状況と知って、ボクは言葉が出なくなってしまった。そのボクの態度を見てか、ミッチャンが積極的に医師に質問をする。

「手術はできるんでしょうか？」

「いいえ。手術は無理です。お母さんの体力的な問題もありますが、なにしろ進行の速いものですから、胃の全体、その他にも広がり始めています」

「先生、では、どういう治療になるんでしょうか？」

ミッチャンが詰め寄るように聞いた。

「もう、後は、抗ガン剤治療ということになりますが……」

「抗ガン剤の効果はどれくらいあるんでしょうか？」

「人にもよりますが、劇的な効果を得る可能性は、決して高いとは言えません。そして、抗ガン剤治療を開始しますと、患者の身体《からだ》にはかなり負担がかかります。痛みや吐き気、だるさ、相当の衰弱が予想されますが……」

医師の口調は、もうなんの手立てもない末期ガン患者なのですから、無理をさせて苦痛を与えるよりは、このままそっとお迎えを待ってはどうですか？　と言っているようだった。

その考え方も、ひとつの医師としての判断なのかもしれない。末期ガン患者に対する対処の価値観もそれぞれであることは知っている。死は誰にでもいつかは訪れる。それを苦痛を伴いながら迎えるよりも、極力安らかに送ってあげたいと考えるのは当然だろう。

しかし、ボクはどうしても納得ができなかった。そこにある〝どうせ死ぬなら〟という考え方に頷《うなず》く気にはなれなかった。

もしかしたら、抗ガン剤治療を施すことで死期を早めることになるのかもしれない。でも、そこに〇・一％でも可能性が残されているのなら、その奇蹟《きせき》に向かい、たぐり寄せたい。

どんなに配牌《はいパイ》がバラバラでも、ここで役満狙いに行かなければいつ行くんだ？　どこにあるのかもしれない命の牌をツモり和了って蘇生《そせい》してほしい。作り笑いと張り詰めた穏やかさの中で三着を取りに行くよりも、奥歯を嚙《か》み切りながら一着を目指してほしい。

〝どうせ死ぬ〟んじゃない。〝どうしても生きる〟んだ。

そして、ボクはもう一度先生に聞いてみた。

「手術はどうしても無理なんでしょうか？」

「ええ、手術はできません」

手術はできません。抗ガン剤も好ましくありません。ならば、医者のあなたはなにをするんですかと憤《いきどお》りを感じたが、もうそれならば抗ガン剤治療をしてもらうしかない。オカンの身体に苦痛を与えるだろうが、望みが残っていることに目をつむることはできない。

「抗ガン剤治療を、お願いします」

ミッチャンも同じ意見だった。

K医師はひと息ついて、数分後に行われるオカンを交えての話し合いについて触れた。

「御本人にガン告知はされるおつもりですか？」

「はい。それは以前から母との約束ですから」

「グッバイ、レーニン！」というドイツ映画の中で、主人公の母親はベルリンの壁崩壊直前に心臓発作で昏睡《こんすい》状態に陥ってしまう。数ヶ月後、奇蹟的に母の意識は快復するが、その間に東西の壁は崩壊し、旧東ドイツは自由化が著しく進んでいた。愛国心を強く抱く活動家でもあった母に、息子はその事実を知られないよう、様々な嘘《うそ》をつき通す。

心臓を患《わずら》う母親にショックを与えないようにと優しさを嘘に変えて母を思いやる息子。

しかし、ボクの場合はオカンにすべてを告げる。最初のガンを患った時からあれだけガンに関する書籍を読み漁《あさ》っていたオカンのことだから、抗ガン剤治療をするといえば、どういう状況かはすぐに察することだろう。

そして、オカンは入院する前にもボクに念を押して言っていた。

「もし、治らんようなガンやったとしても、それはちゃんと言うてくれなさいよ。死ぬにしても、その前にせんといけんことがある」

ボクたちは、そういう信頼関係でずっとやってきた。それに、この話は死を宣告するために告げるのではない。生きる希望を持ってもらうために知っておいてほしいのだ。

K医師は告知をすると言ったボクを見て、「それならば、私から告知させて下さい」と言った。

それは医師の役割ということなのだろうか。どちらにしても、このすぐ後に行われるオカンに対する説明にもボクは立ち会う。

「では、先生からどうぞ」

まるで、カラオケの順番を譲るような口調でボクは答えた。

オカンの病室に行くと時間はすでに回っていたらしく、ベッドの横に立ってそわそわしているところだった。

「あんた、やっぱり遅刻してから。先生が待っとんしゃあのにから、もう……」

「ごめん、ごめん。そしたら、行こうか」

ボクとミッチャンは、今歩いて来た廊下をまた同じようにオカンと戻って行った。

さっきと同じ部屋。ライトテーブルに掛けられたままのレントゲン写真。今度はオカンを中心にして椅子《いす》に座ると、K医師は軽い雑談を済ませた後、さっきの煮え切らない口調とは打って変わって、不謹慎なくらいに立て板に水のテンポで告知し始めた。

「胃ガンです。それもスキルス性胃ガンと言いまして……」

医師が患者に面と向かって末期ガンを告知するというケースはどれくらいあるのだろう。少なくともこの医師は、この状況には慣れていないように映る。緊張して早口になり、厳しいことを知らせているにも拘《かかわ》らず、話し方は無機質で、一気にすべてをまくしたてた。

オカンはその間、消え入るような声で「はい……」「そうですか……」と相槌《あいづち》を打っていた。抗ガン剤治療の話題になるとオカンは即答はせず、「少し考えてみます……」と残した。

告知が終わって病室へ戻るオカンの姿は無理からぬことだが明らかに落胆していた。スリッパの音がペタペタと力なく鳴っている。

「スキルスっていうたら、アナウンサーの逸見さんと同じガンやねぇ……」

それがどういった類《たぐい》のものかいろいろな情報が頭と心を巡っているようだった。それはボクと同じで、オカンにしてみても自分が思っていた以上に病状は悪いものだった。

あの告知を聞かされてすぐに抗ガン剤治療に対して前向きになれというのも土台無理な話で、オカンはしばらく無口になり、表情にも憔悴《しょうすい》が見てとれる。

もしボクが同じ状態に置かれたら、激しく厭世《えんせい》的に振る舞い、自暴自棄に陥るだろう。落ち込んで静かになっているオカンだったが、その沈黙に自分で気付いた途端、少し笑って冗談めいたことを言った。

すごい人だな、とボクは思って胸が熱くなった。

その後、ボクとミッチャン、泰さんとオカンの四人で、今後の治療法について話し合った。

「きついやろうけど、してみらんことにはなんとも言えんのやから、抗ガン剤治療をしてもらうことにしよ」

ボクはずっとその論調でオカンを説得する。

「可能性があることは全部やっていかんと。マーくんもあたしたちも一緒に頑張るんやけん、栄子ババも頑張ろう。それとね、ワクチンのことをいろいろ調べてみたんやけどね、丸山ワクチンとか、ハスミワクチンとか、実際に栄子ババと同じ状態になっとる人でも、ワクチンで完治したっていう話はたくさんあるらしいんよ。国とか病院とかが認めとる薬やないからねぇ。でも、こっちから買いに行ったもんを病院に持って行って、お医者さんに注射してもらうようにお願いすることはできるらしいけん。私が代わりに行ってから、相談して、処方してもらえるようにしてくるけん。阿佐ヶ谷にハスミワクチンの診療所があるらしいんよ」

ミッチャンはガンワクチンに関する書籍やパンフレットを集めて調べてくれたようで、有り難いことにこのところずっとオカンのために動いてくれている。仕事も休んでくれているようだった。

ミッチャンが渡してくれたワクチンに関する本には数ヶ所に付箋《ふせん》が貼《は》ってあった。オカンのケースに近いものや購入の方法など、また、ワクチンの効果で命を取りとめた人々の写真入りコメントも多数載っている。

また、副作用のないワクチン治療で痛みのない余生を送ることができるとも書いてあった。

「でも、ワクチンは高いやろう……」

この期《ご》に及んでもお金の心配をするようなオカンに、泰さんはいつもオカンと接していた時の明るい雰囲気を崩さず、力強くオカンを励ました。

「なんね、そんな心配しなさんな。それくらい俺が買《こ》うてやるから。栄子ババにはまだ死んでもろうたら困るんやけんねぇ。心配せんでよか。死にゃあせんて」

事前にミッチャンから電話があって、今度の話し合いではオカンの治療に対するモチベーションが下がらないよう、たくさんみんなで可能性を出し合って励まそうと言われていた。

そして、オカンもこの夫婦の力強い意気込みに対して、後ろ向きな発言はできないと思ったか、弱々しい声ながらも「うん、そうやね」と繰り返していた。

従姉妹《いとこ》夫婦がオカンのためにこれだけ動いて良くしてくれているにも拘らず、ボクは口ではいくらオカンを励ましてもなにもしてやることができず、自分の無力さにいらだっていた。どれだけ治ることを信じていても、心の中で沈んだ汚泥《おでい》のような不安が身体と心の回転を鈍くする。

せめてなにかできることはと考え、毎日朝方まで飲み続けていた酒を、願掛けでやめることにした。

オカンの抗ガン剤治療が始まる。

病院の治療と並行してハスミワクチンも注射してもらうことにした。医師はワクチンに対して、口にこそしないが批判的な態度で苦笑するような表情だったが、本当は誰にもなにが効果的なのかわかるはずもないのだ。なにしろ、どうしてガン細胞ができるのかさえ、誰も知りはしないのだから。

〝希望とは、もともとあるものだとは言えないし、ないものだとも言えない。それは地上の道のようなものでもある。地上にはもともと道はない。歩くひとが多くなれば、それが道になるものだ〟。

言い古されたそんな言葉も、信じたい気持ちの中で初めて輝きを帯びて感じる。

抗ガン剤が投与されてすぐに、オカンの体調は見るからに悪化した。

初めは身体がだるい、気持ちが悪いと訴え、嘔吐《おうと》を繰り返すようになる。全身に激痛が走るようで、うつ伏せになったままもがき苦しみ、顔を上げたかと思えば吐き続ける。

吐き気と痛みは日ごとに辛《つら》さを増しているようで、時々、気を失いそうな吐き方をすることもあった。

オカンがこの治療法に不向きなのか、どの患者も同じように苦しむのかはわからないが、ボクはその姿を直視することができなかった。

見舞いに来てくれた人たちも、あまりの様子に早々と引き揚げてゆく。一日中、ぐったりとしたオカンは、ほとんど喋《しゃべ》ることもなくなった。

これだけの苦痛を受け止めながらも、ガンが治る確率が極めて低いとされる、この抗ガン剤治療。実際にやり始めてみて、オカンのこの状態を目《ま》の当たりにすると、抗ガン剤のように副作用と苦痛を伴う治療を避けて、その日までを安らかに過ごせる方向を考える人がいて当然だと知った。

そして、抗ガン剤の副作用は嘔吐や痛みのほかに、白血球の減少がある。白血球が減少すれば外部からの細菌に対する抵抗力が著しく低下し、肺炎などのいわゆる合併症を引き起こしやすい。そうなったら命取りだ。

　連続して行うには体力的にも問題がある。第一回目の抗ガン剤治療を終えて数日の間隔を設け、また第二回目の何日間が始まる。

「オカン、きついやろうけど頑張って……」

　いっそのことやめさせてしまいたいものだが、この方法をやめさせた時は、病気を治すという道を閉ざす時なのだと決めてしまうようで、それができない。

　しかし、オカンは「苦しい」「きつい」とは繰り返すものの、「やめる」とは言わなかった。オカンは生きようとしている。治そうとしている。肉体的な苦しみを味わうことなく、隣で応援しているだけのボクが思うより強く、その苦痛の中で、もがき、のたうち回り、生き続けるために吐きまくっているのだ。

　髪の抜け毛も増えたと言った。それが一番嫌だと言っていた。表情も顔色も生気が消えている。相部屋の人たちも揃《そろ》って心配している。

「抗ガン剤、また始まるけど大丈夫か……？」

「あぁ……。きついけどねぇ……」

　肉体も精神もそれを拒否していたはずなのに、魂の奥の方、そこにある気力だけで向かおうとしていた。

冬はどんどん終わりの香り。梅はもう、その花弁を散らしてしまいそうだ。プロ野球はオープン戦が始まる。この冬はオカンの豚汁をあまり食べないまま、過ぎてゆきそうだ。

二回目の抗ガン剤治療が始まった。一度目で衰弱したオカンの身体《からだ》には二回目の方が更に辛いものになった。

一日中、七転八倒し嘔吐を繰り返しても、もう吐き出すものがなにもない。それでも身体は胃袋と食道と舌を洗面器の中に投げ出そうとするように押し続ける。

くちびるは切れて血が滲《にじ》み、少ない吐《と》瀉物《しゃぶつ》の中にも血が混ざりだした。瞳《ひとみ》は葛湯《くずゆ》を流し込んだように白濁し、様々な痛みは激痛と変わっていた。あまりの痛さで呼吸困難になる。

オカンは頑張っていた。苦しみもがきながら抗ガン剤の副作用と戦い、その先にあるのかどうかはわからない奇蹟《きせき》の光を見つけようと漆黒の墨汁の中で、墨を幾度も飲み込んでは、それを吐き、何度も意識が切れそうになる彼岸の際《きわ》まで、渦に目が回るほど、ぐるぐるぐるぐる、ぐるぐるぐるぐる。

オカンはよく頑張った。

そして、オカンはボクに言ったのだ。

「もう、やめたい……」

この治療をこれ以上続けても、なにも起きることはないだろう。

「もう、やめよっか……」

ボクは言った。あきらめたのではない。オカンがこれだけ頑張って奇蹟を探し続けたのだ。少なくともこの抗ガン剤治療の中には一枚も当たり牌《パイ》は入っていなかったのだと思う。苦しみながら全部の可能性、すべての伏せてある牌を裏返しにして見てきたのだから、もう、この場所で無駄に苦しむことはない。

まだ、抗ガン剤をやめてもワクチンもやっているし……。それに、なにか現代のボクらには想像もつかないことが起きるかもしれない。

医学といったってわからないことだらけじゃないか。麻酔薬が人の痛みを取り除くということは明らかに誰でも知っていることでも、どうして麻酔薬を打つと人は痛みを感じなくなるのかというメカニズムは未《いま》だに解明されてないのだという。いい加減なものだ。

人の命は〇と一で組み立てられているわけじゃない。間違った数字を入力しても正しい回線に繋《つな》がることだってあるに違いない。

そんな曖昧《あいまい》な世界の中で医者がなにを言ったところでそれが必ずしも的中するとは限らないのだ。

みんな、なんでも知ってるつもりでも、本当は知らないことがたくさんあるんだよ。世界の不思議や、いろんな奇蹟。ボクたちの知らないことはたくさんあるんだ。

それなのに担当医はボクを呼び出してこう言った。

「あと、二、三ヶ月だと思っていて下さい」

抗ガン剤治療を中止してから、治療中のような吐き気や痛みは起きなくなったようだが、オカンはすっかりやつれてしまった。結果的に抗ガン剤がオカンを衰弱させてしまった。

それでも、少し楽になったオカンは笹塚の家から持ってきた本を手に取って静かにそれを目で追っている。

相田みつをの「おかげさん」や柳美里《ゆうみり》さんの「命」など数冊が枕元《まくらもと》の棚に並んでいた。

長い時間、本をめくっているので疲れるよと、ボクが本を取り上げようとするとオカンは言った。

「この人たちの本を読みよったら、気持ちが楽になる」

そこにボクの本はなかった。母親に読ませられるような内容の本を今まで書いてきてはないし、読ませたこともないけど、オカンはこっそり読んでいるようだった。

オカンの痛みを癒《いや》せるような本をボクは書くことができなかったけれど、そこに並んでいる作者の方々には、その時、心から感謝した。

オカンの気持ちを楽にしてくれて、ありがとう。

笹塚のキッチンの棚に相田みつをの詩が貼ってある。オカンがどこからか買ってきた、台紙付きの印刷された詩。それを食卓から一番よく見える場所に、オカンはいつの間にか貼り付けて、よく眺めていた。

ただいるだけで

あなたがそこに
ただいるだけで
その場の空気が

あかるくなる
あなたがそこに
ただいるだけで
みんなのこころが
やすらぐ
そんな
あなたにわたしも
なりたい

みつを

オカンの好きだった相田みつをの詩。オカンの憧《あこが》れる人物像だったのだろうか。六十九歳のオカンのなりたい、人の姿だったのだろうか。

でも、少なくともボクにとってのオカンはこの詩のとおり、ただいるだけでボクに明かりを照らし、安らぎを与えてくれる人だった。

そして、オカンは今、もしかしたらあと数日で死んでしまうのかもしれないのに、まだなにかになろうと頑張っているのだろうか。

病状はしばらく小康状態が続き、また見舞い客と元気に喋れるような日が増えた。固形物はほとんど食べることができなくなったが、少し前よりは調子が良さそうだった。

そんな時、オトンの妹の敦子姉ちゃんが夫婦でお見舞いに来てくれたという。その娘の博子は今、ボクの事務所で働いている。

オカンが中川家に嫁いだ時、まだ敦子姉ちゃんは独身で同居をしていた。小倉の家では二階の四部屋を学生に下宿させていて、敦子姉ちゃんはそこに下宿していた学生のひとりと、その先、結婚することになる。その学生が、博子のお父さんになる。

敦子姉ちゃん夫婦が病室から出て行った後、そこにいたヨシエにオカンはこう洩《も》らしたのだという。

「敦ちゃんと萬屋さん、あの夫婦にね、死ぬまでに一回、ちゃんと謝らんといけんことがあるんよ。そのことが、ずっと気になってからねぇ……」

その当時。敦子姉ちゃんと萬屋さんの結婚に、小倉のばあちゃんと兄であるオトンは猛反対したらしい。反対した理由はわからないが、とにかく、中川家の中では結婚は許さん、の一点張りだったそうだ。

ところが、その結婚に家族は反対しているということを、その本人たちにばあちゃん、オトンが告げるのではなく、オカンにそれを伝えに行けと強要された。

「あたしは好き同士が一緒になるのが一番と思うとったけん、なんでそんなこと言うんやろうかと思うたんよ。私は賛成しとったんやけど……」

なぜ、そんなことを肉親ではなく嫁いで来たばかりの義姉に伝言させるのか理解に苦しむが、オカンは嫌々ふたりを呼び出し、反対の旨《むね》を伝えることになった。

「あの時、ふたりはたいがい嫌な想《おも》いをしたやろうねぇ。かわいそうにねぇ。あたしは賛成しとるんやけど、そうも言えんやった……。あの時、あんなこと言うてしもうて、一回ちゃんと謝りたいと思いよったんよ……」

そんな理不尽な伝令に四の五もなく行かされる、その家の中でのオカンの立場とはどのような扱いだったのだろうか。

しかし、結局はどういう経緯で相成ったのかは知らないが、ふたりは晴れて結婚することになった。そして結婚した直後に萬屋さんはアメリカに転勤することになり、オカンもそれから顔を合わせることがほとんどなくなったのだ。博子もアメリカで生まれた。

そして、オカンにはその時の釈然としない後悔だけが三十年以上燻《くすぶ》り続けていたのだった。

慌《あわ》ただしい毎日の中。気が付けばいつの間にか春はやって来ていた。アスファルトとコンクリートだらけの東京でも、どこからか芽吹いてくる新しい植物たちの匂《にお》いが生暖かい風に乗ってやって来る。

いつもならこの季節は、笹塚の消防学校前から幡ヶ谷方面に延びる小さな遊歩道の桜並木をオカンは散歩している頃だろう。

その年、二〇〇一年の桜開花宣言は三月二十四日。病院の入口にある桜の木にも二分、三分と花が膨らみ始めている。

そして、ちょうどその頃。福岡からオカンの仲のいい姉妹、ノブエおばさん、えみ子おばさん、ブーブおばちゃんが三人揃って上京して来た。

その目的は、オカンに会いに来るためだった。この四人姉妹でいつも旅行に出掛けていた。色んな所に行ったらしい。姉妹で旅行に行った時の話をするオカンは、まるでそれが昨日あったことのように笑いながら、驚きながら、身振り手振りを交えて、口の中で嚙《か》みしめるように話した。

焼き増しした写真に写るオカンはどこにいても少し斜に構えた同じポーズで、それがオカンの中のベストアングルらしい。

長女のノブエおばさんにはいろんなことを相談して差し入れや小遣いを送ってもらっていた。次女のえみ子おばさんとはまめに手紙をやり取りして、いろんな趣味を習っている。ねぇちゃん、ねぇちゃんと子供のように姉を慕い、妹にあたるブーブおばちゃんとは長電話をしたり、花札、パチンコ、ボクが教えたスーパーファミコンの「ぷよぷよ」を朝までふたりでやっていた。

おばちゃんたちはみんな、オカンの病状を聞いて駆けつけたのだろう。病室に三人の姉妹が入って来ると、オカンは小学生のような表情で笑い、おばちゃんたちはみんな泣き顔のまま笑ってた。

そして、おばちゃんはボクに言った。

「お母さんを外に連れて行ってもええかね？」

みんなの泊まっている東京タワーの近くにあるホテルで、姉妹四人、同じ部屋で眠りたいのだと言った。

「そうして下さい」とボクは言った。

もう冬の寒い時からずっと、オカンは外に出ていない。外に出ればもう春の風が気持ちいいし、桜も少し花をつけている。

そしてなにより、オカンの大好きな姉妹たちとこの陽気の中、出掛けて一緒に枕を並べて、昔話をしながら眠れるのだ。オカンにとって夢で見たような話だっただろう。

このところ体調も良い。ミッチャンが医師に外泊許可をもらった。

病室の中にいても、今は特別な治療をしているわけでもない。楽しい気持ちになれるのなら、それがなによりの薬だ。

病院から用意された車椅子《くるまいす》にオカンは座り、おばちゃんたちがみんなでそれを押した。

「オカン、楽しんでおいで」

「あぁ。ちょっと行ってくるけんね」

車椅子のオカンを初めて見た。洋服に着替えたオカンも久しぶりに見た。おばちゃんたちに囲まれて車椅子でおめかししているオカンは、誕生日会の子供のように楽しそうだった。

その姿を見送って仕事に出掛け、合間を見て、また不動産物件を内見しに行った。代官山の事務所と同じ電話番号が使える同じ目黒区の中目黒は都合がいいと思っていた。

三階建ての一軒家。一階は二台分の駐車場と倉庫。二階には広めのリビングとキッチン。炊事場は笹塚の三倍以上広いし、オーブンも備え付けてある。三階は五部屋あって一番陽当たりのいい角度に和室があるというのだが、なにぶん内見した日は全面的な内装工事の途中で細かな部分はわからなかったけれど、陽当たりのいい和室があるということ、炊事場が広いということ、二階を仕事場にして三階にオカンを寝かせていても、どちらの階にもトイレがあって階段を降りなくていいことなど、考えていた条件をおおむねクリアしていた。家賃は高いが無理のしどころだ。

そして、この家を借りるもうひとつの理由になったことは、歩いてすぐの場所に蛇《じゃ》崩《くずれ》訪問介護ステーションという看板を見つけたからだった。なにか、その存在がとても心強く感じられたのである。

この家なら、オカンを介護しながらでもうまくやっていけそうだと思った。

夕方、ブーブおばちゃんから携帯電話に連絡が入った。

「今ね、みんなでね、ホテルの部屋に食事を運んでもらってからね、食べよるんよ」

「オカンはどうしよる？」

「それがすごいんよ。オカンね、刺身を食べたんよ」

「すごいね。よう食べれたね、そんなの」

「ちょっと待ってん。オカンに代わるき」

「もしもし」

「刺身食うたんちね!?」

「おいしいもんやったら食べられるごとあるばいね」

電話口の向こうでおばちゃんたちの笑い声が聞こえた。

「そうよかったねぇ。今日はそこに泊まるんやろ?」

「ベッドを入れてもろうて、みんな同じ部屋で寝るんよ」

「そら、楽しかろ。よかったね」

病は気からというものだろうか? あれだけ柔らかくしたものでもほとんど喉《のど》を通らないと言っていたオカンが生ものを食べられるようになるなんて。これからもこういう精神的なものが大切なのかもしれない。

とにかく、おばちゃんによろしくお願いと頼んで電話を切った。

その日の夜は、春とは思えない冷え込みだったけど、おばちゃんが来てくれて、オカンは外出して刺身が食えるくらい元気だ。久しぶりに気分のいい夜だった。

もう酒もしばらく飲んでいないが、不思議と飲みたいとは思わなかった。おそらくボクはアルコールそのものはそんなに好きではないのかもしれない。とはいえ、酒のない夜は時間が経《た》つのが遅い。今日、内見した物件の内装が完成した予想図をぼんやり想像し、キッチンの広さにオカンが喜んでいる姿を思い浮かべていた時だった。

また、おばちゃんからの電話が鳴った。

「オカンが倒れてから、救急車で病院に戻ったんよ」


車で病院に駆けつけた時には面会時間もとっくに過ぎた時間帯だったけれど、この頃になるとボクはそんなことはお構いなしでいつでも病棟に出入りしていた。救急の入口からエレベーターに向かい暗くなった廊下を小走りにオカンの病室へと向かった。

病室へ入るとオカンのベッドがあった場所には荷物も名札もなくなっている。

なにか嫌な予感だ。子供の頃、オカンと知らないおじさんと一緒に健康センターに行って、オカンを見失った時のような、ぐるぐると心が引っ張られるような感覚。

ナースセンターに走ってオカンの居場所を聞いた。

「同じ病室の奥、窓側のベッドに移動しましたよ」

消灯された病室の奥。枕元《まくらもと》の蛍光燈だけをつけたまま、オカンは眠っていた。点滴の数が増えていたけど、顔を見て安心した。

胃痛が激しく起こり、胃痙攣《いけいれん》になったらしい。麻酔を打って寝ているようだ。

「刺身なんか、食うけんやろ……」

はしゃぎ過ぎたのか、サービス精神のつもりだったのか、少し無理をしたようだ。でも、この無理はするべき無理だ。おばちゃんもそれを承知の上で誘ってくれたと思う。そうしたことで姉妹四人、病院の外で御飯を食べて、少しの間でも枕を並べることができたのだから。オカンもこれでよかったと思っているはずだ。

今日はこのまま、オカンの横で眠ることにした。丸椅子に座ってベッドにもたれかかり朝までいよう。窓際《まどぎわ》から冷気が漂って寒いけれど、そうすることにした。

少しウトウトして目が覚めた。しばらくすると、オカンはゆっくり目を開いてボクの方を見る。

そして、にこにこと屈託のない顔で笑った。

「いつ……。帰って来たんかね……？」

「あっ、オレ？　だいぶ前に来とったんよ」

「やっぱり、家がええねぇ……」

「うん……。そうやけど……」

「あんた、あれよ」

オカンはなにか思い出したような口調でボクを見つめて言った。

「冷蔵庫に、鯛《たい》の刺身が入っとるたい。それとね、鍋《なべ》の中に、なすびの味噌汁《みそしる》があるけん、それ、温めてから、食べんしゃい……」

どうしたのだろう？　なにを言っているのだろう？　ボクはびっくりしてドキドキしながら、思わず言葉が口を突いて出た。

「どうしたん……？　なにを言いよるん……？」

するとオカンはこぼれるくらいに幸せそうな顔でボクを見ながら言った。

「なすびの、味噌汁よ……」

ボクはなにも考えられなかったけど、涙がボロボロこぼれ落ちた。オカンはボクを見つめて、ずっと微笑《ほほえ》んでいる。

「オカン……、どうしたん……？」

おそらくオカンは朦朧《もうろう》とする意識の中で、この病室を笹塚の家のキッチンだと思っていたのだろう。笹塚でオカンがいつも座っていた食卓の場所は、すぐ背後に流し台があって、その流し台に付いた小さな蛍光の手元燈とベッドの枕元で後ろから照らす読書燈が、記憶と現実と願望の中で混じり合い、このベッドを笹塚のキッチンに見せているのかもしれない。

オカンはずっとにこにこしているのに、ボクは涙が止まらなかった。

自分がそんな状況になっている時にも、幻覚の中でボクの御飯の心配をしている。ボクはいたたまれず、窓の外に目を背けた。すると、そこには信じられないような風景が広がっていたのだ。

真っ暗な真夜中の黒に、桜の木が並んで桃色の花を浮かび上がらせている。そして、その桃色の花びらと、黒い夜の間を、真っ白な雪がごうごうと吹雪《ふぶ》いているのだ。見たこともない現象だった。桜の花が吹雪に揺らされている景色というものを、ボクは生まれて初めて目にした。

「オカン……。雪が降ってる……」

そう言って外を指差しても、オカンはボクをあやすような笑顔で、ずっと見ている。

「なすびの、味噌汁があるやろ……」

三月三十一日から四月一日にかけて、東京には春、桜の季節にも拘《かかわ》らず雪が降った。早朝の気温マイナス一・八度。雪が降り、結氷。

なにが本当で、どれが嘘《うそ》なのかがわからないエイプリルフールの出来事。

なにか、すべてがおかしく回り始めている。

ほどなくして、オカンは同じ階にある個室に移ることになった。ボクはその日から、簡易ベッドを入れてもらい、毎晩、そこで看病をすることにした。

〝個室に移されたら、もうつまらんぞ〟と不快な予言をしていたオトンもすぐに駆けつけた。

「ここやったら、他の患者さんに気兼ねせんでから、みんなお見舞いに来れるね」

「そうやねぇ」

「ここ広いけん。ベッド入れてもろうたんよ。毎日これで寝るわ」

簡易ベッドといっても、夏場に縁側で使うようなビニール巻きのデッキチェアで、こんなものでも一日数百円のレンタル料を病院に納める。そして、個室に移るとすぐに看護婦が室料に関する料金表を持って来た。保険の利《き》く六人部屋と違って、ここは一日四万円らしい。一ヶ月で百二十万円。新居の敷金礼金等を支払ったばかりで、毎月払えるのかどうか心配になった。

オカンはもう固形物は全く口から入れることができなくなり、口にするのは水分だけ。ほとんどの栄養が点滴から注入される状態になった。

いつの間にか朝型の生活をしているらしいオトンが毎朝、笹塚の家から病院に来る。オトンが来ると交代でボクは仕事に出掛ける。病室で書ける原稿は極力そこで片付けた。

ミッチャンは相変わらず毎日来てくれる。毎日、誰かしら見舞いに来る。オカンがひとりきりになっている時間はほとんどなかった。

最初の頃は身体《からだ》を起こして座ることもできたし、しっかりと会話もできた。

でも、桜の花が開くたびにオカンの身体は自由が利かなくなり、もう、トイレにも行けなくなった。ひとつずつ、オカンの身体の中を通るカテーテルが増えてゆく。

ボクはその過程をただ横で眺めるだけで、なにもしてあげることも、奇蹟《きせき》も起こせないまま、ただそこにいる。

微熱が続いている。ボクは製氷器から氷を運んで来て、洗面器の中でタオルを冷たくしながら手のひらや足のうら、寝着から出ている部分を一日に何度も冷やした。

「オカン、絶対治るんやけん、頑張らんといかんよ。心配せんでよかよ」

オカンはボクの方を見ながら、ただうなずいていた。

「痛いんやろ？　腹痛いんやないと？」

徐々に腹水が溜《た》まり始めていた。

「おなかにね……水が溜まりだしたら、もういけんの……。京一も、そうやったけん……」

「大丈夫や。そげ言うほど溜まっとりゃあせん……」

えのもと、ホセ、ツヨシ、ＢＪが偶然、みんな同じ時間に集まった。近所のそうざい店で弁当やおかずを買って、オカンのベッドの周りを囲むように座って御飯を食べた。

「オカン、笹塚で飯食いよるみたいやね」

オカンは笑って、それを見ていた。本当は自分が拵《こしら》えたものを食べさせたかったに違いない。

オトンもなにも言わずに毎日、朝からボクが交代に来るまで病室にいる。「開運！なんでも鑑定団」の放送がある時だけは、毎週欠かさず観《み》ているからという理由で早く帰ったけれど、それ以外の日はずっと、病院にいた。

痛みをひどく訴える時には点滴の中にモルヒネを入れられた。そして、日が経つほどに、その回数は増えていった。

その日の夜は、オカンはいつになくよく喋《しゃべ》っていた。ボクはらくのみに入れたお茶を飲ませながら、一緒に喋った。

「オカン、新しい家はキッチンも広いけん、なんぼでも好きなもんが作れるよ。オカンの部屋はね、三階にある和室やけん。一階の土間には柵《さく》で囲んだら、パンもよか運動になるくらい跳びはねることあるよ」

「そうね。楽しみや、ね……」

「早よ元気になって笹塚に帰ってから、一緒に引越しの準備しょ。今度の家は静かな所やけん、ゆっくり眠れるよ。家具とかも欲しいもんがあったら買《こ》うたらええ。５ＬＤＫよ、オカン。広いで掃除は大変やろうけど、もう、誰が来ても恥ずかしゅうないよ。誰にも気兼ねせんでええ。オカンの家なんやから」

「そうね……。ありがとうね……」

氷を取りに洗面室に行くと、小さな窓からオレンジ色に輝く東京タワーが見えた。タオルを洗いながら見えるその光は、いつもよりか近くに見えた。

「オカン、今度、東京タワーの展望台に行くっち、約束しとったやろ。行かんといけんね。オレもまだ上に昇ったことないんよ。オカンもなかろうが？」

「あたしは、あるよ……」

「うそや。いつ、行ったん？」

「東京タワーは……、もう何回も昇った……。五回も、六回も上に行ったことがある……」

現実的に、そんなはずはなかったと思う。その時も幻覚に惑わされていたのだろうか？

いや、それが現実の話ではなくとも、オカンは意識の中で、東京タワーの展望台を、そのまた上空を、本当に何度も昇ったのかもしれない。本当じゃないはずなのに、まるで本当の話のように耳に伝わった。

オカンはオカンの中の世界で、オカンの意識の宇宙で、そこに何度も昇って行ったのかもしれない。ボクと一緒に行くと約束したその場所に。

鼻、口、尿道、呼吸器、もう数えきれないほどのカテーテルがオカンの身体から延びていた。溜まった胃液を外に吸い出すためのチューブは、看護婦の見よう見まねでなんとかボクでもそれを操って吸い取ることができるようになった。

腹水の溜まる速度が速くなり、カエルのような腹になっている。そのたび医師に針を刺してもらい、水抜きをした。

心電図はずっと枕の隣でちきちきと動いている。

ミッチャンが病院に交渉してくれたおかげで、個室料金が六人部屋と同じ額になった。

撮影の仕事でスタジオにいた時、プロデューサーが駆けてきて、すぐ病院に向かって下さいと言われた。病院に連絡するとジュースを気管に詰まらせて呼吸困難になったらしい。

急いで病院に戻った。なんとか持ち直したようで、薬を入れられて深々と眠っている。

それから、オカンは液体を飲むということができなくなり、水分は氷をくちびるに当ててやるとか、水に浸したガーゼで口を拭《ふ》くなどして、かろうじての水分を補給した。

オカンの痛みは断続的に続くようになった。もう、かなりの量のモルヒネでも効きが弱くなってきている。身体はほとんど動かなくなっているのに全身から苦痛の様子が手に取るようにわかる。

「あつい……」「こおり……」「いたい……」

刻み出すような声でオカンは言った。ボクはそのたび、氷をくちびるにつけ、手足をおしぼりで拭き、身体をさすった。なんの意味があるのかわからないその行為だけをただ愚鈍なまでに繰り返した。

四月十二日木曜日

その夜は、今までにないくらいオカンは苦しみ続けた。そんなに身体が動くのかと驚くほど全身をねじってもがき続けた。

ボクはナースコールを何度も押して助けを求める。過分なほど投与しているモルヒネさえ、もう効かないのだろうか、状況が静まる気配がない。

「オカン、痛いんやろ、かわいそうに。大丈夫か。頑張ってな。オカン。オカン……」

なにも救ってあげることさえできない上に、もはや、掛ける言葉さえ無力に感じる。耳の後ろや、首のまわりが熱い。各部位のカテーテルからポコポコと音が逆流している。酸素吸入のマスクをつけても苦しいのか手で払いのけてしまう。

動悸《どうき》が荒い。痛みは鎮《しず》まるどころか、更にひどくなっているようだった。身体をうねらせて、声にならない悲鳴を上げた。

このまま気絶してしまうのではないかと思った時だった。オカンは自分で腕に刺してある点滴の針を引き抜いた。それは、事故ではなく、明らかに故意にそれを自分の腕から抜き取ったのである。

「なんしよるんか!!　そんなことしたらいかんやろ!!　オカン、しっかりしてくれ!!」

針が抜けテープがめくれた部分から覗《のぞ》く皮膚は鬱血《うっけつ》して葡萄《ぶどう》のように膨らんで紫色

に染まっている。

ボクはオカンの手を強く握りしめて目を見つめた。オカンも見開いた目でボクを眼光炯々《けいけい》と見据えている。

そしてオカンは泣き顔にならないゆがんだ泣き顔で、涙を落としながら、すり潰《つぶ》すような声で言った。

「死にゃあええ……」

「なにを言いよるんか……」

「もう、死にゃあええ……」

「なにを言いよるんか!!　オカン!!」

ボクは強く握ったオカンの手を何度もベッドに叩《たた》きつけて言った。

「なんで、そんなこと言うんか!!」

オカンが初めて吐いた弱音だった。今までどれだけ苦しくて、痛くても、ずっと前向きに歯を食いしばり、指先に力を込めていたのに、遠くなる意識の中でオカンはそう言った。

四月十三日金曜日

オトンが朝来た時にはオカンの痛みは鎮まって、ぐっすりと眠っている時だった。昨晩のことを知らないオトンはオカンの寝顔を覗き見て「よぉ寝とるわい」と言った。

「しばらく、お母さんもこの状態が続きそうやのぅ」

なんの根拠を以《もっ》てしてかは知らないが、オトンはそう言うと、明日、一度小倉に戻って来ると言い出した。

「まだ、大丈夫やろう。一旦《いったん》帰って、用事を済ませてから、すぐ戻るたい」

言われてみれば、もう二週間も東京にいる。仕事があるのなら、色々と面倒なことになっているだろう。

ボクもここ数日、ほとんど寝ていない。疲労で精神力が切れそうになる寸前だった。オカンの手足を拭いて仕事に出る。

そしてまた、夜。病院に向かいながら車の中でプロ野球中継を聴いていた。普段なら毎試合の結果を気にしているところだが、この開幕からは夜、ほとんど病院にいるもので、巨人がどうなっているのか、まるで知らない。

小さい頃、ボクはオカンに買ってもらった巨人のスタジアムジャンパーが好きで、よくそれを着て写真に写っている。

「あんたは長嶋が好きやったねぇ」

三十を過ぎてもまだ長嶋が好きなボクは巨人と同じユニフォームの草野球チームを作り、試合に出掛けては負けている。

メンバーを連れて家に帰って来ると風呂《ふろ》が沸かしてあって、オカンは決まってこう言った。

「また、負けたんやろ？」

そして、大きな木桶《きおけ》いっぱいに握ってあるおにぎりを出して、みんなに食べさせていた。

ラジオ中継の試合は延長十回裏。相手投手、横浜の森中から四番松井が看板直撃になるサヨナラホームランを打って試合を決めた。

サヨナラー‼　サヨナラだー‼　松井のサヨナラホームラン‼

病院の駐車場に車を止めて、それを聴いていたボクにサヨナラの声が何度も耳に響いた。

「オカン、松井がサヨナラホームラン打ったんよ」

氷をくちびるに当てながらオカンに報告した。今日は、昨日と比べるとだいぶ落ち着いている。とても優しい表情だった。

おしぼりで手足を拭いて、手のひらをマッサージしていると、オカンがなにか言いたそうに、口をパクパク動かしている。もう、声がほとんど出ていない。

「…………」

「なに？　どうしたん？」

「…………」

オカンの口元を注意深く見て言葉を探った。

「ありがとうって、言いよるん？」

オカンは小さくうなずいた。

四月十四日土曜日

明け方になり、オカンの容態は急変した。心拍数、脈拍は乱れ、熱が三九度以上出た。血圧はどんどん下がっていく。医師や看護婦の動きが朝から慌《あわ》ただしくなっていった。

「オカン、オカン……。わかる……？」

薄く開いた目では、かすかにボクを追っているような気がしたけれど、ほとんど意識は消えかけていた。

昼前にオトンが小倉へ帰るための荷物を持って病院に現れた時には、更に状況は悪化していた。

「どうしたんか……？」

「急に悪くなった……」

担当医は小声で告げる。

「今晩がヤマになるでしょう」

身体中の毛穴がぎゅうっと縮まるようだった。

オカンはきっと、オトンに帰ってほしくなかったんだろう。

オトンは結局、小倉に帰ることを取りやめにした。

夕方になると病室にたくさんの人が集まった。ブラインドから春の夕陽が差し込む病室で、みんながオカンを見守っている。

「オカン、みんな来てくれたよ……」

オカンの空虚な瞳《ひとみ》は、どこも見ていないようだったけど、本当はみんなを見回して、「よう来たねぇ」と言っていたのだと思う。

オカンはとっても静かだった。もう痛くはないのかもしれない。

ミッチャンが、今日は親子三人水入らずにしてやろうと言い、みんながひとりずつオカンに声を掛けて病室を出て行った。

暗くなった病室。ボクとオトンはベッドの両脇《りょうわき》に座ってオカンの手を握っていた。

その頃、巨人戦は九回裏。ツーアウト一、三塁でバッター清原。5対5同点からの清原のひと振りはレフトスタンドに突き刺さるサヨナラ3ランホームラン。

サヨナラー！　サヨナラー!!　サヨナラー!!

昨日の松井、今日の清原。オカンは二日続けてこの二人からサヨナラしてもらった。

オカンはすやすやと赤ちゃんが眠るように静かだった。

〝オカン、もう行くん？〟

〝オレ、まだオカンになんもしてあげとらんのよ……〟

ボクとオトンとオカン。

ボクたち親子三人が同じ部屋の中で寝るなんて、何年ぶりなんだろう？

オカンの最後の願いはボクたちがこうして同じ場所で眠ることだったのだろう。

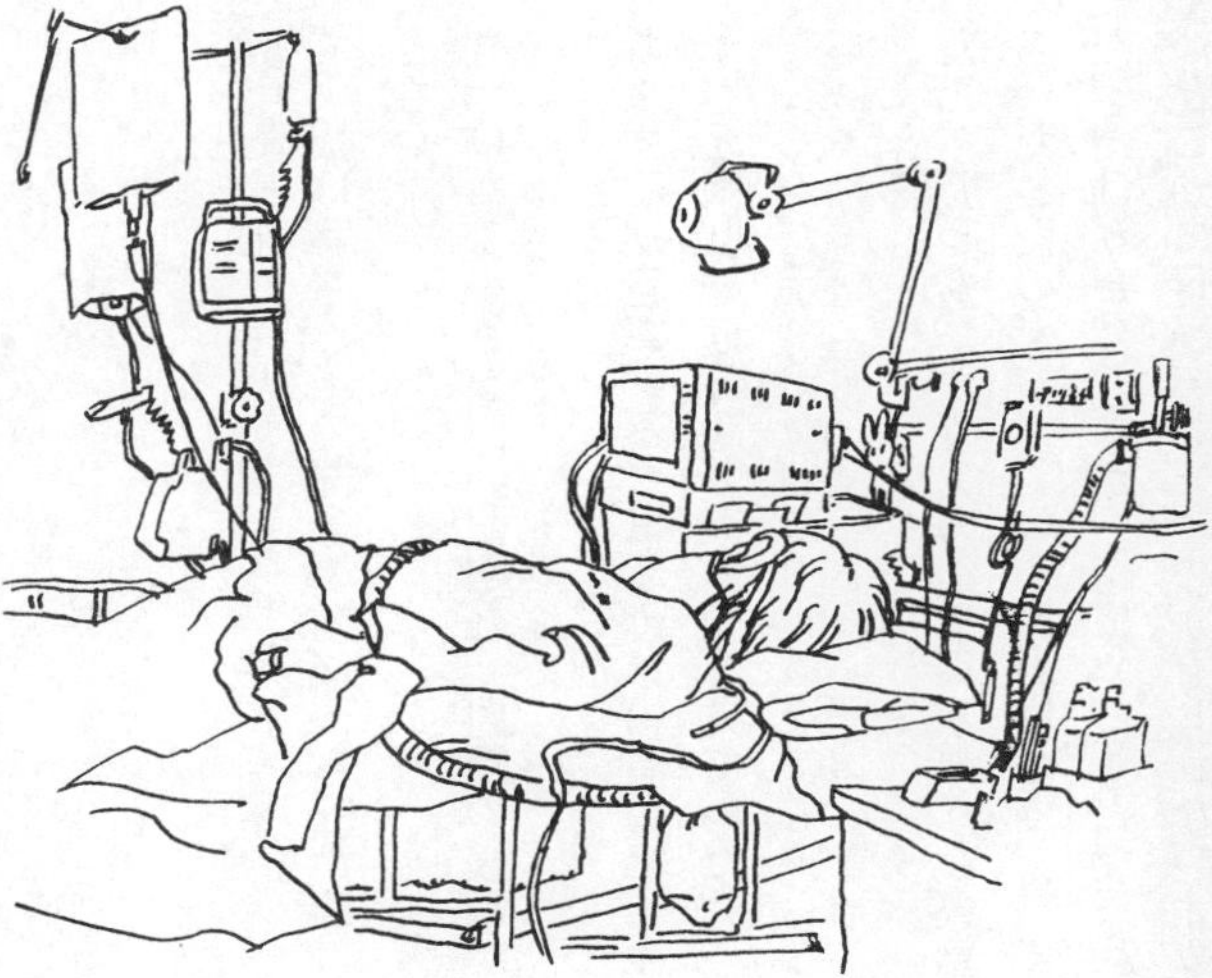

IX

あの日の夜のことは、どうしても思い出せないのです。

記憶の道筋を辿《たど》って、抜け落ちたその部分の前後から呼び起こそうとしても、まるで思い出すことができない。

オカンのベッドの枕元《まくらもと》にある小さな白い照明と、間隔の緩やかになった心電図の音と緑色の明かり。

その光だけがちらちらする病室で、ボクはオカンの右手を、オトンはオカンの左手を握りしめたまま、ずっと眠り続けるオカンの顔を見ていた。

ものすごく熱くて、むくんだ手。ボクとオトンはなにも喋《しゃべ》らなかった。煙草《たばこ》を喫《す》いにも行かなかった。

その姿勢のまま、ただ、じっと、オカンの消え入りそうな寝息を聞いていた。

それが夜の何時くらいだったのだろう。いつにも増して、とても静かな夜で、いつになく深い香りの夜だったけれど、三人が一緒にいることで、寂しくも心細くもない夜だった。もうすぐ、どこかに行ってしまうのかもしれないオカンの横顔を眺めながら、悲しさの隣で、少しだけ温かいものがじんわりと温《ぬく》もりを持っていた。

そして、それから、ボクとオトンがいつ、どうやって眠りに落ちたのか、どうやっても思い出すことができない。

ただ、その時の眠りは徹夜の続いたこの数日、いや、この数ヶ月、もしかしたら、今までに経験のないくらい深くて安らかなものだったと思う。

まるでどこか、この世ではない場所に抜け出して、さざ波を遠くに聞きながら揺り籠《かご》で眠ったようだった。果てのない海に沈んで行くように柔らかで心地良かった。

もう一度、オカンのお腹《なか》の中に戻って、羊水の中を漂いながら、安心しきって眠ったみたいに、なんの記憶もなく、ただ深く優しい眠りだった。

「もう、寝なさい」

今まで、オカンに何千回と言われた言葉。

「もう、寝なさい」

あの夜、オカンは疲れ果てたボクたちの顔を見て、この病室ではないどこかに連れ出して、ぐっすり眠らせてくれたのかもしれない。

「もう、なんも心配せんでいいけん。ゆっくり眠りなさい」

子供の頃、ボクが泣いているとオカンはいつも言った。

「なんも心配せんでよか。もう、寝なさい」

あの時、ボクたち三人はみんなで、どこかに出掛けていたのだと思う。

その眠りから醒《さ》めた時、ボクは簡易ベッドの上にいて、いつの間にかタオルケットが掛けられていた。ぼんやりと目を開くと、医師や看護婦がオカンのベッドの周りを慌《あわ》ただしく駆け回っていた。その視界の向こうには、ソファーに横になったオトンがまだ寝息をたてている。

ボクは数十秒の間、身体《からだ》を倒したまま朦朧《もうろう》とその様子を眺めていた。朝日が病室に射《さ》し込んで点滴の袋を光らせている。

その時、当直だったベテランの看護婦はあきらかに半笑いの表情と声色で言った。

「御家族の方、起こしますかぁ？」

身内が死にかけているというのに眠りこけているボクたちを滑稽《こっけい》に思ったのだろう。

医師に向かって冗談でも言うような口調で言った。

オカンは目を開けているというのに、そう言った。

ボクたちにとって、なによりもかけがえのない人であっても、この人たちにとっては毎日起こる仕事の中のひとつ。どこかの誰かが死んで、また、別の誰かが死ぬ。

人の命や死に対して、完全に麻痺《まひ》した人間の言い方だった。

それを聞いてボクが立ち上がるとベテラン看護婦はバツの悪そうな顔でそそくさと病室を出て行った。

ボクはオトンを揺り起こしてベッドの脇《わき》に座り、オカンの顔を覗《のぞ》き込む。

すると担当の医師が言った。

「危篤《きとく》です」

オカンは一生懸命開こうとする眼を痛みで引きつらせながらもがいた。

「オカン、痛いんか……？」

唸《うな》るような声が声にならない。左手を握りしめながら額の汗を拭《ふ》いた。心電図に映る心拍数や血圧の数値がどんどん低くなる。

ボクの後ろで立ちすくんでいるオトンがひねり出すような声を上げた。

「栄子……！」

オトンはオカンの髪の毛を撫《な》でた。オカンの乾いて割れたくちびるがパクパクとなにか言おうとしている。

「どうしたんか？　オカン？　熱いん？」

濡《ぬ》らしたタオルで額や手のひらを冷やす。寝着が汗でぐっしょりと湿っている。

「なんか欲しいんか？　のど渇いたん？」

その問いかけにオカンは喉《のど》のもっと奥の方からきれぎれに答えた。

「……み……ず……」

「わかった。ちょっと待っとき！　オレ、氷取ってくるけんね」

ボクはマグカップを持って製氷器に走った。ガラガラと無機質な音を立てる製氷器の取り出し口に手を突っ込んで、入るだけの氷を山盛りにして病室へ戻った。

医師も看護婦も、何をするでもなく、ただ計器に目をやるだけで立ちつくしている。

ボクは氷をひとつ指につまみ、口紅を塗るようにしてオカンのくちびるにそっと当てた。

それをオカンは必死に吸いつこうとしている。今までで一番、欲しがろうとしていた。

「そうやったん。のど渇いとったんやね。苦しいんやろ、心配せんでよかよ。オレもオトンも来とるんやから」

オカンはじっとボクを見ている。一生懸命なにか言おうとしている。顔をしかめて、苦しさと痛みと戦いながら、くちびるを動かしてなにか伝えようとしている。

声を出そうとしても、声にならない。ボクはオカンの手を強く握りしめ、もう片方の手のひらでオカンのお腹を撫でた。

「なんて言いよるん？　どうしたん？」

呼吸が引きつる。言いたいことが言えずに歯痒《はがゆ》いのか、息が苦しいのか、オカンは眉間《みけん》に深く皺《しわ》を刻んで、貫くような瞳《ひとみ》でボクを見つめながら、必死に口を動かしている。

「オカン……！　なんて言いよるん!?」

ボクはもっと強くオカンの手を握って顔を近づけた。

訴えかけるような目で、最後の力を振り絞り、オカンはボクになにか言おうとしていた。小さく動くことしかできないくちびる。音にならない言葉。オカンの中では、これ以上にない大声で、オカンはボクに、最後になにか言おうとしている。でも、それが、なにを言いたいのかボクにはわからなかった。今際《いまわ》の際《きわ》にオカンが伝えたかった言葉。ボクはそれを聞き取ってあげることができなかった。そんなボクの様子を見てオカンは、息も絶え〳〵に瞳と表情と、動かなくなりそうなくちびるで、あきらめることなく、なにか、ボクに残そうとしている。

ごめん、オカン。なんて言いよるかわからんのよ。でも、わかるよ。わかるけん。オカンの言いたいことはようわかる。心配しなさんな。もう、オレのことは心配せんでよか。こげな、自分が死にかけよる時なのにから、人の心配ばっかりしよってから、少しは自分の心配せんね。わかっとるけん。わかっとるよ。もう、そげ苦しいとにから、なにも言わんでよかたい。オカン……。

「わかった。そうね……。わかったけん。心配せんでよかよ……。オカン……」

ボクはオカンに言った。

オカンはそれを聞くと、くちびるを動かそうとするのをやめた。

そして、ボクをじっと見た。きれいな目で見た。ボクは少し安心してオカンに笑顔を見せた。オトンもオカンに顔を近づけて名前を呼びながら、笑って見せた。

大丈夫やけん、オカン。心配しなさんな。ボクは心の中から、オカンに語りかけた。

その時。

オカンのくちびるが一瞬、なにかを言おうとして開いたと同時に、ボクの握った手を痛いくらいに握り返した。

するとオカンは目をこぼれるくらいに見開いて、上半身を、強い力で起き上がらせた。どこにそんな力が残っていたのだろうかと驚くほどに腹筋を使って、硬い弓を引くように肩を持ち上げた。

ボクの手を潰《つぶ》れるくらい握って、身体を起こそうとした。

オカンの見開いた目がボクに近づいて切ない口元をした。

「オカン!!」

「栄子!!」

それからオカンは海岸の砂山が引き潮でゆっくりと崩れてゆくように倒れて、握りしめたボクの手から力を抜いていった。

「オカン……？　どしたん……？」

心電図のグラフが、長い信号音に変わってテレビドラマのようにまっすぐな線を描いた。

「オカン……？　ねぇ……？　うそやろ？」

医師がペンライトをオカンの瞳に当てる。聴診器をあてがい、脈拍を取ると自分の腕時計を見て頭を下げた。

「午前七時三十分。ご臨終です……」

決まりきった言葉と一緒に看護婦も頭を下げた。

「……。オカン……。オカン……」

呼んでも、揺すっても、オカンは動かなくなった。

医師たちが退席した病室で、ボクはずっとオカンを呼んだ。

「……。オカン？　ねぇ、オカン……。苦しかったやろ。よう頑張ったね……」

オトンが病室から、ゆっくりと出て行った。ボクはオカンの髪を撫でて、汗を拭いて、くちびるにキスをして、抱きついて泣いた。まだ、こんなに温かいのに、それで死んどるなんて、なんかようわからんけど、オカンはなんも動かんようになった。

でも、もう、あんなに苦しまんでいいのなら、それは、あれやし……、オカンの顔はその時、本当に穏やかで、一生懸命生きようとした人やから、こういう顔で眠れるんかもしれんし、オカンは本当によく頑張ったと思う。本当に頑張った人の美しい顔やった。

二〇〇一年四月十五日。

二十一世紀になって初めての春。六十九歳だったオカン。来月の十八日に七十歳になるはずだったオカン。

『オカン、今年は七十やないね』

『どうするかね。あんたもう、いつ死ぬかもわからんばい』

『オカンは死にゃあせんわ。百まで生きるばい』

ボクの一番大切な人。たったひとりの家族。ボクのために自分の人生を生きてくれた人。

ボクのオカン。

オカンが、死んだ。

その日、東京は突き抜けるような快晴で、青空がどこまでも広がる中、赤羽橋の交差点から、真っ赤な東京タワーが空にはしごを掛けていた。

ボクが子供の頃から一番恐れていたこと。宇宙人の襲来よりも、地球最後の日よりも恐れていたこの日。

大きな手帳を持った黒装束の道化師が、ボクと病院に背を向けてどこかへ歩いて行くのが見えた気がする。

悲しみの始まりと恐怖の終わり。

死後の処置をするからと病室から出され、オカンの着替える洋服を一着持って来るようにと言われた。

車で笹塚に戻り、オカンの部屋に入るときれいに片付けられたそれぞれからオカンの匂《にお》いがする。そのひとつ〳〵の中で笑っていた、オカンの残像が見える。

オカンのお気に入りのワンピース。何年も〳〵前に小倉の玉屋で買った茶色いチェックのワンピース。襟《えり》の所だけ無地のベージュに仕立ててあって、なにかの時はいつもこれを着ていた。

東京の人から見たら田舎くさい服かもしれないけれど、オカンのお気に入りのワンピースだった。ボクはそれを着ている時のオカンのはにかんだ顔を見るのが好きだった。

そのワンピースに合わせて、ハンドバッグと靴も探した。

オカンはハンドバッグが好きで、小遣いをあげるといつも近所の商店街でハンドバッグを買って来て、ボクに見せた。

「一万八千円のが、六千円になっとったんよ」

いつもそう言って安物ばかり買って、自分のものは定価で買ったことがないオカン。

ベランダからウサギのパンがこっちを見ていた。キャリーケースに入れて、ワンピースと一緒に病院へ戻った。

お気に入りのワンピースを着せられて目を閉じたままのオカンが霊安室に運ばれる。

医師や看護婦、ボクとオトンとパンがオカンを囲んで簡単な儀式を受ける。

いつの間にか葬儀屋の人が駆けつけていてこちらの感情とは関係なく段取りだけが進む。霊安室のすぐ横にある扉にはワゴン車が付けてあり、オカンの遺体はそれに載せられた。葬儀屋が運転をして、助手席にボク、後部座席にオトンが乗った。

これから、中目黒の新居に一緒に帰る。人けのない通用口から車は発車し、それを見送りながら、もう二度と会うこともないだろうベテランの看護婦はあくびをしながら伸びをした。

「遠回りなんですけど、笹塚を通って中目黒に行ってもらえますか」

葬儀屋はわかりましたと言って進路を変更した。

〝ずっと家に帰りたいって言いよったろ。笹塚に寄ってもらうけん、見て行き〟

高速道路を幡ヶ谷で降りて甲州街道沿い、雑居ビルの前に到着した。オカンとボクの家だ。

〝オカン、帰って来たよ〟

そして、路地裏に車を誘導して、オカンの好きだった遊歩道を徐行した。まだ、葉桜には少しだけ花びらが残っていて、薄桃色の絨毯《じゅうたん》を敷き詰めた遊歩道は、風が吹くたび、波飛沫《なみしぶき》のように花びらを吹き上げている。

「いい天気やのぉ。お母さんも喜びよるやろう……」

オトンが呟《つぶや》いた。

昨日まで、なんでもなかったその風景が今では、かけがえのない想《おも》い出《で》の場所に映る。オカンの好きだった桜並木をスローモーションで車が通り過ぎてゆく。

「オカン、ここが新しい家よ……」

オカンと一緒に住むつもりで借りた家。オカンが喜ぶと思って借りたこの家。

オカンはその家の玄関を、数時間前に初めて会った葬儀屋の人に担《かつ》がれながら入って行った。

オカンの部屋。三階の和室に蒲団《ふとん》を敷いてオカンを横にすると身体《からだ》にドライアイスを入れるので席を外して下さいと言われる。

息を引き取ってそれほど時間も経《た》たないうちに、様々なことが他人主導で行われることに憤《いきどお》りを感じながらも、かといって自分ではなにをしていいのかもわからない。

この葬儀屋の中年男性は礼節だけはわきまえているが、その他の感情は一切表面に出さず、ただてきぱきと動く。こうすることがボクたち遺族とのバランスを取るためのマニュアル的行動なのだろうか。

悲しみに暮れる間もなく、遺影に使う写真の準備、通夜《つや》、葬儀の段取り、それにまつわる料金の打ち合わせもされる。

「母が互助会に毎月積み立てていたものがあるのですが」

オカンが掛けていたものは一番安い葬儀のプランで月三千円の九十回払い。二十七万円のものだった。

「どういうふうにされますか？」

「せっかく母が月々掛けていたものですからこの料金のものでお願いします」

「それでは花代や供物《くもつ》などが別になりまして、その他、祭壇の雰囲気などで多少、オプション料金ということにもなりますが？」

「それは構いませんけど、花を……」

「はい」

「すべて、祭壇の周りを白い百合《ゆり》で囲んで下さい」

「わかりました」

通夜も葬儀も葬場ではなく、この家でやりたいと思った。もうオカンを他の場所へ連れて行きたくない。契約は済ませて鍵《かぎ》も持っているものの、蒲団や机以外になにもないこの家。かえって、そのなにもないことが葬儀をするにあたって便利に働くというのも皮肉なものだ。

「お母さまは、大変穏やかなお顔で眠っていらっしゃいますね」

葬儀屋の中年男性はそう言い残して、その日は帰って行った。

オトンは煙草《たばこ》を吸いながら家の中を見て回り、台所で立ち止まると言った。

「こんだけ広い台所があったら、なんでも作れるけん、そりゃお母さん喜んだやろうの……」

なにもない和室にオカンが寝ている。服の内側にドライアイスを装着され、鼻の穴に脱脂綿を詰められている。でも、その表情は葬儀屋の人が言ったようにどこか落ち着いて、笑っているように見えた。

ミッチャンやBJ夫婦、えのもとやホセたちが駆け付けて、オカンの顔を見るなり、泣きだした。ミッチャンは傍でずっと「栄子ババ、苦しかったやろ、かわいそうに……」と何度も繰り返しながら大声で泣いた。

夜になってみんなが下の階で酒を飲み始めてもボクはオカンの隣でずっとその顔を見ていた。

「オカン……。どうかね？　この家は……。ここやったら、もうひとつ簞笥《たんす》買うてもよかったのにから……。そしたら、だいぶオカンのもんも片付くやろ。仕事場も下の階やけん、いっつも人が来るんよ。賑《にぎ》やかな方が好きやろ。みんなオカンの飯を食いたがりよるよ……」

冷たくなったオカンのほっぺたに触ると壊れた雨樋《あまどい》みたいにポタポタ涙がとめどなく落ちて、畳の上でずっと音を立てた。

襖《ふすま》の向こうでBJが小さな声でボクを呼ぶ。編集者から原稿の催促がきているという。ボクはその電話を受け取った。

「はい……」

「あの、お母様が亡《な》くなられたそうで……。いつだったんですか……？」

「今日の朝です……」

「それは……御愁傷さまです……。でぇ……そんな時になんなんですけど、原稿の〆切が今日なんですけども……、どうですか？」

「今日じゃないと、ダメですか……？」

「ちょっと、困ってるんですけどぉ……」

以前から知り合いの女性編集者だった。そして、その原稿の内容というのもアイドルタレントに関する評論文のようなもので、よほど能天気な心境でなければ書ける文章ではない。

「明日じゃ、ダメですか…？」

「あのですねぇ、今日のうちに先方の事務所に原稿チェックしてもらうことになってるんですよぉ」

編集者は、当然といった口ぶりで、事務的なことを言った。

「これは、今日に限らず、ボクは一度書いた原稿は書き直しません。特に今回みたいに、相手の方に対して全面的に好意を持った原稿なら尚更《なおさら》です。提灯《ちょうちん》原稿を書いてるつもりはないですから。感じたことを自分の言葉で書きます。あなただって、先方だって、ボクがけなすわけでもないことを知っているのに、なにを検閲するんですか？」

「いゃあ、それはわかってますけどぉ。うちの会社と先方の事務所との関係がありますから、今日中にチェックさせて下さい」

オレとあんたのところとの関係はなんなんだ!?　と怒りで震えた。オカンの死んだ日に、オカンの枕元《まくらもと》で、こんなに次元の低い会話をしなければいけない仕事をしている自分に腹が立って情けなくなった。

こんな薄っぺらい人間関係の中で仕事をしているボクに、オカンを巻き込んだみたいで申し訳なかった。オカン、ごめん。

「後で電話します」

そう言って一方的に電話を切った。

「書きたくない」

ＢＪにそう言った。

膝《ひざ》を抱えてイライラしていると、オカンはその隣でボクに語りかけてくる。ちっとも動かず、息もしてないのに、そんなボクを見て、オカンはボクに伝えてくる。

〝書きなさい。仕事の人に迷惑かけたらいけんやろ。書きなさい〟

〝今日やないでもいいんよ……〟

〝そやけど、約束は今日やったんやろ。あんたが遅いけんよ。書かんといけんよ〟

オカンは目を閉じたまま、ボクにそう言っているようで胸が苦しくなった。

〝でもね、オカン。あの人たちはもしオレが先生やったら、そんなこと言わんのよ。それはそれは、そういうことでしたら私どもでなんとかしますからち言うて、花を抱えてへつらいに来るんよ〟

〝そげなことを考えたらいけん。あんたはあんたやろ。今、せにゃあいけんことをしっかりやりなさい。ここで待っとるけん。書きなさい〟

普段、向上心というものを人並み以下にしか持っていないボクだけど、その時ほど悔しいと思ったことはない。人にバカにされないような仕事ができる人になりたい。横で死んでいるオカンまでバカにされたような気分になって、自己嫌悪《けんお》に陥った。

書きたくない。でも、書かなければいけない。それは仕事だからでも約束だからでもなく、このまま書かなければオカンが気にするからだ。

原稿用紙を取り出した。

あんたたちが大笑いするような原稿を書いてやる。やっぱり、あいつに書かせて正解だったわぁと言わせてやる。誰にも書けないようなものを書いてやる。おまえたちみたいなド素人《しろうと》にチェックなんかできない完全に美しい文章を書いてやる。

その原稿が書き上がった頃、また別の編集者がイラストを取りに来た。ボクはなにも言わずにそのイラストも一生懸命描いた。

全部が終わった頃には夜もすっかり更《ふ》けていて、インクのついた手のままオカンの蒲団の中に潜り込んだ。

「オカン……。今日は疲れたわ……」

蒲団の中もオカンの身体もアイスクリームのクーラーみたいに冷たかったけれど、くたくたのボクにはちょっと心地良かった。

〝よう頑張ったね。もう寝なさい〟

オカンもボクも、この家で寝るのは初めてだ。床下からタコ社長たちの声がする。何人いるのかわからないが、みんなまだ飲んでるらしい。笹塚のキッチンみたいだ。

別れた彼女が階段の下からボクを呼んでいる。降りて来いよと言っているらしい。ボクは蒲団の中に入ったまま返事をしなかった。

返事をしないことで呼ぶ声が強くなる。でも、ボクは返事をする気がしなかった。

今日くらいは、静かにオカンといさせてくれ。冷たいけど、なんか温かくて気持ちいいんだ。

そしてボクはそのまま、次の日の朝までオカンの蒲団でぐっすりと眠った。今まで、死んでる人に触ったことがなかったけど、別になんにも怖いことなんてないんだな……そんなことを考えながら抱きついて寝た。

葬儀は内々に済ませたいとＢＪに伝えていたのだが、それを聞いた近所の福田社長からなにを言ってるんだ、こういうことは関係各位の皆々様にしかるべき連絡をすることが筋なのであり、そもそも冠婚葬祭というものはだな……と一喝されてしまい、ではまぁそのように……という風向きになった。

なにしろ経験のないことずくめで、諸先輩方、葬儀社の方の話に頷《うなず》くしかない。

とはいえ、ボクなりにもなにかオカンらしいことをしてあげたかった。

会葬案内状はボクが手書きしたものに挿絵も入れて自分たちでコピーすることにした。東京タワーと百合の絵を描いた。大きな紙に複写して、えのもとやホセたちが一枚ずつカッターで切り出していった。

料理も仕出しのものだけでなく、手作りのもてなしをしたかった。

デザイナーの藤川の妻である栄哩は料理上手で、笹塚の家に遊びに来た時もオカンと一緒に料理を作り「栄哩さんは料理上手やねぇ。野菜も端っこまで捨てんと、ちゃんと使いよるけん」とオカンのお墨付きであったので、ボクは栄哩に通夜の料理を作ってくれないかとお願いをした。

藤川はオカンの写真を使ってポスターをデザインしてくれた。その一枚だけのポスター印刷は、代官山の印刷屋の社長が無料でやってくれるという。

みんなの協力で通夜の準備が始まった。朝から祭壇の組み立てが始まり中央に用意された遺影が祭られると、その周りを注文通りにたくさんの白百合が花園のように飾られた。

それまでの二日間は、オカンはずっと和室の蒲団に寝ていたのだけど、通夜の日になると、オカンの身体《からだ》は棺桶《かんおけ》に入れられた。

蒲団で横になっている間は、なにか突然にでも目を醒《さ》ましそうな気がしていたけど、狭い棺桶に入れられたオカンを見た途端、急に淋《さび》しさがこみ上げてきた。

〝そんな狭苦しい所に入っとってから、なんで平気なん……？〟

蓋《ふた》をされた棺桶。顔のあたりには小窓があってオカンの顔を見ることができるのだけど、そこには薄いプラスチックが一枚張ってあって、覗《のぞ》くたびに涙が透明の板の上ではじけた。

親戚《しんせき》、知人、友人、仕事関係、たくさんの方からどんどんお花が届く。

〝オカン、こんなにたくさん花を貰《もろ》うたことないやろ。よかったねぇ〟

喪服のないオトンのために紳士服の大型量販店でＢＪが一揃《ひとそろ》え買って来た。

「こういうかんじのでいいですかね？」

「まあ、よかろうたい」

福岡から、ノブエおばさん、えみ子おばさん、ブーブおばちゃん、オカンの仲良し姉妹が到着した。

おばちゃんたちはオカンを取り囲んで小学生のように泣きじゃくった。

蛇崩交差点の酒屋、寿司屋《すしや》から、次々に配達が届く。引っ越してきてだしぬけに葬式を始めているこの家に近所の家や商店の人々も何事かと思っていることだろう。

親戚や友人が次々にやって来た。ボクは必要以上にてきぱきと動いた。立ち止まると悲しみが込みあげてくるからだ。家具のない殺風景な部屋のひとつ〳〵に人が溢《あふ》れてゆく。

「八海山《はっかいさん》二十本買って来ました」

オカンの好きだった酒。普段は紙パックに入った安価な清酒をチビチビと飲んでいたけれど、いつの時か、修さんがお土産に持って来てくれた八海山を飲んでいたく気に入ったようだった。

〝八海山ちいうて、有名なお酒らしいよ。ほんにおいしいもんねぇ〟

ＢＪがお客さんの前に一升瓶を並べている。栄哩の作ってくれた料理も届いた。

玄関から走るようにして美由紀さんが入ってきて、ボクを見つけるなり抱きしめながら言った。

「淋しいだろうけど、男は母親が死んでからやっと一人前になんのよ」

そうかもしれないなと、ボクも思った。

「みなさん、どんどん食べて、飲んで下さい。オカンは楽しいことの好きな人だったので、辛気臭くならず、飲《や》って下さい」

これが引越し祝いやったら、ほんによかったのにからね、オカン……。ボクは一部屋ずつ回って酒を注いだ。

三階の隅では、ホセと月岡が向かい合ってプラスチックのコップを握りしめている。

「今日は、月岡さんに負けません。お母さんが見てますから」

「いいや。お母さんはおまえの味方はしてない。俺は絶対に、負けない」

この二人の因縁は数年前のクリスマスに遡《さかのぼ》る。ホワイトクリスマスだったその日の夜。ボクとホセは月岡と上司の小林さんに誘われて二子玉川にあるピアノラウンジでいいのか悪いのか難しい聖夜を送っていた。

そして、なにかの拍子でホセと月岡が飲み比べをするというバトルが始まった。ホセはスキンヘッドで眉毛《まゆげ》もないが、実は脆弱《ぜいじゃく》で酒も人並み以上に弱い。対する月岡は早稲田の柔道部出身で体格も良く、両耳は本気の格闘家の証《あかし》であるカリフラワー状態。無論、酒の強さも有段者である。

細身のグラスに注がれたジンのストレートを一気飲みした月岡が空のグラスをホセの前に突き出す。

「ホッセェー!!」

そこにまた注がれるジン。一気に流し込むと同じ動作でまた相手にやり返す。

「ツッキー!!」

二十分もしないうちにタンカレーのボトルが空になった。新しいボトルが即座に入れられるもホセの動きはすでに泥人形。

「ホッセェー!!」

「………」

「ホッセーナッ!!　カモン!!　ホッセ!!」

「……。もう、ダメです……」

その台詞《せりふ》を最後にホセはその場でゲロ。その罰として月岡に丸裸にされたホセは粉雪舞う店外に放り出されたのである。

そして、去年の四月十五日。今となってはオカンの命日となったその日は月岡の誕生日でもあった。

笹塚のキッチン。オカンとボクとホセ、BJ夫婦が集まって月岡の誕生会をしていた。そして、レフェリー・オカンのもと、二人の遺恨試合のゴングが鳴ったのである。

「少しは強くなったのか？　ホッセー!!」

数年前よりも更に排気量の増した月岡がホセを挑発する。

「月岡さんは、ほんにいい飲みっぷりやねぇ。ホセくんは勝てんやろう。無理しなさんな」

「大丈夫ですよ、お母さん。だいぶ鍛えてますから。ツッキー!!」

そうオカンに宣言したのも束の間《つかま》。ほどなくしてホセは便器に顔面を突っ込んだまま意識不明になり、一晩中オカンの介抱を受けることになった。

あれからちょうど一年。喪服を着た二人が今まで以上の急ピッチで飲み合っている。

「ホッセー!!」

「ツッキー!!」

ウイスキー、ジン、ビール、日本酒。次々と空になるビンが床に転がってゆく。

「ホセ、なんか気合い入ってんじゃん」

「はい。今日はお母さんのために負けられないんです」

「なに言ってんだ。早く飲め！　ホッセー！」

月岡のろれつが怪しくなってきた。

二階のリビングではオトンがえのもとたちと話をしている。

「この辺りは、中目黒になるんかね？」

「そうですね。いい所ですよ」

「あたしもね、四十年前くらいやろうか……。この辺りの下宿に住んどった。祐天寺の近くやったと思うけど、その頃はこのへんは下町でから、こんな街並みやなかったけどねぇ」

「今は、下町ってかんじしないですけどね」

しかし、言われてみればこの辺りはまだ、たくさんの銭湯が残っていて、家の近所だけでも三軒の銭湯がある。

「高架下の安い飲み屋でバクダンちゅう、工業用アルコールが入っとるような酒を五円くらいで飲ませよった。そこのバアさんとかとよろしくしよってから、病気やら伝《う》染《つ》されよったもんよ……」

オトンが四十年前に暮らしていた土地に、どういう因果かボクも呼び寄せられていたらしい。四十年前にオトンが眺めていた中目黒、そして東京の風景は今のボクたちとどれくらい違うのだろうか。

「その頃の東京はまだ人情があったもんよ。学生さんやっちゅうだけで、飯屋の人が一品多く付けてくれたり、ただで一杯飲ましてくれたりしたもんや。出世払いでち言うての」

「今でも、そういう所はあるよ。ボクも御飯屋さんの人たちにお世話になっとる」

「そうか……。しかしまぁ、しばらく見らんうちに、すっかり街の様子も変わっとるのう。こげんたくさん建物もなかったし、のんびりしとる街やったよ。鶏を庭で放し飼いしとる家が多かった。お父さんの下宿の近所にも鶏を飼《こ》うとる家があってのぉ。そこの前を通るたんびに、そこの鶏の頭を撫《な》でてやりよった。そげしてやりようちに、お父さんが行っても、コーともコケーとも鳴かんようになる」

「オトンは、動物は好かんのやろ?」

「それで、鳴かんようになった頃に、捕まえてから、シメて食うんよ」

いい話かと思って聞いていた。昔から相変わらずだ。ボクが生まれる前から、胸がすくほどに相変わらずなんだ。

そんな話の横でリビングに放していたウサギのパンが、オカンの遺体の前でずっとその姿を動かさずに見上げている。

ノブエおばちゃんがその様子を見ながら言った。

「わかるんやろうかね？　わかるんやろうねぇ。お母さんにいつもかわいがってもらいよったんやろうけんねぇ」

えみ子おばちゃんがそれを聞いてまた泣き出した。そして、ノブエおばちゃんはボクに向かって正座して涙目の笑顔で言う。

「マーくん、ご苦労様やったね……。お母さんも喜んどったと思うよ。東京に行くて言い出した時は、あたしらも、年取ってからなんもわからん、知っとる人もおらん所に行っても大変やろうし、行きなさんなって言うたんよ。でも、お母さんは、行くって言うてね。そやけど良かった。あんたと一緒に暮らせて、最後はあんたと一緒におれて、お母さんは幸せやったろ……。ありがとうね」

でも、本当にそうだったのだろうか。オカンの幸せについて考えると、ボクは今でもそれに自信がない。

でも、今日はオカンの好きだった人がこんなに集まってくれて飲んで食べてオカンを弔ってくれている。それをオカンは本当に幸せに思っているだろう。

大宴会の夜は更《ふ》けてゆき、人もまばらになり始めた頃、三階から泣き叫びながらホセがリビングに転がり込んできた。

「お母さーん!!　お母さーん!!　すみません!!　負けてしまいました!!　お母さーん!!」

オカンの前で突っ伏したまま、ホセはオカンを呼び続けて号泣している。

「お母さーん!!　お母さーん!!　淋しいー!!　淋しいー!!　お母さーん!!」

泣き叫ぶホセを眺めながら、おばちゃんたちも、ボクたちもみんな、大笑いしながら涙が流れた。この七年間、ボクよりもホセの方がオカンの飯を食べていたと思う。

ブーブおばちゃんがホセの背中をさすりながら「ホセくん、そんなに泣かんでいいやろうも。オカンが笑いよるばい」と泣き笑いの顔で言った。

「お母さーん!!　お母さーん!!」

〝ホセくんの彼女は今度、京王デパートで買《こ》うてきてあげるけんね〟

〝カレー作りよるけん。ホセくんに食べに来なさい。あんた、カレーが好きやけん〟

階段には逆さまになったままゲロを吐いて倒れている月岡がいた。

「ホセ、勝ってるじゃん……」

通夜の夜。みんなが帰って行った後もずっと、ホセはオカンの前でいつまでも泣き続けていた。

葬式の日も、春風の心地良い快晴で、ボクは喪服の上着に〝喪主〟と書かれたリボンを付ける。戸籍上は夫であるオトンを隣にしてボクが喪主となることに、少しのためらいは感じたものの、その時、少しだけオトンのことを男として越えたような、そんな気がした。

ヘアメイクの仕事をしているTさんがオカンに化粧をしてくれた。Tさんはオカンの誕生日にシャネルの口紅を二本プレゼントしてくれたことがある。

〝やっぱりプロの人は違うねぇ。あたしらはこの色とか選びきらんもんね。きれいな色や〟

でも貧乏性のオカンはその口紅をたまにしか使うことができずに、いつも鏡の前にその二本を飾っているだけだった。

たくさんの花が続いて届き、家に入りきらずに外に並んだ。弔電も次々に頂く。もうあまり会うこともなくなっていた学生時代の友人や仕事でお世話になっている方々、先輩や後輩。いつもの顔や意外な顔。

考えていたよりもはるかに大勢の人が弔問に訪れてくれる。この忙しい時期に私事で御苦労かけていることに恐縮しながら頭を垂《こうべ》れていたのだけれど、知人も仕事相手も、その表情をひとつ〳〵見ていると、それはボクの関係者ということだけでなく、訪れる人のほとんどが一度はオカンの飯を食べたことがあることに気付いた。

あの人も、この人も。この花をくれた人はあの時に酢豚を食べて、あっちの人はオムライスを食べた。この人の時はお弁当だった。

ボクだけの人間関係で人が集まってくれたような傲《おご》った気分になっていたけど、そうじゃない。ここにいる多くの人は、オカンが東京に来て作った、オカンの友達なのだ。

あの社長や、あそこの女の子は食べたことはないけれど、でも、オカンが元気だったらいずれみんなオカンの飯を食べていたと思う。

「オカンにね、一回言うたことがあるんよ」

ブーブおばちゃんが話してくれた。

「マーくんもまだ、仕事がなんとかなりだしたばっかりでからお金もそんなんあるわけやないんやから、御飯もそんなん一杯炊《た》いてから残ったり、おかずも大家族やあるまいしそげ作らんでも、もう少し節制してやったらいいんやないね？　ち、オカンに言うたことがあるんよ。そやけどオカンはね、いつ人が来てくれるかもわからんけんちゅうてからね……」

東京に暮らし始めても、オカンはずっと物のない時代に生まれた田舎のばあさんのままで、客であるとかいう以前に、社長も学生もみんなお腹《なか》がすいていると思い込んでて、食べられることがなによりも一番いいことと信じていた。

「食べんしゃい」

そう言って自分は冷たい御飯を食べていた。

柔和な顔立ちの住職はまだ四十代くらいだろうか、若々しい佇《たたずま》いがありながらもお経を唱えるその声質は豊かな落ち着きがあった。

木洩《こも》れ陽の差す部屋の隅々に、お経が響きわたる。静々とした空気が、誰にとっても不慣れなこの家の中に染《し》み入る。

「これからお母さまは荼毘《だび》に付されますので棺柩《ひつぎ》に生前お好きだったものを入れて差し上げて下さい」

葬儀社の中年男性が言う。

弔問客のひとり〳〵が入れてくれた白百合《しらゆり》の花弁で、オカンの身体《からだ》は白い花びらに包まれた。みんなで写った写真、ウサギのぬいぐるみ、花札、手紙を書いてきた者はそれぞれに花びらの奥へと納めた。ボクもオカンに手紙を書いて入れた。

ボクは今まで、オカンにちゃんと「ありがとう」と言ったことがあるのだろうか。

小さなこと、大きなこと、毎日のことやこれまでのこと。そのひとつずつに言うべき感謝の言葉も、それはいつの間にか当たり前のことになってしまって、最後まで言葉で伝えることができなかった気がする。

これまで苦労させたことも、迷惑をかけたことも、心配させたことも、それはいつかお返しができるものだと思って、ほったらかしにしていた。でも結局、それができないばかりか、ひとこと「ありがとう」とも言えなかった。

希望を込めて想《おも》う〝いつか〟はいつまでも訪れることがないのかもしれないけれど、恐れている〝いつか〟は突然やってくる。

〝オカン、ありがとう〟

手紙でしか言えなかった。生きとる時に言うてやったら、どんなにか喜んだやろうのにから。

金もないのに、子供の頃から色んなものを買ってくれた。自転車、グローブ、オートバイ。最後にオカンの買ってくれたものは、丈の短い靴下やったね。ボクが、短い靴下を履きよるのを見て、笹塚の商店街で三足千円のを買うてきた。「これが、いいとやろ」って自慢気に買ってきた。

〝オカン、ありがとね〟

ボクに子供ができることは、この先ないかもしれないけれど、もし、そんな時があったら、オカンの名前を子供につけるよと、書いた。

棺柩の蓋《ふた》が閉められて、釘《くぎ》が打たれた瞬間、ボクは思わず声が出た。もう、オカンに触れられない。冷たくなっていてもいいから、まだ触っていたかった。

オカンが毎日使っていた椿《つばき》の絵のついた御飯茶碗《ぢやわん》が、その場で割られた。親戚《しんせき》のおじさんたちや従兄弟《いとこ》に担《かつ》がれた棺柩が玄関を出て、霊柩車《れいきゆうしや》に運ばれる。ボクは位牌《いはい》を、オトンは遺影を抱き、続いて表へ出た。

道路沿いに並んだ。弔問客の皆様も狭い路地に並んでいた。葬儀社の方が喪主の挨《あい》拶《さつ》を促す。

「本日は、皆様、ありがとうございました。オカンが、いつも言っていたことは……。いい家というのは、立派なお屋敷だとか、そういうことじゃなくて、いつも人が訪ねて来てくれる家のことだと……そう言っていました。オカンはもう、いませんから、おもてなしすることができないかもしれないですけど……、お近くにお寄りの際は、ここにお立ち寄り下さい。ボクがなにか、ヘタくそですけど料理を作りますから……」

長いクラクションを鳴らしながら、ボクとオトン、そして棺柩に入ったオカンを乗せた霊柩車は、その家を出発した。

火葬場である斎場には他にも葬儀を執り行う遺族たちが行き交い、平日であるにも拘《かかわ》らず、どの式場も喪服の人々で溢《あふ》れていた。

葬儀の料金によって焼場の場所も違うらしく、一番安価な焼場に連れて行かれたボクたちはボウリング場のように数台の窓が並んだ場所で、製鉄所のような活気が漂っている。

値段の張る葬儀では個室でゆっくり焼いてくれるらしい。地獄の沙汰《さた》もなんとやらと言うが、こういうことなのか。

「お顔を見られるのも、これが最後となります」

棺柩の小窓から、みんなでオカンの顔を覗《のぞ》き込んだ。オカンはずっと笑っているような顔をしてる。

「オカン……」

いつも笑っていた。苦しい時も、切ない時も、ボクの前ではいつもオカンは笑っていた。

御飯を食べながら口の中のものが見えるくらい笑っていたのをボクは何度か注意した。

「汚いやろオカン。口の中の飯が見えよるばい」

つまらんことを言うてごめんね。ボクの箸《はし》の持ち方を直せとは一回も言わんやったのにね。ボクらにはボクらのルールがあったのに。

いつも自分の言うたことに自分が一番笑うて、腹を抱えて転げ回りよったのにから、なんで、もう動かんの？　どうしたん？　金持ちのおばさんみたいに澄ました顔してから、どうしたんね？　死んどるみたいやわ。

死ぬ時は病気で死んだらいけんて言うとったやろ。飛行機やろ。それも中国の会社のはいかん。ようけ貰《もら》えんけん。日本の飛行機。そしたら、オカンは死ぬのはええけど、飛行機に乗るのが恐ろしい言うて笑いよった。

なんでなん？　なんで、死によるん？

棺柩の小窓が閉められて、オカンはボウリングの玉みたいに窯《かま》の中へ滑って行った。

住職がお経を唱え始めて、みんなが数珠《じゅず》を手に持った。窯に火が入った。

本当に死んどるんやろうか⁉　火が入った途端に生き返ったっていう人の話を聞いたことがある。もし、そうなってたら、どうやって気付いてあげたらいいのだろうか。生き返っとるかもしれんやろ！　ちょっと、一回、火止めて確認してくれ。生き返っとるかもしれんのやけん！　生き返っとるかもしれんのに燃えてしまいよる‼

しばらく別室で待たされた後、火葬場に戻ると棺柩もオカンの身体も表情も花札も、なんにもなくなった鉄製の板の上に、白くてバラバラになった骨が、石灰みたいに残されているだけだった。

係員は散らばった骨をスコップで集めながらひとつにまとめて「お年のわりには、きれいに骨が残っていますよ」と、よくわからないことを言った。

「ここが喉仏《のどぼとけ》です。ほら、こうやってみると仏さまがあぐらをかいているように見えるでしょう」とオカンの骨を組み合わせて説明を始めている。

さっきまでここにあったオカンの身体が、こんなに小さくなっている。この割れた陶磁器の破片みたいなものが、本当にオカンなのだろうか。

ボクは、そのひとかけらを指でつまんで口に入れた。周りの人が変な眼でボクを見た。オカンの骨は、思っていたよりもずっと硬かった。何度嚙《か》んでも細かく砕けることがなく、卵の殻のようにいつまでも口に残る。

住職の話を聞きながらも、ボクはずっとオカンの骨をボリボリと口の中で嚙んでいた。身体の中に入れておきたかった。

骨壺《こつつぼ》に納められて小さくなったオカンと家に戻ると、身内の人だけが残っていて、静かにボクたちを待っていた。

葉桜の揺れる春の日に、白百合の香りが強く漂うこの家。おばちゃんのいれてくれた緑茶を飲みながら、箱の中に入って帰って来たオカンをみんなで静かに眺めた。

「最後に、喪主様から御親族の方々にひとこと御挨拶を」と葬儀社の人から言われた時、ボクはオトンを指差して言った。

「それは、父から……」

「では、お父さま。お願いします」

オカンの遺影を抱えていたオトンがゆっくりと立ち上がった。みんな座ったまま、オトンを見ている。オトンは立ち上がっても、しばらくなにも言わなかった。じっと目を閉じてうつむいたまま、どこからか言葉を探しているようだった。

「………。栄子と……私は………」

そこまで言うと、オトンはなにも言わなくなった。泣いていた。今まで一度も涙を見せなかったオトンが、言葉に詰まって泣いていた。

ボクは生まれて初めてオトンが泣いているところを見た。

願はくは花のもとにて春死なむ
その如月《きさらぎ》の望月《もちづき》のころ

病院から引き揚げたオカンの荷物。その中にあった便箋《びんせん》の最初の一枚にオカンが書き残していた西行法師の和歌。

いつ頃、これを書いていたのだろうか。自分が死ぬこと。それはおそらく、入院する前から感じていたことだと思う。

歌われている季節とさほど違わずして、オカンは花のもと、春に死んでいった。

なにを望む人でもなかったけれど、往生の季節は西行のように、望みがあったのかもしれない。

「お母さんは、月が欠けとる時に死んだのう。人は満月の時に生まれて、三日月に死ぬちいうからのぉ……」

初七日までは線香を絶やさんごとおってやろうと、オトンはあれから毎日、朝早く起きてろうそくを灯《とも》し、線香の煙が途切れぬようにしている。

そして、何度もオカンの死んだ日の月のかたちについて口にした。

藤川の作ってくれたポスターは赤ちゃんのボクを抱いたオカンが、小倉の家の玄関の前で微笑《ほほえ》んでいる写真。そのモノクロ写真に「LUNAR DESTINY（月が決めた運命）」とタイトルがデザインされた。それを印刷屋さんがB倍サイズに刷り出してくれた。

壁に大きく貼《は》られたそのポスターを指差して、ボクはオトンに言った。

「この写真撮ったのは、オトン？」

「そうやろうなぁ。小倉の家の前やろう」

「この後、オトンが玄関を足で蹴《け》り破っとるんよ。この時はまだ前の玄関やけど」

「そんなことがあったかのう。もう、昔のことはどんどん忘れてしまいよる……」

ボクはオトンに聞いてみることにした。

「この、オカンが抱いとる赤ちゃんはオレ？」

「そりゃそうやろう。他に誰がおるんか。まだ、オマエが生まれたばっかりの頃や」

縁側で住《す》み処《か》が三倍に広がったパンが飛び跳ねている。

「ウサギの心配ばっかりしよったけど、自分の方が先に死んでしもうた……」

月の本で読んだことがある。月にウサギが住んでいるという話は日本だけのものではないらしい。

不思議なもので、インドにも、アフリカにも、月に住んでいるウサギに関する寓話《ぐうわ》が残されている。

アフリカで話されている月とウサギの話。月に仕えていたウサギはある時、地上へ伝令するよう仰《おお》せつかる。

「人間が死ぬことを恐れている。地上に降りて、人間たちにこう言いなさい。死ぬことを恐れなくていい。もう、おまえたちは死ぬことはない。死んでも生きかえる。永遠に生き続けるのだと。そう言ってやりなさい」

しかし、ウサギは失敗をする。

地上から戻って来たウサギに月が聞いた。

「人間たちにちゃんと伝えて来たか？」

「はい。人間たちはいつか死ぬのだと教えてやりました」

それを聞いた月は怒ってウサギに言った。

「バカもの！　ちゃんと話を聞いていなかったのか!!　あべこべのことを伝えてきおって!!」

月は手にしていた杖《つえ》をウサギに投げつけた。その杖はウサギの口先に当たり、ウサギはあまりの痛さに月を尖《とが》った爪《つめ》でひっかいた。

それから、ウサギの口は割れるようになり、月には黒点ができ、人間は生きかえることができなくなったのだという話。

「この写真の頃は新聞社に勤めよったんやろ？」

「おじいちゃんが死んだばっかりでのぉ。お父さんはそれがこたえてから抜け殻みたいになっとった。東京から呼び戻されてから、おじいちゃんの知り合いのコネで会社に入れてもろうたんやが、その頃やろうなぁ、お母さんに会《お》うたんは……。結婚した頃はふたりでよう飲みよったよ。家でふたりで二升飲みよった」

「すごいね」

「それからお父さんはお母さん置いて外に飲みに行きよったけんのぉ」

「仲良かったんやね」

「お母さんがな、毎日昼休みになったら電車に乗ってから会社に弁当届けに来よったったい。朝作って持たせたら弁当が冷めるっちいうて、作りたてを持って来よった」

「オカンらしいわ……」

「お父さんはそれが好かんでのぉ。会社の同僚やらが、奥さんが来てますようちいうて冷やかすたい。それが恥ずかしいでから、いっつも来るなって言いよった」

「なんでそんなん子供なん⁉　いいやないか！　かわいそうなことをしてから」

オカンのために借りた家で、ボクとオトンがふたりきりでいる。そして今まで聞いたことのなかったオカンとオトンの夫婦の話。江戸川乱歩の小説の終盤、明智《あけち》小五郎《こごろう》が次々と秘められた謎《なぞ》を解き明かしてゆくようにオトンの話を聞きながら、ボクの知らない話が点になり、線でつながってゆく。

そして、オカンが決して口にすることのなかった話。それをボクはオトンから聞くことになる。

「どうして、別居することになったん？」

「あぁ……」

「女なん？」

「いや違う……。ばあちゃんなんや……」

「小倉のばあちゃん……？」

「ばあさんとオカンが合わんやった。いっつもばあさんが文句を言いよった。たまらんごとなったお母さんが小倉の家やのうで、お父さんとお母さんとオマエと三人で住めんのやろうかって言い出したんよ。お父さんもまだ若いでから気が短かったもんやけんのぉ。そんなん言うなら、オマエが出て行けって言うてしもうたんや……」

オトンはそのことに関しては忘れようがないらしく、まるで昨日の話をするような口ぶりで話した。

「でも……。オカンみたいに誰とでも仲良くできる人やのにから、なんでうまくいかんかったんやろうか……？」

溜息《ためいき》をつきながらオトンは言った。

「うちのばあさんは、誰とも合わんよ……」

笹塚の引越しにボクは行かなかった。結局、オカンの死んだ直後、茶色のワンピースを取りに行ったのが最後、それから一度も行くことがなかった。もう、あの部屋を見るのがつらかったからだ。

えのもとやホセやBJたちがすべて梱包《こんぽう》してくれて、すべての準備を備えてくれた。

「テレビの部屋の本棚の上に、蒲団《ふとん》カバーが入ってた空き箱がある。ガムテープで留めてあって、のし紙にオカンがなんか書いてる箱、それだけ、なくさないよう先に運んでくれるか？」

オカンの戒名を葬儀をしてくれた住職にお願いした。オカンもあの住職にお願いしなさいと言ったと思う。

オカンが生前、どういう人だったか話を聞かせて下さいと寺に呼ばれ、丁寧にメモを取りながら聞いてくれた。

金がなくて墓が買えないという話を率直にしたところ、その時が来るまで寺で毎日お経をあげて供養《くよう》しますので安心して預けて下さいと言ってくれた。寺の奥さんも、いつでも会いにいらして下さいと言った。

しかし、オトンは。

「戒名ちゅうもんわやなぁ。だいたい一文字何十万ちゅう世界よ。小倉あたりでは、まぁ百万からやな。そこから、どんだけ積んでいくかで戒名の長さが決まるたい」

「そんな金ないよ……」

「まぁ戒名ちゅうのはそういうもんよ」

オトンの言った通りだとすれば一文字くらいの戒名になってしまいそうな分しか包んでいない。仏教ちゅうのは平等の精神を説くもんと違うん？

「まぁ戒名ちゅうのはそういうもんよ」

オカンの遺影を囲んでみんなで飲む。しばらく酒を断っていたので急に弱くなった気がする。ブランデーしか飲まないオトン。しかも、明治屋にしか売ってないデラマンというブランデーが旨《うま》い、あれしか飲んだ気がしないというので六本木の明治屋まで行って買って来た。

自称ブランデー好きのホセだが今まで白木屋のブランデーしか飲んだことがないので「これ旨いッスねー！」と連呼しながらも、その違いがわかっているのかは怪しい。

「しかし、なんやなぁ……。東京で色々お母さんの話を聞いとると、わたしの全く知らんお母さんよ。へぇ、そういう所もあるんやなぁと、聞いとるたんびに思うもんねぇ……」

オトンは何度もその話をした。ボクは聞くたびに、そりゃそうだろうとも思った。

「結婚したばっかりの時よ。お母さんがこう言うたんや。浮気をするんなら、わからんようにやってくれち。そういうことを面と向かって言う女やったねぇ」

オカンはずっと、オトンの前ではそうやって、強がった所ばかり見せていたのではないだろうか。そしてオトンはそう見せているオカンしか見ていなかったのかもしれない。

オカンが息を引き取った直後、オトンがボクに言った。

「今際《いまわ》の際《きわ》に起き上がろうとしよったなぁ……。たいしたもんやった……。お母さんは入院してから死ぬまで、苦しかったやろうけど、最後まで弱音を吐かんやったのぉ……」

でも、オトンは知らない。オカンが死ぬ二日前に、痛みにのたうち回って自分で点滴の針を引き抜き、吐き出した言葉を。

〝死にゃあええ…〟

それはオトンとオカンに限らず、ほとんどの夫婦がそうやって互いのどこかを見せないまま、知らないまま、ずっと一緒に暮らしているのかもしれない。

初七日が過ぎようとしている。オトンは明日、小倉に帰るそうだ。そしてまた、前と同じように別々の暮らしが始まる。四十九日にはまた出て来ると言っている。そして、年に一度、オカンの命日には東京に来ると言った。

開けるのが怖かったけれど、オカンがボクに残した箱。

〝オカンが死んだら開けて下さい〟と書かれた粗末な紙箱を開けることにした。

中にはいくつかの封筒や小箱があった。

紫色の新しい小箱には新品の数珠《じゆず》が入っていた。自分の葬儀で使えるようボクに買っておいてくれたのだろう。きれいな房の付いた立派な数珠だった。

平板な長方形の小箱には、箱の上からマジックで「古いお札」と書かれてある。板垣退助の百円札が一枚。岩倉具視《ともみ》の五百円札が五枚。伊藤博文の千円札が四枚。聖徳太子《しょうとくたいし》の五千円札が一枚。

そして、天皇御在位六十年記念に発行された壱万円銀貨が一枚。

この箱は何度か見たことがある。オカンはなぜか古い紙幣や発行枚数の少ない年に作られた硬貨を集めていて、子供の頃、古銭を集めていたボクに時々、見せてくれていた。

ボクが欲しがっても「あんたは渡したら使うてしまうけん、持っとってやる」と言ってくれなかった。この他にも板垣退助の百円札を帯封付きの新券で一万円持っていたのだけど、何年か前、ボクの友達のお祝いの時にそれをあげていたから、ここにはない。

「いつかあんたにやる」という約束を覚えていてくれたのだろう。ボクが一番欲しかった岩倉具視の五百円札の古いデザインの札も、ちゃんと一枚取ってあった。

茶封筒には表書きにこう書いてある。

「オカンの通帳と印鑑が入っています。四月二十五日に十年前にしていた定額貯金が満期になり五〇七五七〇円が入金になります。貯金証書には二十万円あります。第一勧銀にも少しある。みんな解約してあとのことに使って下さい」

たいしたお金も渡してなかったのに、その中でどうやって貯金をしていたのだろう。ボクのために加入していた生命保険証も入っている。どうやって毎月、それに払えていたのだろう。

郵便局の通帳は国際ボランティア貯金になっていた。これは利息が自動的に海外の協力団体に渡る仕組みになっていて、開発途上国の人々のために役立てられているらしい。

通帳にはたいした額が納められていないから、毎月数円、数十円単位の利子しかついていないのだけど、ずっとボランティアをやりたいと言っていたオカンはこういうかたちで自分にできる範囲のことを精一杯やっていたのだ。

毎日、隣町のスーパーの方がキャベツが五円安かったとか、玉子が十円安いとか、オカンがそう言うたびにボクは貧乏臭い話をしなさんなと不機嫌にしていたけど、オカンはそうやって、自分の足でテクテク歩いて浮いた五円十円を、こういうところで使いよったんやね。なんも知らんでから、ごめん。

この金、ボクはよう使いきらんばい。

自分の葬式代も毎月三千円ずつの九十回払いでもう七十回くらい払うとった。自分が東京に来て、死んだ後、迷惑かけんごと気を使いよってから。なんで、そんなことばっかり気にするん。二十七万円。一番安い葬式のプラン。

オカンに言うたらびっくりしてかわいそうやけど、葬儀の請求書は二百万くらいになっとった。なんでもかんでもオプション料金になっとる。百合《ゆり》はオレが注文したけどね。

そやけど、お客さんもみんなええ葬式やったち言うてくれたし、金はなんぼでもいいんよ。オカンの一回しかない葬式やったらどんだけでも借金していいの出してやる。五百万でも、一千万でも、なんぼでもええ。

やけど、オカンみたいな年寄りが自分の葬式のためにコツコツ切り詰めて毎月三千円ばかしをひぃひぃ言うて払いよる。そういう年寄りの気持ちを互助会とか葬儀屋はどう思うとるんかね？

二十七万で人に迷惑かけんでええと思うて安心して死んどるのに、オマエらがそんな年寄りにわかりづらいボッタクリバーみたいな料金設定しとったら、あの世で恐縮するやろうが!!　なんで死んどる人間に金のことで嫌な想《おも》いをさせるんか!?

でも、なんも心配せんでよかよ。あの葬式はオカンが自分で出した葬式や。立派なもんやった。金のことは心配しなさんな。一番安いプランやけど、どんな派手な葬式よりも、ええ葬式やったよ。

もうひとつの茶封筒は厚く膨れている。表書きには「雅也の名前の由来」とあった。数枚のレポート用紙に姓名判断の結果、他の候補名との比較などが事細かに記されてある。

雅廉（まさかど）叙亮（のぶすけ）極（きわみ）彩（さい）一路（いちろ）琢也（たくや）雅也（まさや）。

オトンは山本有三の「真実一路」に深い感銘を受けているらしく「一路」の名を推したらしいのだが姓名判断によれば「早くして肉親との死別あり、或《ある》いは病弱、貧困。殊《こと》に刑罰、遭難、負傷等の凶兆濃厚なる」とぞっとするほど良いことがない。その上、隣の家の犬が「イチロー」だったことからもその名前は却下され、一番総画数の大吉運なる「雅也」に落ち着いたのだが、オトンは「メロドラマに出てくる男の名前みたいや」とまるで気に入らなかったらしい。

「旭日《きょくじつ》昇天、隆々たる頭領運にして卑賤《ひせん》より身を起して天下を握る趣《おもむき》あり。上司、先輩、其他《そのた》の支持・援助を受けて機を得れば素晴らしき躍進を遂ぐる大吉兆を有す」

ボクは占いをあまり信じる方ではないけれど、さっきの「殊に刑罰、遭難、負傷等の凶兆濃厚なる」に比べれば是非とも「雅也」でお願いしたいところである。

そして、同じ封筒の中にぽち袋のような小さな袋があった。

「御玉緒　小倉記念病院　中川べビー殿　昭和三十八年十一月四日御誕生」

その中には粉薬の分包のように折り畳んだ紙。開げてみるとそこにはかさかさになったへその緒が入っていた。小さなへその緒の中央あたりに赤い糸が結んである。

戒名を待つ今のオカンのように、まだ名前の付いていないこの時の新生児。中川ベビーと呼ばれたこの赤ちゃん。

子供の頃、小倉のばあちゃんの言った言葉。オカンのことが好きだと言った時にばあちゃんは言った。

「生みの親より、育ての親って言うけんねぇ……」

ボクがずっと心のどこかで気にし続けていること。年を重ねてどちらでもいいと思い始めていたけれど、はっきりとしない気持ち。

オカンに聞いたことも誰に尋ねたこともないけど、オカンは最後に残した箱の中の、へその緒でボクに伝えているのだろうか。真実を証拠をもってして教えてくれているのだろうか。

このへその緒の両端にボクとオカンはつながっていたのだろうか？

「なんを心配しよるとね？　当たり前やろうが」。このかぴかぴのへその緒を見ていると、オカンがボクにそう言っているような気がした。

最後に箱の底から出てきたものは、手のひらほどの大きさのメモ帳だった。

百円ショップで売っているようなビニールカバーのついたメモ帳。そのビニールカバーに紙が一枚挟んであって、そこには「ママンキーのひとりごと」と書いてあった。

これがオカンの遺書だった。

マー君

長い間どうも有難う

東京の生活はとても楽しかった

オカンは結婚には失敗したけれど

心優しい息子に恵まれて

倖《しあわ》せな最後を迎えることが出来ます

小さい頃は泣虫で病弱だったので

神仏にお願いする時は先《ま》づ健康
そして素直な子に育つように
長じてからはやはり健康が一番
それから商売繁盛《はんじょう》　最近は欲張って
彼女と二人分の交通安全を祈願しています
ただ一度たりとも
自分のことをお願いしたことはありません
これからは彼女と楽しく仲良くして下さい
彼女はほんとに実の娘のようだった
お母さん〳〵と甘えてくれるのが
とてもうれしかった
オカンは倖せな幕引きが出来て
何も思い残すことはありません

ほんとうに有難う
そして　さようなら

これからも健康には充分気をつけて
決しておごることなく
人の痛みのわかる人間になっておくれ
中学校の時の伊藤先生が
中川君は男の子にも女の子にも好かれていますと
言われたことがうれしかった
勉強の出来る子より
そういう人間になってもらいたかったから

先ず　中村のおばちゃんに知らせておくれ
そして　みんなにも言ってもらうように
オカンの私物の後片付けは
ブーブおばちゃんに頼んでいます
旅費をあげてね

オカン

メモ帳の上に涙がボタボタ落ちた。歯を食いしばっても声がこぼれて大声で泣いた。淋《さび》しさと悔しさ。申し訳ない気持ちが胸の中で張り裂けるようだった。事務的なことが次のページに書き足してある。

二通の生命保険証書を大切に保管して下さい
病気の時　入院保障を重点においた保険です
入院給付金は一日一万五阡円です
死亡の時は少ないので
死亡保障が沢山出る分に加入して下さい
将来の奥さんが困らないために
それからオカンは交通保険に入っていましたが
死んだら共済加入証の表にある電話番号に
脱会の電話をして下さい
これは交通事故以外は出ません
それと白樺会の会長さんのところにも

電話をして下さい

オカンが最後の入院をする前から、ボクたちは別れてしまっていたのだけど、それを最後までオカンに伝えることができなかった。

入院してから、その人もマメに足を運んでくれていたから、オカンもまさかそんなことになっているとは思わなかったのだと思う。

いずれ結婚するのだろうと、オカンは安心して逝《い》ってしまった。最後にオカンを裏切ってしまったようでいたたまれない。

メモ帳には彼女に宛《あ》てた文章も残されていた。

お母さんは女の子が欲しいと
ずっと思っていたので
神様が死ぬ前に大きな女の子を授けて下さったものと感謝しています
お母さんは充分に倖せな人生でした
マー君のことよろしく頼みます
二人仲良くいつまでも倖せにね

実家のお母様も大事にしてあげて下さい
人並みに孫が抱けなかったのが何より残念
ほんとにどうも有難う
指輪はお母さんの形見として使って下さい

嫁姑《よめしゅうとめ》の関係に悩んだオカンは、こうやって女同士も仲良くありたいと願う理想の関係があったのだと思う。

息子の彼女というより、もはやオカンの娘であり友達だった。それはタコ社長や他の女の人たち、家に遊びにやって来る人はみんなオカンの友達であり、ずっと欲しかったという娘のようなものだったのだろう。

オカンにそういう楽しい時間を使ってくれた人々にとても感謝している。そして、オカンの最後の思いやりさえ空振りにさせてしまったボク自身に取り返しのつかない腑甲斐《ふがい》なさを感じる。

縁側に腰掛けたオトンが隣で眠っているパンの頭をずっと撫《な》でている。この数週間で、オトンはなんだか小さくなったように見えた。

この夫婦にしかわからない、二人だけの素晴らしい思い出、取り戻せない時間。ボクとオカンの中に残る、かけがえのない記憶、未完成のままの贈り物。

これからも生きてゆくボクたちは、それぞれに、その温かい思い出を握りしめ、埋まることのない思い残しを抱えて毎日を行かなければならない。

線香の煙が波型を描いて見えない世界に消えてゆく。オカンの遺影の前には今朝、オトンが中目黒商店街で買ってきた和菓子がきれいに並べられている。

自分のいれたお茶を飲みながら咳《せき》をしているオトン。着替えるものがなく、ずっと同じものを着ている。

パンの頭を撫でながら、なにか話しかけていた。

ボクは離れた所からオトンを眺めている。この数週間で、オトンと三十五年分の話をしたような気がする。

この人のことをもっと好きになったら、オトンが死んだ時、また、あんなに悲しい想《おも》いをするのかと思うと、それが嫌だなぁ。オトンをぼんやり眺めながら、そう思った。

「麗春院明朗妙栄信女」

住職からオカンの法号が送られてきた。おばちゃんたちやオトンにもファクスで送る。

「こりゃ、美人の戒名やねぇ。オカンは喜びよるやろう。あたしらしいばいち言いよるよ」

思い出してはいつも泣いていますと、手紙をくれていたおばちゃんたちも、この戒名を見て明るい気持ちになったようだった。

「ほう。なかなかええ戒名やないか。しかしまあ、欲のない、ええ坊さんやのぉ。小倉あたりで言うたら、だいたい戒名ちゅうもんわやなぁ……」

戒名と値段の関係にはひとくさりあるオトンは、予測していた文字数よりも大幅に長くなっていることに納得していないようだったが、うれしそうに何度も新しいオカンの名前を口にしていた。

ばあちゃんから貰《もら》ったぬかに足して〳〵使いながら、毎日かきまぜ、今までたくさんのおいしい漬け物を生み出し続けてきた、オカンの唯一《ゆいいつ》の宝物のぬか床。

もう、誰からも混ぜてもらうことも、野菜を漬けてもらうこともなくなった茶色の壺《つぼ》が新しい家のなんにもない広いキッチンにポツンと置いてある。

オカンが死んだ後、ボクはタコ社長に言った。

「オカンが大切にしてた、ばあちゃんの代から百年続いとるぬか床。オマエ、引き継ぐか？」

神妙な表情でそれを見つめていたタコ社長は、その要請に間髪入れず答えた。

「あたし、無理」

「だろうな……」

でも、タコ社長には鼻メガネとオモチャの入れ歯、豆しぼりの手拭《てぬぐ》いの三点セットを形見分けした。

「この芸を引き継げ」

「わかった!!」

オカンのアルバムを整理していると、姉妹で旅行に行った時の写真が数多くある。

その中の一枚。

１９８０の刻印が写真の右下に残されているどこかの温泉旅館での一枚。浴衣《ゆかた》を着たオカンが、この芸を披露して姉妹たちの大爆笑をもぎ取っている写真があった。歴史がある。キャリアがある。

「精進しろ」

「がんばる!!」

今、オカンの仏壇の引き出しには二代目を襲名したタコ社長の装着後近影が納められている。

「永遠の命を探しに天竺《てんじく》へと旅をされた三蔵法師が、結局持ち帰ったものは、永遠の命ではなく、一冊の経典でした。この一冊の経典から仏教は広まり、人々は心を救われるようになったのです。現世にあったお母様のお姿はなくなっても、お母様の霊魂、お母様のお心はなくなったわけではないのですね。あなたがお母様を想い、手を合わせれば、いつでも傍で答えて下さるはずです。仏壇の仏様にお供えした御飯とか果物とか、後でお食べになったらわかると思います。おいしくないんですよ。それは、もう仏様が召し上がった後の抜け殻だからなんですね。目に見えなくとも、お母様はずっとあなたの傍にいらっしゃいますよ」

毎月十五日の月命日には住職がお経をあげに来てくれて、いろんな話をしてくれる。

ボクは毎日、目が醒《さ》めるとオカンの仏壇に線香をあげて、生きてる時には言ったことのない言葉を言う。

「おはよう」

すると、いつもオカンの声が聞こえる。

「おはようちいうても、もう昼ばい。早よ、仕事せんと。人を待たしたらいかんばい」

おかしく聞こえるかもしれないけれど、前よりもずっと、オカンと喋《しゃべ》る回数が増えた。

四十九日も過ぎてしばらく経《た》った頃、オトンから速達が届いた。

大判の封書には長い半紙に毛筆でオトン独特の文字が連ねてあった。

雅也　ご苦労さんでした。
お母さんは自分の余命を承知の上で
最後の最後まで生きることの望みを捨てなかった
誰にでも出来ない人間のすばらしい姿を
見せてくれたすばらしい母さんに二人で乾杯
お父さんがお母さんのことを云《い》えば
自分自身の愚痴になる
そのことはこれから生涯父さんが
背負っていく柵だと思っている

お前たちの友達にもよろしく伝えてくれ
納骨については電話で話し合い決めたいので
書かないことにする
お前がどうしたいのか考えていることを
話してくれ

父より

オカン……。オトンがこんなこと言いよるよ。


その年の暮れ。

オカンの位牌《いはい》をタオルで包んで鞄《かばん》に入れ、ボクは新幹線の最終に乗った。小倉に到着したのは年も明ける三十分ほど前で、急いでホテルを探してチェックインする。

もう、ボクもオカンも、この街には帰る家がない。

川沿いに面した部屋から、八坂神社へ向かう初詣《はつもう》での人たちが見える。窓辺に位牌とビールを置いて、懐《なつ》かしい小倉の街並みを眺めた。

この川沿いにある病院でボクは生まれたらしい。今もまだ、その建物はあるのだろうか。

「オカン、帰って来たよ。ずいぶん変わっとるね。玉屋とか井筒屋はあるんやろうか。ルイ・ヴィトンができとったけど、本物なんやろうかね？」

明けましておめでとう。去年は一緒に正月ができんやったもんねぇ。

神社に向かい初詣での行列に並ぶ。二年前は赤坂の日枝《ひえ》神社に行ったね。明治神宮に行ったのは何年前やったろうか。

拝殿に続く幅広い行列を真横から横断しようとするヤクザの集団。行列の人々は打ち合わせでもしてあるかのように自然な動きで横断道を開けた。

俳優でもやらないようなツヤをつけながらゆっくりと人垣の間をヤクザは練り歩いた。

なんも変わっとらん、この街は。

翌日は若松のおばちゃんたちに位牌を見せに行き、大分の由布院《ゆふいん》へ向かう。一年で一番混み合うであろうこの時期に予約なしでも泊まれるようなところをプレハブの宿泊紹介所から斡旋《あっせん》してもらうが、思いのほかいい宿が取れたことに驚く。

別府におった頃が懐かしいねぇ。オカンは温泉が好きやったね。

しばらくそこで過ごし、小倉に戻ってオトンと小倉のばあちゃんに会いに行った。ボクが生まれ育ったあの動物園の近くの家にはもう誰も住んでいない。そして、その動物園は閉園したらしい。

町外れの森の中。今、ばあちゃんはここにある老人介護施設にいる。老人性痴呆症《ちほうしょう》が進んでいるらしい。

久しぶりに見るばあちゃんの顔。九十になるが身体《からだ》は元気なようだった。

「ばあちゃん。オレのことわかる？」

ばあちゃんはボクに頭を下げながら言う。

「あぁ、どうも」

オトンが苦笑いをした。ボクだけでなく、もう、オトンのこともわからないらしい。

ばあちゃんを車椅子《くるまいす》に座らせて施設内を散歩した。そこにいる老人たちはみんな同じ長さに髪の毛を切り揃《そろ》えられ、白いポロシャツ、紺色のキュロットを穿《は》かされて、全員が中国の卓球選手のようないでたちだ。

介護士の人に貰ったゼリーをスプーンで口に運ぶと旺盛《おうせい》にそれを食べながら、色んなことを喋っている。

「ばあちゃん、久しぶりやねぇ」

「そうですねぇ」

通じているのかどうか、わからない。

「敦ちゃんは、どこかね？」

「ねぇちゃんは、今日はおらんよ」

意識の中に現在はなく、膨大な数の記憶が時系列なしにシャッフルされて一枚ずつ今に出され、そこにある言葉を喋っているようだった。

ばあちゃんとオカンの確執についてはなにも知らなかったし、知ったとしてもばあちゃんを責める気もない。悪意は誰の中にもなかっただろうし、ただ、大切なものが違っていただけなのだと思う。

スプーンを差し出すボクを空虚な瞳《ひとみ》でばあちゃんは見ている。すると、ばあちゃんはなにかを思い出したような顔つきでこう言った。

「あたしは、五人の子供を産んで、五人の子供を育てて、それで、今は、なんで、こんな所におるんやろうか……？」

空虚な目のままで、そう言った。ボクはただ黙ってばあちゃんを見た。

「お父さんも……、この年になって、やっと親孝行みたいなもんを、今になってしよるんや……。週に一回か二回は、時間をみつけて行ってやりよるたい……。まぁ、行ったってお父さんのこともわかりゃあせん……。あっ、どうもっち言いよるたい。あんだけ呆《ぼ》けてしもうても身体はピンピンしとる。まだしばらくは生きとるやろう。お父さんの方もどうなるかわからん。そやけんなぁ、墓を買うてあるんや。ばあちゃんと、おじいちゃんの骨と、自分も入るやろうし、お母さんの骨もそこに入《こ》れたらいいんやないかと思いよるんや。おまえがどう思うとるか、その話をせんといかんの」

帰り道のタクシーでオトンは言った。

「こっちの墓に入れてしもうたら、オレが来れんようになる……。金が出来たら東京に墓を買うた方がええんやないかと思うとる……」

「……。そうか、まぁ、もうちっと考えてみぃ。今は、あの坊さんの寺に預けとるんか？」

「本堂の横にある棚に置かしてもらっとる。他にも同じような骨壺がたくさん置いてあるよ」

「それで、なんぼ取るんか？」

「あら？　それの金の話したかな……？」

「ほう。しかし、ほんとに娑婆《しゃば》っけのない坊さんやのう。お母さんの行いが良かったんやろう。いい坊さんに出会《でお》うたたい」

その日はオトンが小倉駅近くのホテルに部屋を取ってくれた。オトンもそこに泊まるつもりらしい。いつも行ってたステーキハウスはもう店を閉めたのだという。駅の近辺で食事をして繁華街へ飲みに行った。

丸源ビルの立ち並ぶこの町。正月明けの時期とはいえ、テナントビルの多くはシャッターの降りたちぐはぐな光が侘《わび》しく滲《にじ》んでいる。

雑居ビル内のクラブに入った。

カウンターにオトンが座るとママらしき人がボクに挨拶《あいさつ》をした。大学生の時も、ボクはここに連れて来られたことがあるらしい。久しぶりですねと言われたが、よく憶《おぼ》えていない。

「しかし、東京でいろんなお母さんの話を聞いとると、お父さんの知らんお母さんがいっぱいおって、なんかピンと来んたい……」

オトンの記憶、オトンのイメージの中にあるオカンはどういう人だったのだろうか。子供の頃のオカンはとてもおとなしく、物も言わない子だったとおばちゃんは言っていた。

オトンの中にあるオカンも、東京のみんなが言うような明るく積極的な人ではないのだろう。

四十九日の時、タコ社長にこんな話を聞いた。

「ママンキーが言ってたんだけど、東京に来て一年目の時はマーくんが色んな所に連れて行ってくれて、おいしいもんをいっぱい食べさせてもろうた。あたしはあの一年で親孝行は全部してもろうたと思うとるって。だからその後は、気にさせなくていいように自分で渋谷区の老人サークルに入って友達作ったり、色んな所に出掛けて知り合い増やしたりしてたんだって……」

ボクだって、もしかしたらオカンのことを本当はよく知らないのかもしれない。

「もう、酒も量はほとんど飲みきらんのぉ」

ブランデーを飲みながら呟《つぶや》いている。

「お母さんは東京で飲みよったんか?」

「ほとんど量は飲まんけど、なんかしらん、いっつも誰かしら来とってワイワイ騒ぎよったよ」

「まぁ、若いもんと一緒におった方が老《ふ》けんでよかろうなぁ。お父さんは友達はどんどん死んでいきよるし、麻雀《マージャン》するっちゅうてもせいぜい半荘《はんチャン》四回やな。それも仲のいい友達が去年かみさんに死なれてから、落ち込んでしもうとるんよ。そいつの唯一《ゆいいつ》の趣味が麻雀たい。そいつに付き合うてするくらいで、自分ではもうあんまりしようごとないのう」

「オカンにな……」

「あ……？」

「中学とか高校とか卒業する節目で何回か、離婚していいかって、聞かれたことあるんよ。オレは、いいよってそんたびに言うとったんやけど、なんで結局、離婚せんやったん？」

「いつやったかなぁ……。お母さんが離婚してくれっち言うて、離婚届を持って来たんよ。判を押してくれちゅうてな。そうとう強く言われてのう。結局、それに判をついてからお母さんに渡しとったんやけど……。お母さんはそれを、出しとらんやなぁ」

「なんでやろう？」

「さぁ……。なんでやろうなぁ。わからんことはいろいろあるたい……」

それはオトンに対する感情なのか、ボクに対する配慮なのか、それとも女の意地なのか、今となっては誰にもわからないことだけど。

もしかしたら、おばちゃんに聞けばその理由を知っているかもしれない。でも、ボクは聞こうとは思わない。おそらく、それはオカンにだって明確な理由がなかったのかもしれないのだから。人の気持ちは一秒ごとに変化する。ふともらした拍子にうつろう。強く決心したことも、時には揺らいだり、翻《ひるがえ》ったり、元に戻ったり、そういうことを繰り返す。今、オカンに聞いたら、言うに違いない。

「さぁ、なんでやったかねぇ」


「あの彼女はどうしとるんか？」

「もう会うてない」

「おまえと二人の時はどうなんか知らんけど、人なっつこいええ子やったがなぁ」

「別れてからも、オカンの相手はようしてくれよった。仲が良かったけん」

「まぁ、これからおまえが誰と付き合うにしてもやなぁ、女には言うてやらんといけんぞ。言葉にしてちゃんと言うてやらんと、女はわからんのやから。好いとるにしても、つまらんにしても。お父さんもずっと思いよったけど、おまえもそうやろう。1＋1が2なんちゅうことを、なんでわざわざ口にせんといかんのか、わかりきっとるやろうと思いよった。そやけど、女はわからんのや。ちゃんと口で2になっとるぞっちゅうことを言うてやらんといけんのやな。お父さんは、お母さんにも最後までそれができんかった……。取り返しがつかんことたい。やけど、まだおまえは若いんやから、これからは言うてやれよ……」

カウンターの中から距離を測っていたママが、どんよりした空気を察してか、カラオケでもどうですかと勧めてきた。

「オトン、『夜の銀狐《ぎんぎつね》』好きなんやろ。オカンが言いよったよ」

「そうやったかのぅ？」

「それ歌うてよ。オレも一緒に歌う」

「歌えるかのう」

ボクたちは並んでマイクを握りしめ、モニターを見つめて静かに熱唱した。

淋《さび》しくないかい　うわべの恋は
こころをかくして　踊っていても
ソーロ・グリス・デ・ラ・ノーチェ
信じておくれよ
ソーロ・グリス・デ・ラ・ノーチェ
愛しているのさ
ほしくはないかい　女としての

静かなしあわせ　ほしくはないかい

泣きたくないかい　一人の部屋の
灯りをまさぐる　夜更《よふ》けの時間
ソーロ・グリス・デ・ラ・ノーチェ
ドレスが泣いてる
ソーロ・グリス・デ・ラ・ノーチェ
くちびるむなしい
小さなマンション　おまえのために
さがしておいたよ　二人で住みたい
ソーロ・グリス・デ・ラ・ノーチェ
信じておくれよ
ソーロ・グリス・デ・ラ・ノーチェ
愛しているのさ
きれいな服も　すてきだけれど

にあうと思うよ　エプロン姿

「由布院はよかったやろ」

ホテルのラウンジで朝食を食べた。

「突然行ったのに、いい宿が空いとった」

「お父さんもこの間、熊本の黒川温泉に行ったんや。格安のバスツアーでな、一泊やったけど良かったぞ。町全体で盛り上げよる」

「行ったことない」

「今はな、家で飲みよる酒にシールの応募券が付いとるたい。それを何点やったか集めたら温泉の旅行券が当たるっちゅうてなぁ。それを集めよるんや」

「誰が？」

「お父さんがよ」

オカンはその類《たぐい》の懸賞に応募するのが好きだった。そして送る時はだいたい年齢の欄に二十歳くらいサバを読んだ数字を書き込んでいた。

「なんでそんなことするん？」と尋ねると、「年寄りには当たらんような気がする」と暗い発言をしていたものだ。

オトンは変わったのだろうか？　オカンならともかく、そんな庶民的な楽しみに嬉々《きき》としている姿を見て意外に思った。丸くなったのだろうか？　それとも元々そういうところのある人だったのだろうか？　ずっと、一緒に住んでいるという人と、そういう楽しみを共有し、自分の家の中に青い鳥を見つけているのだろうか？

両親のことでボクの知らないことはまだまだたくさんあるようだ。

財布からぽち袋を出してオトンに渡した。

「これ、お年玉」

「お父さんにか？」

「オカンにやる分、代わりにやる」

「へぇ。もう何十年も貰《もろ》うたことなかったのう。ありがとう。へぇ」

オトンは照れ臭そうに笑った。

「もう、行くわ」

「そうか。頑張れよ」

「うん」

「また、命日には東京に出て行くごとするけんの」

「わかった」

鞄《かばん》の中のオカンと一緒にボクはまたこの街から東京へ向かって新幹線に乗った。

一日の平均乗降者数が百七十五万人といわれる東京駅に、百七十五万分の一、その中のひとりとしてボクは到着する。

銀座の歩行者天国、浅草仲見世通り、新宿アルタ前、池袋サンシャイン通り、原宿、表参道、六本木通り、渋谷スクランブル交差点。

ネオンに集まる蜉《ぶよ》のように、今日も東京には、どこからか人が集まり溢《あふ》れかえっている。

それぞれが、その辺りの水溜《みずた》まりで湧《わ》いた蜉のように、ひとりで生まれ、ひとりで生きているような顔をしている。

しかし、当然のことながら、そのひとり〳〵には家族がいて、大切にすべきものがあって、心の中に広大な宇宙を持ち、そして、母親がいる。

この先いつか、或《ある》いはすでに、このすべての人たちがボクと同じ悲しみを経験する。

ボクは幾重にも交差する横断歩道の上で、流れゆくほどに行き交う人々を眺めながら、今までだったら単に街の風景でしかなかったそのひとりずつが、とても大きく見えた。

みんな、すごいな……。頑張ってるんだなと。人が母親から生まれる限り、この悲しみから逃れることはできない。人の命に終わりがある限り、この恐怖と向かい合わずにはおれないのだから。

オカンの本棚から見つかった日記は実に記録的なもので、今日は誰が来た、何を頂いた、どこに行った、献立ては何だったという淡々とした箇条書きで、そこに感情的な表現は含まれていなかった。

しかし、日記の間に挟み込まれてあった一枚の紙切れに短い文章が残されていた。誰かの言葉の引用なのか、オカン自身の言葉なのかはわからないが、黄ばんだその紙切れは二ツ折りにされて日記の奥に隠されてあった。

母親というのは無欲なものです
我が子がどんなに偉くなるよりも
どんなにお金持ちになるよりも
毎日元気でいてくれる事を
心の底から願います
どんなに高価な贈り物より

我が子の優しいひとことで
十分過ぎるほど倖《しあわ》せになれる
母親というものは
実に本当に無欲なものです
だから母親を泣かすのは
この世で一番いけないことなのです

あれから、桜の花は何度か咲いては散ってゆき、また、東京に春が訪れた。

六本木ヒルズは完成し、汐留《しおどめ》は開発され、東京タワーがすっくりと見えるこの赤羽橋の交差点からの風景も人波も、その頃とは少しだけ変わった。

昭和三十三年。六大学野球のスターだった長嶋茂雄が巨人軍に入団。背番号3番の活躍に日本中が沸いた高度成長期。同年十二月、世界最大のテレビ塔として三百三十三メートルの東京タワーは完成し、その鉄塔は大都会・東京のシンボルとなった。

そして現在、デジタル放送への移行に伴い、その対応を十分に果たせないとされているる東京タワーは、取り壊しの方向で話が進められているという。

あの日と同じように快晴の恵まれたこの春の日に、ボクは生まれて初めて東京タワーの展望台へと昇った。

オカンとの約束どおり、小さなバッグにオカンの位牌《いはい》を入れて、一緒に昇った。

かつてと違って人もまばらな入口から、老巧化したエレベーターで一気に空へ吸い上げられる。

大展望台をとばして、そのまた上、地上二百五十メートルの特別展望台に向かった。

眼前に広がる東京の凝縮された風景。ひとつの視界に様々な街が一枚の絵になって飛び込んでくる。

「オカン、すごいね……」

オカンが眠りについたあの病院も、すぐ真下に見えている。あの時、病室の窓からみんなで見上げたこの東京タワーに、今、ボクたちはいて、そこから、あの日の窓を見下ろしている。

オカンが死んだ年の五月にある人は言った。

「東京タワーの上から東京を眺めるとね、気が付くことがあるのよ。地上にいる時にはあまり気が付かないことなんだけれど、東京にはお墓がいっぱいあるんだなぁって」

確かに、そのとおりだった。緑地の中に、ビルの谷間に、墓地が点在していた。地上に暮らす者が気付かず見落とし、忘れていても、実際には近代的なビルの間にも、屍《しかばね》が眠っている。

そして、ボクにはこの街全体、この東京の風景すべてが巨大な霊園に見えた。ひしめき合って立ち並ぶ長方形のビル群はひとつ〳〵が小さな墓石に見える。その大小があっても、ここからはたいした区別がない。

遥《はる》か地平線の向こうまで広大に広がる巨大な霊園。この街に憧《あこが》れ、それぞれの故郷から胸をときめかせてやってきた人々。

この街は、そんな人々の夢、希望、悔しさ、悲しみを眠らせる、大きな墓場なのかもしれない。

オカン。

あれから、何年か経《た》ったけど、今でもボクは淋しいでたまらんよ。なにかっちゅうて、いつもオカンの姿を思い出しよる。

食卓に座って、さやえんどうの筋を取りよるオカン。花柄の包装紙を切って糊《のり》で貼《は》ってから、小さい封筒を作りよったオカン。電気も灯《つ》けんと、薄暗いとこで図書館の本を読みよったオカン。「ぷよぷよ」しよるオカン。

飯食いに行って旨《うま》いもん食うたり、新しい店を見つけるたんびに思いよる。

こんなん食わしてやりたかったねぇ、ここの焼鳥はオカン好きやろうねぇち、なんかあったら、いっつも、そげ思いよる。

京都に行って素敵なお店に入ったら、こげん所に連れてきてやりたかったねぇと思うし、オカンくらいの年のばあさんが友達と旅行しよるとこやら見かけたら、なんで生きとる時にもっといっぱい旅行させてやらんかったんやろうかって後悔してから、いっつも涙が出る。

小さい時から、色んな所に住んだけど、食うもんと着るもんは、どんな家の子供よりも贅沢《ぜいたく》させてくれよった。オカンが自分のもんを買わんと、そうしてくれよったね。行きたい学校も行かしてもろうて、卒業したらしたで就職もせんとぷらぷらしよってから、一万円、二万円ち、いつまでも仕送りしてもらいよった。オカンが色んなとこでパートしよった金よ。

それなのにから、オレは結局、オカンになんもしてやれんかった。そればっかりか、オカンにちゃんとした言葉も言えとらん。

東京に来てから、生活費やら小遣いやら渡す時も、もっと気持ちいい顔で、もっとようけあげればよかった。自分はよそでポンポン使いよるのにから、なんであんなんことしたんやろうか、なんで気持ちようできんやったんやろうか。

今やったら、もっとちゃんといろんな話ができて、色んなもん食わせてやって、行きたいとこ旅行さしてやれると思うのに、なんでその時、せんやったんやろうか。

オカンの毎日は楽しかったんやろうか？


仕事はちっとマシになりよるけど、まだどうなるかわからん。オカンに見せられるようなもんも作っとらん。

相変わらずオカンが心配するような生活をしよる。オカンに話せんようなこともしよる。四十過ぎても嫁さんはおらんし、金もたいして持っとらん。車の免許ものうなった。

人に迷惑をかけよるし、嫌われとることもあるらしい。まだ、どうにもなっとらん。

そっちに行っても心配かけさせよるね。

オトンは去年、オカンとおんなじ胃ガンになって手術したんよ。胃を半分以上取ってしもうたけん、一膳《ぜん》の飯も食えんようになってからえらい痩《や》せてしもうとる。でも、それで治ったみたいや。なんとか元気にしとる。

ホセは結婚して、藤川のところは子供が生まれたよ。そして、パンは死んでしもうた。オカンの一周忌のすぐ後に、朝見たら死んどった。ペットの葬場で火葬してもろうて、住職がお経をあげてくれたよ。もう、そっちに行っとるやろ？

今は犬を飼《こ》うとる。黒い犬や。人なつっこいでから、オカンがおったら毎日抱いて散歩に連れて行くやろうね。

前野君が山で掘ってきた筍《たけのこ》を送ってきてくれたよ。オカンがおったらおいしく炊《た》くやろうねぇ。近所の御飯屋さんにお裾《すそ》分《わ》けしよる。

母子家庭やったけん、子供の頃は、おまえマザコンやろうち言われるのが好かんでからオカンの話を人にようせんかったんよ。

でも、なんで大切な人のことを想《おも》うていかんのやろうか？　なんで好きな人のことを話して、気持ち悪いとか言われんといけんのやろうか。今でもようわからん。そげんことを気にしとってから、オカンに優しいことも言うてやれんかったかもしれん。

オカンの服はずっと取っとったんやけど、冬物は新潟、夏物はスマトラ、地震の被災地にみんな送ったよ。それでよかったやろ。そっから見てん。インド人のおばさんがオカンのTシャツ着とるかもしれんよ。

オカン。

ボクも、もう少しこっちで頑張るけん。見とってね。身体《からだ》には気を付けるようにする。最近は自分で料理も作って食べよる。

オカンはメモ帳に〝さようなら〟って書いとったけど、なんでそんなこと言うん？住職が、からだはのうなっても、ずっとオカンは傍におるて言いよったよ。それに、どうなってもボクとオカンはずっとこれからも親子やろ。なんでそんなこと言うたん？

オカンが死んでからしばらくの間は、なんもする気がせんやったけど、今はちゃんと頑張らんといけんと思うとる。

オカン。今までいろいろ、ごめんね。

そして、ありがとうね。オカンに育ててもろうたことを、ボクは誇りに思うとるよ。


東京タワーの窓から広がる空の色は、青くて、ゆっくりと地平線に向かいながら白く溶けていた。

陽射《ひざ》しが柔らかに、海と街を照らしている。

ボクはずっと遠くの方を見ている。首にかけた小さなバッグから顔を覗《のぞ》かせているオカンも、同じ所を眺めている。

「オカン。今日は天気がいいで、よかったねぇ」

詩引用　相田みつを「ただいるだけで」
葉祥明「母親というものは」

あとがき

あれから、十年が過ぎようとしています。

想像もしていなかったことですが、たくさんの方々に、この本を読んでいただく光栄に恵まれました。

その状況を見て、出会った人からは、それ以降、なにか変わりましたか？　と尋ねられることが、時々、あります。

ボクは、なにか、変わったのでしょうか？

出版した当初、日本全国、また、翻訳された海外の国々で、合計三千人を超える読者の方々とサイン会を通じてお会いし、ひとりひとりとお話しすることができました。

最初は、こんな個人的なことを書いた本を読んでもらうことに恥ずかしさのような感情があって、照れや自信の無さから、複雑な想いで、ボクはそこにいました。

でも、次第にその気持ちは薄れました。

三千人の人が、みんな違った、三千種類の感想を話してくれました。それは、みなさんがそれぞれに御自分の家族の話をしてくれるから。

なにかを共有できたような喜びと、あたたかさをたくさん頂きました。

ありがとうございました。本当にうれしかったです。


そして、様々なことは過ぎていきます。

ボク自身、なにが変わったのか？　状況はどう変化したのか？　実際のところ、ボクにはわかりません。

ただ、十年前と今。明らかに違うことは、やっぱり、そのことだけ。

変わったことは、朝、目が覚めてもオカンがいないこと。ごはんの匂《にお》いがしないこと。ぬか漬けを切る音が聞こえないこと。

オカンがキッチンにいないこと。

まだ、そんなことばかり考えながら、ボクは東京で暮らしています。

毎日、出掛ける前に、仏壇に手を合わせ、「おはよう。行ってくるね」と声を掛けると、「早よ行きんしゃい。また遅刻するばい。人に迷惑をかけたらいけんよ」そんな声が聞こえる気がしています。

二〇一〇年　初夏

リリー・フランキー

この作品は二〇〇五年六月、扶桑社より刊行された。

新潮文庫編　文豪ナビ　夏目漱石

先生ったら、超弩級のロマンティストだったのね——現代の感性で文豪の作品に新たな光を当てる、驚きと発見に満ちた新シリーズ。

新潮文庫編　文豪ナビ　太宰　治

ナイフを持つまえに、ダザイを読め!!　現代の感性で文豪の作品に新たな光を当てた、驚きと発見が一杯の新読書ガイド。全7冊。

新潮文庫編　文豪ナビ　芥川龍之介

カリスマシェフは、短編料理でショーブする——現代の感性で文豪の作品に新たな光を当てる、驚きと発見に満ちた新シリーズ。

新潮文庫編　文豪ナビ　川端康成

ノーベル賞なのにィこんなにエロティック？——現代の感性で文豪の作品に新たな光を当てた、驚きと発見が一杯のガイド。全7冊。

新潮文庫編　文豪ナビ　谷崎潤一郎

妖しい心を呼びさます、アブナい愛の魔術師——現代の感性で文豪作品に新たな光を当てた、驚きと発見がいっぱいの読書ガイド。

新潮文庫編　文豪ナビ　三島由紀夫

時代が後から追いかけた。そうか！　早すぎたんだ——現代の感性で文豪の作品に新たな光を当てる、驚きと発見に満ちた新シリーズ。

新潮文庫最新刊

帚木蓬生著
花散る里の病棟
町医者こそが医師という職業の集大成なのだ——。医家四代、百年にわたる開業医の戦いと誇りを、抒情豊かに描く大河小説の傑作。

藤ノ木優著
あしたの名医2
—天才医師の帰還—
腹腔鏡界の革命児・海崎栄介が着任。彼を加えたチームが迎えるのは危機的な状況に陥った妊婦——。傑作医学エンターテインメント。

貫井徳郎著
邯鄲の島遥かなり（中）
男子普通選挙が行われ、島に富をもたらす一橋産業が興隆を誇るなか、平和な島にも戦争が影を落としはじめていた。波乱の第二巻。

一條次郎著
チェレンコフの眠り
飼い主のマフィアのボスを喪ったヒョウアザラシのヒョーは、荒廃した世界を漂流する。愛おしいほど不条理で、悲哀に満ちた物語。

矢樹純著
血腐れ
妹の唇に触れる亡き夫。縁切り神社の血なまぐさい儀式。苦悩する母に近づいてきた女。戦慄と衝撃のホラー・ミステリー短編集。

J・グリシャム
白石朗訳
告発者（上・下）
内部告発者の正体をマフィアに知られる前に、調査官レイシーは真相にたどり着けるか!? 全米を夢中にさせた緊迫の司法サスペンス。

新潮文庫最新刊

大西康之著
起業の天才！
―江副浩正　8兆円企業リクルートをつくった男―
インターネット時代を予見した天才は、なぜ闇に葬られたのか。戦後最大の疑獄「リクルート事件」江副浩正の真実を描く傑作評伝。

永田和宏著
あの胸が岬のように遠かった
―河野裕子との青春―
歌人河野裕子の没後、発見された膨大な手紙と日記。そこには二人の男性の間で揺れ動く切ない恋心が綴られていた。感涙の愛の物語。

徳井健太著
敗北からの芸人論
芸人たちはいかにしてどん底から這い上がったのか。誰よりも敗北を重ねた芸人が、挫折を知る全ての人に贈る熱きお笑いエッセイ！

J・ウエブスター
三角和代訳
おちゃめなパティ
世界中の少女が愛した、はちゃめちゃで魅力的な女の子パティ。『あしながおじさん』の著者ウェブスターによるもうひとつの代表作。

L・M・オルコット
小山太一訳
若草物語
わたしたちはわたしたちらしく生きたい――。メグ、ジョー、ベス、エイミーの四姉妹の愛と絆を描いた永遠の名作。新訳決定版。

森晶麿著
名探偵の顔が良い
―天草茅夢のジャンクな事件簿―
事件に巻き込まれた私を助けてくれたのは〝愛しの推し〟でした。ミステリ×ジャンク飯×推し活のハイカロリーエンタメ誕生！

新潮文庫最新刊

野口卓著
からくり写楽
―蔦屋重三郎、最後の賭け―
〈謎の絵師・写楽〉は、なぜ突然現れ不意に消えたのか。そのすべてを知る蔦屋重三郎の奇想天外な大仕掛けを描く歴史ミステリー。

真梨幸子著
極限団地
―一九六一 東京ハウス―
築六十年の団地で昭和の生活を体験する二組の家族。痛快なリアリティショー収録のはずが、失踪者が出て……。震撼の長編ミステリ。

幸田文著
雀の手帖
多忙な執筆の日々を送っていた幸田文が、何気ない暮らしに丁寧に心を寄せて綴った名随筆。世代を超えて愛読されるロングセラー。

安部公房著
死に急ぐ鯨たち・もぐら日記
果たして安部公房は何を考えていたのか。エッセイ、インタビュー、日記などを通して明らかとなる世界的作家、思想の根幹。

燃え殻著
これはただの夏
僕の日常は、嘘とままならないことで埋めつくされている。『ボクたちはみんな大人になれなかった』の燃え殻、待望の小説第2弾。

ガルシア=マルケス
鼓直訳
百年の孤独
蜃気楼の村マコンドを開墾して生きる孤独な一族、その百年の物語。四十六言語に翻訳され、二十世紀文学を塗り替えた著者の最高傑作。

JASRAC 出1006020-404

東《とう》京《きょう》タワー

—オカンとボクと、時々、オトン—

新潮文庫 り - 4 - 1

平成二十二年七月一日発行
令和六年十一月十五日四刷

著者 リリー・フランキー

発行者 佐藤隆信
発行所 株式会社新潮社
郵便番号 一六二—八七一一
東京都新宿区矢来町七一
電話 編集部(〇三)三二六六—五四四〇
読者係(〇三)三二六六—五一一一
https://www.shinchosha.co.jp

価格はカバーに表示してあります。

乱丁・落丁本は、ご面倒ですが小社読者係宛ご送付ください。送料小社負担にてお取替えいたします。

印刷・錦明印刷株式会社　製本・株式会社植木製本所
© Lily Franky 2005 Printed in Japan

ISBN978-4-10-127571-0 C0193